John Banville erzählt die faszinierende Geschichte des Kunstexperten Morrow, der von einem windigen Auftraggeber in ein Dubliner Haus bestellt wird, um dort die Echtheit von acht niederländischen Barockbildern zu prüfen. In diesem Haus trifft er A., jung, schön, geheimnisvoll, und er verfällt ihr. Verführung, Voyeurismus, Täuschung und Raub: Die mythologischen Themen der Bilder spiegeln sich in seiner Beziehung zu A. Sie ist seine Liebe, sein Alpha und Omega, seine Athena, die er verlieren wird.
Doch Morrow taumelt nicht nur durch das Labyrinth dieser Liebe. Er muß sich auch um seine exzentrische alte Tante kümmern, die nicht immer die ist, die sie zu sein scheint. Echt ist aber ihr grotesker Tod, das erkennt Morrow, der im eigenen Leben nicht zwischen Echt und Falsch unterscheiden kann. Lüge, Fälschung, Trompe-l'œil – die Wirklichkeit entzieht sich, um sich ihm im Spiegel der Kunst wieder entgegenzuneigen, bis er schließlich in eine tragikomische Falle tappt.
Banville ist ein wunderbarer Sprachartist. Er beherrscht die Kunst der ungewöhnlichen, aber exakten und erhellenden Metapher, und seine Sätze sind bisweilen reine Lautpoesie.

John Banville, geb. 1945 in Wexford, ist Literaturredakteur der ›Irish Times‹ und lebt in Dublin. Er hat zahlreiche Romane veröffentlicht, die mehrfach ausgezeichnet wurden. Im Fischer Taschenbuch Verlag liegen vor: ›Das Buch der Beweise‹ (Bd. 13287) und ›Kepler‹ (Bd. 13597).

John Banville

Athena

Roman

Aus dem Englischen von
Lilian Faschinger

Fischer
Taschenbuch
Verlag

Veröffentlicht im Fischer Taschenbuch Verlag GmbH,
Frankfurt am Main, Oktober 1998

Lizenzausgabe mit freundlicher Genehmigung des
Verlags Kiepenheuer & Witsch, Köln

Druck und Bindung: Clausen & Bosse, Leck
Printed in Germany
ISBN 3-596-13846-9

Für Anthony Sheil

Liebste. Wenn Wörter dich erreichen können in jener Welt, in der du vielleicht gerade leidest, dann hör zu. Ich habe dir viel zu erzählen. An diesem dumpfen Ende eines weiteren Jahres streife ich in den düsteren Straßen unseres Viertels umher, dich im Kopf. Ich hätte es nicht für möglich gehalten, daß man einen einzigen Gegenstand so lange und so beharrlich im leidenschaftlichen Blick der Erinnerung festhalten kann. Du. Du. Mit der Dämmerung kommt der Regen, scheinbar nicht mehr als eine Zusammenballung der dunkler werdenden Luft, schräg im Lampenlicht treibend wie etwas, an das man sich gleich erinnern wird. Seltsam, wie verlassen die Stadt zu dieser Abendstunde ist; wohin gehen sie, all diese Menschen, und so plötzlich? Als hätte ich die Straßen leergefegt. Ein Auto kommt von hinten langsam auf mich zu, quietschend streifen die Reifen den Randstein der schmalen Gehsteige, und ich muß stehenbleiben und mich in einen Hauseingang drücken, damit es vorbeifahren kann. Wie unheimlich es wirkt, dieses glänzende, unnatürliche Ding, das da übers Straßenpflaster schlingert und dessen Fahrer wie eine gesichtslose Puppe aufrecht und bewegungslos hinter regennassem Glas sitzt. Es scheint leise in sich hineinzulachen, während es sich an mir vorbeidrängt und sich den Weg durch eine enge Gasse bahnt. Aus seinem hinteren Ende entweicht träge ein Abgaswirbel, und seine bonbonrosa Hecklichter schwimmen im zerschmelzenden Dunkel. Ja, das ist wirklich meine Stunde. Sperrstunde.

Der Gedanke an dich beschwört drei Dinge herauf: den Schlund eines sterbenden Fisches, in den ich meinen Daumen gedrückt habe, desgleichen die körnige innere Auskleidung deiner intimsten Sphäre und schließlich das schwelende Vibrieren in der Kehle einer großen Sopranistin – welcher? – beim dritten, anhaltenden Ton des zweiten Halleluja von Schuberts *Junger Nonne* (O Nacht! O Sturm!). Natürlich noch vieles andere, doch sind es vor allem diese Texturen, die bestehen bleiben, warum, weiß ich nicht, ich meine, warum gerade diese drei. (Übrigens entschuldige ich mich dafür, daß ich dich mit diesem Fisch in Zusammenhang bringe; ich habe ihn gefangen, als ich ein Junge war, und fing nie mehr einen zweiten, aber ich erinnere mich an ihn, an das arme, aus seinem Element gezogene Geschöpf, das zitterte, während es in der Luft ertrank.) Ich wage kaum daran zu denken, in welcher Gestalt du mich wohl im Gedächtnis behalten hast: als Einfüßler mit Augen, der schwer atmend über den Fußboden auf dich zugleitet, bestimmt etwas in der Art. Doch was für ein Gebilde wir dort erschufen, in jenem verborgenen weißen Zimmer im Herzen des alten Hauses, was für ein wunderbares Bauwerk wir errichteten! Denn das ist es, was ich sehe: dich und mich nackt und glänzend im spiegelfarbenen Licht eines Oktobernachmittags, in wortloser Anstrengung unseren privaten Tempel zu Ehren der Zwillingsgötter erbauend, die über uns wachten. Ich entsinne mich, daß Morden mir die Geschichte eines ihm bekannten Baumeisters erzählt hat, der irgendwo auf dem Land ein unbedeutendes Gebäude abriß und dabei auf eine jahrhundertealte

Kapelle stieß, welche in den Wänden verborgen war. *Wand an Wand,* sagte er. *Erstaunlich.* Und lachte sein Lachen. Ich dachte an uns.

Wir hatten unsere Zeit. Das sage ich mir jetzt. Wir hatten unsere Zeit, und sie nahm ein Ende. Warst du die ganze Zeit zum Weggehen bereit, auf dem Sprung? Jetzt scheint mir, als hättest du, selbst als ich dich umklammert hielt in meiner erschreckten Umarmung, schon auf mich zurückgeblickt, wie jemand, der zaudert am Rande des Abschieds, so als sei alles, das du im Begriff warst zu verlassen, bereits in deinem Blick erloschen, zur Erinnerung geworden, während es noch vor dir stand. Warst du ein Teil der Verschwörung, hattest du damit zu tun? Das würde ich gerne wissen. Ich glaube, ich würde es gerne wissen. Wären wir denn frei und ungestört gewesen, unseren eigenen bezaubernden Neigungen überlassen sozusagen, wenn nicht jemand beschlossen hätte, daß es so sein sollte? Bevor sich solche kleinen Türen des Zweifels weiter als einen Spaltbreit öffnen können, springt meine Erinnerung in Panik auf und schlägt sie zu. Doch die Vernunft beharrt mit einem höhnischen Lachen darauf, daß du mit ihnen unter einer Decke gesteckt hast, wie man sagt, daß du eingeweiht gewesen sein mußt; doch was kennt die Vernunft außer sich selbst? Gegenwärtig ziehe ich das undurchdringliche Chaos des unteren Gehirns vor, desjenigen, das man früher das Herz genannt hat. Das Herz, ja; kein Wort, das du mich bislang oft aussprechen hörtest. Ich fühle mich, wie ich mich nicht gefühlt habe, seit ich ein liebeskranker Halbwüchsiger war, zugleich verlassen und erlöst, trunken vor Erleichterung über dein Weggehen – du warst *zuviel* für mich – und doch befallen von einem Kummer, der so bedrückend ist, um so viel bedeutungsvoller, als ich mir selbst erscheine, daß ich davor stehe, nein, knie, sprachlos, in einer Art Ehrfurcht. Selbst wenn mein Kopf, übersättigt von

Schmerz, kurz das Denken an dich einstellt, läßt das Gefühl des Verlustes nicht nach, und ich gehe umher, klopfe im Geiste meine Taschen ab und spähe abwesend in die verborgenen Ecken meiner selbst, versuche festzustellen, was verlegt worden ist. So muß es sein, wenn eine Krankheit an einem zehrt – diese Ruhelosigkeit, diese erschöpfte Erregung, dieser fortgesetzte Schauder im Blut. Es gibt Augenblicke – ich möchte ja nicht pathetisch werden, aber es gibt Augenblicke, vor allem an den Zwillingspolen von Abend- und Morgendämmerung, da denke ich, daß ich sterben könnte am Verlust von dir, mich einfach vergessen in meinem Schmerz und meiner Erschütterung, blindlings den Rand der Erde überschreiten und für immer verschwinden. Und doch habe ich gleichzeitig das Gefühl, daß ich niemals so quicklebendig war, so belebt vom Sinn der Dinge, so ausgesetzt inmitten der brodelnden Bewegung der Weltenpartikel, als hätte man mir eine äußerst feine schützende Haut abgezogen. Der Regen fällt lautlos durch mich hindurch wie ein Schauer von Elementarteilchen.

Die Morde scheinen aufgehört zu haben. Seit Wochen hat die Polizei keine Leiche mehr entdeckt. Das beunruhigt mich. Das Morden begann ungefähr zu dem Zeitpunkt, als wir einander begegneten, und nun, da du fort bist, ist es zu Ende. Ich weiß, es ist lächerlich, aber ich kann nicht umhin, mich zu fragen, ob ein Zusammenhang besteht. Ich meine natürlich keine direkte Verknüpfung, doch könnte es nicht sein, daß wir mit unserer Wollust etwas durcheinanderbrachten, ein verborgenes Gleichgewicht in der Atmosphäre störten und so eine Fehlzündung im Synapsenlabyrinth jenes armen Teufels, wer immer er sein mag, auslösten und ihn dazu hinrissen, mit seinem Seil und seinem Messer auf Beute auszugehen, in die Nacht hinaus? Lächerlich, wie ich schon sagte. Ich bin davon überzeugt, daß ich ihn gesehen

habe, den Killer, ohne mir dessen bewußt zu sein, ihm irgendwann bei meinem Umherstreifen über den Weg gelaufen bin und ihn nicht erkannt habe. Was für ein Gedanke.
Auch mein Kopfweh hat aufgehört. Schmerzen im Kopf, Morde in der Nacht. Wenn ich es versuchte, könnte ich alles zu einem unermeßlich großen und geheimen Plan verknüpfen. Wenn ich es versuchte.

Tante Corky hinterließ mir all ihr Geld. (Siehst du? – eine verlorene Liebe, ein verschlossenes Zimmer und nun ein Testament: wir befinden uns also auf vertrautem Terrain.) Es war viel mehr davon da, als ich je vermutet hätte. Ihr letzter Trumpf, die listige Alte. Ich frage mich, ob sie geglaubt hat, daß ich hinter ihrem Geld her war? Ich hoffe nicht. Daß ich während all der langen letzten Wochen ihres Sterbens bei ihr geblieben bin, war, so begreife ich jetzt, die einzige echte gute Tat, auf die ich in meinem Leben verweisen kann, etwas, das meines Erachtens vielleicht dazu beitragen wird, meine Bilanz im großen schwarzen Buch des schriftführenden Engels auszugleichen. Aber ich will nicht so tun, als wäre ich nicht froh über die Knete, besonders weil Morden es trotz seiner lautstarken Lippenbekenntnisse von wegen Rechtschaffenheit und Ehrlichkeit (und sich vorzustellen, daß ich ihm glaubte!) irgendwie fertiggebracht hat zu vergessen, mich für meine Bemühungen zu entschädigen, bevor er abgehauen ist. Meine Bemühungen... Eine komische Sache, das Geld; wenn man keines hat, denkt man kaum an etwas anderes, und dann hat man welches und versteht nicht, warum es je wichtig schien. Mit einem Schlag (um eine schöne Wendung zu prägen) hat Tante Corky die Lösung für mein Leben gefunden – zumindest für die Einnahmen und Ausgaben. Ich fühle mich schwindlig und irgendwie benommen; es ist eine merkwürdige Empfindung, so wie dieses

Flattern, das in den Muskeln zurückbleibt, wenn man eine schwere Last absetzt, die man lange getragen hat.
Es ist wirklich ironisch: Tante Corky ist diejenige gewesen, die mich ständig gedrängt hat, eine Arbeit aufzunehmen und mit meinem Leben etwas anzufangen, und jetzt habe ich ihr Geld und werde nie mehr einen Pfennig verdienen müssen. Woran hat sie gedacht? Ich nehme an, an mich oder an das Tierasyl. »Du bist ein Taugenichts«, pflegte sie fröhlich in ihrem absichtlich gebrochenen Englisch zu sagen, »ein Taugenichts, jawohl, genau wie dein Vater.« Sie hatte einen Hang zu derlei Freimütigkeiten, sie wollte einen damit nicht verletzen – im Gegenteil, die Erwähnung meines Vaters bedeutete wehmütige Anerkennung, denn ich weiß, sie hatte eine Schwäche für den alten Knaben. Was sie meinte, war, daß er und ich verschwenderische Stümper waren, auch wenn wir in ihren Augen durchaus einen gewissen Stil hatten. Sie hatte nicht unrecht – was die Verschwendung betrifft, meine ich. Ich habe den besten Teil meines Lebens vergeudet. Alles habe ich umgekehrt gemacht, habe als leistungsorientierter Mensch begonnen und bin dann in Unbestimmtheit und lähmende Unentschlossenheit abgeglitten. Jetzt, als ruhig gewordener, entschieden unflotter Mittvierziger, habe ich das Gefühl, wenn schon nicht meine zweite Kindheit, so doch zweifellos meine zweite Pubertät zu erleben – sieh dir all dieses Liebesgetue an, dieses keimdrüsengesteuerte Geschmachte und Geseufze; ich werde noch lauter Pickel kriegen.
Wenn ich es mir jetzt überlege, sind es vor allem Tante Corkys Drängen in Richtung Arbeit und selbstverständlich auch meine eigene natürliche (oder eher unnatürliche?) Neugier gewesen, die mich zu Morden und seinem Schatz von Bildern führten. Ich weiß immer noch nicht genau, wie er von mir erfahren hat, denn ich habe meinen Namen geändert (urkundlich; jawohl, ein solches Verfahren gibt es tatsächlich),

ebenso wie alles andere, das veränderbar war; es war sein Mann Francie, der mich letztlich aufspürte, über weiß Gott was für verschlungene Kanäle. Morden hatte eine rührende Vorliebe für Heimlichkeiten und plötzliche Attacken, das fiel mir bei ihm sofort auf; er horchte – seine Opfer, wollte ich schon sagen –, er horchte die Leute liebend gern aus, indem er so tat, als hätte er keine Ahnung, und trumpfte dann damit auf, daß er von Anfang an alles gewußt hatte, was es über sie zu wissen gab. Obwohl er nach Geld aussah und eine bedrohliche Stimmung verbreitete, umwehte ihn eindeutig der Hauch des Scharlatans. Von unserer ersten Begegnung her ist mir eine Art gespenstisches, phosphoreszierendes Leuchten in Erinnerung, der Eindruck eines grünlichen Lichtes und aufsteigenden Bühnenrauchs, eines Umhangs, der plötzlich mit einem Knall herumwirbelt, und einer dröhnenden Stimme, die ruft: *Tataaaa!*

Es war das erste Mal, daß ich mich in diesem Stadtviertel befand – oder zumindest das erste Mal, daß ich es wahrnahm. September, einer jener leicht halluzinatorischen, verträumten Nachmittage zu Herbstbeginn, nichts als Himmel und kupferglänzende Wolken und dünne, petrolblaue Luft. Der Fluß stank noch nach Sommer. Um wieviel größer, höher, weiter die Welt um diese Jahreszeit wirkt; heute schien sogar der brüllende Verkehr durch diese mit einem Mal zu Rang und Würden gelangte, die lärmenden Straßen überragende Jahreszeit eingeschüchtert. Am Eingang zur Swan Alley ging ich auf die Schattenseite hinüber, einem anstürmenden Bus ausweichend, der mich zornig anmuhte, fand mich unverzüglich in den Schatten getaucht, der dünn und kühl war wie wäßrige Tinte, und mußte einen Augenblick stehenbleiben, damit meine Augen sich an das Dunkel gewöhnten. Wenn ich jetzt an diesen Ort denke, sehe ich ihn immer so, in einer Art Finsternis gefangen; selbst deine Gegenwart in meinem geistigen Bild von diesen kleinen Straßen und gepflasterten Gäßchen

kann die undeutliche, düstere Atmosphäre nicht vertreiben, mit der sie in meiner Erinnerung erfüllt werden.
Das Haus war in der… wie soll ich sie nennen? Rue Street, das hört sich richtig an. Das Haus war in der Rue Street. Es sah verlassen aus, und ich dachte zuerst, es wäre die falsche Adresse. Ein großes unheimliches Stadthaus mit verwitternden Fenstern und abgetretenen Türstufen und einer breiten schwarzen, in den Angeln durchhängenden Tür. Ich drückte auf die Klingel und vernahm keinen Ton und betätigte den dumpf hallenden Türklopfer und bildete mir ein, aus dem Inneren ein gedämpftes Kichern zu hören. Ich wartete und setzte währenddessen den zerstreuten, sanften Blick auf, den das Warten vor Türen stets verlangt – oder jedenfalls von mir verlangt. Danach das obligatorische Ritual: ein Schritt zurück, schnelles Überprüfen der höhergelegenen Fenster, stirnrunzelnder Blick auf den Gehsteig, dann nochmaliges Überprüfen der Fenster, dabei allmähliches Annehmen eines verdrossenen Gesichtsausdrucks. Nichts. Linker Hand war ein abgezäuntes Gelände voller Schutt und leerer Chips-Päckchen mit einem blühenden Flecken purpurroten Fliederspeers, rechter Hand ein düsterer kleiner schmuddeliger Laden mit, wie mir schien, gebeugten Schultern. Ich betrat den Laden. Es roch nach Katzen und abgestandenem Tee. Brauchen wir das alles wirklich, all dieses Lokalkolorit und so weiter? Ja, brauchen wir. Das übliche alte Weib äugte mich über die üblichen Gläser mit Zuckerwerk hinweg an, und hinter ihr ging es durch eine undeutlich sichtbare Tür hinunter in die Hölle. Noch bevor ich sie etwas fragen konnte, vernahm ich einen leichten, synkopierten Schritt hinter mir, und ich wandte mich um. So beginnt es. Eine blaue Wolke Zigarettenrauchs, die wie eine sich öffnende Kralle auf mich zufährt, und dahinter eine Schulter und das honigfarbene Sonnenlicht auf der Straße und ein diagonaler Schatten von de Chirico, scharf wie die Klinge einer Guillotine. Francie.

Francie, das Schlitzohr: ein s-förmiger, verkommener, hinkender Typ mit glitzernden Augen und einem leichten Grinsen, eher groß, schmal, mit eingefallener Brust und spärlichem rötlichen Haar unter einer flachen Mütze, ein Gesicht wie ein Meißel und ein lang herabhängender Zigarettenstummel, der an einer blutleeren, kaum vorhandenen dünnen langen Linie von Unterlippe klebt. Ich hatte ihn nie zuvor gesehen, und doch hatte ich das Gefühl, daß ich ihn seit undenklichen Zeiten kannte; oder eher– ich kann es nicht erklären –, daß er mich schon ewig kannte. »Mr. Morrow!« sagte er im Ton eines Jägers, der Anspruch auf seine Beute erhebt, und richtete einen Finger wie eine Pistole auf meine Brust. Morrow: ja, so nenne ich mich jetzt; habe ich das schon erwähnt? Ich habe den Namen wegen seines leicht hoffnungsvollen Anflugs von Zukünftigkeit gewählt – und natürlich wegen des Anklangs an Wells. Einen Vornamen zu finden war schwieriger. Ich liebäugelte mit zahlreichen ausgefallenen Benennungen: mit Feardocha zum Beispiel, was in unserer alten Sprache Mann der Finsternis heißt; auch mit Franklin, dem Freisassen, und mit Fletcher, einem berühmten Bewohner unserer Insel; mit Fernando und der damit verbundenen Andeutung von Dolchen und dem Giftbecher; und sogar mit Fjodor, obgleich der Beiklang dieses Namens selbst für mich zu offensichtlich war. Schließlich schien das, wofür ich mich entschied, genau das Richtige. Aber ich muß gestehen, daß ich mich noch nicht an diese neue Identität – oder zumindest Identifikation – gewöhnt habe, und immer zögere ich kurz, wenn ich so angesprochen werde. Wie ich merkte, war Francie dieses verräterische Zaudern nicht entgangen; Francie war ein Mann, dem solche Dinge auffielen. »Kommen Sie doch bitte mit«, sagte er. Ich folgte ihm ins Freie und nahm das Bild der Inhaberin mit, die für immer hinter dem Ladentisch stand, das abgehärmte alte Gesicht ausdruckslos und geduldig erhoben, zu jeder Bewegung un-

fähig, auf ewig in statuenhafter Trance erstarrt, auf die banale Frage wartend, die ich ungestellt gelassen hatte.
Auf dem sonnigen Gehsteig blickte Francie seitwärts auf meine Beine und lächelte mit gespitzten Lippen, so als wäre ihm etwas Komisches widerfahren. »Wir haben Sie von oben beobachtet«, sagte er und deutete auf die höhergelegenen Fenster. »Ich konnte gar nicht schnell genug herunterlaufen, so eilig hatten Sie es. Geduld ist eine große Tugend, wie ich höre.« Das leise Lächeln verwandelte sich in ein Grinsen, wobei sein schmaler Mund sich von einem Ohr zum anderen zu ziehen schien.
Ein großer Hund mit gesträubtem, glänzendem schwarzen Fell und aufgerichteten spitzen Ohren war aus dem Nichts aufgetaucht und trottete still hinter uns her.
Wir blieben vor dem Haus stehen, und Francie schnipste seinen Zigarettenstummel mit den Fingern weg, holte einen großen Schlüssel hervor und steckte ihn ins Schlüsselloch. Er stieß die durchhängende schwarze Tür auf und bedeutete mir mit einer übertriebenen Armbewegung einzutreten. Ein hoher weißer dämmriger Korridor, uneben mit Sandsteinplatten ausgelegt. Die ins Schloß fallende Tür erzeugte einen Schauer winziger Echos, die klingelnd um uns niederfielen. Ein Geruch nach schlechter Laune und uraltem Mörtel und bröckelndem Stein. Eine zierliche Treppe mit in gewundener, aufsteigender Kurve verlaufendem Geländer – dabei fällt mir der Teil deines Armes zwischen Ellbogen und Handgelenk ein – schwang sich zu einem sanften Schimmer weißen Lichts empor, der weit oben durch hohe Fenster einfiel. Mit hallenden Schritten gingen wir hinauf. Der Hund folgte uns unbeachtet, und seine Krallen klickten auf den kahlen Brettern. »Diese Stufen«, sagte Francie, »bringen einen um«, obwohl ich derjenige war, der ins Schnaufen geriet. Plötzlich drehte er sich um, tat, als attackiere er den Hund und brüllte fröhlich: *»Prinz, du Saukerl, hau endlich ab!«* Der Hund blickte

ihn nur bewundernd an und grinste, das rosa geränderte, feucht glänzende Maul weit aufgerissen.
Im obersten Stockwerk blieben wir unter einer bröckelnden Stuckkuppel stehen. Ich spürte, wie Francie mich noch immer mit diesem Ausdruck unterdrückter Fröhlichkeit beäugte. Ich machte meine Schultern breit und heuchelte Interesse an der Architektur. Es gab einen kreisförmigen Balkon mit einem Geländer und davon ausgehende weiße Türen, die alle verschlossen waren. Ich fühlte mich wie die letzte Frau Blaubart. Francie ging vor mir her. Dieser Gang: eine Art schleppender, wiegender Trott, so als gehöre er einer Spezies an, die erst kürzlich begonnen hatte, aufrecht zu gehen. Das Hinken schien kein Problem für ihn darzustellen, ja ihm sogar Beweglichkeit zu verleihen; sein Schritt war nicht hinkend, eher hüpfend. Er öffnete eine der weißen Türen, trat wieder zur Seite und bedeutete mir mit einer Handbewegung weiterzugehen. »Da wären wir, Freund«, sagte er munter und machte ein unverschämtes, klickendes Geräusch aus dem Mundwinkel. *Na hören Sie mal, guter Mann,* sagte ich... Nein, das tat ich natürlich nicht. Ich ging an ihm vorbei. Ich spürte den Hund auf meinen Fersen und hörte sein rasches Atmen, wie das Geräusch eines leisen, schwer arbeitenden Motors. Ich mag keine Hunde.
Es gibt gewisse Augenblicke im Leben, da –
Doch nein, nein. Wir werden auf eine ausführliche Erörterung des Schicksals und der verzweigten Pfade, auf die es uns führt, und all diesen Quatsch verzichten. Es gibt keine Augenblicke, nur das nahtlose Dahintreiben: Wie oft muß ich mir diese einfache Wahrheit noch vor Augen halten? An jenem Tag konnte ich mich ebensowenig davon abhalten, jene Schwelle zu überschreiten, wie ich meinem Herzen das Schlagen hätte verbieten oder die Lymphflüssigkeit in ihrem Lauf durch meine Drüsen hätte aufhalten können. Ich will damit nicht andeuten, daß Zwang im Spiel war, daß ich,

erstarrt unter dem belustigten Blick, mit dem Francie mich maß, aller Willenskraft beraubt gewesen wäre; wäre das der Fall gewesen, um wieviel einfacher erschiene alles. Nein, ich meine damit nur, daß ich nicht stehenblieb, mich nicht seitwärts wandte, sondern weiterging und damit alle anderen Möglichkeiten ausschloß. Dinge passieren, also sind sie passiert. Falls es andere Welten gibt, in welchen die Alternativen zu unseren Handlungen durchgespielt werden, dann wissen wir wohl nichts davon. Selbst wenn ich gespürt hätte, wie ein Spinnennetz der Vorahnung mein Gesicht streifte, so hätte mich die Kraft jener Aufeinanderfolge miteinander verknüpfter winziger Ereignisse, die mit dem Augenblick meiner Geburt einsetzten, wenn nicht schon vorher, und die mich, wie grob auch immer, durch die Konfrontation des heutigen Tages schleusen würde, unwiderstehlich durch dieses Netz hindurchgezogen, genau wie sie mich zu anderen mehr oder weniger schicksalhaften hintreiben wird, bis ich schließlich bei der allerletzten angelangt bin und für immer im plötzlich zerschmetterten Spiegel meines Ichs verschwinde. Das ist es, was ich mein Leben nenne. Das ist es, was ich mir einbilde zu führen, während es mich doch die ganze Zeit führt, wie einen Ochsen ins Schlachthaus.

Der Korridor, in welchem ich mich befand, war niedrig und breit und mit allem möglichen Zeug vollgestopft. Wiederum weiße Wände, das sonderbare, müde, pergamentartige Gelblichweiß, das die vorherrschende Nicht-Farbe des Hausinneren war. Die gleiche Farbgebung und Struktur wiesen, zumindest bei meiner ersten vagen Wahrnehmung, die namenlosen Dinge auf, die überall aufgetürmt waren, der Müll aus Jahrzehnten – aus Jahrhunderten –, der in meinen Augen großen Bündeln leicht beschmutzter Wolken oder riesigen, getrockneten Klumpen von Papiermaché ähnelte. Während ich mir einen Weg hindurchbahnte, hatte ich den Eindruck, daß sie mehr waren als bloß wertloses Zeug, das hier abgeladen und jahrelang liegengelassen worden war, daß sie vielmehr eine Art Abfall waren, den der Ort selbst ausgeschieden hatte, ein verfestigter Schaum, den die Wände durch den Prozeß langsamer innerer Zersetzung abgesondert hatten. Und selbst später noch, als ich in diesem Ausschuß herumstöberte, behielt er für mich etwas von dieser ausgetrockneten, brüchigen Beschaffenheit, und es gab Zeiten, da ich mir einbildete, daß auch ich durch meinen ständigen Umgang damit zu vermodern begann und weiterhin zerbröckeln würde, bis nichts von mir übrigblieb als ein formloser Haufen unbestimmbaren Zeugs. Hinter mir fluchte Francie heiter und stieß mit dem Fuß einen Karton zur Seite. »Gütiger Gott«, seufzte er, »dieses Haus, dieses Haus.«

Vor mir krümmte sich der Korridor ein wenig – das Haus bestand aus lauter Biegungen und Neigungen und plötzlichen Abschrägungen, die Folge eines Absinkens, wie Morden sagte, dem es gelang, dem Wort einen infernalischen Beiklang zu verleihen –, und plötzlich gelangte ich zu einer weiteren Tür, die ein paar Zentimeter offenstand. Solche halboffenen Türen haben mich immer mit Unbehagen erfüllt; sie wirken so wissend und irgendwie vielsagend, wie ein Auge, das im Begriff ist zu zwinkern, oder ein Mund, der sich zum Lachen öffnet. Ein seltsames, intensives weißes Licht kam hinter der Tür hervor und ergoß sich durch den Spalt, so als brenne eine große Magnesiumflamme im Raum dahinter. Es war jedoch nur das Tageslicht, das durch zwei hohe und, wie mir zunächst schien, leicht schräge, vorspringende Fenster einfiel. Der Raum, sehr hoch und luftig, machte den Eindruck eines Ateliers. Etwas aus Stangen und Winden Bestehendes, wie ein Gestell zum Trocknen von Wäsche, hing an Seilen von der Decke, und ein großes, schmutziges weißes Laken, das aussah, als hätte man es quer durch den Raum gespannt und als wäre es auf einer Seite zu Boden gefallen, war in einem diagonalen Bogen von der Ecke eines Fensterrahmens bis zum Fußboden drapiert und erzielte so eine dramatische Wirkung, die mir seltsam und unerklärlich bekannt vorkam; das Ganze – der hohe Raum, das konzentriert weiße Licht, die kaskadenartige Schärpe – hätte den Hintergrund eines der Revolutionsporträts von Jacques Louis David bilden können. Morden folgte meinen Augen und sagte: »Der Schwur im Ballspielhaus, hm?« und, den großen Kopf zurückgeworfen, bedachte er mich mit einem scharfen, ironischen Blick. So bot er gleich zu Anfang eine Demonstration seiner prophetischen Begabung. Ich trat einen Schritt zurück, ganz aus der Fassung, so als wäre eines der Dielenbretter unter meinem Fuß hervorgeschnellt und mir, wumm, auf die Nase geknallt. Ich sah, daß er mit sich zufrieden war. »Ja«, sagte er, »das Haus ist wirklich so alt, auf das Jahr genau; erstaunlich, nicht wahr?«

Er selbst sah aus wie ein etwas späterer Jahrgang, weniger Davids Robespierre als Rodins Balzac, wie er da so mitten auf dem Fußboden stand, in seinen langen Mantel gehüllt, die Arme hoch auf der massigen Brust verschränkt, mit Augen, die mich über seine große schiefe Boxernase hinweg mißtrauisch ansahen. Die Augen – ach, diese Augen! Dieser Pantherblick! Ich begriff zwei Dinge gleichzeitig, nämlich daß er gute zehn Jahre jünger war als ich und daß ich Angst vor ihm hatte; ich wußte nicht, welche dieser beiden Tatsachen mich mehr beunruhigte. Ich hörte, wie Francie sich leise hinter mir bewegte, und hatte einen verrückten Augenblick lang die Vorstellung, er schicke sich an, mich anzugreifen, wie ein Gorilla im Film, der plötzlich das Jackett des Opfers mit einem Ruck nach hinten reißt und ihm die Hände fesselt, damit der Boß im Kamelhaarmantel und mit dem schräg sitzenden weichen Filzhut lächelnd und ohne Hast vortreten und dem unseligen Helden einen gutgezielten Schlag in die Magengrube versetzen kann. Nach einer von konzentriertem Schweigen erfüllten Pause schien Morden, der mich noch immer mit diesem glänzend schwarzen Blick musterte, zu einem Entschluß zu gelangen, nickte und murmelte: »Ja, wirklich, ja wirklich«, und auf seinem Gesicht erschien ein Ausdruck, der teils ein Grinsen und teils ein Stirnrunzeln war, und er wandte sich um und ging langsam zum Fenster und stand einen langen Augenblick schweigend da, während er das Gebäude gegenüber betrachtete. Aber der Mantel, diesen Überzieher kann er nicht getragen haben, es war noch zu warm; wenn ich mich bei diesem Detail irre, wo täuscht sich meine Erinnerung dann noch? So jedenfalls sehe ich ihn an diesem Tag, dort im Licht unter den vorspringenden Fenstern, die Arme noch immer verschränkt und ein Bein unter dem Saum seines Mantels vorgestreckt, ein großer, nachdenklicher Mann mit breiter Brust, flachen Gesichtszügen, einem nach Geld aussehenden gebräunten Teint und einer sorgfältig frisierten dichten langen Mähne glanzlosen rotbraunen Haares.

»Hier sind Sie also«, sagte er, wie um alles, was vorher gewesen war, beiseitezuwischen und ganz von vorne anzufangen. Schon war ich außer Atem, so als wäre ich gezwungen, ihm kreuz und quer über einen steilen Abhang hinweg nachzuhasten. »Ja, hier bin ich«, sagte ich, da ich nicht wußte, was ich sonst hätte sagen sollen. Morden blickte an mir vorbei auf Francie, zog die Augenbrauen hoch und sagte: »Hört, hört, er spricht!« Dann ließ er seinen ausdruckslosen, abschätzenden Blick wieder auf mir ruhen. Hinter mir lachte Francie leise. Nochmaliges Schweigen. Der Hund Prinz saß mit hängender Zunge und gespitzten und leicht zuckenden Wolfsohren auf der Schwelle und beobachtete uns aufmerksam.

Ich bin sicher, nichts von alledem ist so, wie es wirklich gewesen ist.

»Ich denke, Sie können mir helfen«, sagte Morden heiter. »Ich habe gehört, Sie sind ein Mann, dem man vertrauen kann.« Einen Augenblick lang schien er das witzig zu finden

und setzte ein schiefes Grinsen auf. Seine Stimme hatte einen vollen Klang, verstärkt durch seine breite Brust und vom Gewicht merkwürdiger Betonungen beschwert; sie lief ununterbrochen dahin und stolperte über sich selbst, so als wolle er damit zu verstehen geben, er habe weder Zeit noch Geduld, all das zu sagen, was er zu sagen hatte, und deshalb müßten die Wörter selbst Überstunden machen: eine mechanische Stimme. Er sagte, er habe das Haus vor kurzem erworben – mir gefiel dieses Wort, erworben – und fügte hinzu: »Zu Spekulationszwecken«, während er mit einer beringten und merkwürdig aufgedunsenen, blutlosen Hand winkte. »Spekulation, Erhaltung, beides in einem; wir haben große Pläne; ja, große Pläne.« Nun war Francie an der Reihe zu grinsen. Ach, sie amüsierten sich köstlich, die beiden. Morden nickte höchst zufrieden, die Zukunft vor Augen, und holte durch die großen Nasenlöcher tief Luft, so als atme er die berauschenden Gerüche von frisch gefälltem Bauholz, Ziegeln und Mörtel ein. Dann richtete er sich auf und wandte sich vom Fenster ab, abrupt, voll energischer Heiterkeit. »Und jetzt müssen wir darauf anstoßen, finde ich«, sagte er. »Francie?« Francie zögerte, und einen Augenblick lag Auflehnung in der Luft. Ich wandte mich um, und Morden und ich sahen ihn beide an. Schließlich zuckte Francie die Achseln, sog verächtlich die Luft durch die seitlichen Zähne und ging schleppenden Schrittes davon; der Hund folgte ihm auf dem Fuß. Morden lachte. »Er ist selbst ein kleiner Künstler, wissen Sie, der alte Francie«, sagte er vertraulich.
Ich spürte, wie sich in meinem Inneren etwas mit einer Art Knirschen lockerte, so als wäre der Haken in der gezahnten Sperrstange eines gespannten, mit einer Feder betriebenen Mechanismus in meiner Brust um eine Stufe gelockert worden. Morden überließ sich erneut schweigend seinen Betrachtungen am Fenster. Es war sehr still; wir hätten miteinander in einem Aufzug sein und geräuschlos zu irgend etwas

emporsteigen können. Ich hörte mein Herz schlagen; sein Rhythmus schien erstaunlich langsam. Sonderbar, solche Augenblicke, wo alles sich loszulösen und einfach dahinzutreiben scheint und alles passieren kann; es ist überhaupt nicht wie das Leben, sondern wie ein anderer Zustand, bewußt und dennoch wie im Traum, wenn das Ich schwerelos in einer Art fiebernder Stille hängt. Vielleicht existiert doch eine Art Wille (unfreiwilliger Wille? – kann es so etwas geben?), und vielleicht sind es solche Unterbrechungen, in denen wir, ohne es zu wissen, unsere Urteile fällen, zu Entscheidungen gelangen, uns festlegen. Wenn das der Fall ist, dann ist alles, woran ich stets geglaubt habe, falsch (Glauben in diesem Sinne ist natürlich eine negative Eigenschaft). Ich bin mir dessen nicht wirklich sicher; ich spiele nur und unterhalte mich in dieser kurzen Pause, bevor alles wieder von vorne anfängt.
Gleich darauf kam Francie mit einer Flasche Champagner und drei vom Staub grauen Weingläsern zurück. Morden nahm die Flasche, entfernte die Folie und den Drahtverschluß und drehte energisch am Korken; es erinnerte mich an einen Jäger, der irgendein dickes, geschmeidiges Tier von seinen Leiden erlöst. Dann folgte ein unerwartet schwacher Knall, und eine schlappe Schaumzunge hing vom Flaschenhals. Der Wein war rosa und lauwarm. Francie bekam keinen. Mit seinem staubigen Glas stieß Morden an meines. »Auf die Kunst!« sagte er. Ich trank, er aber setzte das Glas nur in stummem Gebärdenspiel an die Lippen.
Wir durchstreiften das ganze Haus. Morden ging mit wehendem Mantel voran und schwang die Champagnerflasche an ihrem Hals hin und her, Francie ging hinter mir, mit leisem, synkopiertem schleppenden Schritt und dem knapp hinter ihm trottenden Hund. Dieser gekünstelte Marsch hatte etwas Gewalttätiges und gleichzeitig leicht Absurdes an sich. Ich hatte das Gefühl eines drohenden, lachhaften Zusam-

menbruchs, wie in einem jener burlesken Träume, in denen man ohne Hose durch eine Schar sich vor Vergnügen krümmender, auf einen zeigender Fremder hastet. Feierlich schritten wir durch hohe Räume mit abblätterndem Putz und aufgerissenen Fußböden und mit Fenstern, unter denen die Geometrie des Sonnenlichts in komplizierten Ausschnitten angeordnet war. Bei alledem hatte man das Gefühl einer stummen Verlegenheit des Hauses, weil man es in solcher Unordnung sah.

»...Jemand mit Namen Marbot«, sagte Morden. »Josiah Marbot, Esquire, Besitzer dieses Hauses. Großer Reisender, großer Baumeister, großer Sammler, Vertrauter des Königs von Neapel, Gast von Marie Antoinette in Schloß Versailles (sie soll eine Klitoris gehabt haben, so dick wie Ihr Daumen, wußten Sie das?). Es existieren Briefe an ihn von Madame X, König Ys Mätresse. Er brachte es früh zu einem Vermögen im Leinenhandel: Flachs aus Flandern, Hanf aus Genf, Weber aus Bayeux. Er sah sich in den Niederlanden um und nahm, was er finden konnte; o ja, ein scharfer Blick fürs Geschäft. Er heiratete nie und hinterließ sein Vermögen der Gesellschaft zur Abschaffung der Sklaverei oder so ähnlich. Er war Quäker, glaube ich. Ein echter Vertreter des achtzehnten Jahrhunderts.« Er blieb unvermittelt stehen, und ich lief fast in ihn hinein. Er roch nach Rasierwasser und einer beginnenden Zahnfleischentzündung. Er trug sein Champagnerglas immer noch mit sich herum, ohne es angerührt zu haben. Meines füllte er nach. »Am Ende wurde er natürlich wunderlich.« Er hielt die Flasche geneigt und fixierte mich mit einem schelmischen Blick aus kleinen runden Augen, und seine Augenbrauen zuckten. »Schloß sich hier im Haus ein, nur mit einem Diener als Gesellschaft, jahrelang, dann starb er. Ist alles aufgeschrieben worden, ich hab's gelesen. Erstaunlich.«

Während er sprach, wurde meine Aufmerksamkeit von

etwas abgelenkt, das sich hinter ihm befand und das er nicht sah. Offenbar waren wir an das Ende eines Korridors gelangt und standen vor einer schmalen, hohen kahlen Wand ohne sichtbare Türen. Diese Wand kam mir seltsam vor, sie war aus Latten und Mörtel, und an einer weiter unten gelegenen Stelle war der Mörtel abgebröckelt, und durch ein großes, einem fehlenden Puzzlestück ähnelndes Loch konnte ich auf die andere Seite sehen: Tageslicht und kahle Fußbodenbretter und etwas Schwarzes: schwarzer Stoff, Samt vielleicht, den ich für einen Vorhang oder eine Art schmalen Wandschirm hielt, bis er sich plötzlich bewegte und ich einen flüchtigen Blick auf ein bestrumpftes Bein und den hohen Absatz eines schmalen schwarzen Schuhs erhaschte. Der Hund stöhnte leise. »Passen Sie auf«, sagte Morden, wandte sich zu der blinden Wand und drückte mit den Fingern auf einen verborgenen Schalter oder dergleichen, und die Wand verwandelte sich mit einem Klicken in eine Tür und öffnete sich knarrend. Was für ein kindliches Vergnügen es war, das zu sehen, eine Wand, die sich auftat! Ich fühlte mich wie einer von Robert Louis Stevensons schneidigen jugendlichen Helden. Dahinter befand sich ein dreieckiger Raum mit einem niedrigen, schmutzigen Fenster und Ausblick auf eine Ziegelbrüstung auf der anderen Straßenseite, über der ich die von der Septembersonne bestäubte Skyline der Stadt mit ihren Kuppeln und spitzen Türmen sehen konnte. Das Mobiliar bestand aus einem einzigen Sessel mit hoher Rückenlehne, der von irgend jemandem hier zurückgelassen und vergessen worden war, und einer breiten, eingesunkenen Chaiselongue, die sich unserem Blick mit einem Anflug schwerfälliger Anzüglichkeit darbot. Was da, von einem schimmligen Schutzüberzug bedeckt, an der Wand lehnte, konnten nur etwa ein halbes Dutzend gerahmter Bilder sein (genauer gesagt waren es acht; warum diese Zurückhaltung?). Ich spähte umher: niemand und nichts, außer einem

Hauch von Parfum, der schon so schwach war, daß ich ihn vielleicht nur in meiner Phantasie wahrnahm. Prahlerisch wie ein Impresario trat Morden auf die gestapelten Bilder zu und zog den Überzug weg. »Sehen Sie sich das an«, sagte er und deutete mit der Champagnerflasche, die er wie eine Gymnastikkeule schwang, darauf. »Sehen Sie sich das bloß an!« Unterdessen lehnte Francie mit den Händen in den Hosentaschen im Türeingang und zwinkerte mir zu, wobei er mit geübter Leichtigkeit sein ledriges Eidechsenlid senkte.

1. **Die Verfolgung Daphnes,** 1680
Johann Livelb (1633–1697)

Öl auf Leinwand, 67,3 x 170,2 cm

Ein Werk des Künstlers aus seiner mittleren Lebensperiode ist die *Verfolgung Daphnes,* ein kunstvoll ausgeführtes, ausgewogenes und doch kraftvolles, vielleicht sogar etwas derbes Gemälde mit unheimlichen und verstörenden Untertönen. Das schwebende Licht, das die Hauptfiguren plastisch hervortreten läßt und die Hintergrunddistanzen in einen unirdischen Schimmer taucht, erzeugt eine gespenstische und fast surreale Qualität, die, wie manche Kritiker meinen, den Hauptreiz des Bildes darstellt. Die Dimensionen der Leinwand, ein längliches Rechteck, deuten darauf hin, daß das Gemälde für eine bestimmte Stelle vorgesehen war, vielleicht für den Platz über einem Sofa oder Bett; zweifellos unterstützt die Atmosphäre ungezügelter, wenn auch feinsinniger Lüsternheit, die über der Szene liegt, die Behauptung (vgl. Popov, Popham, Pope-Hennessy), daß das Werk für das Boudoir gemalt wurde. Wie immer paßt Livelb seine künstlerische Sicht den Geboten verfügbarer Form an und hat hier die Dimensionen seines langen, schmalen Gemäldes dazu genützt, um den dem Thema angemessenen Eindruck eines ungestümen Vorwärtsdrängens zu schaffen, wobei er gleichzeitig eine Art klassischer Ersatzruhe wahrt, eine enervierte Stille im Zentrum scheinbarer Raserei. Die Aktion, die von links nach rechts verläuft, wirkt auf den Betrachter wie Teil einer weitreichenderen Bewegung, aus der die Szene plötzlich hervorgebrochen ist, so daß das Bild in sich nicht ganz vollständig scheint, sondern eher wie das abgebrochene letzte Stück eines Lauffrieses. Der Künstler verstärkt die Illusion von Geschwindigkeit, indem er den Wind wehen läßt – und es ist ein starker Wind –, nicht ins Gesicht von Verfolger und Verfolgter, wie vielleicht zu erwarten wäre, sondern in ihrem Rücken, so als wäre Äolus persönlich erschienen, um Apollo bei dieser Jagd anzuspornen. Trotz dieses von hinten kommenden Windes fließt Daphnes mit einem purpurroten Band zusammengefaßtes Haar in langen welligen Flechten nach hinten über ihre Schultern, eine sich schlängelnde Bewegung, die ihren Widerhall im Lauf des Flusses Peneus findet, der sich wie eine glänzende silberne Schlange durch die ferne Landschaft im Hintergrund windet. Die Gestalt Amors, der mit seinem Bogen ganz außen am linken Bildrand schwebt, sieht weniger aus wie ein Gott als wie ein schadenfroher Satyr, und in seinem schrecklichen Lächeln liegt nicht nur das Licht der Rache, sondern auch eine lüsterne Gier: er hat die Absicht, das Schauspiel der Vergewaltigung zu genießen, dessen Augenzeuge er gleich zu werden glaubt. Apollo, dem der Liebespfeil bis zu den vergoldeten Federn im rechten Schulterblatt steckt, macht einen eher kläglichen Eindruck; dies ist nicht der geschmeidige Ephebe klassischer Darstellung, sondern – wahrscheinlich wie der Maler selbst zu diesem Zeitpunkt – ein Mann in mittleren Jahren mit schlaffen Gliedern und einem Bauchansatz, der mit dem Atmen Mühe hat und nicht mehr zur Liebesjagd taugt (man hat vermutet, daß es sich um ein Selbstporträt handelt, doch wurden keine Beweise erbracht, die diese Theorie erhärten). Ebenso wie Daphne erfährt auch Apollo eine Verwandlung. Im Ausdruck seiner Augen – wie gut der Maler ihn wiedergegeben hat! – liegt die Verzweiflung und die beginnende Qual von jemandem, der im Begriff ist, einen Verlust zu erleiden, nicht nur den Verlust dieses hinreißenden Mädchens, welches das Ziel seines Verlangens ist, sondern gleichzeitig auch einer wesentlichen Eigenschaft seiner Persönlichkeit, und zwar dessen, was er bis zu diesem Punkt zu sein glaubte und wovon er nun überzeugt ist, daß er es nie mehr sein wird. Seine sehnige Hand, die ausgestreckt ist, um seine Beute zu ergreifen, wird nie etwas zu fassen bekommen. Schon wird Daphne zu Laub und Gezweig; sehen wir näher hin, dann erkennen wir, wie die Rindenstückchen bereits ihre Haut durchstoßen, wie ihre schlanken Finger zu Zweigen, ihre grünen Augen zu Blüten werden. Wie kraftlos der Lorbeerbaum sich über sie neigt, jedes gezackte Blatt (»wie eines Windes Lächeln«, so hübsch drückt Rilke es aus) begierig darauf, sie in eine verklärende Umarmung zu nehmen. Die unschickliche Anspielung auf die gespaltenen Zweige des Baumes einerseits und die Glieder des fliehenden Mädchens andererseits wäre nicht nötig gewesen. Wie bei den meisten Werken Livelbs wird auch hier die Erhabenheit des klassischen Themas dem Spektakulären und dem vulgären Effekt geopfert, und letztlich fehlt es dem Bild an jener Vornehmheit der Absicht und Einfachheit der Ausführung, mit denen ein größerer Künstler sich ihm genähert hätte. Um den Kritiker Erich Auerbach zu zitieren, der folgendes in einem anderen Kontext geschrieben hat: Hier haben wir es mit einem »höchst rhetorischen Stil« zu tun, »in dem das abstoßend Sinnliche einen wichtigen Stellenwert erlangt hat; mit einem düsteren und höchst rhetorischen Realismus, wie er der klassischen Antike völlig fremd ist«.

Eigentlich war Tante Corky gar nicht meine Tante, sondern eine entfernte Verwandte mütterlicherseits, so entfernt, daß sich die Blutsbande mittlerweile zur Dicke eines einzigen Blutkörperchens verdünnt haben mußten. Sie behauptete, Holländerin zu sein – oder Flamin, wenn ihr das exotischer erschien –, und soviel ich weiß, stimmte es, daß ihre Familie aus demselben armseligen niederländischen Weiler stammte, aus dem die Vorfahren meiner Mutter vor Jahrhunderten ausgewandert waren (ich sehe es natürlich wie von Hobbema gemalt: geduckte Häuser in der Farbe gebrannter Sienaerde, eine von Furchen durchzogene Straße und ein Mann mit Hut, der auf ihr dahingeht, und zwei Reihen schlanker Pappeln, die sich in traumblauer Ferne verlieren); sie hatte jedoch an so vielen Orten gelebt und sich eingeredet, an noch viel mehr Orten gelebt zu haben, daß ihre Züge mittlerweile verschwommen waren wie die einer Statue, abgeschliffen von der Zeit, und ihre selbststilisierte Fremdartigkeit war nun von einer undeutlichen, verschleierten Patina überdeckt. Dennoch traten an manchen Stellen die ursprünglichen Linien in, wie mir schien, unverkennbarem Relief zutage:

Sie hatte die breite, knochige Stirn und die hohen Wangenknochen der Niederländer (vgl. Dürers kühne Zeichnung seiner Mutter aus dem Jahre 1514), und bei bestimmten schwierigen Konsonanten hatte ihre Stimme sogar einen leicht katarrhalischen Beiklang. Als ich ein Kind war, war sie für mich die typische Festlandbewohnerin, ein Produkt aus Kirchen mit spitzen Türmen, anderem Wetter und einem Durcheinander unmöglicher Sprachen. Obwohl sie wahrscheinlich jünger war als meine Eltern, kam sie mir damals uralt vor, wohl weil sie so häßlich war, wie die Hexe im Märchen. Sie war klein und breit gebaut, mit dem Brustkorb eines Boxers und großen viereckigen Händen mit hervortretenden Adern; mit ihrem gedrungenen Körper und ihren spindeldürren Beinen, die sich an den Knien nicht trafen, und ihren immer etwas schiefen Rocksäumen machte sie den Eindruck eines Möbelstücks, einer Anrichte vielleicht oder eines Speisezimmertisches mit gesenkten Klappen. Sie trug ihre Häßlichkeit mit großer Würde zur Schau. Angeblich hatte sie einen Ehemann im Krieg verloren; stets kleidete man ihre Tragödie in diesen Satz, sodaß ich mir vorstellte, er sei nicht tot, sondern verlegt, eine zerlumpte, ausgemergelte Gestalt mit verzweifeltem Blick, die im Kanonenrauch durch die großen Wälder und zerstörten Städte Europas irrte, auf der Suche nach meiner Tante Corky (ihr richtiger Name bestand übrigens aus einer unaussprechlichen Kollision von Konsonanten, in die i's und y's eingestreut waren). Sie hatte auch anderes im Krieg durchgemacht, auf das lediglich in Form geheimnisvoller Andeutungen Bezug genommen wurde; in meiner linkischen Vorpubertät bot dieses Problem Anlaß zu tiefgehenden und merkwürdig erregenden Spekulationen, und ich stellte sie mir gefesselt und mit gespreizten Beinen im finsteren Keller einer Baracke in einer schmalen Straße neben einem Kanal vor, während ein Trupp hakenkreuztragender Deutscher auf sie zukam und... Doch an

diesem Punkt versiegte meine Phantasie, die nicht von der Erfahrung und auch noch nicht von der Kunst genährt wurde.
Ich bin mir noch immer nicht sicher, welche von Tante Corkys Versionen ihres schillernden Lebens stimmte, falls überhaupt eine. Ihre Papiere, so habe ich herausgefunden, erzählen eine andere Geschichte, aber wie mir bekannt ist, können Papiere gefälscht werden. Sie log mit derartiger Naivität und ehrlicher Überzeugung, daß es sich eigentlich nicht um Lügen handelte, sondern um eine Art fortgesetzter Neuerfindung des Ichs. Hingerissen von ihrer eigenen Erzählkunst, verfügte sie über all die Leidenschaft und reiche Erfindungsgabe einer *improvvisatrice* und vermochte ihr Publikum eine Viertelstunde lang oder länger ohne Unterbrechung in eine aus Staunen und Verlegenheit gemischte Trance zu versetzen. Ich weiß noch, daß ich als ganz kleiner Junge zuhörte, wie sie meiner Mutter eines Tages in allen Einzelheiten vom Begräbnis der jungen Frau eines deutschen Prinzen erzählte, dessen Augenzeugin sie gewesen zu sein oder an dem sie sogar teilgenommen zu haben behauptete, und ich schwöre, ich konnte sehen, wie der Sarg auf dem kaiserlichen Schiff den Rhein hinunter überführt wurde, nur begleitet von Seiner Königlichen Hoheit in seiner cremefarbenen und blauen Uniform und dem silbernen federngeschmückten Helm, während seine trauernden Untertanen zu Tausenden schweigend vom Ufer aus zusahen. Wie so oft allerdings ging Tante Corky zu weit, nicht zufrieden, bevor sie den Bericht nicht zu Seemannsgarn gesponnen hatte: Das Schiff fuhr unter einer Brücke hindurch, und als es auf der anderen Seite wieder auftauchte, war der zuvor kahle Sarg plötzlich mit weißen Rosen überhäuft, Hunderte waren es, in wundersamer Fülle. »So war es«, sagte sie und machte ringförmige Gesten mit ihren großen Händen, wobei sie die Blüten ihrer Phantasie immer höher

auftürmte und ihre Augen vor unvergossenen Tränen glänzten, »so viele, ach, so viele!«
Woher hatte sie bei ihrem Tod all das Geld? Es ist mir ein Rätsel. Meines Wissens hat sie nie einen Beruf ausgeübt und schien von der Mildtätigkeit eines Netzwerks von Verwandten hier und im Ausland gelebt zu haben. Es gab eine längerdauernde Liaison mit einem Engländer, einem melancholischen und eindeutig zweifelhaften Charakter mit einer Vorliebe für auffallende Krawatten und zweifarbige Schuhe; daß er der Urheber dieses Reichtums war, ist unwahrscheinlich; eher im Gegenteil, würde ich sagen. Ich glaube, sie heirateten – Tante Corkys Moral war für meine Familie ein Thema, das man schweigend und mit zusammengepreßten Lippen überging –, und sie zog mit ihm nach England, wo sie viel herumreisten, vor allem in den Grafschaften um London, in vornehmen Pensionen wohnten und mit Vorliebe Whist spielten. Dann ging etwas schief, und Basil – so hieß er, eben ist es mir wieder eingefallen –, Basil wurde verabschiedet, sein Name nie wieder erwähnt, und Tante Corky kehrte zu uns zurück und hatte die Last ihrer Kümmernisse um ein weiteres Gewicht vermehrt, und immer wenn von England oder von englischen Angelegenheiten gesprochen wurde, fuhr sie zusammen und berührte ihre Wange mit der Hand, in einer Geste, die zugleich tragisch und resigniert war, so als wäre sie Dido und jemand hätte den Trojanischen Krieg erwähnt. Ich hatte sie nicht ungern. Aus dieser frühen Zeit habe ich noch ihren eigenartigen, stampfenden Gang und ihr Papageienlachen im Gedächtnis; sogar ihr Geruch ist mir noch in Erinnerung, ein starkes Gebräu aus billigem Parfum, Mottenkugeln und einer schalen Ausdünstung, deren Herkunft ich nie festzustellen vermochte, die mich jedoch an den Geruch von Kretonnevorhängen denken ließ. Und natürlich Zigarettenrauch; zweifelsohne liebte sie wie jeder wahre Festlandbewohner starken Tabak, und wo immer sie hinging,

zog sie eine aschblaue Wolke hinter sich her, und so sah ich in meiner Erinnerung an sie aus dieser Zeit ständig eine überraschend kompakte Erscheinung aus ihrer eigenen Aura hervortreten. Sie trug klebriges, pfirsichfarbenes Make-up und Rouge und schminkte ihren großen, immer ein wenig schiefen Mund mit purpurfarbenem Lippenstift; auch pflegte sie ihr Haar grellgelb zu färben und es jeden Samstagvormittag in Wasserwellen legen zu lassen.
Wie angenehm ist es doch, ruhig diese vergilbten Albumblätter umzublättern.
Ich weiß nicht, warum ich mich herbeiließ, sie nach all den Jahren zu besuchen. Wie alle anderen scheue ich vor dem Krankenzimmer zurück, und seit jenen mittlerweile undenklichen Zeiten war mit mir und meinem Leben so viel passiert, daß ich nicht sicher war, ob ich immer noch eine Sprache sprach, die für dieses dahinschwindende Relikt einer vergangenen Ära verständlich sein würde. Ich hatte angenommen, daß sie schon tot war; schließlich waren auch alle anderen tot, meine Eltern und meine... und andere, alle unter der Erde, wie also sollte sie, die schon uralt schien, als sie jung waren, noch am Leben sein? Vielleicht war es aus reiner Neugier, daß ich –
Ach, wie ich mich damit bloßstelle, es ist mir schon vorher aufgefallen, mit diesem pompösen Stil, der einsetzt, wenn ich bewußt zu heucheln beginne: *und seit jenen mittlerweile undenklichen Zeiten war mit mir und meinem Leben so viel passiert* – ach du liebe Güte! Immer wenn ich mich einer solchen Ausdrucksweise bediene, weißt du, daß ich erfinde. Aber freilich, wann bediene ich mich nicht einer solchen Ausdrucksweise? (Und ich habe behauptet, daß Tante Corky eine Lügnerin gewesen ist!)
Sie lebte – falls man es so nennen kann – in einem Altersheim außerhalb der Stadt, *Die Zypressen* genannt, einer Art großem rosa und weißen Aussichtspunkt, der in einem Halb-

kreis der ihm seinen Namen verleihenden blauschwarzen spitzen Bäume an einem Hügelabhang stand, mit einem ausgedehnten und leicht schwindelerregenden Ausblick über das Meer zur anderen Seite der Bucht. Da war ein hohes, nach Imprägnierungsmittel riechendes hölzernes Tor mit einer jener automatischen Schließvorrichtungen mit einem Mikrophon, das mich in einer nicht näher bestimmbaren Sprache ankrächzte, aber schließlich doch einließ. Asphaltierte Einfahrt, Sträucher, ein schräg abfallender Rasen und dann plötzlich, wie ein Pfeil, der direkt aus der Vergangenheit anschwirrt, der scharfe, stechende Geruch von etwas, das ich kannte, aber nicht benennen konnte, von irgendeinem Baum, Eukalyptus vielleicht, ja, ich glaube, Eukalyptus: ein wunderschönes Wort, mit jener strumösen Betonung in der Mitte, wie ein kummervolles Würgen. Fast wäre ich gestolpert, überfallen von der Süße vergessenen Leides. Dann sah ich das Haus und mußte fast lachen, so zierlich, hochaufgeschossen und bunt war es, so absurd, mit seinen säulenbestückten Bogengängen, seinen filigranen Eisenverzierungen und der verglasten Veranda, welche die Nachmittagssonne in Form eines großen Rechtecks zurückwarf. Es sah Tante Corky ähnlich, daß sie hier gelandet war! Ich ging die Biegung des Fahrweges entlang, und das Meer lag unter mir, weit weg, blau, reglos, still, wie etwas aus der Vorstellung, ein Meer des Geistes.

Die Verandatür war offen, und ich ging hinein. Ein paar ausgedörrte alte Kadaver sonnten sich in Liegestühlen zwischen den Topfpalmen. Gelbliche Triefaugen schwenkten herum und hefteten sich auf mich. Eine Tür mit Glasscheiben führte ins umbrafarbene Halbdunkel des Inneren. Ich klopfte vorsichtig an und wartete, leicht atmend. »Sie müssen ordentlich dreinschlagen«, sagte ein altes Semester mit zitternder Stimme hinter mir und hustete mit einem glucksenden Geräusch, so als zöge man einen Gummistiefel aus dem Schlamm. Überall roch es leicht nach Urin und gekochtem Essen. Ich klopfte nochmals, diesmal fester, sodaß die Glasscheiben klirrten, und augenblicklich, als hätte sie nur darauf gewartet, sich auf mich zu stürzen, riß ein lustiges dickes Mädchen die Tür auf und sagte: »Immer mit der Ruhe, Sie wecken ja die Toten auf!« und grinste. Sie trug eine Krankenschwesterntracht mit einem weißen Häubchen und diesen weißen Schuhen mit Kreppsohlen und hatte sogar eine Armbanduhr verkehrt herum an die Brusttasche geheftet (warum machen sie das nur?), aber irgendwie war nichts davon überzeugend. Sie hatte etwas von einem Wildfang an sich und erinnerte mich an ein Bauernmädchen aus meiner Kindheit, das mich Huckepack trug und sich einmal anbot, mir zu zeigen, was sie ihr Ding nannte, sofern ich ihr zuerst meines zeigte (leider wurde nichts daraus). Ich fragte nach Tante Corky, und das Mädchen maß mich mit hochgezogenen Augenbrauen von oben bis unten, immer noch mit einem skeptischen Grinsen, so als hielte sie mich ihrerseits für einen Schwindler. Ein blaues Plastikschild auf ihrem Kragen wies sie als Sharon aus. »Sind Sie der Neffe?« fragte sie, worauf ich beherzt antwortete, ja, der sei ich. In diesem Augenblick tauchte neben mir geräuschlos ein feister, schlaffer, rotblonder Mann in einem schlampigen dunklen Nadelstreifenanzug auf, der mir auf wehmütig vertraute Weise zunickte und mich anlächelte, als wären wir alte Bekannte mit alten, geteilten Kümmernissen. Es gefiel mir ganz und gar nicht, wie er aussah, auch nicht die unheimliche Art und Weise, wie er sich an mich herangeschlichen hatte. »Schon gut, Sharon«, murmelte er mit leiser und irgendwie priesterlich klingender Stimme, und das Mädchen zuckte die Achseln und schlenderte pfeifend und mit quietschenden Kreppsohlen über den schwarzweißen Fliesenboden davon. »Mein Name ist Haddon«, vertraute mir der Nadelgestreifte an, hielt kurz inne und fügte hinzu: »Mr. Haddon.« Er schob mir die Hand unter den Arm und steuerte mit mir auf eine Treppe zu, die steil zu einem Treppenabsatz mit einem breiten Fenster mit grellfarbigen Scheiben emporführte, das mir irgendwie bedrohlich erschien. Ich fing an, mich behindert zu fühlen, so als watete ich durch dickes Wasser; ich spürte auch eine unterdrückte allgemeine Heiterkeit, deren nichtsahnender Gegenstand zu sein ich das unbestimmte Gefühl hatte. Ich wollte eben die Treppe hinaufgehen, da erhaschte ich aus dem Augenwinkel eine rasche Bewegung und fuhr zusammen, als eine zierliche kleine Frau mit dem Gesicht eines uralten Mädchens auf mich zutrippelte, mich am Ärmel zupfte und im atemlosen Tonfall eines Backfisches sagte: »Sind Sie der Pelikan-Mann?« Ich wandte mich mit einem hilfesuchenden Blick an Haddon, doch er stand nur da und starrte vor sich hin, die Lippen geschürzt und die blassen Hände über dem Hosenschlitz gefaltet, abwartend und geduldig, so als handle es sich um einen notwendigen, doch lästigen Initiationsritus, dem ich unterzogen werden mußte. »Der Pelikan-Mann?« hörte ich mich mit ziemlich kläglicher Stimme sagen. »Nein, nein, der bin ich nicht.« Das alte Mädchen blickte mich weiterhin prüfend an. Sie trug ein Kleid aus taubengrauer Seide, und ein dünner Seidenschal lag um ihre Hüften. Ihr Gesicht war wirklich bemerkenswert, weich und fast ohne Falten, und ihre Augen glitzerten. »Ach«, sagte sie, »dann sind Sie der Falsche«, schenkte mir ein holdes lüsternes Lächeln und schlenderte traurig davon. Haddon und ich gingen die Treppe hinauf. »Miss Leitch«, murmelte er, wie um eine Erklärung anzubieten. Sobald wir den Treppenabsatz erreicht hatten, blieb er vor einer Tür stehen, klopfte einmal, legte den Kopf schief und horchte einen Augenblick, dann nickte er mir nochmals zu, formte mit den Lippen ein stummes Wort der Ermutigung, ging leise und quietschenden Schrittes die Treppe hinunter und war verschwunden. Ich wartete, in einer schmutzigroten Pfütze vielfarbigen Lichts aus dem bemalten Glasfenster hinter mir stehend, doch nichts geschah. Mit einem Mal wurde ich mir meiner selbst völlig bewußt, so als wäre ein zweites Ich, stumm und schwer atmend, dem abgetretenen Teppich entsprossen und erhebe sich wie ein Ungeheuer über mir. Ich legte mein Gesicht an die Tür und flüsterte Tante Corkys Namen, und augenblicklich schien ich eine weitere Welle gedämpften Lachens um mich herum zu verspüren. Niemand antwortete, und in einem plötzlichen Anfall von Ärger stieß ich die Tür auf und wurde von grellem Licht geblendet.

Mittlerweile hatte es mich ernstlich zu reuen begonnen, dieses Haus der Schatten betreten zu haben, und ich wäre dankbar gewesen, wenn Mr. Haddon oder irgendein anderer Wächter des Hauses gekommen und sich energisch vor mir aufgepflanzt und die Tür geschlossen und mich die Treppe hinunter und ins Freie geleitet und gesagt hätte: *Na, na, es ist alles ein Irrtum, Sie sind im falschen Haus, und außerdem ist Ihre Tante tot.* In panischer Sehnsucht dachte ich an das blaue Meer und an den Himmel dort draußen, an jene schwankenden, Wache stehenden Bäume. Das ist typisch für mich, immer betrete ich widerwillig einen Ort und wünsche mir, irgendwo anders zu sein. Ich hatte den Eindruck – und habe ihn immer noch, trotz der Gewißheit späterer Erfahrung –, daß das Zimmer riesig war, ein ausgedehnter weißer, leicht summender Raum, in dessen Mittelpunkt Tante Corky winzig klein auf der Barkasse eines großen hohen Bettes lag, dahintreibend in ihrer Unbrauchbarkeit. Sie war eingedöst, und bei meinem Herannahen klappten ihre Augen auf, als würden die Lider von einem Gummiband bewegt. Bei meinem ersten Blick auf sie wandte sie den Trick an, dessen sich Leute bedienen, wenn man sie lange nicht gesehen hat: Sie stoßen einen jüngeren und mittlerweile nicht mehr sehr überzeugenden Doppelgänger beiseite und gleiten flink an seine Stelle. Sie lag still da und starrte mich einen langen Augenblick an, offensichtlich ohne zu wissen, wer ich war oder ob ich wirklich oder ein Produkt der Einbildung war. Äußerlich schien sie erstaunlich wenig verändert seit dem letzten Mal, da ich sie gesehen hatte, was dreißig Jahre zuvor gewesen sein mußte. Sie war runzlig und etwas geschrumpft und trug anstelle ihres gefärbten Haares eine Perücke in einem noch auffälligeren Gelb, doch ansonsten handelte es sich eindeutig um Tante Corky. Ich weiß nicht, warum mich das hätte überraschen sollen, aber das tat es, und eine Sekunde lang machte es mich sogar unsicher. Ohne den Kopf zu heben, lächelte sie plötzlich und sagte: »Ach, ich hätte dich nicht erkannt!« Habe ich Ihnen je Tante Corkys Lächeln geschildert? Sie öffnete die Augen weit und zog die Lippen von einem Gebiß zurück, das einem kleinen Pferd gepaßt hätte, während ihr Kopf ganz leicht zitterte, so als erbebe sie unter der Anspannung eines großen, wenn auch freudigen körperlichen Einsatzes. Eine fleckige Hand krabbelte seitwärts über die Bettdecke und suchte im leeren Raum nach meiner; ich ergriff ihre hakenförmigen Finger und stützte Tante Corky unter dem Ellbogen – was für einen Griff sie hatte: es war, als würde man vom Ast eines abgestorbenen Baumes gepackt –, und sie zog sich grunzend im Bett hoch. Ich kümmerte mich um die Kissen und so weiter, dann holte ich einen Sessel und setzte mich linkisch hin, die Hände auf den Knien; kann man denn auf natürliche Weise an einem Krankenbett sitzen? Sie trug einen nicht sehr sauberen weißen Kittel mit kurzen Ärmeln, wie Patienten ihn für den Operationssaal anziehen müssen; ich bemerkte blaue Flecken in der papierdünnen Haut ihrer Armbeuge, wo Blut eingespritzt oder entnommen worden sein mußte. Sie saß gekrümmt da, mit offenem Mund, und starrte mich an, und ihr unsicheres Lächeln ließ den Eindruck entstehen, als schüttle sie voll Verwunderung den Kopf. Ihre Augen füllten sich mit zwei großen Tränen und zitterten auf den unteren Lidern. Wie immer in Gegenwart des Kummers anderer hielt ich den Atem an. Ich fragte, wie es ihr ginge, und ohne eine Spur von Ironie antwortete sie: »Oh, ausgezeichnet, wirklich ausgezeichnet – wie du siehst!«

Danach habe ich passenderweise, zweifellos willentlich, einige Gedächtnislücken. Wir müssen wohl über die Vergangenheit gesprochen haben, über die Familie, über mein sogenanntes Leben – Gott weiß, Tante Corky war nicht jemand, der die kleinste Ritze eines Schweigens unausgefüllt ließ –, doch das, woran ich mich am besten erinnere, waren Dinge, nicht Worte: der weiße Kittel beispielsweise, durch wiederholten Gebrauch gebleicht (ich fragte mich, wie viele schon darin gestorben waren), ein überquellender Stanniolaschenbecher auf dem Nachtkästchen, der fahle Lippenstiftfleck, den sie sich mit unsicherer Hand aufzutragen beeilte. Anfangs war sie ein wenig benommen, doch sobald die Betäubung des Schlafs langsam an Wirkung verlor, wurde sie zusehends munterer. Es ärgerte sie, in einem so unordentlichen Zustand angetroffen zu werden, und sie brachte in einem fort verstohlene kleine Verbesserungen an – den Lippenstift, einen Tupfer Gesichtspuder, einen raschen Zungentest zur Überprüfung ihres Gebisses –; so setzte sie sich in aufgeregten Schritten zusammen, eine Primadonna, die sich auf die große Rolle vorbereitete, das zu verkörpern, was sie ihrer Vorstellung nach war. Und während sie körperlich wiedererstand, behauptete sich auch ihr altes Wesen von neuem, als sie so dasaß, ganz aufrecht jetzt, rauchend und sich beklagend, gleichzeitig stolz, kokett und bevormundet. Tante Corky hatte ein zuinnerst dramatisches Verhältnis zur Welt im allgemeinen; kein Phänomen der Geschichte oder der Zeitläufte war so bedeutsam oder so belanglos, als daß sie es nicht einzig und allein auf sich bezogen empfunden hätte. Ihrer Version zufolge war der letzte Weltkrieg ein reiner Akt der Bosheit, ins Werk gesetzt, um ihr Leben zu zerstören;

dabei pflegte sie mit dem leidenden Blick einer Märtyrerin auf einen Regentag hinauszublicken und den Kopf zu schütteln, wie um zu sagen: *Jetzt sieh dir an, was sie sich schon wieder einfallen lassen, um mich zu ärgern!* Einen Augenblick später aber zuckte sie die Achseln, spitzte entschlossen das Kinn (jedes Haar, das darauf sproß, war mit ein paar Körnchen Gesichtspuder überdeckt), setzte jenes strahlende Pferdelächeln auf, das mich jedesmal an den sprechenden Esel aus den Filmen meiner Kindheit erinnerte, und war wieder ganz ihr altes, munteres Ich. Immer wieder tauchte sie auf, fröhlich und heiter und voller Lebhaftigkeit, eine beherzte Schwimmerin, die unerschrocken einem Meer von Unannehmlichkeiten trotzt.

Doch nichts von alledem war, wie ich es mir vorgestellt hatte. Schließlich war ich der Meinung gewesen, sie hätten mich an ein Totenbett geholt, hatte angenommen, meine Tante würde im heiter-gelassenen Leichenvorstadium leise atmend und adrett zwischen dem üblichen Zubehör (gestärktes Leinen, Arzt im Tweedanzug und im Hintergrund die wortlose Krankenschwester mit glänzender Nierenschale) liegen, doch da war sie nun, gesprächig und bizarr wie eh und je. Sicher sah sie wie alle alten Leute zerbrechlich und hohlwangig aus, doch weit davon entfernt, aus dem letzten Loch zu pfeifen, schien mir, daß sie doppelt soviel Kraft und Energie zugelegt hatte. Die Tante Corky aus meinen Erinnerungen war mittlerweile so weit in der Vergangenheit verschwunden, daß ich sie kaum noch erkennen konnte, so lebendig stand diese neue, zusammengeschrumpfte, doch immer noch rege Version vor meinen Augen. Auch das Zimmer schien kleiner zu werden, während sie darin an Größe zunahm, und das Leuchten des Meereslichtes verblaßte im Fenster, verdunkelt vom Rauch ihrer Zigaretten.

»Natürlich sind die verboten«, sagte sie, klopfte mit einem scharlachroten Fingernagel auf die Zigarettenrolle und fügte dunkel hinzu: »Sie sagen mir die ganze Zeit, ich soll aufhören, aber was geht sie das schließlich an?«

Das Bett, der Stuhl, der kleine Tisch, das Linoleum auf dem Fußboden, wie trist mir das alles plötzlich erschien, ich weiß nicht warum, ich meine, warum gerade in diesem Augenblick. Ich stand auf und ging ans Fenster und blickte über den schräg abfallenden Rasen zum Meer, das weit unten lag. Ein erfrischender Wind peitschte das rauchblaue Wasser auf und hinterließ große, sich langsam bewegende Spuren, wie die Spiralen eines Polierlappens auf Metall. Hinter mir sprach Tante Corky vom nahenden Sommer und wie sehr sie sich darauf freue, wieder aufstehen und herumlaufen zu können. Ich hatte nicht das Herz, sie daran zu erinnern, daß es September war.

»Hier sind alle so nett«, sagte sie, »so freundlich. Und Mr. Haddon – du hast hoffentlich seine Bekanntschaft gemacht? –, er ist ein Heiliger, ja, ein Heiliger! Natürlich hat er die richtige Ausbildung, weißt du, er hat Diplome. Ich wußte augenblicklich, daß er ein gebildeter Mann ist. Ich sagte zu ihm, ich sagte: *Ich erkenne einen kultivierten Menschen auf den ersten Blick.* Und weißt du, was er gemacht hat? Er hat sich verbeugt und mir die Hand geküßt – ja, mir die Hand geküßt! *Und ich,* hat er gesagt, mit dieser ruhigen Stimme, die er hat, *ich, liebe gnädige Frau, auch ich erkenne eine gute Kinderstube auf den ersten Blick.* Ich habe nur gelächelt und das Gespräch beendet; es schickt sich nicht, zu vertraulich zu sein. Er kümmert sich um alles selbst, um alles. Weißt du« – sie wand sich und guckte mich, der ich am Fenster stand, mit großen Augen an –, »weißt du, daß er sogar die Menüs zusammenstellt? Wirklich. Eines Tages habe ich ihm ein Kompliment wegen eines besonders gelungenen Ragouts gemacht – ich glaube, es war ein Ragout –, und er wurde ganz verlegen! Natürlich errötet er leicht, mit diesem hellen Teint. *Ach, Miss Corky,* sagt er – so nennt er mich –, *ach, vor Ihnen kann ich keine Geheimnisse haben!«* Einen Augenblick schwieg sie nachdenklich und konzentrierte sich auf ihre Zigarette, ein Auge geschlossen und den Mund gekräuselt und seitwärts gezogen. »Ich hoffe, ich gehe nicht zu weit«, murmelte sie. »Manchmal sind diese Leute… Aber« – sie warf lebhaft den Kopf herum, wobei die goldenen Locken ihrer Perücke auf- und abhüpften – »was kann ich machen? Wenn ich schon hier bin, muß ich schließlich –«

Mit einem Knall ging die Tür auf, und Sharon, die kindliche Krankenschwester, steckte ihren Karottenkopf herein und sagte: »Wollen Sie den Topf?« Tante Corky beeilte sich, ihre Zigarette auszudrücken. Mit aufeinandergepreßten Lippen schüttelte sie wütend den Kopf. »Okay«, sagte Sharon und zog sich zurück, dann tauchte sie erneut auf, deutete mit dem Kopf auf den von Stummeln starrenden Aschenbecher und sagte heiter: »Ich sage Ihnen, dieses Zeug bringt Sie noch ins Grab.«

Nachdem sie verschwunden war, ging ich zum Stuhl neben dem Bett zurück und setzte mich. Zutiefst gekränkt wich Tante Corky meinem Blick aus, atmete schwer durch geblähte Nasenlöcher und blickte mit vogelartigen Kopfbewegungen entrüstet um sich. In der Peinlichkeit des Augenblicks hielt ich erneut den Atem an; ich fühlte mich wie ein Freiwilliger in einem Schwebeakt, horizontal in der Luft schwebend und nicht wagend, einen Muskel zu bewegen. Mit zitternden Händen zündete sich Tante Corky eine neue Zigarette an und blies eine herausfordernde Rauchtrompete an die Decke. »Natürlich«, sagte sie verbittert, »*sie* ist mit *ihm* nicht zu vergleichen. Meines Wissens hat sie keine Ausbildung, und zweifellos kein Gefühl für die Dinge, nein – keine *finesse.* Niemand weiß, wo er sie aufgegabelt hat.« Ich sagte unbestimmt: »Naja, immerhin ist sie jung…« Tante Corky starrte mich an. »Jung?« rief sie, mit einem hohen, leisen Kreischen, »jung – die?« und begann zu husten. »Nein,

nein«, sagte sie ungeduldig, winkte mit der Hand und blies eine Acht aus Rauch, »nicht die Krankenschwester, ich meine *sie* – die Frau.« Eine giftige Grimasse. »Mrs. Haddon.« Der wir, falls ich die Energie dafür aufbringe, demnächst begegnen werden. Wieder nahm Tante Corky ihre Lippenstiftpatrone heraus und retuschierte, seufzend und mit finsterem Blick, mit breiten Strichen verstimmt das stilisierte Lippenpaar, das über die verwüstete Höhlung geschmiert war, wo sich einst ihr Mund befunden hatte; mit dem aufgefrischten Lippenrot sah sie aus, als hätte sich ein tropisches Insekt auf ihrem Gesicht niedergelassen.

Ist es anläßlich dieses Besuchs oder später gewesen, frage ich mich, daß ich ihr von Morden und seinen Bildern erzählt habe? Hatte ich ihn damals überhaupt schon aufgesucht? Siehst du, wie du meinen Griff auf die Chronologie gelockert hast. Ich bringe alles durcheinander, wie ein Greis. Lang vergangene Dinge scheinen, als wären sie erst gestern passiert, während das Gestern selbst schon uralt ist, bevor das Heute verblaßt. Einst pflegte ich Ereignisse danach zu datieren, ob sie vor oder nach dem Augenblick eingetreten waren, als du mir zum ersten Mal an der Ecke Ormond Street begegnetest; dann wurde dein Weggehen zu dem Angelpunkt, auf dem die Zeitalter sich drehten; nun ist alles im Fluß. Ich fühle mich so, wie die Jünger sich in den Tagen der Verlassenheit zwischen dem Ölberg und dem Wegrollen des Grabsteins gefühlt haben müssen. (Du lieber Gott, woher kommt das denn wieder? Werde ich fromm? Als nächstes habe ich noch Visionen.) Wie dem auch sei und welcher Tag es auch war, jener erste oder ein anderer: Als ich ihr von meinem neuen Unternehmen erzählte, verfiel Tante Corky in einen Taumel der Begeisterung. »Die Kunst!« hauchte sie, schlug sich mit einer Hand aufs Brustbein und setzte ein Rouault-Gesicht auf. »Kunst ist Gebet!« Augenblicklich tat es mir leid, das Thema überhaupt erwähnt zu haben, und ich saß da und blickte verdrossen auf meine Hände, während sie eine ihrer schwärmerischen Reden vom Stapel ließ, an deren Ende sie eine zitternde Klaue ausstreckte, mein Handgelenk packte und in inbrünstigem Flüsterton sagte: »Was für eine Chance für dich, etwas Neues aus dir zu machen!« Ich lehnte mich zurück und starrte sie an, doch sie sah mich weiterhin unverwandt und unerschrocken an, hielt mein Handgelenk fest und nickte langsam und feierlich mit dem Kopf. «Denn weißt du«, sagte sie mit einer Art vorwurfsvollem Zwinkern, »du bist sehr ungezogen gewesen, sehr, sehr ungezogen.« Ich hätte mich nicht gewundert, wenn sie die Hand ausgestreckt und mich am Ohr gezogen hätte; vielleicht bin ich sogar errötet. Irgendwie hatte ich mir vorgestellt, sie wüßte ebensowenig Bescheid über meine Aktivitäten während der Jahre, in denen ich sie nicht gesehen hatte, wie ich über ihre. Aber ein schlechter Ruf macht schnell die Runde. Tante Corky ließ mein Gelenk los, streichelte meine Hand und zündete sich noch eine Zigarette an. »Der Tod ist nichts«, sagte sie etwas zusammenhangslos und runzelte die Stirn; »überhaupt nichts.« Sie gab einen flatternden Seufzer von sich, saß einen Augenblick verwirrt um sich blickend da und ließ sich dann langsam auf die eingedellten Kissen hinter ihr zurücksinken und schloß die Augen. Ich stand rasch auf und beugte mich bestürzt über sie, doch alles war in Ordnung, sie atmete noch. Ich nahm ihr die Zigarette vorsichtig aus den Fingern und zerdrückte sie im Aschenbecher. Ihre Hand fiel kraftlos weg und blieb mit der Handfläche nach oben auf der Bettdecke liegen. Sie wollte noch etwas sagen, doch da wurde ihr Mund schlaff, und plötzlich gab sie einen lauten, hupenden Schnarchton von sich, und ihre Beine zuckten unter den Laken.

In Gegenwart schlafender Menschen fühle ich mich nie wohl – das heißt, ich fühle mich noch weniger wohl mit ihnen, als wenn sie wach sind. Als ich verheiratet war, ich meine, als ich noch eine Frau hatte und so, hätte ich es vorgezogen, meine Nächte allein zu verbringen, obwohl ich natürlich niemals den Mut gehabt hätte, das zu sagen. Es ist nicht so sehr das unheimliche Element des Schlafes, das mich verstört, obwohl es verstörend genug ist, sondern die spezielle Art von Einsamkeit, in die mich der Schläfer an meiner Seite stößt. Es ist so eigenartig, dieses Alleinsein: Es läßt mich an Transsylvanien denken, an Voodoo, solche Sachen. Da sitze – oder noch schlimmer, da liege ich im Dunkeln, in Gegenwart der Untoten, die ein Stadium der Apotheose erreicht zu haben scheinen, so *erfüllt* scheinen, während sie in dieser tief atmenden Ruhe auf einer dunklen Ebene zwischen zwei Welten liegen, hier und gleichzeitig grenzenlos weit von mir entfernt. In solchen Augenblicken spüre ich mein bewußtes Ich am stärksten und fühle das elektrische Beben und Prickeln, die Nichtigkeit und das furchtbare Gewicht dessen, was es heißt, ein lebendiges, denkendes Wesen zu sein. Die ganze Angelegenheit scheint dann ein Skandal oder ein schrecklicher Witz, ausgedacht von jemandem, der längst verschwunden ist, ein Witz, dessen Pointe verflogen ist und über den niemand lacht. Jedenfalls schlief meine Frau immer schnell ein, ihr Schlaf war allerdings unruhig. Ihr Kopf traf auf das Kissen und schwirr! nach ein paar einleitenden Schaudern war sie weg. Ich frage mich, ob das ihre Art war, mir zu entfliehen. Aber schon verfalle ich wieder dem Solipsismus, meiner Gewohnheitssünde. Gott weiß, wovor sie flüchtete. Vermutlich vor allem. Falls es eine Flucht war. Vielleicht war sie in derselben Klemme wie ich, wollte ein Lager für sich allein und wagte es nicht zu sagen. Allein sein. Eins mit sich sein. Ist das dasselbe? Ich glaube nicht. Eins mit sich sein: was für eine merkwürdige Wendung, ich habe nie genau verstanden, was sie bedeutet. Und ich, wie bin ich wohl, wenn ich schlafe, wie ich das gelegentlich tue? Etwas Zusammengekauertes, stelle ich mir vor, regungslos hingekauert und bereit, aus der Finsternis zu springen, mit blitzenden Fängen und grünlich leuchtenden Augen. Nein, nein, das ist viel zu elegant, zu glatt: eher wie ein großes, an den Strand gespültes schwabbeliges Ding, aus der Tiefe hochgeworfen, keuchend und mit offenem Maul.

Was habe ich...? Tante Corky. Ihr Zimmer. Nachmittagssonne. Ich bin da. Die Zigarette, die ich im Aschenbecher ausgedrückt hatte, verströmte noch immer entschlossen ein dünnes, geschwindes, beißendes Rauchfähnchen. Ich wartete eine Weile, sah Tante Corky mit leerem Kopf beim Schlafen zu, und dann stand ich mit bleiernen Gliedern, die Hände fest gegen die Knie gedrückt, auf und schleppte mich zitternd aus dem Zimmer und schloß die Tür ohne ein Geräusch hinter mir. Mittlerweile hatte sich der Flecken bunten Lichts auf dem Treppenabsatz erstaunlich weit fortbewegt und kroch Zentimeter um Zentimeter die Wand hinauf. Es ist merkwürdig, wie exakt der Eindruck dieses Tages in meiner Erinnerung funkelt, erfüllt von einem strengen hellenischen Strahlen, das zweifellos schärfer und leuchtender ist, als sich von einem Septembertag in diesen Breiten erwarten läßt. Wahrscheinlich erinnere ich mich überhaupt nicht, sondern bilde mir nur etwas ein, und deshalb erscheint es so real. Haddon wartete am Fuß der Treppe auf mich, bucklig und salbungsvoll und gleichzeitig scharf beobachtend. »Sie macht einem wirklich zu schaffen«, sagte er, während wir zur Tür gingen. »Leider sahen wir uns gezwungen, ihre Sachen zu beschlagnahmen.« »Sachen«, sagte ich, »was für Sachen?« Er lächelte, ein rasches kleines Seitwärtszucken des Mundes. »Ihre Kleidung«, sagte er; »sogar ihr Nachthemd. Sie machte uns ganz verrückt, ging jederzeit, Tag und Nacht, aus dem Haus.« Ich setzte ein Lächeln auf, das widerwärtig gewirkt haben muß, und nickte mitfühlend, feige wie ich bin, und dachte mit einem Schaudern: *Stell dir vor, stell dir bloß vor, du wärst er.*

Als ich wieder in die Welt hinaustrat, war ich überrascht, wie hell und fröhlich alles wirkte, die Sonne, das glänzende Gras, jene Van-Gogh-Bäume und der große helle Himmel mit seinem Rand kupferfarbener Wolken; ich hatte das Gefühl, auf einer langen Reise gewesen und nun ganz plötzlich wieder zu Hause zu sein. Ich ging den Fahrweg hinunter, so schnell ich konnte, doch nachdem sich das Tor hinter mir geschlossen hatte, hielt ich inne und drückte nochmals auf die Klingel, und wie zuvor krächzte mich der verborgene Sprecher an. Aber ich weiß nicht mehr, was ich noch hatte sagen wollen, und nach einigen Augenblicken ungeduldigen, metallischen Atmens schaltete sich das Sprechwerkzeug mit einem Klikken aus, und in der plötzlichen Stille kam ich mir wieder dumm und bloßgestellt vor und wandte mich um und schlich mich die Hügelstraße hinunter und davon.
Als ich so dahinging, unter der Wohltat des blauen und tiefgoldenen Septembernachmittags, wurde mein Herz ruhig, und ich spürte erneut einen stechenden Schmerz, wie jenen, der mich durchbohrt hatte, als ich den Eukalyptus am Tor roch. Was für paradiesische Sehnsüchte sind es, die mich in unbedachten Augenblicken überkommen, wenn mein Geist anderswohin schaut? Es sind wohl nicht unwillkürliche Erinnerungen von der Art, wie sie die berühmte Madeleine hervorgerufen haben soll, denn keine bestimmten Ereignisse sind damit verknüpft, keine Kindheitslandschaften, keine geliebten Gestalten in raschelnden Kleidern oder Zylindern; es sind vielmehr Leerstellen, über die man plötzlich stolpert und die an einen Inhalt gemahnen, der nie existiert hat, nur schmerzlich ersehnt worden ist. Diese Stimmung vager, trauriger Verzückung war noch da, als ich in die Stadt zurückkam und meine Schritte mich widerstandslos und nur halb bewußt den Fluß und die Black Street entlang in die Richtung von Mordens Haus trugen. Ein Teil von mir muß über ihn und seinen geheimen Fund von Bildern nach-

gegrübelt haben, der in jenem verschlossenen Zimmer aufgestapelt war. Die Straße war still, die eine Seite erfüllt vom ruhigen Sonnenlicht des Spätnachmittags und die andere verborgen in einem Schatten, der tief heruntergezogen war wie eine Markise. Die Flügeltür des *Boatman* stand weit offen, und aus der höhlenartigen Düsternis des Innenraums kam eine Welle von Biergeruch. Ein Hund auf drei Beinen lief vorbei und bleckte mich stumm und flüchtig mit seitlich hochgezogenen Lefzen an. In der Nähe übte jemand in einem oberen Stockwerk lustlos Tonleitern auf einem verstimmten Klavier. So schützt das Schicksal Gleichgültigkeit vor, während es seine schäbigen Requisiten aufbaut, mit zusammengekniffenen Augen zum Himmel aufblinzelt und unbekümmert pfeift. Ich stand an der Ecke und blickte über die Rue Street zu dem Haus mit seinen leeren Fenstern und der breiten schwarzen Tür. Ich dachte an nichts besonderes, stand einfach herum. Oder vielleicht drehte und wendete ich in jenem unergründlichen Labyrinth, das ich meinen Kopf nenne, Mordens Vorschlag, vielleicht war *das* der Augenblick, als ich in der träumerischen, ziellosen Weise, die mir als Wille gilt, beschloß, mich der Aufgabe zu widmen, sein geheimes Lager ungewöhnlicher Bilder zu schätzen und zu katalogisieren. (Da ist sie wieder, diese Vorstellung von freiem Willen, von Absicht, von Entschlossenheit; erlahme ich denn in meinem Mangel an Überzeugung?) Plötzlich öffnete sich die Tür, und eine junge Frau in Schwarz trat ins Freie und hielt einen Augenblick auf dem Gehsteig inne, um etwas in ihrer Handtasche zu suchen – Geld? einen Schlüssel? –, dann wandte sie sich um und ging rasch in Richtung Ormond Street. Ich weiß, du hast immer behauptet, daß du mich dort gesehen hast, wie ich mich an der Ecke herumdrückte, aber ich erinnere mich so daran: die Tür, Halt und in die Handtasche geguckt, dann ohne einen Blick auf dem Absatz kehrtgemacht und auf und davon, mit gesenktem

Kopf, und mein Herz erzitterte, so als wüßte es schon, was ihm bevorstand.
Ich bin nicht von Natur aus neugierig, was Menschen anbelangt – doch manchmal, wenn meine Aufmerksamkeit geweckt wird, gehe ich außerordentlich weit, um die banalsten Entdeckungen über wildfremde Menschen zu machen. Es ist verrückt, ich weiß. Ich steige zum Beispiel meilenweit vor meiner Haltestelle aus dem Bus, um eine Sekretärin zu verfolgen, die vom Büro nach Hause kommt, nur um zu sehen, wo sie wohnt; ich lungere in Einkaufszentren herum – ach, diese herrlichen Jagdgründe! –, nur um herauszufinden, was für eine Sorte Brot oder Kohl oder Toilettenpapier eine überlastete Hausfrau mit zwei rotznasigen Kindern im Schlepptau kaufen wird. Und es ist nicht nur mit Frauen so, falls einem Bluthund die Nase zu jucken beginnt: Ich folge auch Männern, Kindern, jedem. Zweifellos könnte ein Student der Psychiatrie im ersten Semester dieser leichten Krankheit einen Namen geben. Sie ist harmlos so wie Nasebohren oder Nägelkauen und bietet mir ein gewisses mattes Vergnügen. Ich sage das alles zu meiner Verteidigung (obgleich ich nicht wüßte, wer meine Ankläger sein sollten): Als ich mich an jenem Tag aufmachte, um dieser jungen Frau, einer vollkommen (ach, vollkommen!) Fremden, heimlich zu folgen, hatte ich nichts anderes im Sinn, als herauszufinden, wohin sie ging. Mir ist klar, wie lachhaft und wenig plausibel diese Beteuerungen meiner Schuldlosigkeit klingen. Zweifellos hätte es jemanden, der uns dabei beobachtete, wie wir auf der Straße dahingingen, sie in der Sonne und ich hinter ihr auf der anderen, schattigen Straßenseite, einfallen können, einen Polizisten zu alarmieren. Sie trug ein kurzärmeliges schwarzes Kleid und unmöglich hohe Absätze, auf denen sie in erstaunlich schnellem Tempo dahinschwankte, die Handtasche an die Brust gedrückt und den schlanken Nacken nach vorn geneigt und den Kopf gesenkt, so daß es, während sie

dahinstöckelte, so aussah, als blicke sie die ganze Zeit über den Rand eines Abgrundes, der ständig vor ihr zurückwich. Sehr blaß, mit kurzem schwarzem Haar im Pagenschnitt (meine Lulu!) und schmalen hohen Schultern und sehr dünnen Beinen; selbst auf die Entfernung konnte ich ihre kleinen weißen Hände mit den rosa Knöcheln und schlecht lackierten, bis zum Fleisch abgekauten Fingernägeln erkennen. An diesem stillen, hellen Tag sah sie sonderbar aus in ihrem schwarzen Kleid und den schwarzen Seidenstrümpfen mit Naht und den glänzenden schwarzen Pumps; eine frischgebackene Witwe, dachte ich, die zur Testamentseröffnung geht. Als sie an der Ecke Ormond Street angelangt war, blieb sie erneut stehen, offenbar eingeschüchtert von der Menschenmenge und dem Lärm und den im Stoßzeitverkehr steckengebliebenen Herden, die in der Sonne pulsierten. Sie blickte über ihre Schulter (und *da* hast du mich gesehen), und ich wandte mich schnell ab und spähte in ein Schaufenster, die Kehle zugeschnürt vor Angst und freudiger Panik – denn so fühle ich mich, ganz heiß und aufgeregt, wenn ich mitten in meiner Verfolgungsjagd bin und meine Beute zögert, so als spüre sie einen Hauch meines heißen Atems im Nacken. Einen Augenblick später merkte ich, daß das Geschäft, vor dem ich stehengeblieben war, aufgelassen und das Schaufenster, an dem ich solches Interesse vortäuschte, leer und voller Spinnweben war. Als ich mich umwandte, um mich nach ihr umzusehen, war sie verschwunden. Ich eilte zur Ecke, aber es war nichts von ihr zu sehen. Wie immer, wenn mir der Gegenstand meines Interesses entwischt ist, empfand ich ein schales Gefühl, eine Mischung aus Enttäuschung und nicht ganz verständlicher Erleichterung. Mit leichterem Schritt wandte ich mich um, um den Weg zurückzugehen, den ich gekommen war – und da war sie, direkt vor mir, so nahe, daß ich fast mit ihr zusammenstieß, stand reglos in einer pflaumenfarbenen Schattenpfütze, die Handtasche noch immer steif an die Brust gedrückt. Sie war älter, als ich zuerst angenommen hatte (gerade habe ich im Kalender ausgerechnet, daß ihr Alter annähernd siebenundzwanzig Jahre, vier Monate, elf Tage und fünf Stunden betrug). Die glänzende Krone ihres Kopfes reichte bis zur Höhe meines Adamsapfels. Wirklich sehr schwarzes Haar, blauschwarz, wie ein Krähenflügel, und eine violette Schattierung in den Augenhöhlen. Erkennungsmerkmale. Lieber Gott. Absurderweise sehe ich einen kleinen schwarzen flachen runden Hut und einen schwarzen Dreiviertelschleier – dieses exzentrische Zubehör, sicher ein Streich, den mir ein ausgelassenes Gedächtnis spielt? Doch sie hob tatsächlich die Hand, um etwas wegzuwischen, eine Haarsträhne oder eine verirrte Wimper, ich weiß nicht was, und mir fielen das Zittern ihrer Hand und die Nikotinflecken an ihren Fingern auf. Ihr kleines blasses herzförmiges Gesicht war abgewandt, und sie blickte stirnrunzelnd in den Mittelgrund, und als sie zu sprechen begann, war ich nicht sicher, ob sie tatsächlich an mich das Wort richtete.

2. Der Raub der Proserpina, 1655
L. van Hobelijn (1608–1674)

Öl auf Leinwand, 38,1 x 53,3 cm

Obgleich die Großartigkeit des Entwurfs in unangemessenem Verhältnis zu seinen bescheidenen Ausmaßen steht, ist dies van Hobelijns technisch geglücktestes und vielleicht bestes Werk. Der Künstler hat sich die Aufgabe gestellt, möglichst viele Elemente des Mythos der Entführung von Demeters Tochter durch den Gott der Unterwelt darzustellen, und das Ergebnis ist eine volle, um nicht zu sagen übervolle Leinwand, die mit ihren abgeflachten Oberflächenstrukturen und merkwürdig verkürzten Perspektiven eher den Eindruck eines Stillebens als einer Szene leidenschaftlicher Aktivität erweckt, als die sie beabsichtigt ist. Der Ablauf der Jahreszeiten, das Phänomen, das im Zentrum dieses Mythos steht, wird mit großer Raffinesse und Erfindungsgabe wiedergegeben. Das Jahr beginnt links im Bild mit der Frühlingswiese am Pergus-See – man beachte den opalisierenden Schimmer des Wassers, das man durch die es umgebenden dunklen Bäume hindurch sieht –, wo Proserpinas Gefährtinnen, einstweilen noch völlig ahnungslos, was deren Geschick betrifft, sorglos inmitten der verstreuten Veilchen und Lilien wandeln, die aus den gelösten

Falten von Proserpinas Kleid fielen, als der Gott sie ergriff. Im Vordergrund wacht die große sitzende Gestalt Demeters über die fruchtbaren Sommerfelder, mit Zähnen wie Gerstenkörner (oder Granatapfelsamen?), das Haar von Getreidehalmen durchflochten: eine groteske Figur à la Arcimboldo, uralt, doch gebieterisch, die wahre Mutter der Mysterien. Zu ihrer Linken, rechts im Bild, haben sich die Bäume, die die Landzunge oberhalb des schmalen Zugangs zum Meer säumen, bereits verfärbt, und herbstlicher Rauch liegt in der Luft. Bis zur Taille versunken in den kleinen Wellen, löst sich hier die Nymphe Cyane, verflucht vom Gott des Todes, in ihren eigenen bitteren Tränen auf, während sich hinter ihr die Fluten auftun, wo Pluto sein Zepter in die Tiefe geschleudert hat. Auf der Wasseroberfläche treibt etwas, das sich unter der Lupe als dunkelblaue Schärpe herausstellt: Es ist Proserpinas Gürtel, die Spur, die ihre vor Kummer wahnsinnige Mutter auf der Suche nach der verlorenen Tochter in die Unterwelt führen wird. Daß der Gürtel im Meer schwimmt, ist einer von van Hobelijns Scherzen mit der Zeit, denn wenn wir uns die Gestalt Proserpinas, die über den Wellen schwebt, näher ansehen, bemerken wir, daß der Gürtel in Wahrheit noch nicht von ihrer Taille gefallen ist: In dieser gemalten Welt ist alle Zeit ewig gegenwärtig und aufhebbar. Mit welch vollendeter zeichnerischer Begabung hat der Maler den fliegenden Wagen mit dem Gott und dem Mädchen in die blasse Meeresluft gesetzt! Die ganze Anordnung von Wagen, Pferden und Insassen mißt, von den geblähten Nüstern des ersten Pferdes bis zu den Spitzen von Proserpinas windgewelltem Haar, nicht mehr als fünf Zentimeter, doch spüren wir mit überwältigender Unmittelbarkeit das ganze Gewicht dieser stürzenden Masse aus Eisen und Holz und Fleisch, die im Begriff ist, in das sich auftuende Meer einzutauchen. Mit seiner Atmosphäre verhaltener, doch unwiderstehlicher Gewalt ist dieser Augenblick eine treffende Vorwegnahme der Vergewaltigung, die gleich darauf im Tartarus stattfinden wird. Die dunklen Züge des Gottes sind zu einer Grimasse mit Selbsthaß gemischter Lust verzerrt, und sein erhobener Arm, der die große schwarze Peitsche schwingt, führt eine zugleich brutale und von Müdigkeit schwere Bewegung aus. Proserpina, eine zerbrechliche, doch eindrucksvolle Gestalt, empfindsam ausgeführt, scheint eigenartig unberührt von dem, was gerade geschieht, und blickt über die Schulter zurück, hinaus aus dem Rahmen, mit einer Miene gleichgültiger Melancholie, gefangen, wie sie ist, zwischen der hellen Welt der Lebenden und dem Land der Toten – in keinem von beiden Reichen wird sie je wieder ganz zu Hause sein. Über ihr, im Hintergrund am oberen Bildrand, speit der Ätna Feuer und Asche über eine Winterlandschaft, die bereits durch den Zorn der kummervollen Demeter verwüstet ist. Wir sehen die zerbrochene Pflugschar und die hungernden Ochsen und den Bauern, der um seine Felder klagt, die von der Göttin in ihrem Zorn auf eine undankbare Erde, die ihr das Geheimnis des Schicksals ihrer Tochter nicht preisgeben will, unfruchtbar gemacht worden sind. Und so vollendet sich der Kreislauf der Jahreszeiten. Uns fallen andere Gemälde mit dem Thema der Jahreszeiten ein, *Primavera* zum Beispiel, doch van Hobelijn ist nicht ein »Botticelli des Nordens«, wie manche Kritiker behaupten, und seinem dürftigen Gemälde mit den unterschiedlichen Perspektiven und dem plumpen Symbolismus mangelt es völlig an dem Gleichgewicht, an der himmlischen Ruhe, am Gefühl für ungehörte, durch durchsichtige Lüfte tönende Musik, wie sie aus dem Werk des italienischen Malers ein zeitloses und unerschöpfliches Meisterwerk machen. Dennoch übt der *Raub der Proserpina* seinen eigenen unheimlichen, doch nicht unbeträchtlichen Zauber aus, in dieser drohenden Vorahnung von Verlust und Unglück und in der Einsicht über die Destruktivität der Liebe, die Zerbrechlichkeit menschlicher Wünsche und die tyrannische und unwiderstehliche Macht des Schicksals.

Heute weiß ich, ich hätte ihr sagen sollen, wer ich war, hätte zugeben sollen, daß ich bereits in dem Haus gewesen war, Morden getroffen und die Bilder gesehen hatte. Mit anderen Worten, ich hätte mit der vollen Wahrheit herausrücken sollen, aber das tat ich nicht, und so nahm das Ganze in einem Nebel aus Zweideutigkeit und Verstellung seinen Anfang. Andererseits warst auch du, ich meine war sie (ich muß versuchen, bei der dritten Person zu bleiben, zu der du schließlich geworden bist), war offenbar auch sie alles andere als ehrlich, denn obwohl sie mich an jenem Tag behandelte, als wäre ich nichts weiter als ein liebenswürdiger Fremder, dessen Bürde von Einsamkeit sie eine Stunde lang zu erleichtern bereit war, behauptete sie später, sie hätte sehr wohl gewußt, wer ich war, oder zumindest – ihre Version der Geschichte änderte sich ständig – gewußt, daß ich jemand war, der mit Morden und dem Haus zu tun hatte. Warum sonst hätte sie mich denn so auf der Straße belästigen sollen, fragte sie in dem schrillen Ton, den Kreide auf einer Tafel macht und durch den sie sich ab und zu verriet; glaubte ich denn, sie habe die Gewohnheit, fremde Männer aufzugabeln? Ich antwortete nicht darauf, sondern erwähnte schüchtern Amor und seinen Pfeil, worauf sie wütend schnaubte. Wie dem auch sei, hätte ich an jenem Tag alles offen zugegeben, dann hätte ich die geheimnisvolle Intensität der Begebenheit zerstört. Ich glaube, der Ton für alles, was zwischen uns geschehen sollte, wurde bei jener ersten Begegnung mit ihrem verhaltenen heißen Summen von Lüge und heimlichem Wissen festgelegt.

Es war sonderbar, das Haus in derselben Woche ein zweites Mal gezeigt zu bekommen. Natürlich war alles anders. Diesmal lag der Nachdruck auf den Nebenakzenten. Durch die kühle Stille des Nachmittags ging ich hinter ihr die Treppe hinauf und versuchte nicht auf ihr schmales kleines Hinterteil zu blicken, das sich in seinem engen Futteral aus schwarzer Seide vor mir die Treppe hinaufschlängelte; aus Gründen, die unklar waren und es noch immer sind, hatte ich das Gefühl, es sei meine Pflicht, die Möglichkeiten, die die Situation bot, nicht zu nützen. Ich glaube, in meinem Innersten muß ich trotz allem ein Gentleman der alten Schule sein. Ich ergreife diese Gelegenheit, bevor ich dann beide Füße auf den glatten Abhang setze und solange ich noch einen ausgewogenen Satz artikulieren kann (später wird noch zur Genüge schwer geatmet werden), um festzustellen, daß ich bei allem, was sich Liebe nennt und was dieses Wort impliziert, ein Tölpel bin. Immer war, immer sein werde. Ich verstehe Frauen nicht – ich meine, ich verstehe sie noch weniger, als es der Rest meines Geschlechts zu tun scheint. Es gibt Zeiten, da denke ich, dieser Mangel an Verständnis ist die grundlegende Tatsache meines Lebens, ein leerer Bereich des Nichtwissens, der bei anderen ein beleuchteter, gut ausgeschilderter Ort ist. Hier, in mir, in diesem Bermuda-Dreieck der Seele, lösen sich die feinen Unterscheidungen, die eine Voraussetzung moralischer Gesundheit sind, in leere Luft und Stille auf, und man hört nie wieder von ihnen. Ich könnte die Frauen, mit denen ich Umgang gehabt habe, dafür verantwortlich machen – meine Mutter beispielsweise und natürlich meine ehemalige Frau –, könnte sie beschuldigen, mich nicht richtig erzogen zu haben, mich nicht wenigstens in die nebensächlicheren Geheimnisse ihrer Schwesternschaft eingeweiht zu haben, doch zu welchem Zweck? Sinnlos. Der Mangel war von Anfang an in mir. Vielleicht ging in dem kleinen Urknall, in dem ich entstand, ein Chromosom verloren. Das ist es vielleicht, vielleicht bin ich das, eine verpatzte Frau, so wie es verpatzte Priester gegeben hat. Das würde vieles erklären. Doch nein, das ist zu einfach; selbst wenn es der Fall sein sollte, liegt darin zu sehr die Möglichkeit der Entlastung. Nein, es ist nicht die in mir verlorene Anima, hinter der ich her bin, sondern das unnennbare Geheimnis des Anderen (ich kann dein freches Kichern hören); in das bin ich mein ganzes Leben immer wieder eingetaucht wie in eine verschmutzte Sargassosee, in der ich niemals meine Tiefe ausloten kann. In dir, so dachte ich, würde ich endlich den sandigen Boden erreichen, um dort schwerelos zu waten, während Schaumblasen meine Schienbeine küssen und kleine Wesen unter meinem Zeitlupenschritt dahingleiten. Jetzt scheint es, ich habe mich geirrt, wieder einmal geirrt.

Wir blieben auf dem kreisförmigen Treppenabsatz ganz oben im Haus stehen, und sie zündete sich eine Zigarette an. Sie blickte ständig verdrossen um sich, auf vage, ärgerliche Art und Weise, so als vermute sie, etwas verloren zu haben, wisse aber nicht, was es sein könnte. Zerstreut: das ist das Wort, das ich immer mit ihr assoziiere: zerstreut, Zerstreutheit, und dann Varianten wie beispielsweise geistesabwesend und Geistesabwesenheit und jetzt natürlich, während dieses unendlich langen Nachspiels, mit dem schrillen Klang einer völlig neuen Konnotation einfach: abwesend. Sie rauchte mit der großspurigen, amateurhaften Geste eines Schulmädchens,

indem sie schnell an der Zigarette zog, pfeifend den Rauch einsog und große Wolken nicht eingeatmeten blauen Rauchs ausstieß. Über uns in den hohen Fenstern stand das Sonnenlicht in Blöcken, die solide aussahen wie heller Stein. Ein Flugzeug flog über uns hinweg und ließ die Scheiben ganz leicht erzittern, und in einer Art von Gleichgestimmtheit flatterte mein Zwerchfell, und mit einem leichten Schock erkannte ich, daß das, was ich am stärksten empfand, Angst war: nicht nur vor Morden und davor, von ihm oder seinem Mann oder dem schwarzen Hund seines Mannes hier entdeckt zu werden, sondern auch vor ihr und vor dem Haus – vor jedem und allem. Aber ich weiß nicht, ob Angst das richtige Wort ist. Etwas weniger Eindeutiges also? Erschrecken? Besorgnis? Was immer es war, es war keine unangenehme Empfindung; es war etwas von der Kindheit darin, etwas von den Spielen, die man vor langer Zeit mit aufgekratzten Mädchen im lendenwarmen Glühen kaminfeuererleuchteter Wohnzimmer an Sonntagabenden im Winter gespielt hatte. Ja, das ist es, was mir bei jenem ersten Mal aufgefallen ist, dieses Gefühl, zurückgeführt worden zu sein in ein versuchsweise tastendes, verwirrtes und erwartungsvolles Daseinsstadium. Denn man muß verstehen, ich wußte nicht, was vor sich ging, warum sie mich hierhergebracht hatte oder wer sie war oder warum sie diese enganliegenden Seidenklamotten trug (apropos – ich fand tatsächlich nie die Erklärung für diese exzentrische Kostümierung; war es dein Verführungs-Outfit?), und ich war so wachsam und unsicher wie ein Halbwüchsiger und ebenso schweißnaß erregt. Nein, ich wußte nicht, was vor sich ging, doch da ich im großen und ganzen ein vertrauensvoller Typ bin, gab ich mich mit der Annahme zufrieden, daß irgend jemand es wußte.
Ich werde sie A. nennen. Einfach A. Ich habe lange darüber nachgedacht. Es ist nicht einmal der Anfangsbuchstabe ihres Namens, es ist nur ein Buchstabe, aber er klingt richtig, fühlt

sich richtig an. Man denke nur daran, wie unterschiedlich er geäußert werden kann, vom Ausruf der Überraschung bis zu einem Stöhnen des Genusses oder des puren Schmerzes. Jedesmal, wenn ich ihn ausspreche, wird es anders sein. A. Mein Alpha; mein Omega.

Ihr Wesen war eine Mischung aus Neugier und Ungeduld und einer Art trotziger Lässigkeit, wie bei einer verwöhnten, unzufriedenen, viel zu gescheiten Zwölfjährigen. Sie schien – wie soll ich sagen? – schien hin und her zu schwanken, so als wären wir in einem improvisierten Tanz begriffen, in dem es meine Rolle war stillzustehen, während sie vor mir flackerte und schimmerte, sich mir näherte und sofort wieder zurücktrat und mich verstohlen aus dem Schutz des schwarzen Schleiers beobachtete, den meine überhitzte Phantasie vor ihr Gesicht gezogen hatte. Im nächsten Augenblick erschlaffte sie, schlüpfte ungeschickt mit einem Fuß aus dem Schuh und stellte ihn auf den Rist des anderen, starrte wie betäubt darauf hinunter, einen Teil ihrer babyrosa Unterlippe zwischen winzige, fast durchsichtige Zähne geklemmt. Es war, als probiere sie verschiedene Bilder von sich selbst aus, ziehe sie wie lauter nicht ganz richtig sitzende Kleider an und danach wieder aus und werfe sie verdrossen beiseite. Nicht das Haus hatte sie mir gezeigt, sondern sich selbst, ihre verschiedenen Seiten, wie sie sich vor diesem großen, leeren weißen Hintergrund bewegte, aufeinanderfolgende Annäherungen eines endgültigen Ichs, das für immer verborgen bleiben würde, ja mußte. Und während nun das Blut im Dschungelrhythmus in meinen Ohren pochte und meine zusammengepreßten Handflächen zu schwitzen begannen, wartete ich darauf, daß sie die letzte Enthüllung vollzog, den letzten Schleier fallen ließ und mich in das verborgene Zimmer führte. Denn ich wußte, daß sie es gewesen sein mußte, von der ich beim ersten Mal, als ich hierherkam, durch die abbröckelnde Wand einen flüchtigen Blick erhascht hatte.

Würde sie die letzte Tür öffnen und mich einlassen? Ich sah mich dort stehen, unsicher im schräg einfallenden Sonnenlicht auf dem oberen Treppenabsatz, und alles verschob sich und zitterte und war gespannt, so als wäre das Haus ein Schiff, das mit geblähten Segeln vor dem Wind fuhr. Ich war im Begriff, so erkannte ich, mich auf nichts weniger als ein Abenteuer einzulassen.

In meiner Erinnerung findet das alles in einer Art klingender Stille statt, doch in Wahrheit hatte sie auf dem ganzen Weg durch das Haus mit ihrer undeutlichen, rauchigen Stimme laufend Kommentare abgegeben. Ich erinnere mich nicht an den Wortlaut. Ihr Tonfall war unbestimmt, doch von einer eigenartigen Heftigkeit durchdrungen, die fehl am Platz war; immer würde es bei ihr so sein – alles, was sie sagte, schien nur eine Art und Weise, das nicht zu sagen, was sie dachte. Ergibt das einen Sinn? Für mich schon. Ab und zu hielt sie inne und stand da, aufmerksam horchend, nicht auf die Geräusche der Welt um sie herum, sondern wie auf eine Stimme, die aus großer Entfernung aus ihrem eigenen Kopf kam, ihr Dinge erzählte, Ratschläge gab, sie tadelte. Ich entsinne mich, daß sie eines Tages zu mir gesagt hat – es scheint mir viel später gewesen zu sein, in einem anderen Zeitalter, doch kann es sich nur um wenige Wochen gehandelt haben –, ich entsinne mich, wie sie gesagt hat, daß sie manchmal Angst bekäme, wenn sie an ihr Gehirn denke und daran, daß sie es nicht davon abhalten könne zu arbeiten. Im Ringen des Liebesspiels waren wir von der schweren Chaiselongue auf den Fußboden gerollt und lagen nun ruhig da und beobachteten, wie Regenwolken gleich prächtigem Strandgut über das Wirrwarr der Dächer dahinzogen. Wie bittersüß waren jene stillen Herbstnachmittage mit ihrem Quecksilberglanz, ihrer irgendwie freundlichen Kühle und den ländlichen Gerüchen nach Laub und Lehm und Holzrauch, der sogar hierher drang, bis in die Tiefen der Großstadt. Sie lag auf dem Bauch, die mottenzerfressene Decke um die Schultern gezogen und eine zitternde Zigarette in ihren eigentümlich plumpen blassen Fingern mit den geröteten Knöcheln. Der verschmierte Lippenstift an ihrem Mundwinkel sah aus wie ein blauer Fleck. Was ihr Angst mache, sagte sie, sei die Art und Weise, wie sich alles weiterdrehe, einfach drehe und drehe, selbst wenn sie schlafe, wie ein Motor, der keine Sekunde ausgeschaltet werden durfte, denn falls man das täte, würde er nie wieder anspringen. Sie sprach davon, als befände sie allein sich in dieser mißlichen Lage, als wäre nur ihr Gehirn ständig in Bewegung, wogegen wir übrigen uns in Zombies verwandeln könnten, wann immer es uns gefiele. So hatte für sie alles mit ihr selbst zu tun; all ihre Erfahrungen waren einmalig. Es war nicht Egozentrik, glaube ich, ja nicht einmal die Art von wehmütiger Selbstversenkung, in der ich mich so oft verliere; sie konnte sich einfach nicht vorstellen, daß der Rest der Menschheit ebenso lebte, wie sie zu leben gezwungen war, in solcher Einsamkeit, eingesperrt in dieses rasende, nicht zum Stillstand zu bringende Bewußtsein; wäre es so, dann hätte man doch vor langem schon etwas dagegen unternommen? Denn anders als ich glaubte sie unerschütterlich an den Fortschritt und war der festen Überzeugung, daß sich alles ständig verbesserte – jedenfalls für andere.

Wie dem auch sei, als wir an jenem ersten Tag dort auf dem Treppenabsatz herumstanden, redete ich mir ein, daß ich spüren konnte, wie sie erwog, ob sie verraten sollte, was für sie noch Mordens Geheimnis sein mußte, und mir das weiße Zimmer und die aufgestapelten Bilder zeigen sollte, doch schließlich wandte sie sich um, bedauernd, wie ich mir vorstellte, und führte mich wieder nach unten. Da fühlte ich eine Art Ermattung, eine allgemeine Entspannung von Fleisch und Phantasie, und ganz plötzlich brannte ich darauf, weit weg von ihr und dem Haus zu sein, wieder allein, für mich zu sein: Immer ist sie da, weißt du, diese Sehnsucht nach Einsamkeit, nach der Zelle. Dann traf es mich wie ein Keulenschlag: Es war natürlich Morden, er hatte sie auf mich angesetzt (da irrte ich mich, das hatte er nicht getan), sie an eines dieser hohen Fenster geführt und auf mich gedeutet, als ich unten auf der Straße vorüberging, eine perspektivisch verkürzte Gestalt, und zu ihr gesagt: *Schau, das ist er, geh hinunter und zieh deine Show ab.* Oh, der Kuppler! Urplötzlich fiel mir ein, daß er ganz nebenbei seine Frau erwähnt hatte, mit einem ironischen Verziehen der Lippen *(Meine Frau, wissen Sie, meine schöne Frau!),* und leise in sich hineingelacht hatte. Sie, so sagte ich mir jetzt, sie war der abschließende Teil des Geschäfts, nach dem Angebot, mir freie Hand zu lassen und einem Anteil am Profit; sie war der Lockvogel. (War er sogar jetzt irgendwo im Haus und beobachtete uns?) Oh, mit einem Schlage hatte ich alles begriffen. Während ich hinter ihr die Treppe hinunterging, heftete sich mein Blick, der nun schwer war von neu aufflackernder Sinnlichkeit, auf ihren Nacken mit dem gerade geschnittenen Haar und der spitz zulaufenden Strähne dunklen Flaums in Form einer umgedrehten Kerzenflamme, und ich steigerte mich immer mehr in helle Entrüstung über Mordens Verschlagenheit hinein (mittlerweile hatte ich sein großes Gesicht heraufbeschworen, das mit einem Cheshire-Katzen-Grinsen im Treppenschacht vor uns schwebte), wogegen in einem anderen, wesentlich schattigeren Teil des Waldes etwas, das aus der Zauberflasche getrunken hatte, immer größer wurde, während mein Geist sozusagen von selbst in dunkler Erregung darüber nachsann, wie ausführlich die Instruktionen wohl waren, die er ihr gegeben hatte. Doch gleichzeitig sagte ich mir, daß alles Unsinn sei, ein Trugbild, ersonnen von meinem Gehirn und ein paar anderen Bereichen meiner eisumschlossenen Anatomie, eine Geschichte, die ich mir selbst erzählen konnte, um die Eintönigkeit zu beleben, in der ich versunken war; auch wenn sie wußte, wer ich war, hatten sie wahrscheinlich nur Langeweile oder Neugierde oder ein impulsiver Wunsch, sich in Mordens Angelegenheiten einzumischen, bewogen, mich dort in der Sonne und im Schatten an jener lauten Straßenecke anzusprechen, wo ich verdattert in der trübsinnigen Vernachlässigung mittleren Alters stand. Doch ganz abrupt, so als hätte sie gehört, wie die rostigen Zahnräder meiner seit langem außer Betrieb gesetzten Libido quietschend in Bewegung kamen, blieb sie stehen und drehte sich mit einer Hand auf dem Treppengeländer um (übrigens fällt mir auf, daß sie sich inzwischen bis zum Ellbogen reichende schwarze Handschuhe zugelegt hat, passend zu dem kleinen schwarzen Hut mit Schleier, den ich mir bereits für sie ausgedacht habe) und blickte unter ihren getuschten, rußschwarzen Wimpern hervor, mit einem komplizenhaften Lächeln, das auf meine schwerfällig ineinandergreifenden Zahnräder fiel wie ein erwärmter Tropfen Bernsteinöls, und es war, als wären wir – und nicht Morden – die Verschwörer in irgendeinem doppelten Doppelspiel, das zu kompliziert war, um von meinem armen, überlasteten Verstand begriffen zu werden.

»Kommen Sie«, sagte sie, »ich möchte Ihnen etwas zeigen.«

Wie kann ich das Sonderbare vermitteln, die erregende Widersinnigkeit jener ersten Stunde mit ihr? Es war, als wären wir hoch oben auf einem schlecht gespannten Netz, auf dem sie sich mit müheloser Nachlässigkeit bewegte, wogegen ich Gefahr lief, jeden Augenblick den Halt zu verlieren und in einem hoffnungslosen Durcheinander verwickelter, herumrudernder Glieder zu enden. Voll böser Vorahnungen wartete ich ständig darauf, daß sie mir sagte, warum wir hier waren und was wir ihrer Ansicht nach taten (ich frage mich, weshalb ich annahm, daß eine Erklärung unbedingt eine Enttäuschung bedeuten würde?), doch ich wartete vergebens. Sie ging einfach weiter, in ihrer unberechenbaren, zerstreuten Art, und deutete auf dieses oder jenes völlig uninteressante

Detail des leeren Hauses, so als wäre alles klar und abgemacht zwischen uns. Sie war zur Hälfte Fremdenführerin und zur Hälfte die gelangweilte Puffmutter, die einen wenig anziehenden neuen Kunden in diesem verlassenen Bordell begrüßt. Sie erwähnte Morden mit keinem Wort (andererseits, hat sie während der ganzen Zeit, in der ich sie kannte, jemals direkt, ausführlich von ihm gesprochen?), verriet mir ihren Namen nicht und fragte auch nicht nach meinem. *Wußte* sie denn, wer ich war? Vielleicht hatte auch sie einen flüchtigen Blick von mir erhascht, als ich sie durch das Loch in der falschen Wand sah, und sich gefragt, wer und was ich sei, und beschlossen, es herauszufinden. Wie ruhig ich mir diese Fragen stelle, doch welchen Aufruhr von Angst und Schmerz sie in mir hervorrufen – denn nie werde ich die Antwort darauf mit Sicherheit wissen, egal wie lange ich über alles nachgrüble, egal wie viele besessene Stunden ich damit verbringe, die Beweisfragmente zu drehen und zu wenden, die du hinterlassen hast. Jedenfalls hätte irgendein anderer ihren Absichten, welche immer es waren, ebensogut gedient wie ich, irgendein bedürftiger anderer, der, wie ich plötzlich erkenne, von diesem Augenblick an immer bei mir sein wird, jetzt, da ich mir eine Vorstellung von ihm gemacht habe, ein Phantom voller Hoffnung, das sich am Rande des Gesichtsfeldes im Winkel meines eifersüchtigen geistigen Auges aufhält. Ich denke nicht, daß sie gelogen hat, ich meine, ich glaube, daß sie im Lauf der Zeit immer überzeugter davon wurde, daß sie natürlich gewußt hatte, wer ich war, ob das nun der Fall war oder nicht. (Ich bin so verwirrt, so verwirrt!) Derlei Dinge gingen in ihr verloren, Daten, Ereignisse, die Umstände bestimmter Begegnungen, entscheidende Gespräche und ihre Ergebnisse, sie fielen einfach stumm ins Leere und waren weg; zwecklos, sich mit ihr darüber zu streiten – wenn sie überzeugt davon war, daß etwas so gewesen war, dann war es so gewesen, und damit basta.

Eine solche Sicherheit konnte mich an der einfachsten aller einfachen Tatsachen zweifeln lassen, und wenn ich schließlich klein beigegeben hatte, drehte sie sich weg, besänftigt, mit einem kleinen harten Blick der Befriedigung. Jetzt also schlurfte ich wie ein ängstlicher Naturforscher, der seinem Glück nicht trauen kann, hinter ihr jene endlosen widerhallenden Treppen hinunter, beobachtete, wie die Deckflügel ihrer Schulterblätter sich unter dem dünnen Stoff ihres Kleides bogen, bemerkte ihre fischbleichen Kniekehlen und die feinen Haare, flachgepreßt unter den Nylonstrümpfen wie schwarzes, vom Regen niedergedrücktes Gras, und zuckte zusammen beim Anblick ihrer armen Fersen, dort, wo diese unerträglichen Schuhe sie aufgeschürft hatten, und ich fühlte mich in andere Zeiten und an andere, nur in der Phantasie existierende Orte versetzt: ein Frühlingstag in Clichy (ich bin nie in Clichy gewesen), ein heißer, gewittriger Abend auf einer Straße irgendwo in Nordafrika (auch dort bin ich nie gewesen), ein großer, hoher, getäfelter Raum in einem alten Schloß mit strohfarbenem Sonnenlicht auf den verblaßten Tapisserien und jemandem, der auf einem Spinett übt (obwohl ich noch nie ein Spinett gesehen und auch nie jemanden darauf spielen gehört habe). Woher kommen sie, diese geheimnisvollen, verzückten Gedankenblitze, die keine Erinnerungen sind, jedoch viel mehr als bloße Einbildung zu sein scheinen? Du seiest überzeugt, sagtest du, daß wir alle schon gelebt haben; vielleicht hattest du recht. *Hast* recht; *hast.* Ich klammere mich ans Präsens wie an den letzten Halt über einer senkrechten Klippe.

Als wir im Erdgeschoß anlangten, führte sie mich durch den Korridor zur Rückseite des Hauses. Ich dachte, sie wolle mir den Garten zeigen – im vergitterten Glas der niedrigen Hintertür wurde kurz chromgrünes Wuchern sichtbar –, doch statt dessen ging sie eine weitere Treppe hinunter, die diesmal schmal und aus Stein war. Ich polterte hinter ihr her. Am Fuß

der Treppe war ein naßkalter, mit Fliesen ausgelegter Kellergang, der von seinem entfernten Ende her durch eine hohe Lünette erleuchtet war; durch sie konnte ich die seltsam automatisch wirkenden Beine der Leute sehen, die draußen auf einer sonnenbeschienenen Straße vorübergingen, welche von hier aus wie ein Ort auf einem anderen Planeten schien. Die Luft war kühl und feucht und roch stark nach Kalk. In der plötzlich wachsamen Stille schob A. ihren Arm unter meinen, und mit einer sanften Detonation entlang meiner Nervenbahnen spürte ich die kühle Seidigkeit ihres Handgelenks und die feinen Knochen, die sich gegen meine Rippen drückten. Hinter dem aromatischen Geruch ihres Parfums stellte ich einen leichten, scharfen, durchdringenden Schweißgeruch fest, und als sie ihre Schulter in meine schützende Armbeuge lehnte, fiel der tiefe Ausschnitt ihres Kleides nach vorn und enthüllte mir (man stelle sich einen Augapfel vor, der gierig nach unten schwenkt, so daß das blutunterlaufene Weiße sichtbar wird) einen schimmernden blassen Hautabhang und einen gezackten Spitzenrand. Ich fühlte mich so unförmig neben ihr, so plump, ein großer, watschelnder, kurzatmiger Pavian. Ich stellte mir vor, wie ich sie ins Rund meiner haarigen Arme nahm und mich mit ihr ins Dickicht davonmachte, schreiend und schnatternd. Wir kamen zu einer Tür, und sie blieb stehen, und ein winziges Zittern durchflog ihren Körper wie ein Pfeil die Luft, und sie lachte leise: »Hier«, flüsterte sie, »hier ist es.«
Ich sah nur einen Keller, lang und niedrig, mit einer gewölbten Ziegeldecke, über die kreuz und quer ein Netzwerk von Kabeln verlief und von der etwa ein Dutzend Glühbirnen hingen, die trotz ihrer Vielzahl nur ein düsteres schwefeliges Glühen verbreiteten, das in Ecken voll dichter Schwärze versickerte und verglomm. An einer Wand stand eine Werkbank mit alten Holzhobeln und Kröppladen und anderem Zeug sowie eine ganze Batterie starker elektrischer Lampen, die

abgeschaltet waren, mir aber irgendwie bedrohlich erschienen, wie sie da abgedeckt hingen, in Reih und Glied und einer Stellung schweigender Wachsamkeit. A. begann etwas zu sagen, zu laut, und hielt inne und lachte wieder und legte die Hand an den Mund, als die Echos wie Fledermäuse in das Schattengewölbe über uns aufflatterten. Über allem lag ein Geruch, ein Gemisch aus Sägemehl und Klebstoff und ranzigem Öl, der mir vertraut vorkam, obgleich ich ihn nicht näher bestimmen konnte. Ist es nur die Erinnerung, die dem Ort eine verhaltene, spöttische Atmosphäre verleiht? Ich spürte einen leisen Luftzug von irgendwoher im Nacken und wandte mich um, um A. anzusprechen, doch sie war nicht mehr da. Ich wollte nach ihr rufen, da vernahm ich, wie das Geräusch klickender Klauen draußen im Korridor sich rasch näherte, und mein Herz schlingerte seitwärts und kam dann mit einem beängstigenden Schlag wieder ins Gleichgewicht. Das Klicken hörte auf, und der Hund Prinz erschien lautlos auf der Schwelle und sah mich mit offenem Maul und leicht zitternder roter Zunge an. Ein Augenblick verging. Ich sprach mit heiserer hoher Stimme zu dem Tier und streckte vorsichtig eine Hand aus. Ich empfand eine aus gleichen Teilen bestehende Mischung von Zorn und Angst; wie hatte ich zulassen können, daß man mich in diese Falle lockte? Denn genau das hatte ich während der vergangenen halben Stunde erwartet, so entdeckt zu werden, ertappt, voll Überraschung und Schrecken und unerklärlichem Schuldgefühl. Kalt und schnell wie eine Messerspitze glitt ein Schweißtropfen zwischen meinen Schulterblättern hinunter. Dann erschien Francie mit den Händen in den Hosentaschen wie ein Geist neben dem Hund und musterte mich lächelnd, sog an den Zähnen und sagte: »Privatvorführung, hm?« Er überflog den Keller mit einem raschen, scharfen Blick, und Herr und Hund schnupperten zart in der Luft: A.'s Parfum; auch ich konnte es riechen. Francie tänzelte vorwärts, nahm einen

Miniaturhammer von der Werkbank und wandte sich zu mir um und –

Genug davon. Es gefällt mir nicht hier unten, es gefällt mir ganz und gar nicht. Ein Wink mit meinem Zauberstab und *pop!* sind wir, wie durch ein Wunder, wieder auf Straßenniveau.

Francie lud mich auf einen Drink in den *Boatman* ein, wobei er die Schultern hochzog und wegschaute und in sich hineinlächelte. Durch das dunstige, bronzefarbene Licht des frühen Abends gingen wir mit der niedrig stehenden Sonne im Gesicht durch die Fawn Street. Der Hund hielt sich dicht hinter uns, den Kopf gesenkt und die spitzen Ohren flach an den Schädel gelegt. Der Strom der Büroangestellten eilte heimwärts; Busse bäumten sich brüllend auf, Autos husteten und dampften. Ich dachte an A., ihr blasses Gesicht und die grellen Lippen, das Blätterrascheln ihres Seidenkleides. Spindeldürre Mädchen, von Kopf bis Fuß in Schwarz gekleidet und mit starrem weißem Make-up, gingen an uns vorüber, am Arm faszinierter, forscher junger Männer hängend; sie blickten Francie an und versetzten einander heimlich Rippenstöße. Er war in seinem üblichen Aufzug: fadenscheiniger Tweedanzug in einem eigenartigen ingwerfarbenen Ton, flache Mütze und kragenloses Hemd und rissige braune spitze Schuhe, die an den Zehen aufgebogen waren. Er sah aus wie eine jener Gestalten, die ab und zu an unserer Tür auftauchten, als ich ein Kind war, umherziehende Scherenschleifer, Lumpensammler, Kesselflicker, die Blechgeschirr verkauften: zeitlose Figuren unbestimmter Herkunft, die so geräuschlos gingen, wie sie gekommen waren, und die später an den Rändern meiner Träume auftauchen würden.

Wir bogen in die Hope Alley ein und stießen auf Quasimodo – erinnerst du dich an ihn? –, der *The Green Hills of Antrim Are Calling Me Home* sang und einen leeren Plastikbecher vor den Passanten schwenkte. Er war mir schon öfter aufgefallen und hatte mein Interesse erweckt. Penner haben mich schon immer angezogen, aus Gründen, die auf der Hand liegen sollten. Dies war für ihn ein neuer Zustand, ein Stadium des Niederganges; als ich ihn das letzte Mal gesehen hatte, arbeitete er als Schildermann für einen Schmuckladen, der versteckt in einer von der Arcade Street abzweigenden Gasse lag. Das mußten seine besten Tage gewesen sein, hoch oben auf einem Hocker an der sonnigen Ecke der Gasse, ausgerüstet mit einer Thermosflasche Tee, einem kolossalen Sandwich und der Zeitung. Sein Schild trug die doppeldeutige Aufschrift *Das Bijou – Heim der glücklichen Ringe,* und davor war eine stilisierte Hand mit einem starren Zeigefinger gemalt, der gebieterisch in das versteckte Gäßchen deutete. Quasimodo war ein kleiner nußbrauner Bursche mit eigenartig straffer, glänzender Haut und einem Klatsch fettiger schwarzer Haare, die an seinem Schädel klebten, als hätte er eben ein eng sitzendes Käppchen abgenommen. Sein Buckel war nicht sehr ausgeprägt, er ging eher gebeugt als bucklig; von vorne besehen, schien er mit seinem flachen, vorgestreckten Schildkrötenkopf und dem starren, ängstlichen Grinsen, das er stets aufgesetzt hatte (war es ein Tic?), einem spielerischen Schlag auszuweichen, den er ständig erwartete, jedoch nie versetzt bekam. Ich maßte mir eine Art Besitzrecht ihm gegenüber an und war keineswegs erfreut, als Francie nun mit dem Kinn auf ihn deutete und kicherte: »Es geht bergab mit ihm. Bald landet er beim Abdecker.« Wir waren auf gleicher Höhe mit dem Buckligen angelangt, und Francie blieb stehen, pflanzte sich mit den Händen in den Hosentaschen direkt vor ihm auf, heuchelte begeistert Anerkennung und wiegte den Kopf im Takt mit dem unmusikalischen Gebrüll des armen Kerls. Quasimodo, erschrocken über diese unerwartete Aufmerksamkeit, schrie nur noch lauter, blickte in störrischer Panik von einem zum anderen und ließ dabei das gelbliche Weiß seiner Augen sehen. Ich fragte mich, wo er wohnte, welches Loch ihm Obdach gewährte, und dachte auf diese langsame, schwerfällige Weise, wie sie so typisch ist, daß er einmal eine Mutter gehabt haben mußte. Ich versuchte ihn mir als Säugling an der Mutterbrust vorzustellen, was mir nicht gelang. Schließlich endete sein Lied in einem Triller, und er hüllte sich in seinen alten grauen Mantel und machte sich davon, wobei er über seinen Buckel hinweg einen Blick auf uns zurückwarf. Francie sah zu, wie er ging, und sagte: »Der geht bestimmt auf einen Schnaps.«

Wir gingen weiter. Wieder lachte Francie leise in sich hinein und schüttelte den Kopf. »Kennen Sie den? Ein zerlumpter alter Knacker torkelt in eine Apotheke. *Eine Flasche Methylalkohol, bitte, Fräulein.* Das Mädchen bringt die Flasche, der alte Knabe befühlt sie, gibt sie zurück. *Haben Sie eine gekühlte, Herzchen? – das bringt das Bouquet besser raus, wissen Sie.*«

Ich muß etwas über Francies Lachen sagen, obgleich ich mir nicht sicher bin, ob Lachen der richtige Ausdruck dafür ist. Mit zu Schlitzen verengten Augen und einer seitlich hochgezogenen Oberlippe, die einen wachsfarbenen Eckzahn entblößte, gab er einen leisen, schnarrend herausgepreßten Laut in fallenden Triolen von sich, eine Art wiederholtes nasales Pfeifen, wobei seine Schultern leicht bebten. Es war ein vorsichtiges, knausriges Lachen, so als ergötze er sich zu sehr an der zwerchfellerschütternden Lächerlichkeit der Welt, um andere an dem Spaß teilhaben zu lassen und damit zu riskieren, daß er für ihn kleiner würde. Selbst wenn er, wie eben jetzt, den Witz selbst erzählte, bestand der Verdacht, daß es sich nur um einen Vorwand handelte und daß das, was ihn wirklich belustigte, etwas völlig anderes war, etwas, in das nur er eingeweiht war. Er machte stets den Eindruck, als würde er sich im geheimen krümmen, als entwische er und tauche weg, einmal in und dann wieder außer

Sichtweite. Er war wie der Taschenspieler, der sich lautlos deiner linken Schulter nähert und dir auf die rechte klopft, und wenn du dich schnell umdrehst, glaubst du, niemand sei da, bis du sein leises Lachen auf deiner anderen Seite hörst.

Der *Boatman* war erfüllt vom Lärm der Angestellten, die erlöst waren von ihrem Achtstundentag, junge Grünschnäbel in billigen, auffälligen Anzügen und wachsame Mädchen mit Kräuselhaar und grobem Teint. Wir saßen auf Hockern an der Bar, und Francie nahm die Mütze ab und legte sie sich aufs Knie und lehnte sich an eine Trennwand mit einem Spiegel, in dem ich die beiden straffen Sehnen in seinem Nacken und eines seiner eigenartig flachen Ohren sah; auch ich war darin, oder zumindest eine Hälfte von mir: ein seltsam aufgeschrecktes Auge, eine düstere Wange und die Seite eines Mundes, erstarrt in einer Art Grinsen, über das ich keine Kontrolle zu haben schien. Ich trank Gin, während Francie mit einem Glas dünnen Bieres herumspielte; er sog einen Mundvoll auf, spülte es zwischen den Zähnen hin und her und ließ dann die Hälfte davon zischend ins Glas zurücksprudeln, so daß sich nach einer Weile am Boden des Glases ein trübes, Fäden ziehendes Sediment sammelte, das anzusehen ich vermied. Meine Kopfschmerzen stellten sich ein. Selbst wenn Francie mir direkt in die Augen schaute, wirkte es, als mustere er mich von oben bis unten mit einer Art gedämpften Vergnügens.

»Und Sie sind schon ganz bei der Sache«, sagte er und pfiff leise. »Na, Sie gehen aber ran!« Einen Augenblick dachte ich, er spreche von A., und ich spürte eine heiße Welle im Bereich des Solar Plexus; bestimmt hatte er mir hinter die Stirn geblickt, wo das Bild ihres biegsamen jungen, seidigen Rückens, der sich eine höher und höher emporführende Stufenleiter der Spekulation hinaufbewegte, noch bewahrt war. Er beobachtete mich mit zusammengekniffenen Augen, und ich fing etwas auf, wie das Aufblitzen eines Wieselzahnes im Dunkel des Baues. »Also wie denken Sie darüber?«

Eine große junge Frau mit nackten Schultern und ungewöhnlichen Glotzaugen rempelte mich an und entschuldigte sich und brach unvermittelt in lautes Lachen aus und ging weiter.

Wie ich darüber dachte? Ich dachte, ich sollte den Mund halten. Gäbe ich ihm auch nur den kleinsten Wink, dann würden wir als nächstes planen, uns mit Mordens Bildern aus dem Staub zu machen und die Beute zwischen uns aufzuteilen. Vermutlich keine so schlechte Idee. Das Problem mit Francie war, daß er für mich nicht wirklich wirklich war. Er schien erfunden, ein künstlicher Mensch, in dessen Gesellschaft (wenn dies der Ausdruck für seine Gegenwart war) Glaubwürdigkeit nicht vonnöten war. Und dieser Eindruck von Täuschung, der von ihm ausging, steckte sogar seine Umgebung an. Zum Beispiel dieser Tag: Das Ganze wirkte ausgedacht, die Kneipe, das Mädchen mit den grauen Augen, die Menge der sich übertrieben gebärdenden Statisten um uns herum, jener theatralisch breite Strahl von Sonnenlicht, der durch das Fenster fiel und die Flaschen hinter der Bar aufleuchten ließ, und Francie selbst, der mit seiner Mütze auf den Knien inmitten von alledem saß und seine Zeilen mit der nervösen und wenig überzeugten Miene eines Schauspielers aufsagte, der weiß, daß er die Rolle nicht bekommt. Warum lasse ich mich auf den Umgang mit solchen Leuten ein? (Ich sollte reden; wer ist hier wirklich der Schauspieler?) Ich habe – ich gebe es zu –, ich habe eine beklagenswerte Schwäche für das niedere Leben. In mir ist etwas, das am Schäbigen und Zwielichtigen hängt, ein Riß irgendwo in meinem Naturell, der sich gern mit Dreck füllt. Ich rede mir ein, daß diese Vorliebe fürs Vulgäre sich bei allen wahren Kennern kultivierten Lebens findet, aber ich bin nicht davon überzeugt. Ich stelle mich hier als eine Art Candide dar, der unter lauter Gaunern und Sirenen umherirrt, doch ich fürchte, die Wahrheit (die Wahrheit!) ist anders. Ich *wollte* Morden und seine fragwürdigen Bilder und alles übrige, sogar Francie inbegriffen, sehnte mich danach wie die Hausfrau nach dem Bordell. Ich bin nicht gut, ich war es nie und werde es nie sein. Versteckt eure Wertsachen, wenn ich in der Nähe bin, ja, und sperrt auch eure Töchter ein. Ich bin der Butzemann, von dem ihr träumt, wenn ihr euch des Nachts in euren dampfenden Betten wälzt. Der leise Schritt, den ihr hört, das bin ich, herumschleichend in unruhiger Nacht, wenn das Licht des Wachfeuers erlöscht. Eure Wachen schlafen, der Wächter vor eurer Tür ist betrunken. Ich habe schreckliche Dinge getan, ich könnte sie wieder tun, ich habe es in mir, ich –

Stop.

Francie wollte wieder etwas sagen, aber

Wollte wieder etwas sagen, aber dann trat eine Veränderung ein, und er wurde still und saß schief da und blickte mit einem starren, unscharfen Lächeln auf seinen Drink.

Herrgott, schaut mich an, ich schwitze, meine Hände zittern; ich sollte mich nicht aufregen, ich sollte mich wirklich nicht so aufregen.

Als Morden kam, hörte ich ihn nicht, sondern spürte ihn eher hinter mir. Er beugte sich zu meinem Ohr hinunter und sagte leise, mit gespielter Drohung:

»Sie stehen unter Verdacht, mein Lieber.«

Heute trug er einen teuren aschgrauen Zweireiher, dessen Jackett wie eine komplizierte Schlinge um ihn herumgewickelt und unter seiner breiten Stierbrust zugeknöpft war, so daß er auf seinen dicken kurzen Beinen und kleinen, unverhältnismäßig zierlichen Füßen noch topplastiger wirkte als sonst. Er war nicht groß, muß man wissen; kräftig und breit, aber nicht groß; ich muß um einige Zentimeter größer gewesen sein als er. Nicht daß das etwas ausgemacht hätte, ich hatte trotzdem Angst vor ihm (ich weiß, ich weiß, Angst

ist nicht das richtige Wort, aber es muß genügen). So würde es immer sein, begriff ich auf eigenartig träumerische Weise, die zum Teil wohl auf eine frühzeitige Wirkung des Gins zurückzuführen war; selbst wenn ich ihn in irgendeiner Geschäftsangelegenheit ausstechen sollte, würde ich dennoch innerlich vor ihm zittern. Er gab mir das Gefühl, aus dem Gleichgewicht geraten zu sein, so als wäre in seiner Gegenwart alles um einen Winkel gekippt, und ich müßte ständig in Schräglage bleiben, um mich aufrecht zu halten. Andererseits hatte ich bei allen dreien mehr oder weniger dieses Gefühl. Ich war, ich *war* Candide. Ich bewegte mich unter ihnen in benommener Unsicherheit, schaute in die falsche Richtung und stolperte über die eigenen Füße, während ich mir wie in einem Alptraum vorsichtig den Weg über den trügerischen Abhang ihres enervierend wissenden Blicks bahnte. Was für ein Idiot ich war. Morden muß mich dafür geliebt haben; ich war zu seiner Unterhaltung da, lieferte die Stichwörter, sein – wie nennt man es schon? – sein Hanswurst. Warum denke ich nicht schlimmer von ihm? Weil – das ist mir eben eingefallen –, weil er mich an mich selbst erinnert hat. Also, das ist eine Überraschung; ich werde darauf zurückkommen, wenn ich ausführlicher darüber nachgedacht habe. Unterdessen steht er da, in seiner Rodin-Pose, eine Hand in der Jackentasche, den Kopf zurückgeworfen, und blickte an den Seiten seiner breiten Nasenflügel hinab auf mich herunter und lächelte mich in seiner strahlend gönnerhaften Art an.
»Ja«, sagte er fast fröhlich, »wir beobachten Sie ein bißchen. Überprüfen Sie ein wenig. Francie hier glaubt, Sie sind vielleicht ganz und gar nicht unser Mann. Er glaubt, Sie sind ihm schon irgendwo über den Weg gelaufen, in einem anderen Leben. Nicht wahr, Francie? Man spricht« – und er senkte die Stimme zu einem verschwörerischen Knurren – »man spricht von ernsten Vergehen, von schweren Missetaten.«
Und er lachte, während er mich weiterhin heiter ansah, so als

wäre alles ein großartiger Witz. Francie sagte nichts und saß mit gesenktem Blick da, saugte an seinen Zähnen und drehte das Bierglas ununterbrochen in einer kleinen Pfütze auf der Theke. Ich möchte, daß *du* die Szene siehst: Abend, die überfüllte, schwatzende Kneipe, Spiralen von Rauch und Staubkörnchen in den letzten, breiten, schräg über die Dächer der Gabriel Street einfallenden Sonnenstrahlen und wir drei in jenem kleinen Teich der Stille, Francie und ich einander gegenüber auf unseren Hockern, die Knie berühren sich fast, und Morden entspannt zwischen uns stehend, mit einer Hand in der Jackentasche, so als verberge er eine Pistole, voller Bewunderung über sein Spiegelbild im fleckigen Spiegel hinter der Bar. Und natürlich warst auch du da, ich konnte deine Gegenwart lebhaft spüren, die geisterhafte Vierte in unserem Quartett. Denn siehst du, schon trug ich dich mit mir herum, mein Phantom, mein zweites Ich. Und nichts anderes war von besonderer Bedeutung.

»Was sagst du?« sagte Morden zu Francie im Spiegel. »Ist er unser Mann oder nicht? Denn wenn er es nicht ist ...« Er nahm die Hand aus der Jackentasche und schoß mit Finger und gespanntem Daumen geräuschlos auf mich und grinste. »Peng. Du bist tot.«

Ich bin jedesmal überrascht und dankbar wegen der Gelassenheit, zu der ich angesichts von Erschütterungen und plötzlichen Gefahren fähig bin. In seiner drohend spielerischen Art hatte Morden meine Vergangenheit auferstehen lassen, meine begrabene Vergangenheit, die sich kerzengerade in ihrem Sarg aufsetzte, mit geweiteten Augen und einem schrecklichen Grinsen, und da saß ich, nippte an meinem Drink und blickte mit bewundernswert vorgetäuschter Unbeteiligtheit an die Decke. Natürlich ist das nicht immer so, aber wenn es so ist, ist es herrlich überzeugend, glaube ich. Hoffe ich zumindest. Francie hatte noch immer nichts gesagt, und Morden stieß mich mit dem Ellbogen an und sagte: »Sherlock ist stumm.« Er winkte mit der Hand, die plötzlich ein Glas hielt: Mineralwasser – er trinkt nicht, erinnerst du dich? »Nun, in diesem Fall – Klage abgewiesen«, sagte er und klopfte mit dem Fuß seines Glases wie ein Auktionator mit dem Hämmerchen auf die Theke. Auch der Hund ist da und liegt mit ausgestreckten Vorderpfoten und gespitzten Ohren à la Anubis neben dem Hocker seines Herrn. Francie blickt finster drein. Alles scheint klein und weit weg in der zitternden ginblauen Luft. Völlig grundlos fühlte ich mich plötzlich auf alberne Weise fröhlich. Morden legte mir seine Pistolenhand auf die Schulter; außergewöhnlicher Griff, habe ich das schon erwähnt? »Hören Sie«, sagte er mit gespielter Ernsthaftigkeit in mein Ohr, »machen Sie sich keine Sorgen, ich mag einen Selfmademan.«

Nun verschiebt sich wieder alles, die falschen Täfelungen und Geheimfächer gleiten hierhin und dorthin mit geölter, verstohlener Glätte; der Tag ist ein anderer, wir sind irgendwo anders, und die Sonne scheint ständig wie zuvor, aber aus einem anderen Winkel und nicht stumpf wie vorher, sondern stechend in weißgoldenen Fäden durch – sind es Jalousien? oder hölzerne Fensterläden? Es muß Altweibersommer sein. Ein Morgen, glaube ich, ruhig und hell, mit jenem klar umrissenen Kopfwehaussehen der Dinge, so als wären es Ausstellungsstücke, arrangiert unter poliertem Glas. Wir befinden uns in der Halle einer jener Grand-Hotel-Imitationen, die am Rande des Viertels seit kurzem in die Höhe schießen, lauter Chrom und honigfarbenes Holz und ein vager Geruch nach teurem schlechtem Essen. Ich hielt gerade einen kleinen formvollendeten Vortrag über die Bilder, saß da, die Hände zwischen den Knien, und blickte stirnrunzelnd zu Boden. Morden war in ruheloser Stimmung und zappelte herum, rutschte in seiner ganzen Massigkeit auf dem Stuhl hin und her und blickte mit ungeduldigen Seufzern um sich. »Ja ja«, wiederholte er, im Versuch, mich zum Schweigen zu bringen,

»das ist schön, sehr schön«, und paffte an einer riesigen Zigarre und schlug wütend nach dem Rauch, so als wäre er ein Netz von Spinnweben vor seinem Gesicht. Ich fuhr ungerührt fort und ließ mich nicht abschrecken. Für dich wird das nichts Neues sein, nehme ich an, aber ich habe erkannt, daß ich einen pedantischen Zug an mir habe, den ich im stillen genieße. Er dämpft die Sinne, beruhigt das Herz. Es ist befriedigend, die Dinge so darzulegen, die Tatsachen auf der einen Seite, die Spekulationen auf der anderen, die Strategien, die Alternativen, die möglichen Wege zur gewünschten Schlußfolgerung. Vielleicht ist wirklich ein Gelehrter an mir verlorengegangen. (Muß ich hinzufügen, daß ich nie ein Wort von dem glaube, was ich sage?) Dort, in der wolkigen Stille jener Hotelhalle, dozierte ich in einem Ton, den man gemessen zu nennen pflegte, über Josiah Marbots bizarre Sammlung und merkte dabei, wie eine vertraute Ruhe sich über mich legte, in deren Mittelpunkt eine Zündflamme unempathischen Glücks flackerte. Und während ich redete, hörte ich mir selbst mit milder Überraschung und Bewunderung zu. Es hätte eine andere Stimme sein können, die da sprach und für die ich nur das Medium war. In gewisser Weise ist das alles, was ich je sein möchte – hier und nicht hier sein: eine lebendige Abwesenheit. Manchmal, an öffentlichen Orten, denke ich mir, wenn ich stehenbliebe und ganz still stünde, dann könnten die Leute durch mich hindurchgehen. Ich stelle sie mir vor, wie sie – die Frau mit der Einkaufstasche, das Mädchen auf dem Fahrrad – auf der anderen Seite von mir eine Sekunde lang zögern und die Stirn runzeln und wie ein kalter Schauer sie unwillkürlich überläuft wie eine Gänsehaut, während ich, der Unsichtbare, sie anlächle und den Atem anhalte.

»Hören Sie«, sagte Morden, drückte die Ellbogen auf die Armlehnen des Sessels und rutschte mit gespreizten Knien und gekreuzten Knöcheln vorwärts, »alles, was wir wissen

wollen, ist: Sind sie echt?« Er wartete, vor mir hockend wie ein schlecht gelaunter Frosch. Ich machte eine effektvolle Pause und wies dann in meinem kühnsten, sprödesten Tonfall gelassen darauf hin, daß die Bilder signiert seien. Er zog eine Augenbraue hoch; ich hörte ihn atmen, ein leises, röchelndes Heulen in seinen großen Nasenlöchern. »Was soviel heißt«, fuhr ich fort, »daß sie entweder echt oder gefälscht sind.«
Er öffnete den Mund und lachte, ein kurzes, scharfes Bellen. »Was sollen sie denn sonst sein?« sagte er.
Ein Großteil des Vergnügens an der Pedanterie, so habe ich entdeckt, liegt darin, so zu tun, als hätte man überhaupt keines daran. Die leise, monotone Stimme, der gleichgültige Blick, der leicht ungeduldige Tonfall und natürlich der Anflug von Herablassung – diese Dinge muß man pflegen. Ein Gemälde im Stil Vaublins, erklärte ich langsam, erhebt, auch wenn es eine direkte Kopie ist, nur dann Anspruch darauf, ein Vaublin zu sein, wenn es signiert ist. »Denn sehen Sie, die Signatur« – ich skizzierte einen Schnörkel in der Luft zwischen uns –, »die Signatur ist alles.«
Er blickte finster drein. Diese beinahe haßerfüllten Blicke, mit denen er mich bedachte, ich fand sie sonderbar und beunruhigend. Heute nehme ich natürlich an, daß er sich auf diese Weise das Lachen verbiß. Was für eine Schauspielerei es war und was für einen Spaß er daran gehabt haben mußte, den derben Geschäftsmann mit einem Sinn für das Schöne zu spielen und alles übrige, die ganze Farce.
»Nein«, sagte er und spuckte das Wort aus wie Schleim. »Ich werde Ihnen sagen, was alles ist: Alles ist, wenn Sie eine Fälschung verhökern und *sagen,* daß es das Original ist.«
Er starrte mich noch einen Augenblick grollend an, indem er mit seinem großen Stierkopf nickte, ließ sich dann in den Armsessel zurückfallen und steckte die Zigarre in den Mund und musterte durch eine dicke Rauchwolke hindurch eine entfernte Ecke des Raumes.

»Wie dem auch sei, wahrscheinlich gebe ich sie weg«, sagte er gleichgültig. »An irgendeine Galerie vielleicht.« Bei diesem Gedanken blitzte kurz ein Funke in seinem düsteren Auge auf: Die Sammlung Morden! »Nur daß ich...« Er machte eine ungeduldige Geste und trank einen Schluck von seinem Mineralwasser – nein, machte einen Zug von seiner Zigarre. »Ich bin nur...« Wieder blickte er grimmig drein. Ein zorniges Schweigen entstand. Der Hund beobachtete ihn scharf, offenbar weil er erwartete, Morden könnte jeden Augenblick etwas Wunderbares und Verrücktes tun.

»Neugierig«, sagte Francie tonlos, und Morden und ich wandten uns um und starrten ihn an, als wäre er ein Ausländer, der uns plötzlich in unserer eigenen Sprache angesprochen hatte. Er erwiderte unseren Blick mit jener für ihn typischen gelangweilten Miene müder Ernüchterung, eine Zigarette hing an seiner Lippe. Francie und seine Glimmstengel, seine Mütze, sein Hund. Morden räusperte sich und sagte laut: »Ja, stimmt, ich bin neugierig.« Wieder funkelte er mich an, so als fürchte er, ich könnte versuchen, ihm zu widersprechen. »Ich will es *wissen*, das ist alles«, sagte er. »Wenn sie gefälscht sind, sind sie gefälscht.«

Habe ich ihm geglaubt? Es war eine Frage, die ich mir immer wieder stellte, wenn ich, während der ersten Tage nach dem Zusammenbruch des Kartenhauses, auf dem Boden der Gefängniszelle meiner Pein und Scham herumrollte. Vergeblich natürlich; es war nie eine Frage des Glaubens oder Nichtglaubens. Glaube, Vertrauen, Argwohn, das sind Trugbilder, die im nachhinein entstehen, wenn ich von der traurigen Höhe des Wissens zurückblicke, das mir sagt, daß ich getäuscht worden bin. Zu dem Zeitpunkt taumelte ich einfach wie gewöhnlich dahin, wie ein Betrunkener auf einem Drahtseil, versuchte mich auf die vorliegende Angelegenheit zu konzentrieren und nicht herunterzufallen, trotz des Gesumms von Ablenkungen um mich herum, trotz der Trapezkünstler, die vorüberschwirrten, und der Clowns, die unten in der Manege ihre Späße vollführten. Oh, natürlich, ich muß von allem Anfang an gewußt haben, daß etwas faul war – doch wann ist dem nicht so? Egal, in was man seine Nase steckt, ein Hauch von Schlick und Modder weht einen an. Manchmal ertappte ich einen der beiden, ja selbst den Hund dabei, daß sie mich in offensichtlich ungläubigem Staunen ansahen, den Atem anhielten und darauf warteten, daß ich kapierte, was im Gange war. Es war, als hätte ich sie mitten in einem Zechgelage überrascht und sie stünden nun herum, einen Augenblick ernüchtert, mit unbewegter Miene, zusammengepreßten Lippen und geblähten Wangen, und versuchten, einander nicht anzusehen, aus Angst, in schallendes Gelächter auszubrechen. Manchmal, wenn ich aus dem Zimmer ging, in dem sie waren, hatte ich das beunruhigende Bild vor Augen, das ich sogleich wegschob, wie sie einander auf die Schultern schlugen und vor hilfloser Heiterkeit fast zusammenbrachen... Aber warum quäle ich mich so, was hat das jetzt noch für einen Sinn? Ist der Verlust von dir nicht Flamme genug, als daß ich mich noch weiter an dieser Aschenglut versengen müßte? Doch ich habe nichts anderes, kein Päckchen Briefe, kein Medaillon mit hellem Haar, nur diese Spekulationen, die ich ununterbrochen im Kopf drehe wie Fleisch auf einem Spieß. *(Ich brenne in dir...)* Und ich fühle mich so dumm und so lächerlich, der arme Mr. Punch mit seinem blauen Auge und dem gebrochenen Herzen und dem Rücken, der bucklig ist vor Scham. Wenn ich an mich denke, dort, in jenem Hotel oder wo immer es gewesen ist, an jenem Tag, daran denke, wie ich über Provenienz geredet habe und über Datierungsmethoden und die Geschichte auf Öl basierender Pigmente und die Notwendigkeit eines ausführlichen Vergleichs von Pinselstrichen, winde ich mich wie eine Schnecke in Salz. Wie konnte ich mich so leicht hereinlegen lassen? Und die Antwort kommt natürlich prompt:

weil ich es wollte. Bumm! schlagen meine Fäuste auf den Zellenboden und bumm! auch meine Stirn zwischen ihnen. Bumm! Bumm! Bumm!

Wie ich damals geredet habe; wenn ich daran zurückdenke, bin ich mir eines unaufhörlichen Hintergrundgesumms bewußt, welches das Geräusch meiner eigenen Stimme ist, die redet und redet. Schuld, ich meine jene nie endende, untilgbare, lebenslange läßt einen zu einer Art ernstem Clown werden. Man beschreibt die Schuld als etwas Schweres, man spricht von ihrem Gewicht, ihrer Last, aber ich weiß es anders; die Schuld ist leichter als Luft; sie füllt dich wie Gas und würde dich in die Luft aufsteigen lassen, mit rudernden Armen und Beinen, ein aufgeblasener Grock, wenn du dich nicht an den Dingen festhieltest. Seit Jahren war Reden mein Anker und mein Ballast. Hatte ich einmal die Monodie des Autodidakten angestimmt, konnte nichts mich aufhalten. Kunstgeschichte, das Leben der Maler, das Ateliersystem im siebzehnten Jahrhundert, der mir zu Gebote stehenden Themen war kein Ende. Und alles nur zu dem Zweck, es in mir zu unterdrücken, dieses ununterbrochen aufsteigende Gurgeln entsetzten, brandmarkenden, schwefeligen Gelächters, das Gackern der Verdammten. Darum ließ ich mich so leicht zum Narren halten, darum konnte man mich so leicht hereinlegen: weil ich immer an andere Dinge dachte, innerlich mit großen, beschwerlichen Wörtern kämpfte; und hätte ich den Mut gehabt, sie auszusprechen, dann hättest du mich zuerst groß angeschaut und dann gelacht. Sühne. Erlösung. So ähnlich. Ich war noch immer in der Hölle, verstehst du, oder zumindest im Fegefeuer, und du warst eine der Erwählten, zu denen ich sehnsüchtig emporschielte, während du in goldenem Licht auf den elysischen Feldern wandeltest.

Doch warte. Das ist nicht ganz richtig, oder zumindest nicht vollständig, und vermittelt einen insgesamt zu erhabenen

Eindruck. Diese großen Wörter... Ach, lassen wir das, ich kann mir jetzt nicht darüber den Kopf zerbrechen.
Plötzlich, mit einer heftigen Drehung des Handgelenks, drückte Morden seine zu drei Vierteln ungerauchte Zigarette aus und erhob sich energisch, wobei er den Hund aufscheuchte, und sagte: »Los, wir machen eine Spritztour.« Ich sah Francie an, doch er zuckte bloß die Achseln und stand mit einer Miene müder Resignation auf und folgte Morden, der die Halle schon zur Hälfte durchquert hatte. Das Mädchen mit den grauen Augen schenkte mir ein abwesendes Lächeln und drehte sich weg. Hier ist die Tür der Kneipe, ich meine des Hotels, die Drehtür des St. Gabriel-Hotels, die mich mit einem tiefen Ächzen auf den sonnenhellen Gehsteig mitten an einem frischen Septembermorgen expedierte. Mordens Wagen, eine niedrige schwarze Bestie, war in einer Straße hinter dem Hotel auf einer doppelten gelben Linie geparkt, in der laut die archaischen Stimmen von Lieferanten schallten. An der Windschutzscheibe steckte ein Strafzettel. Morden zerknüllte ihn in der Faust und warf ihn in den Rinnstein, aus dem Francie ihn pflichtschuldig aufhob. Dieser kleine Austausch machte den Eindruck einer festen Gewohnheit. »Ich fahre«, sagte Morden und hatte den Motor angelassen, noch bevor wir im Wagen saßen. Ich saß vorne, während Francie auf dem Rücksitz lümmelte, Prinz an seiner Seite, der die Ohren spitzte und mir seinen Atem in den Nacken blies. Mit hoher Geschwindigkeit fuhren wir durch die aufblitzenden Straßen. Morden fuhr mit geistesabwesender Aggressivität, drehte ruckartig das Lenkrad und trat abwechselnd heftig auf Gashebel und Bremse. Der Fluß, dann belaubte Alleen, dann der Kanal und dann eine breite Zementstraße, die in einer langen Kurve zwischen Kilometern düsterer Häuser verlief. Morden zeigte mit der Hand darauf. »Zu meiner Zeit waren das alles Felder«, sagte er. In Stille und im Sonnenlicht rasten wir weiter über diese traurige

menschenbevölkerte Ebene, die unter einem hohen, dünnen blauen Himmel lag. Hinter mir ächzte leise der Hund beim Anblick all der vorbeifliegenden Freiheit.
Wir waren fast schon auf dem Land, als Morden unvermittelt langsamer wurde und in eine trostlose Siedlung einbog. Er manövrierte den Wagen mit hoher Geschwindigkeit durch ein verwirrendes Labyrinth von Straßen und blieb schließlich an einer Stelle stehen, wo die Straße zwischen einer eingezäunten Reihe völlig gleich aussehender Häuser auf der einen Seite und einem kahlen grauen, an ein ödes Feld anschließenden Schulgebäude auf der anderen abfiel. Wind war aufgekommen, und das Sonnenlicht hatte eine milchige Tönung. Niemand sagte etwas. Auf seinem Sitz zusammengesunken, starrte Morden verdrießlich auf die Szenerie. Häuser und wieder Häuser, eine schäbige Reihe nach der anderen. Der Hund leckte sich das Maul und zitterte vor freudiger Erwartung, und schließlich beugte sich Francie mit einem Ächzen vor und öffnete die Tür, und das Tier sprang mit einem Satz hinaus und lief in raschem Trott mit der Nase auf dem Boden quer über den Schulplatz. Auch Morden stieg aus und blickte sich mit zusammengekniffenen Augen um. Ich wollte ihm folgen, doch Francie legte mir über die Lehne hinweg die Hand auf den Arm und sagte: »Warten Sie.« Wir saßen da und horchten auf den Wind in den elektrischen Drähten über uns und auf das undeutliche Krachen und Klimpern eines fernen Radios. Morden überquerte die Straße und ging ein kleines Stück neben den Häusern her und blieb vor einem davon stehen und ging durch das Gartentor und klopfte an die schmale Milchglastür. Die Tür öffnete sich augenblicklich, wie durch Fernbedienung. Er sah sich einmal um und trat ein. Ich stieg aus dem Wagen, diesmal ungehindert, und stand da, wie Morden dagestanden hatte, meine Augen gegen das Licht beschattend. Die Luft hier herum hatte den eigentümlichen Geruch, den die Armut erzeugt, ein

Gemisch aus ungewaschener Kleidung und vollgepinkelten Matratzen und aufgeweichten Teeblättern. Auf der anderen Straßenseite streifte ein Kleinkind auf einem Dreirad den Rand des Gehsteiges und kippte langsam in den Rinnstein. Ein Fenster im ersten Stock ging auf und eine Frau mit einem hageren Gesicht lehnte sich hinaus und sah mich mit herausforderndem Interesse an. Das kleine Kind im Rinnstein begann zu weinen, ein eigenartig gleichgültiges, rasselndes leises Wimmern. Hinter mir stieg Francie aus und lehnte sich lässig mit überkreuzten Armen und Beinen gegen die Motorhaube des Wagens. Die Tür, durch die Morden getreten war, öffnete sich erneut, und ein kleiner, zäh aussehender junger Mann mit Popeye-Muskeln und krummen Armen und Beinen erschien und schlenderte den Gartenweg entlang. Er hatte kurz geschnittenes rotes Haar und ein eingedrücktes Gesicht und trug ein Unterhemd und eine Militärhose und Schnürstiefel und protzte mit einem einzelnen goldenen Ohrring in Form eines Kreuzes. Er blieb am Gartentor stehen und schlug die stämmigen Arme übereinander und warf mir einen frostigen Blick zu. Ich wandte mich um und ging in den Schulhof. Der Gin gab mir das Gefühl zu schwanken, zu torkeln. Aus dem Schulinneren hörte ich, wie eine Klasse holprig das kleine Einmaleins aufsagte. Wie ergreifend und einsam es ist, dort herumzulungern, wo Kinder Unterricht haben; nirgends ist es leerer als auf einem Spielplatz während der Schulstunden. Das Feld stieg vor mir an, bucklig und hoch, das Gras windgebeugt und grauglänzend im angeschlagenen Sonnenlicht. In der Ferne sah ich Prinz, der in weiten Schleifen herumlief, und noch weiter weg einen Jungen, der ohne Sattel in Zeitlupe auf einem scheckigen Pony dahingaloppierte. Gleich darauf tauchte Morden geräuschlos an meiner Seite auf – wie leise er sich trotz seiner Masse bewegte – und stand da, nachdenklich auf den Fersen schaukelnd, mit erhobenem Gesicht und geblähten Nasenlöchern, so als wolle er irgendeinen schwachen Duft einfangen, den Geruch der Vergangenheit vielleicht. Um etwas zu sagen, fragte ich ihn, ob er an diesem Ort geboren sei. Er starrte mich an und lachte. »Hier?« sagte er. »Nein!« Wieder lachte er, ausgelassen. »Ich bin nirgends geboren!« Und während er immer noch in sich hineinlachte, wandte er sich um und ging zurück zum Wagen, mit diesem merkwürdig gezierten, trippelnden Gang, den Kopf gesenkt und die Hände in den Taschen, und seine Hosenbeine flatterten im Wind. Ich blieb noch eine Weile stehen, blickte über den Platz hinweg und dachte an nichts. Der Junge auf dem Pony war verschwunden. Hinter mir stieß Francie einen langen, trillernden Pfiff aus, und augenblicklich hörte der Hund auf, im Kreis herumzulaufen und kam an mir vorbei zurückgetrottet, ohne mich anzusehen. Eine Wolke bedeckte die Sonne, und ein wellenförmiger Schatten raste quer über das Feld auf mich zu, und plötzlich hatte ich Angst, ich weiß nicht genau warum; es war einfach der Eindruck von allem, glaube ich, die Unermeßlichkeit der Welt, der unendliche Himmel und der Wolkenschatten, der sich mir näherte, unberührbar, unvermeidbar, so wie das Schicksal selbst. Nicht die großen Ereignisse jagen mir den größten Schrecken ein – wenn man die Beherrschung über das Lenkrad verliert oder wenn ein Rad vom Flugzeug fällt –, sondern die ganz gewöhnlichen Augenblicke, so wie dieser, wenn ich plötzlich den Zugriff auf die Dinge verliere und der Boden unter mir zurückweicht und ich entsetzt in die leere Luft starre, wie eine Figur aus einem Zeichentrickfilm, die geradewegs über den Rand einer Klippe läuft und erst fällt, als sie merkt, daß sich unter ihren Füßen nichts befindet als der tiefe Abgrund bis zur Sohle des Canyons weit unten. Schnell ging ich in Richtung Wagen und kam fast im Laufschritt dort an. Zum Rauhbein am Tor hatte sich mittlerweile ein fetter, ungesund aussehender Typ in exotischem Aufzug gesellt – rosa Pantoffeln und eine Art Kilt und ein Schal mit Quasten, der eng um seinen großen Bauch lag und wie die Toga eines alten Römers über seine Schulter geschlungen war. Er schien besonders mich zu studieren, nachdenklich, mit einer hochgezogenen Augenbraue, und als der Wagen wegfuhr, zog er eine plumpe Hand unter dem Schal hervor und hob den Zeigefinger in einer lockeren, zweideutigen Geste, einer Art warnendem Abschiedsgruß, den weder Morden noch Francie zur Kenntnis nahmen. »Meister der Verkleidung«, murmelte Francie und ließ sein knausriges Kichern hören. Ich fragte, wer der Typ im Kilt gewesen sei, doch niemand antwortete, und Morden starrte mit einem Ausdruck wütender Langeweile auf den Spalt zwischen seinen Knien. Das kleine Kind saß, immer noch greinend, neben seinem umgestürzten Dreirad.

Diesmal fuhr Francie, mit dem wachsamen Hund neben sich und Morden und mir im Fond. Morden schwieg, in sich versunken, das Kinn auf der Brust und die Arme fest verschränkt, als hätte man ihn in eine Zwangsjacke gesteckt. Woran dachte ich da? Noch immer an nichts. Ist das nicht seltsam? Ich staune immer wieder über meine Fähigkeit zu passivem Partizipieren, falls Partizipieren das richtige Wort ist. Als ob allein mein Zugegensein eine Kraft wäre, eine Art untätigen Handelns, das nur meine Anwesenheit benötigte, um zu wirken. Um einen Sinn in diesem Fluß der Ereignisse zu finden, der mich auf seinen Fluten dahintrug wie ein Blatt, hätte ich alles anhalten und ganz aus dem Bild treten und mich auf irgendeine undenkbare archimedische Plattform im Raum zurückziehen und das Schauspiel als vollständiges Ganzes betrachten müssen. Aber nichts ist vollständig, und nichts ist ganz. Ich nehme an, daß dies der Grund ist, weshalb ich in meinem tiefsten Inneren nie völlig an die Realität habe glauben können, wie sie von der Wissenschaft der Physik beschrieben wird, mit diesen Augenblicken bewegungsloser und klarer Einsicht, so als wäre es möglich, einen Querschnitt von der sich bewegenden Welt zu machen, ihn zwischen Glasplättchen zu legen und in vollkommener Ruhe und Stille zu studieren. Nein, nein, Wechsel und Fluß, unaufhaltsam, das ist alles, was existiert; es erschreckt mich, daran zu denken. Doch noch erschreckender ist der Gedanke zurückzubleiben. Das Reden ist eine Möglichkeit, Schritt zu halten. Und das tue ich doch? Wenn ich aufhöre, dann hört alles auf.

An einem Zeitungskiosk kündigten die Mittagsausgaben in fünf Zentimeter hohen Schlagzeilen den ersten der Morde an.

»Nein, so etwas«, sagte Morden und schnalzte mit der Zunge. »Schrecklich.« Er lehnte sich im Sitz zurück und ließ den Blick träumerisch in die Höhe schweifen. »Wer war noch der Kerl«, sagte er, »der Binkie Behrens dieses Bild gestohlen und das Hausmädchen umgebracht hat, als sie sich ihm in den Weg stellte?« Eine Reihe von Geschäften mit Lieferwagen, Hunden und erledigt aussehenden, Kinderwagen schiebenden Frauen; wie wenig ich von dem weiß, was man das wirkliche Leben nennt. »Es war vor zehn oder zwölf Jahren«, sagte er. »Erinnert sich jemand daran?«

Ich behielt die vorbeigleitenden Straßen weiter im Auge. In mir ist ein solcher Hunger nach der Welt.

»Ein Name, der mit M anfängt«, sagte Francie, und seine Schultern bebten.

»Genau«, sagte Morden. »Montagu oder Montmorency oder so.« Er klopfte mir leicht aufs Knie. »Entsinnen Sie sich? Nein? Vielleicht waren Sie nicht da – Sie waren lange fort, nicht wahr?« Er dachte nach oder tat so, als denke er nach. »Ein Vermeer, nicht, oder ein Metsu? Einer von diesen. *Porträt einer Frau.* Wunderbares Bild. Hat ihr mit dem Hammer auf den Kopf geschlagen, wumm, einfach so.« Wieder wandte er sich zu mir. »Sind Sie je in Whitewater House gewesen, dem Haus der Behrens'?« sagte er. »Prachtvoll. Die

Gemälde! Sie sollten hinfahren. Einen Tagesausflug machen. Würde Ihnen guttun.« Er richtete sich schwerfällig auf, bis er seitwärts auf seinem Sitz saß, und musterte mich kritisch. »Sie sind sehr blaß, wissen Sie«, sagte er. »Zu wenig an der frischen Luft, das ist Ihr Problem.«

Ich begann über Tante Corky zu reden, ihre Lebensgeschichte und ihren gegenwärtigen Zustand, die Pflegeanstalt, die Haddons. Blablablabla. Warum Tante Corky? Wenn es darauf ankommt, habe ich nur wenige Themen auf Lager. Morden ließ mich weiterreden, und nachdem ich nach einigen Abschweifungen fertig war, setzte er sich auf und rieb sich die Hände und sagte, er wolle sie kennenlernen. »Francie«, rief er, »dreh um, dreh um!« Meine schwachen Proteste wischte er beiseite. Er amüsierte sich. Bald fuhren wir die Küstenstraße entlang Richtung Norden. Es war Ebbe, und die Sonne glitzerte auf dem Schlamm und den grünen Algen. Ein Reiher stand mit weit ausgebreiteten Flügeln auf einem rostigen Mast. »Exhibitionist«, sagte Morden und lachte. Doch gleich änderte sich seine Stimmung wieder, und er wurde weinerlich. »Ich habe keine Familie, wissen Sie«, sagte er. »Ich meine richtige Familie: Tanten, Onkeln, Brüder, so etwas.« Er wandte sich um und packte mich zu meiner Bestürzung am Handgelenk und blickte mir forschend in die Augen. »Haben Sie einen Bruder?« sagte er. Ich sah ihn nicht an. Ja, genau wie ich, gefühlsduselig und tyrannisch. Es war schrecklich. Francie kurbelte das Fenster herunter und streckte den Ellbogen hinaus und begann zu pfeifen. Der Wagen fuhr die Hügelstraße hinauf, und schließlich hielten wir vor dem Tor der *Zypressen.* »Ist es das?« sagte Morden und spähte hinaus. Ich stellte mir Mr. Haddons Gesicht vor, wenn Morden hineinmarschieren und nach Tante Corky rufen würde. Aber Morden hatte das Interesse an meiner Tante verloren und saß wieder in sich versunken da, mit stumpfem und finsterem Blick ins Leere starrend. Als ich dann aus dem Wagen steigen wollte, streckte er rasch die Hand aus und packte mich wieder am Handgelenk und wollte nochmals wissen, ob ich einen Bruder hätte. Nein, sagte ich zu ihm, da ich es eilig hatte, mich zu verziehen, nein, ich hätte keine Familie. Er blickte mir forschend in die Augen. »Eine Schwester?« sagte er. »Niemanden?« Er nickte bedächtig. »Genau wie ich«, sagte er; »ein Waisenkind.« Dann entließ er mich mit einem Wink der Hand, und ich stolperte hinaus auf die Straße, und der Wagen fuhr aufheulend los. Ich stand blinzelnd da. Ich hatte das Gefühl, aufgelesen und kräftig geschüttelt und dann achtlos weggeworfen worden zu sein.

Tante Corky war fromm geworden. In ihrer Krankenhauskluft saß sie in ihrem großen Zimmer aufrecht im Bett und redete ekstatisch von Gott und der Erlösung und von Vater Fanning (ich nehme an, daß wir auch ihn bald kennenlernen müssen). Es machte mir nichts aus. Ihre Stimme war ein beruhigendes Geräusch. Ich wollte zu ihr unter die Decke kriechen und sie um Schutz bitten. Ich war kraftlos und außer Atem, und meine Beine fühlten sich unsicher an, so als wäre ich über die letzten Meter des Drahtseils gestolpert und klammerte mich nun schwitzend und erleichtert mit weichen Knien an den flitterbesetzten Pfahl, und unter mir tat sich das riesige, staubige finstere Dunkel auf; bald würde ich meine zittrigen Schritte zurückverfolgen müssen, zurück, dorthin, wo Morden in Trikot und Akrobatenschuhen stand und auf mich wartete und sein Draufgängergrinsen grinste; aber jetzt noch nicht. Tante Corkys Frühstückstablett stand auf dem Nachtkästchen: eine Haferbreischale mit verbogenem Löffel, eine schmutzige Tasse mit einer nicht dazu passenden Untertasse, eine angebrannte Toastkruste. Ich merkte es kaum, als sie zu sprechen aufhörte. Wie müde ich plötzlich war. Sie musterte mich eingehend und runzelte die Stirn. »Du«, sagte sie und stieß mir mit dem Finger in die Brust,

»was ist los mit dir? Du siehst aus, als hättest du ein Gespenst gesehen.« Sie hatte recht; ein nur allzu bekanntes Phantom, der Geist eines alten Ichs, hatte sich wieder vor mir erhoben. Könnte man die Liste seiner vergangenen Taten doch urkundlich ändern wie seinen Namen.

3. **Pygmalion** (genannt **Pygmalion und Galatea**), 1649
Giovanni Belli (1602–1670)

Öl auf Leinwand, 58,4 x 89 cm

Belli ist insofern ein ungewöhnlicher Fall, als er als Italiener, der nach Norden ging, eine Umkehr der traditionellen Richtung künstlerischer Ortsveränderung vollzog. Geboren in Mantua, hat er, wie man weiß, als junger Mann eine Zeitlang in Rom studiert, wahrscheinlich als Schüler Guido Renis (1575–1642), dessen Einfluß – alles andere als positiv – in den Werken des jüngeren Malers eindeutig erkennbar ist. Als nächstes begegnet uns Belli im Jahre 1640 in einem Katalogeintrag des Kunsthändlers Verheiden aus Den Haag, in dem er als ›*Joh.Belli ex Mantova, habit. Amstelodam*‹ aufgeführt wird. Warum dieser so typisch italienische (südliche, katholische, todesbesessene) Maler sich in den Niederlanden ansiedelte, ist nicht klar. Wie seine Werke mit ihrer intensiv bearbeiteten, ausgefeilten Struktur und ihrer unheimlichen, man könnte fast sagen makabren Atmosphäre beweisen, war es wohl kaum die Bewunderung für den heiteren Genius der holländischen Malerei des Goldenen Zeitalters, die ihn nach Norden zog. Er ist eine anachronistische, vielleicht sogar leicht absurde Gestalt, ortsfremd und nicht im Einklang mit seiner Zeit, ein Verbannter in einem fremden Land. Sein

Werk ist gekennzeichnet von der Insichgekehrtheit und Isolation eines Mannes, der sich vom Bekannten, vom Vertrauten distanziert hat, und verrät eine hoffnungslose Sehnsucht nach allem, was verloren und aufgegeben worden ist. Sein Interesse für das Thema des Todes – oder vielmehr für das, was ein Kritiker das ›Leben im Tode‹ genannt hat – offenbart sich nicht nur in seiner charakteristisch morbiden Stoffauswahl, sondern auch im besessenen Streben nach Stille, Gleichgewicht und einer Art unirdischem Glanz, einem Streben, das Bellis Werk paradoxerweise eine hektische Note verleiht, so daß die am häufigsten dafür verwendete Bezeichnung – natürlich fälschlicherweise – »maniriert« ist. Dieses ständige Bemühen um Transzendenz führt zu einem gekünstelten, übertriebenen Stil; Gombrichs kurz zusammengefaßte Kritik an Guido Reni ließe sich auch auf Renis Schüler anwenden, nämlich daß sein Werk »zu bewußt, zu vorsätzlich in seinem Streben nach reiner Schönheit« ist. Im *Pygmalion* sind diese Bewußtheit und das Verlangen nach Reinheit in Form und Ausdruck die offensichtlichsten Merkmale. Auf den ersten Blick fällt uns die bemerkenswerte Kühnheit des Winkels auf, in welchem das Ruhebett plaziert ist, auf dem Pygmalion und seine erwachende Statuenbraut sich zurücklehnen. Dieses große karmesinrote Parallelogramm, diagonal vom rechten unteren zum linken oberen Rand über das Gemälde gesetzt, vermittelt einen Eindruck asymmetrischer Schwere, fast erschreckend für den Betrachter, der bei der ersten Begegnung das Gefühl haben mag, als wäre der Raum, in dem er das Bild betrachtet, plötzlich gekippt. Vor dem Hintergrund des blutfarbenen Brokates des Ruhebettes wirkt die elfenbeinerne Blässe der erwachenden Statue wie ein Zeichen der Unterwürfigkeit: Hier ist »Galatea« (in der klassischen Literatur scheint der Name in keiner Version des Mythos auf und ist in diesem Kontext wahrscheinlich eine Erfindung der Renaissance-Mythographen) eher Opfer denn Liebesobjekt. Wie eindrucksvoll sich diese Figur zur Schau stellt, zugleich zurückhaltend und hingegeben, auf dem Rücken liegend, mit abgebogenem linkem Knie und so die Stelle enthüllend, wo sich das glatte Elfenbein des Schoßes zu einer Mulde vertieft, und den rechten Arm mit seiner noch blutleeren schlanken Hand ausgestreckt; ist es der von der Göttin eingehauchte Atem des Lebens, der diese Glieder in Zuckungen versetzt, oder sind es die Paroxysmen fleischlichen Genusses, die das halb inkarnierte Mädchen bereits zum ersten Mal erfährt? Und beugt Pygmalion sich über sie, um ihre Seufzer besser auszukosten, oder weicht er bestürzt zurück, erschreckt über die Heftigkeit der plötzlichen Leidenschaft, die er entfacht hat? Die anstößige Geste seiner Hand, die die rechte Brust des Mädchens umfaßt, könnte ebensogut ein Zeichen seiner Furcht wie seines Verlangens sein. Gleichermaßen scheinen die vor dem Ruhebett verstreut liegenden Geschenke, Muscheln und Kieselsteine, tote Singvögel und tränenförmige Ambratropfen, weniger »die Art von Geschenken«, wie Ovid sagt, »die Mädchen lieben«, als Opfergaben, dargebracht vor dem Altar einer unerbittlichen Gottheit. Mit welch obsessiver Genauigkeit der Künstler diese unbedeutenden Gegenstände wiedergegeben hat, so als handle es sich dabei tatsächlich um ein Opfer, das er selbst Venus darbringt, deren große, glatte, nackte Gestalt über den beiden Figuren auf dem Ruhebett schwebt und sie klein erscheinen läßt. Diese Darstellung der Göttin – gleichgültig, marmorn, lüstern mütterlich – läßt eindeutig den Einfluß der Manieristen erkennen, vor allem des Bronzino von Werken wie *Venus, Cupido, Torheit und Zeit.* Die allgegenwärtige Atmosphäre zweideutiger Sexualität wird diskret angedeutet durch die dreifach tanzenden Flammenzungen, aufsteigend vom Opferscheiterhaufen, der auf dem kleinen moosbewachsenen Hügel im Mittelgrund in der oberen rechten Ecke der Szene zu sehen ist. Wie fragwürdig sie in geschmacklicher Hinsicht auch sein mögen, es sind eher solche subtilen Details als die größeren Gesten dieses phantastischen und todestrunkenen Werkes, in denen Bellis »Streben nach Formen, die vollkommener und idealer sind als die Realität«, um Gombrich noch einmal zu zitieren, von Erfolg gekrönt wird.

Was mich an einem Werk der bildenden Kunst am stärksten und unmittelbarsten berührt, ist seine Stille. Diese Stille ist mehr als eine Abwesenheit von Klang, sie ist eine aktive Kraft, ausdrucksvoll und zwingend. Die Stille, die ein Gemälde ausstrahlt, wird zu einer Art Aura, die sowohl das Werk als auch den Betrachter wie in einem Farbfeld einschließt. Als ich mir im weißen Zimmer Mordens Bilder vornahm und eines nach dem anderen zu untersuchen begann, fielen mir daher nicht Farbe oder Form oder das Empfinden für Bewegung, das sie suggerierten, als erstes auf, sondern die Art und Weise, wie jedes Bild plötzlich die Stille verstärkte. Bald erzitterte der Raum unter ihrer stummen Beredsamkeit. Erzitterte, ja, denn dieser voluminöse, unhörbare Lärm, mit dem sie den Ort erfüllten, wie ein mit Luft gefüllter Ballon, brachte keine Ruhe, im Gegenteil, er weckte in mir eine Art unbestimmter Erregung, eine vibrierende, schwebende Erwartung, die um so gespannter war, als eigentlich nichts zu erwarten war. Während ich arbeitete, redete ich mit mir selbst, war mir dessen jedoch nur halb bewußt, simulierte Stimmen und sprach im Flüsterton Dialoge, und oft, wenn ich mit der Arbeit des Tages fertig war, hallte es in meinem Kopf wider von einem Durcheinander von Geräuschen, als befände ich mich seit dem frühen Morgen in Gesellschaft eines Haufens geschwätziger, harmloser Irrer. Auch der Raum mit der engen Keilform und einem störend viereckigen Fenster und der unsichtbaren Tür war verwirrend. Ein Wunder, daß ich in jener ersten Zeit der Einsamkeit und unablässigen Konzentration nicht verrückt wurde (vielleicht wurde ich es doch?). Ich hätte woanders im Haus arbeiten können, denn es hatte viele große leere luftige Zimmer, doch mir kam nie der Gedanke, den Ort zu wechseln. Ich ließ mir von Francie (der alles andere als gefällig war) helfen, einen alten Kieferntisch aus der Küche hinaufzutragen, auf dem ich meine Nachschlagewerke, meine Pülverchen und Tränklein und Glasretorten (ich übertreibe) ausbreitete, und auf ihr grünes Öltuch legte ich mein Handwerkszeug: die Pinzetten, Schabmesser, Skalpelle, die feinen Zobelbürsten, das Vergrößerungsglas und das Juweliersmonokel; ein andermal werde ich mich vielleicht in einem kleinen Lobgedicht auf diese wunderschönen Gerätschaften versuchen, die für mich eine ständige Quelle ruhigen Vergnügens und Trostes sind. Dort mußt du mich also am Werk sehen, genau wie in den Tagen meiner strahlenden, wenn schon nicht ganz goldenen Jugend, als es mir gefiel, den Gelehrten zu spielen. Damals war es die Wissenschaft, jetzt ist es die Kunst.

Seit du fort bist, habe ich mir vieles überlegt, und ich habe etliche Schlüsse daraus gezogen. Einer davon ist, daß ich an jenem strahlenden florentinischen Morgen am Anfang des *quattrocentro,* als Architekt Brunelleschi seinen Malerkollegen die bis dahin unbekannten Gesetze der Perspektive eröffnete, verloren war. Moralisch verloren, meine ich. Die etwa tausend Jahre vor jenem epochalen Ereignis sind für mich ein Zeitraum tiefen und traumlosen Schlummers, als alles sich in langsamem Tempo und in umfassenden Windungen bewegte und die Zukunft nichts anderes war als eine Wiederholung der Vergangenheit; ein langer, schwebender Augenblick der Stille und Kreisförmigkeit zwischen dem turbulenten Ende der klassischen Welt und den ersten fiebrigen Zuckungen der sogenannten Renaissance. Ich stelle mir eine Art finsteres nördliches Arkadien vor, dicht bewaldet, in Nebel gehüllt und still, verloren in den schimmernden, frostigen Tiefen ewiger Nacht. Welche Ruhe! Welcher Friede! Dann brach mit einem hellen Trompetenstoß jener Morgen an, da der Architekt seine Trickkiste aufmachte und Masaccio (seinen Zeitgenossen zu meiner Genugtuung mit vorausblickender Genauigkeit als »ungeschickter Tommaso« bekannt) und seine Anhänger sich mit der Hand an die Stirn schlugen, weil sie ihre eigene Kurzsichtigkeit nicht fassen konnten, und sich daran machten, zurückweichende Linien zu zeichnen und alles damit ruinierten, daß sie die Schimären des Fortschritts und der Fähigkeit des Menschen zur Vervollkommnung und alles übrige in die Welt setzten. Eine Illusion, auf die rasch die Desillusionierung folgte; das ist, in aller Kürze, die Geschichte unserer Kultur. Oh, welche Stümperei. Und was das Zeitalter der Aufklärung betrifft …! Wie kann man von einem Mann wie mir, aufgezogen mit solcherlei Unsinnigkeiten, erwarten, daß er klaren Kopf behält?

Wie dem auch sei.

Während der ersten Tage in jenem geheimen Zimmer war ich glücklicher denn je, verirrt im vertrauten Anderswo der Kunst. Verirrt, ja, und doch gleichzeitig irgendwie stärker der Dinge und meiner selbst gewahr als zu allen anderen Zeiten meines Lebens, die sich meinem Gedächtnis mit besonderem Nachdruck eingeprägt haben. Quicklebendig, das ist das richtige Wort: Alles, ich selbst eingeschlossen, war quicklebendig vor Sinn und Bedeutung. Ich war wie ein Geschöpf der sogenannten Wildnis, wachsam auf offenem Gelände, mit wundersam feinen Sinnen, eingestellt auf die Witterung der Welt. Jedes Gemälde, das ich hochhob und unter mein Vergrößerungsglas legte, war ein Vorzeichen dessen, was kommen würde. Und was kommen würde – obwohl ich es noch nicht wußte –, warst du und alles, was du mit dir brachtest.

Oder habe ich es gewußt? Vielleicht suchte ich bei meiner Versenkung in diese Bilder einzig und allein ein Anzeichen von dir, ein Fünkchen strahlenden Glanzes, das vom Fluchtpunkt her auf mich zukam.

Im Innersten bin ich ein hoffnungsloser Romantiker: Ich wollte an Josiah Marbot glauben, jenen gesetzten Abenteurer und knopfäugigen Treuhänder unbeachteter Schätze. Während ich die Bilder kennenlernte, war ich überzeugt, auch ihn kennenzulernen (vielleicht war er es, mit dem ich meine Phantomdialoge führte?), seinen bitterbösen Sinn für Humor, seine Vorliebe für das Groteske, die schüchterne Art, hinter der er die Rücksichtslosigkeit des leidenschaftlichen Sammlers verbarg. Fast konnte ich ihn sehen, eine schmale, hochgewachsene alte Gestalt in Gehrock und steifem Kragen, die sich bei Einbruch der Nacht langsam ins obere Stockwerk des Hauses begibt, gestützt auf einen Stock mit Perlmuttgriff, einen Arm hinter sich, die Faust ans untere Ende des gebeugten Rückens gepreßt, die gichtigen Finger gekrümmt. Seine Triefaugen sind noch scharf, seine Mundwinkel nach unten gebogen (die Zähne sind längst ausgefallen); seine Nase ist schmal und spitz und von einem blutlosen Weiß, einem trockenen Weiß, wie diese ausgetrockneten Wände. An einem Fenster bleibt er stehen (sein Diener geht, von Schatten umtanzt, mit der Kerze weiter) und blickt auf die enge Straße hinunter; Nieselregen beschmiert das Kopfsteinpflaster; eine Kutsche fährt ratternd und quietschend vorüber, der Kopf des Gauls hängt herab; er erinnert sich an ein Gäßchen auf der Ile de la Cité vor dreißig Jahren, wo die

Nacht anbrach so wie jetzt, und an einen halb betrunkenen dicken Händler unter einer niedrigen, rauchgeschwärzten Decke, der ein in schmutzige Lumpen gehülltes Paket hervorholte und winselte und geballte Finger küßte, als wäre es eine seiner Töchter, die er dem reichen Milord anböte: *Vaublin, m'sieur, un vrai Vaublin!* Ich dachte an seine Leidenschaft für Bilder oder zumindest für ihr Sammeln, wie an etwas Unanständiges, ein heimliches Laster. Ich stellte mir vor, wie er ständig die Ausstellungsräume besuchte, so wie er die großen Bordelle seiner Zeit besucht haben mochte, in gebändigter, aus Sehnsucht und Scham zusammengesetzter Erregung, wie er stammelnd seinen Wunsch nach etwas Ungewöhnlichem, etwas Besonderem äußerte... Zweifellos hatte er eine Vorliebe für das Anrüchige und das Mißgestaltete, doch die Objekte, die er erwarb, sahen völlig respektabel aus – ich meine, was die Technik betraf –, wie so manche bucklige, dreibrüstige Hure, die in Samt und Seide herausgeputzt ist.
Aber was genau hielt ich von diesen Gemälden, was genau empfand ich für sie? (Übrigens sitze ich hier mit dem mitleidsvollen Ansatz eines Lächelns auf dem Gesicht, einem Richter gleich, der sich anhört, wie ein einfältiger Angeklagter stammelnd eine aufrichtige Zeugenaussage macht, mit der er sich selbst an den Galgen liefert.) Wie kann ich mit Sicherheit sagen, was ich empfunden oder nicht empfunden habe? Die Gegenwart verändert die Vergangenheit, es ist ein fortgesetzter, hinterhältiger Vorgang. Obwohl diese Zeit nicht lange zurückliegt, scheint sie mir heute undenkbar fern, eine in gelbbraunes Licht getauchte Epoche vor dem Fall, erfüllt von der langsamen Musik der Einsamkeit. Habe ich mich den Bildern mit jenem Gefühl inneren Fallens gewidmet, das große Kunst hervorrufen soll? Wahrscheinlich ja. Es stimmt, ich fand sie unheimlich; sie starrten mich von der anderen Seite des Zimmers an, entrückt und reglos, wie

eine Reihe aufgestützter Katatoniker. Aber siehst du, ich hatte mich nie in so großer Nähe von Kunstwerken befunden, hatte nie diese Freiheiten besessen, sie mir nie herausnehmen dürfen. Es war wie ein plötzlicher Durchbruch in eine andere Art von Realität, in eine neue und ungeahnte Dimension einer vertrauten Welt. Es war wie – ja, es war wie das, was wohl gemeint ist, wenn von Liebe gesprochen wird. Eines dieser außergewöhnlichen Kunstprodukte vor mich auf den kleinen Tisch in dem weißen Zimmer zu legen und mit meinen Pinzetten und meinem Vergrößerungsglas daran zu arbeiten, hieß, daß man Erlaubnis bekam, in die innersten geheimen Orte eines geheiligten Objekts einzudringen. Dies war die Leinwand, auf der der Maler gearbeitet hatte, sagte ich mir immer wieder, dies waren die Pinselstriche, die er gesetzt hatte; noch immer steckten in der Farbe ein paar verirrte Atome, die der Schöpfer ausgeatmet hatte, während er vor dreieinhalb Jahrhunderten versunken vor seiner Leinwand lehnte, in einer Kammer unter einem undichten Dach in irgendeinem Gäßchen Antwerpens oder Utrechts, unter einem Himmel voll hoch aufgetürmter Wolken. So erschien es mir, so dachte ich; kein Wunder, daß ich mich, wenn ich zurücktrat und mir die Augen rieb, nicht auf das konzentrieren konnte, was vor mir war. Ich war wie ein Liebender, der in stummem Entzücken seine Liebste betrachtet und nicht ihr Gesicht, sondern einen Traum davon sieht. Du warst die Bilder und sie waren du, und ich merkte es nie. Jetzt verstehe ich das alles – aber *damals;* ach, Liebste, *damals!* Verstehst du mein Problem: Grotesk unter grotesken Dingen, war ich dort zufrieden und wollte nichts weiter, als daß diese beschauliche und phantastisch bevölkerte Einsamkeit ohne Störung andauerte; zufrieden, das heißt, bis du plötzlich lebendig wurdest und aus deinem Rahmen heraustratest.

Hier ist, was geschah. Das ist, was geschah, das erste Mal.

Nicht das erste erste Mal, sondern das erste Mal, daß du, daß ich, daß wir... Hier ist es.
Und was ist eigentlich geschehen? Nichts, das der Rede wert wäre, von dem sich sprechen ließe, in Worten, hinlänglich. Ein Morgen. Mittlerweile war der Herbst wirklich im Anzug, messingfarbenes Sonnenlicht lag auf den Häuserfassaden und der Hauch eines stummen, ständigen Nachlassens in der vollen, stillen, strahlenden Luft. Alles sehr ruhig, nur ab und zu das Aufheulen eines Busmotors auf den Quais und weiter weg ein beschwipstes Klingeln der Kathedralenglocken, wo offenbar ein Anfänger auf dem Gebiet der Kampanologie seine Etüden übte. Ich sitze an meinem Tisch, vertieft in meinen Katalog der großen Vaublin-Ausstellung in Washington, dessen aufgeschlagene Seiten die ziemlich verschwommene Abbildung der *Häutung des Marsyas* zeigen: Bauern zechen im Vordergrund, während das schlimme Geschäft in Miniatur in einem Gebüsch weiter hinten im Mittelgrund erledigt wird. Ich habe Kopfschmerzen, es pocht da drin, ein langsames, stilles Klopfen. Ich hebe den Blick. Eine große dicke silberweiße Wolke von Magritte steckt senkrecht im Fenster vor mir und öffnet die Arme. Du tauchst auf aus der Stille. So habe ich es im Gedächtnis, als hätte dich die Stille im Zimmer irgendwie hervorgezaubert und dir Gestalt verliehen. Ich habe dich dort gespürt, bevor ich deinen Schritt hörte. Eine Art Verschiebung vollzog sich, so als wäre irgendwo ein Motor in einen anderen Gang geglitten, stumm, gewaltig, und ich blickte verwirrt auf. Angeblich soll man im Augenblick, bevor der Blitz einschlägt, spüren können, wie die Felsen und Bäume im Umkreis summen. Du hattest... was hattest du an? Ein leichtes Kleid aus Leinen oder Baumwolle, mit winzigen Blumen bedruckt, mit schmaler Taille und einem weiten Rock; was man zu meiner Zeit ein Sommerkleid nannte – das Wetter war gerade noch warm genug dafür. Und Pumps, schwarze Pumps mit einer

kleinen flachen schwarzen Satinschleife auf jedem Rist. Kein Make-up heute, zumindest konnte ich keines feststellen, so daß ihre Züge eine schimmernde, schwer beschreibbare Beschaffenheit hatten, als sähe ich sie durch einen feinen hellen Nebel hindurch. Überraschend war, daß wir nicht überrascht waren. Wir hätten uns seit Monaten jeden Morgen hier getroffen haben können. Als sie sich zu meiner Schulter hinunterbeugte, vernahm ich das schwache, leise Raspeln ihres Atems. Und ich konnte sie riechen. Das war das erste, wirklich das erste, ihr Geruch: irgendwie schal und herb zugleich, mit einer nesselartigen scharfen Beimischung, die meine Speicheldrüsen prickeln ließ. Sie roch nach kindlichen Dingen, nach Meeresstränden, Klassenzimmern und nach etwas anderem, ich weiß nicht, etwas Wundem und Rohem – einfach nach Fleisch vielleicht –, und augenblicklich dachte ich mit einer Art erschrocken aufwallender Gier an Sonnenbrand und Frostbeulen und an die zarten, durchscheinenden Ränder deiner Nasenlöcher, als du diese Erkältung hattest und ich dich drei Tage lang nicht anrühren durfte (ich weiß, ich weiß, die Reihenfolge stimmt nicht). Selbst jetzt noch werde ich manchmal auf der Stelle in den Zustand kiefernhängender Leere versetzt, wenn ich einen verspäteten Hauch jenes gemischten fleischlichen Duftes auffange; ein Rest davon muß irgendwo in den Höhlen meines Gehirns gespeichert sein. Könnte ich diese Spur nur isolieren, dann wäre irgendein teuflischer Gelehrter vielleicht imstande, daraus ein genetisches Modell von dir zu züchten, vollkommen bis aufs Detail – das heißt, bis auf das einzige, das zählt. Sie wollte wissen, was sich auf dem Bild auf der Seite vor mir abspielte, und als ich es ihr sagte, verzog sie angeekelt den Mund zu einem Viereck und ließ ein würgendes Geräusch hören. Armer Marsyas; sie singen ein Loblied auf Apoll, doch ich ziehe jederzeit Dionysos vor. Sie ging zum Fenster und näherte ihr Gesicht dem Glas und spähte seitwärts auf etwas, das nur sie sehen konnte. Diese Stille, diese katzenhafte Konzentration: Wo hatte ich eine andere Geliebte in genau derselben Haltung stehen sehen? Dann wandte sie sich um und setzte sich auf den Sims und lehnte sich mit verschränkten Ellbogen und auswärts gewandten Arminnenseiten vor (diese zarten blauen Adern, mein Gott!), ihre Seiten mit den Händen umklammernd und eine Ballerinazehe auf den Boden gedrückt, während sie das andere Bein langsam auf und ab schwang, das, am höchsten Punkt angelangt, bis zur schimmernden Oberschenkelmitte entblößt wurde. Ich kann keinen Balthus, überhaupt keinen Balthus sehen – diese herbstlichen Farbtöne, diese charakteristische Atmosphäre übersättigter Lüsternheit –, ohne daran zu denken, wie A. an jenem Tag dort saß, die Lippen halb geöffnet, die Stirn in leichte Falten gezogen, den Blick nach innen gewandt mit jenem unwiderstehlich leeren Ausdruck, den ihr Gesicht immer annahm, wenn es entspannt war. Was dachte ich da, was fühlte ich? Ich wartete, ich weiß nicht genau worauf, während das Pendel jenes hypnotisch schwingenden Beins die langsamen, schwellenden Sekunden markierte. Wie blaß sie war. Ihr Haar hing an der Seite von der schräggelegten Wange weg wie ein gestutzter Flügel, schwarz und glänzend. Wegen des Lichtes hinter ihr konnte ich ihr Gesicht nicht deutlich sehen. Hatte ihr Blick sich bewegt, sah sie jetzt mich an? Die Zeit verging. Wir müssen uns unterhalten oder zumindest Bemerkungen ausgetauscht haben, wir können nicht die ganze Zeit schweigend dagesessen haben, doch auch wenn das so war, entsinne ich mich nicht. Ich erinnere mich nur an den äußeren Eindruck der Dinge: ihr bedrucktes Kleid, jener hängende Haarflügel, der dreieckige Schatten, der sich an der Innenseite ihres Schenkels ausdehnte und zusammenzog, während sie das Bein schwang, das Polarblau im Fenster hinter ihr und jene monströse Wolke in ihrem Rücken, die noch immer hinterhältig ihre eisigen Arme ausbreitete. Oder will ich einfach hier bei diesem Augenblick verweilen, als alles noch vor uns lag, um ihn im Kristall der Erinnerung aufzubewahren wie eine jener kleinen Szenen in den Glaskugeln, mit denen ich als Kind spielte, Häuschen und Baum und Rotkehlchen auf einem Zweig und alles in einem Wirbel von Schneeflocken? (Ich könnte einen ganzen Schneesturm weinen, wenn ich einmal damit anfinge.) Ihr Gesicht war unerwartet kühl unter meiner Hand. Mit einer Fingerspitze zog ich die Linie ihres Kiefers, ihres Kinns nach. Sie hob nicht den Kopf. Ihr Bein hatte aufgehört zu schwingen. Wie war ich vom Tisch zum Fenster gelangt? Vermutlich in einem großen weichen Satz, einer Art Känguruhsprung in Zeitlupe, der mich grinsend und zitternd vor ihr absetzte. Ich fühlte mich schwach und unglaublich leicht, so als ginge ich unsicher auf Stelzen und schielte einfältig, mit vorstehenden Augen, zu ihr hinunter. Sie war sehr still, ein geschmeidiges, warmes, wachsames Geschöpf, das ruhig auf das wartete, was kommen würde. Ich tat einen tiefen Atemzug, der in meiner Kehle steckenblieb und zu einem Würgen wurde, und mit der gespielt energischen Stimme eines Arbeiters, der die Ärmel aufkrempelt, um eine heikle, aber reizvolle Aufgabe anzupacken, sagte ich: »Also, eine solche Chance bietet sich kein zweites Mal«, und unerklärlicherweise ging ein Geschmack nach Heidelbeeren von meiner Zungenwurzel aus. Sie begann schnell etwas zu sagen, ich verstand die Wörter nicht, und sie lachte und blies mir dabei ihren Atem in den Mund, und ich spürte, wie ihre Lippen nachgaben unter meinem schlecht gezielten, ihren Mund nur streifenden Kuß. Wir ließen unsere Augen weit offen und starrten einander in einer Art erstauntem Schwindelgefühl an, dann wandte sie mit einem zugleich zufriedenen und spöttischen Ausdruck rasch das Gesicht ab, formte die Lippen zu einem Kreis und sagte leise: »Puh!« Ein sehr langer Augenblick absoluter Regungslosigkeit, und dann habe ich

den Eindruck eines komplizierten, linkischen Sich-voneinander-Lösens unter Räuspern und gemurmelten Entschuldigungen und der über allem hängenden Drohung tödlichen Gelächters. Dann schwenkte ich herum und ging zum Tisch, auf meinen unsichtbaren Stelzen humpelnd, erhitzt vor erregendem Schrecken und ihr den Rücken beharrlich zugewandt. Ich nahm etwas vom Tisch, ich weiß nicht was, und begann darüber zu referieren, im lachhaften Versuch, gelassen zu erscheinen. Und als ich wieder hinsah, war sie verschwunden.
Dieser Kuß. Tja. Seine Wirkung würde tagelang, wochenlang anhalten. Ich fühlte mich wie etwas, das zerbrochen und doch noch ganz war, völlig von haarfeinen Rissen und Sprüngen durchzogen und im Fundament erschüttert, als wäre ich eine Skulptur aus Eis, und A. hätte sich mit einem Hammer auf mich gestürzt und mir einen krachenden Schlag versetzt. Ich sann ununterbrochen über jenen kurzen Kontakt nach, in einem Zustand verzagter Freude und unheilvoller Ahnung, drehte und wendete die Erinnerung daran und prüfte sie aus jeder möglichen Perspektive. Manchmal steigerte ich mich in einen solchen Zustand übertriebenen Spekulierens hinein, daß ich Zweifel hegte, ob es sich überhaupt ereignet hatte. Daß ich eine Frau geküßt hatte, war schon so lange her, daß ich kaum noch wußte, wie es sein sollte, und ich war auch in diesen Dingen immer altmodisch gewesen. Heutzutage schienen sich die jungen Leute (ich hielt A. noch für viel jünger, als sie war) bei jeder Gelegenheit zu küssen. Überall, wo ich hinsah, waren sie damit beschäftigt, auf der Straße, im Auto, ja sogar auf dem Fahrrad. Und es war auch nicht das gezierte, steife Gerangel meiner Zeit, sondern die Sache pur – offene Münder, kreisende Hüften, Geräusche. Ich weiß es. Ich habe sie beobachtet. (Ein Wunder, daß man mich nicht verhaftet hat.) Und natürlich konnte ich nicht glauben, daß es für A. ebensoviel bedeutet hatte wie

für mich; die Flammenzunge, die mein nicht mehr junges Fleisch geleckt und zum Zischen gebracht hatte, würde auf ihrer heißen jungen Haut bestimmt kaum spürbar sein. Wahrscheinlich wurde sie ununterbrochen geküßt und dachte sich nichts dabei. Ja, sagte ich mir dann streng, für sie war es gar nichts, sie bemerkte es kaum, und dann schüttelte ich mich energisch, wie ein Hund, der aus dem Wasser kommt, und machte mich wieder an meine Arbeit, nur um mich wieder unverzüglich mit doppelter Erregung in qualvolle, irre, hoffnungslose Spekulationen zu stürzen. Eis, habe ich erwähnt, daß ich wie zerbrochenes Eis war? – oder eher wie ein Schlammtümpel, heiß und blubbernd, und wie eine Blase stieg der Gedanke an sie auf und schwoll ständig an, und die Oberfläche zerplatzte dann mit einem schrecklichen Plop!, während sich unten in der Tiefe bereits ein weiteres Bläschen verworrener Spekulation bildete.

Ich glaube fast, daß A. kaum von Belang war für diese schwachsinnigen Grübeleien, die sich, wenn ich mich sehr darauf konzentrierte, völlig aus sich selbst speisten. Was wußte ich schon über A.? Ich hatte sie erst zum zweiten Mal gesehen, wenn man den Puzzle-Blick durch den bröckelnden Mörtel in der falschen Wand an jenem Tag, als ich das Haus betrat, nicht mitzählt, und selbst nachdem ich sie geküßt hatte, konnte ich mir ihr Gesicht nur ganz vage in Erinnerung rufen. Ich weiß, was ich hier von mir gebe, ich weiß, wie sehr ich mich in meiner ganzen schrecklichen Selbst-Obsession verrate. Doch am Anfang war es so: als wäre ich mitten in finsterster Nacht in einem leeren Haus erschrocken vor einer leuchtenden Erscheinung stehengeblieben, nur um zu entdecken, daß es mein eigenes Spiegelbild war, das plötzlich in einem schattenhaften, lebensgroßen Spiegel auftauchte. Es sollte lange dauern, bis der Silberbelag auf jenem Spiegel abzublättern begann und ich durch ihn hindurchblickte und sie sehen konnte – oder jene Variante ihrer selbst, die sie mich sehen ließ.

Ich hatte das Gefühl, ein solcher Narr zu sein. Ich kam mir wie eine absurde Figur vor, so etwas wie ein Dorftrottel, traurig und lächerlich und dennoch irgendwie rührend liebenswert. Meine Rippen schmerzten von der Anstrengung, einen fortwährend aufsteigenden Freudenschrei zu unterdrücken. Die Stadt öffnete sich wie eine Rose unter dem beständigen Glanz meiner neugefundenen Euphorie. Ich ertappte mich dabei, wie ich Passanten ansprach, Wildfremde; ich wäre zu allem fähig gewesen, hätte im *Boatman* Drinks auf Kosten des Hauses bestellt oder Quasimodo auf den Buckel geklopft und ihn ins St. Gabriel geschleppt, um eine Flasche Sekt mit ihm zu trinken. Und natürlich war sie überall, oder zumindest Phantombilder von ihr: ein in der Menge kurz auftauchendes Gesicht, eine Gestalt, die um eine Ecke bog oder einsam und reglos auf dem oberen Verdeck eines Busses saß und durch die graue Ödnis einer breiten Allee, windig und mit Blättern bedeckt, von mir weggetragen wurde. Mein Talent zur Verwechslung war erstaunlich. Ich erinnere mich insbesondere an einen Vorfall, als ich auf der Straße keuchend hinter jemandem herlief und meine Hand auf eine schwarzgekleidete Schulter legte, sicher, daß es sich um ihre handelte, nur um mich einen Augenblick später verwirrt bei einem kleinen, grimmigen Herrn von militärischem Äußeren mit einem gezwirbelten Schnurrbart entschuldigen zu müssen. Heute erstaunt mich, wie wenig ich bei alledem nachdachte. Mit Nachdenken meine ich nicht eingehende und nüchterne Überlegung, ein Abwägen der Dinge auf der Waage oder etwas Derartiges, sondern einfach gewöhnliches Alltagsdenken, das halbbewußte Gemurmel der Unterweisung und Ermahnung, welches ein Echo der elterlichen Stimme zu sein scheint, die mich vor langer Zeit stehen, gehen, sprechen lehrte. Mein Verstand war zu einem zitternden Sumpf geworden, in dem ich bei dem Versuch, über die anscheinend ganz seichten Ränder hinauszuwaten, augen-

blicklich bis zum Zwickel versinken würde. Und alles, so muß man sich vorstellen, alles nur wegen eines einzigen und völlig fragwürdigen Kusses. Ach ja, was für ein Narr!
Und doch mußt du, muß sie – ihr beide! – in einem zumindest annähernd erregten, aufgekratzten Zustand jugendlicher Erwartung und Ahnung gewesen sein wie ich. Sicher warst du das. Sag nicht, daß alles falsch war, und selbst wenn es so war, sag, daß es nur am Anfang so war und später echt wurde. Bitte raube mir nicht meine Illusionen, sie sind alles, was ich habe.
Drei Tage vergingen. In meiner Erinnerung sind sie irgendwie verschleiert, die Dinge und Ereignisse starr, unwirklich, überdeutlich, und ich in ihrer Mitte, mit steifen Gesten und einem ununterbrochenen irren Lächeln auf den Lippen, eine Kleiderpuppe in einem Schaufenster. (Ach, dieses Übermaß an Metaphern! Ich bin wie alles, nur nicht wie ich selbst.) Ich wartete auf A. Es gab keine Eile, alles ging im aufgeregten, doch stetigen Rhythmus des Herzens weiter, unter einem rätselhaften und unabwendbaren Einfluß, der insgeheim auf uns wirkte, eine Art atmosphärischer Geometrie, die uns unvermeidlich aufeinander zulenken würde wie Lichtlinien im leeren Raum. Ich sonnte mich in dieser Zeit außerhalb der Zeit wie in einem jener langen Samstagvormittage meiner Kindheit. A. würde kommen. Wir würden zusammen da sein. Alles würde geschehen.
Doch was statt dessen kam, war Tante Corky.
Da fällt mir ein, es war tatsächlich ein Samstagvormittag, als ich den Anruf erhielt. Es war früh, und ich hatte einen trüben Blick nach einer wechselvollen Nacht, und zunächst verstand ich nicht, was gesagt wurde. »Hier Mrs. Haddon vom Pflegeheim«, wiederholte ununterbrochen eine schrille Stimme, die aus Verärgerung ständig höher wurde. Mir blieb nichts anderes übrig, als auf dem kalten Linoleum des Korridors zu stehen und dümmlich in den Hörer zu nicken, als

schüchtere mich das Telefon selbst ein. Der Briefschlitz in der Eingangstür hinter mir öffnete sich mit einem Klappern und spuckte ein Bündel Rechnungen auf den Läufer; Hermes war sehr beschäftigt an diesem Morgen. *»Hallo, hallo, können Sie mich hören!«* schrie die Stimme. *»Ihre Tante hat einen Anfall gehabt!«* Im Hintergrund vernahm ich ein sausendes, wehklagendes Geräusch, und ich stellte mir vor, wie Tante Corky in wehendem Totenhemd wie ein Derwisch in jener schwarzweiß verfliesten Halle in den *Zypressen* herumwirbelte. »Sie verlangt nach Ihnen«, sagte Mrs. Haddon in schneidendem Ton. »Sie sagt, sie spricht nur mit Ihnen.« Das Klagegeräusch verstärkte sich und ließ ihre Worte untergehen; mir kam vor, sie sagte etwas über die Sonne. »Sharon«, kreischte sie, »*Sharon,* schalte das verdammte Ding aus!«, und das Geräusch hörte unvermittelt auf. «Ich komme«, sagte ich im Tonfall eines mürrischen Kindes, das vom Spielen weggerufen wird. »Das will ich aber schwer hoffen«, sagte Mrs. Haddon in beleidigtem, arrogantem Ton, als wolle sie mir zu verstehen geben, daß sie das Recht hatte, bedeutend mehr von mir zu erwarten als eine bloße Einwilligung. Sie war eine agile, nervöse Frau von merkwürdiger Gestalt: dick und rund um die Taille, doch mit dünnen Armen und unerwartet schönen Beinen, die an Tennispartys und Faltenröcke und Gin mit Angostura auf dem Rasen denken ließen. Ihr Gesicht war scharf geschnitten und blaß, mit einem eigenartig feuchten Schimmer, und ihre verwaschen blauen Augen waren vorstehend und leicht getrübt, was ihr den glotzenden Blick einer von Fragonards stieläugigen, milchhäutigen Damen verlieh. Während sie mit mir sprach, hatte sie den Blick von mir abgewandt und rieb ununterbrochen mit Finger und Daumen an ihrem Handgelenk, so als mache sie dort Brennesselbrennen. Sie empfing mich in der verglasten Veranda mit einer Miene zornigen Vorwurfs, und obgleich ich in aller Eile gekommen war, gab ich entschuldigendes Gemurmel von wegen Verkehr und selten fahrendem Hügelbus von mir. »Sie ist ein Horror«, sagte sie und schnitt mir das Wort ab. »Wir wissen nicht, was wir mit ihr machen sollen. Und wenn sie anfängt, steckt sie natürlich die anderen an. Sie sind wie Kinder, alle miteinander.« Das alles wurde in einem erregten Murmeln geäußert, mit starr abgewandtem Gesicht und bebender, spitzer weißer Nase. Mrs. Haddon war so blaß und unauffällig, als fehle ihr eine Dimension, und ich hatte den Eindruck, wenn sie sich mir direkt zuwandte, würde sie sich zu einer vertikalen Linie zusammenziehen, wie ein Scherenschnitt. Sie führte mich in die Halle, wo ich ihre bessere Hälfte, den gespenstischen Mr. Haddon, sichtete, der gebückt und umsichtig und mit breitem Kiefer neben einer Topfpalme im Schatten herumlungerte; er tat, als sehe er mich nicht, und wurde seinerseits von seiner Frau ignoriert. »Sie sind der Sohn«, sagte sie zu mir; es klang eher wie eine Anklage denn wie eine Frage. Als ich es verneinte, preßte sie die Lippen zusammen, offenbar voller Mißbilligung nicht nur über mich, sondern meine ganze verantwortungslose und unkooperative Familie. »Nun«, sagte sie und rümpfte die Nase, »sie hat ununterbrochen von ihm geredet.«

Daß Tante Corky einen Sohn hatte, war mir neu. Soviel ich wußte, hatte sie keine Nachkommenschaft, und die Vorstellung, daß sie ein kleines männliches Ebenbild ihrer selbst auf den Knien schaukelte, hatte, so fürchte ich, etwas Komisches an sich. Aufgrund der schwindelerregend frühen Tageszeit und der Stimmung jugendlicher Verzückung, in der ich mich befand (noch immer der Kuß!), erschien mir die Vorstellung irgendwie wunderbar pikant und richtig, und mit einer Art trüber Heiterkeit sagte ich: »Ja, ja, ihr Sohn, ich verstehe!«, wobei ich ständig grinste und nickte und leise summte. Mrs. Haddon, die vor mir die Treppe hinaufging, warf einen düsteren und tadelnden Blick zurück, der in meiner Kniegegend landete. Als wir vor Tante Corkys Zimmer angelangt waren, ging die Tür auf, und ein schlampig aussehender junger Mann schlüpfte heraus; sobald er uns sah, zögerte er und blickte verstört um sich, offenbar bereit, jeden Augenblick das Hasenpanier zu ergreifen. Das war Doktor Murmel – ich habe seinen Namen nie verstanden. Er soll uns hier nicht länger aufhalten, wir werden ihm wieder begegnen. Er erinnerte mich vage an eine Figur aus *Alice im Wunderland*, an das Kaninchen vielleicht oder an den verrückten Hutmacher. Mrs. Haddon entließ ihn mit einem bösen Blick, und mit einem linkischen Kopfnicken schlich er sich, offensichtlich sehr erleichtert, davon.

Tante Corky lag so still und flach auf ihrem großen Bett, daß ich zunächst dachte, man habe sie ruhiggestellt. Sie schien völlig friedlich, hatte die Augen geschlossen und atmete leise. Die rothaarige Sharon, die heute aussah wie eine Zwölfjährige, saß, die derben Knie gespreizt, auf einem Metallstuhl neben dem Bett und las in einem Comic (ich warf einen flüchtigen Blick auf die offene Seite: ein schlaffer blutdunkler Mund und eine große Träne und eine Sprechblase in Form einer fett gedruckten Anrede: *Oh, Darren...!* – solcherlei Dinge zeichnet die Mnemosyne mit dem scharfen Blick auf). Als ich mich auf Zehenspitzen näherte, blickte Sharon zu mir auf und grinste und zwinkerte, und mit jähem sanftem Schrecken bemerkte ich, daß die Hand meiner Tante wie ein großes Bündel trockener Zweige in der ausgestreckten, feisten kleinen Pfote des Mädchens lag. Ich muß wie der lächelnde Leichenbestatter persönlich ausgesehen haben, mit meinen Tränensäcken unter den umschatteten Augen, meinem Totenbettblick und dem wie ein Leichentuch über den Arm gelegten Regenmantel. Ich beugte mich über das Bett, und augenblicklich, wie bei meinem ersten Besuch, klappten Tante Corkys gummibandversehene Augenlider auf, und sie setzte sich in ihrem weißen Kittel auf wie Frankensteins

Braut (wenn ich es mir überlege, hatte sie tatsächlich eine oberflächliche Ähnlichkeit mit Elsa Lanchester) und rief: »Oh, ich habe ihn gesehen, ich habe ihn gesehen!« und packte mich mit einer Hand, während die andere erregt in Sharons Griff zuckte. Es war eine Szene, wie geschaffen für das empfindsame viktorianische Theater: *Der Traum* von Sir Soundso Soundso-Soundso: die störrische alte Frau, die sich in ihrem unordentlichen Bett verzweifelt vorbeugt, auf der einen Seite gestützt von der lächelnden Kindfrau-Krankenschwester, auf der anderen vom alternden und leicht übelbeleumdeten Neffen, dessen abgetragener Mantel und nicht eben sauberes Hemd von Interesse am Aufbewahrungsort ihres Testaments zeugen, während im Hintergrund die käsebleiche Frau Tod lauert. »Sie sieht Dinge«, vertraute Sharon mir fröhlich an, schüttelte sanft Tante Corkys Hand und rief: »Nicht wahr, Herzchen?« Meine Tante ignorierte sie und grub ihre trockenen alten Finger in meinen Arm. »Er ist zu mir gekommen«, flüsterte sie mit ergriffener Stimme, »er ist zu mir gekommen und hat genau dort gestanden, wo du jetzt stehst, und er hat mich angesehen. Oh, wie er mich angesehen hat mit diesen Augen, den Augen seines Vaters!« Dann entstand eine Pause, und etwas, eine Art Schimmer, ging durch den Raum, als ob eine lichtreflektierende Oberfläche plötzlich nach innen gekippt wäre. »Sie haben nur geträumt«, rief Mrs. Haddon, und dann, noch lauter: *»Ich habe gesagt, Sie haben nur geträumt, das ist alles!«* Tante Corkys Blick ruhte einen Sekundenbruchteil auf ihr, dann sah sie wieder mich an und zuckte die Achseln. »Natürlich war es ein Traum«, sagte sie mit affektierter Verachtung, ließ meine Hand los, griff nach ihren Zigaretten auf dem Nachtkästchen und zündete sich ganz unverschämt eine an und blies einen großen, dreisten Ballon rollenden Rauchs in Mrs. Haddons Richtung.

Doch, doch, es habe ein Kind gegeben, behauptete sie, einen

kleinen Jungen. Die Geschichte war konfus, die Einzelheiten unklar. Er hatte offenbar nicht einmal einen Namen gehabt, dieses Wunderkind. Sie habe ihn verloren, sagte sie. Ich nahm dies als Euphemismus für eine weitere gewaltsame, wenn auch nicht näher spezifizierte Beseitigung, wie im Falle ihres Ehemannes, doch nein, sie meinte es wörtlich. Eines Tages, eines schrecklichen Tages mitten in der Not des Krieges hatte sie ihn einfach verloren, seine Hand war aus ihrer geglitten, und er war verschwunden. »Solche Dinge passierten damals«, sagte sie. »Solche Dinge passierten.« Einen langen Augenblick schwiegen wir und horchten auf die Schreie der Möwen und das leise gastrische Gurgeln des Wassers im Heizkörper unter dem Fenster. Sharon und Mrs. Haddon waren entlassen, so daß Tante Corky ihre Beichte unter vier Augen ablegen konnte. Sie saß vor mir, umkränzt von Zigarettenrauch, das Gesicht seitwärts gewandt, und das Morgenlicht spielte auf ihrer goldenen Perücke, während ich mit der schwierigen Frage rang, wieviel – wenn überhaupt etwas – man von dieser letzten Fortsetzung der kompliziert verwickelten Geschichte von Unglück und Verlust glauben durfte, die, wie sie behauptete, ihr Leben war. War ihr zuzutrauen, daß sie eine solche Geschichte erfand? Aber dann dachte ich, warum nicht? Ich war in toleranter Stimmung; ich hatte ein positives Elterngefühl. Dies war eine der Auswirkungen, die die Verliebtheit (einstweilen werde ich es nicht drastischer ausdrücken) auf mich hatte, dieses Gefühl, endlich ganz erwachsen zu sein, ein Erwachsener, herbeigerufen, um sich mit einer Kinderwelt auseinanderzusetzen. Tante Corky hätte meine Tochter sein können, deren nächtliche Rufe mich an ihren Bettrand geholt hatten, so sanft besorgt war mein Verhalten. Ich drückte ihre Hand, ich lächelte sie beruhigend an und nickte, senkte erst die Augenlider, und in einer Karikatur von Mitgefühl schürzte ich die Lippen, voller Selbstachtung. Ja, Selbstachtung, denn wie üblich war der Gegenstand all dieser Aufmerksamkeit in Wahrheit ich selbst, das neugeborene Ich mit klebrigen Flügeln, das aus dem Kokon geschlüpft war, der durch A.'s Kuß aufgebrochen war. Nur mit halber Aufmerksamkeit bedacht, sprudelte die arme Tante Corky unterdessen die Geschichte ihres kleinen verlorenen Jungen hervor. Ich konnte ihn sehen, ganz allein auf einer mit Bombentrichtern übersäten Straße unter einem hasenfellfarbenen Himmel, in seinem zerlumpten Mantel und seiner zu großen spitzen Mütze, einen Pappkoffer mit erschreckter Hand an sich gepreßt. Diese Augen, die mich von Europa her anblicken. »Die Toten verzeihen nicht«, sagte Tante Corky, schüttelte traurig den Kopf und seufzte. Und dann lächelte sie mich freundlich an. »Aber das weißt du natürlich«, sagte sie.

Draußen vor der Tür wartete Mrs. Haddon auf mich, die weißen Hände unter dem Busen gefaltet. Ich fragte mich, ob sie am Schlüsselloch gelauscht hatte. Die vorstehenden glänzenden Augen auf meinen Adamsapfel gerichtet, sagte sie mit tonloser Stimme: »Es steht sehr schlimm mit ihr.« Ich wußte nicht, in welcher Bedeutung sie das Wort verwendete und wie ich die Frage danach formulieren sollte, und so nickte ich einfach vage und setzte eine besorgte Miene auf. Tatsächlich fand ich während all der Wochen mit Tante Corky nie genau heraus, woran sie eigentlich litt. Ich glaube, sie starb ganz einfach langsam von selbst, wenn ich es so sagen kann. In feierlichem Schweigen ging ich mit Mrs. Haddon die Treppe hinunter. Ich spürte, daß sie sich mit etwas herumschlug, und schließlich sprach sie es aus, wenn auch umständlich. »Haben Sie eine Familie?« sagte sie. Damals stellte man mir diese Frage mit bemerkenswerter Häufigkeit. Ich schüttelte energisch den Kopf, da ich wohl schon halb begriff, was kommen würde. »Ihre Tante braucht ein Heim«, sagte sie im beherrschten Ton einer großen Gastgeberin, deren Geduld durch einen nicht länger willkommenen, jedoch beunruhigend hartnäckigen Hausgast ernsthaft auf die Probe gestellt wird. »Sie wollen doch nicht, daß sie hier stirbt.« Das war in mehr als einer Hinsicht ein Schock für mich. Es war das erste Mal, daß ich *expressis verbis* vernahm, daß das alte Mädchen im Sterben lag; wenn es stimmte und dies ihre letzten Tage waren, dann konnte ich nicht sagen, was von größerer Bedeutung für mich war: daß es die Last meiner Verantwortung vergrößerte oder eine rasche Erlösung versprach – für mich, meine ich. Ich sagte nichts. Sie hatte mir ernstlich einen Schrecken eingejagt. Was wie ein harmloses Entgegenkommen meinerseits ausgesehen hatte, hatte Ranken ausgetrieben, die sich bereits um meine Knöchel wanden. Ich wollte sagen, daß es in meinen Augen keinen passenderen Ort zum Sterben gebe als diesen, doch statt dessen murmelte ich, daß ich allein lebe, daß ich über sehr wenig Platz verfüge und kaum für die Bedürfnisse eines Kranken eingerichtet sei und daß ich gar nicht daran denken könne, daß ich es nicht schaffe, daß es unmöglich für mich … Bestimmt errötete ich dabei, mein Gesicht fühlte sich an, als stünde es in Flammen, und die Stimme versagte mir.

Erstaunlich, wie die Welt immer wieder neue Gelegenheiten zum Verrat bietet. Ich hatte geglaubt, mit allem abgeschlossen zu haben, mit Begierde und Pflicht, Mitgefühl, dem Bedürfnis nach anderen – mit einem Wort, mit dem Leben –, doch hier stand ich, nach einem Mädchen schmachtend und beladen mit einer sterbenden Verwandten, und steckte wieder bis zum Hals in dem ganzen verdammten Quatsch. Kein Wunder, daß ich Bammel hatte. Mr. Haddon wartete mit hängenden Schultern und kalkuliert gleichgültigem Blick in seinem nach Beerdigung aussehenden dunklen Anzug am Fuß der Treppe auf uns. Neben mir rief seine Frau ihm grimmig zu: »Ich habe eben zu Mr. Morrow gesagt, daß seine Tante ein Heim braucht.« Er sah mich mit einem melancholischen Blick an, der Mitgefühl auszudrücken schien; wir hatten beide Angst vor dieser Frau mit ihren blassen Fischaugen und der wächsernen Haut und dem Anflug von unterdrückter Hysterie. Ich tischte ihm dieselbe Reihe von Entschuldigungen auf, die ich ihr gegeben hatte, und stürzte zur Tür, indem ich über die Schulter hinweg redete und meine Arme in den Regenmantel hineinboxte, so als handle es sich um ein Paar widerspenstig schlaffer Flügel, die ich anzulegen versuchte.

Draußen war ein silberner Tag. Mein Herz hob sich, wie immer, wenn mir die Flucht von diesem Ort gelungen war, doch unter dieser vorübergehenden Begeisterung war ich immer noch verstört. Es gab Dinge, über die ich nicht nachdenken wollte. Tante Corkys Geschichte hatte die trüben Wasser der Erinnerung aufgewühlt. So ist es, man bindet einen schweren Stein an die Dinge und versenkt sie in der Tiefe, und dann bricht der erste Herbststurm los, und sie tauchen wieder auf, mit aufgequollenen Gliedern und verschleierten Augen, die durch einen hindurch geradewegs in die Ewigkeit starren. Aber ich gab ihr keine Schuld. Warum sollte sie ihre Welt nicht mit bühnengerecht erfundenen Figuren bevölkern, wenn sie ihr Trost spendeten oder Vergnügen bereiteten oder ihr halfen, sich die Zeit zu vertreiben? Ich schiebe den Leuten nicht mehr die Schuld für ihre Schwächen zu. Ich schiebe niemandem mehr die Schuld für irgend etwas zu. Das heißt, außer mir selbst. Nein, damit hat es kein Ende.

Nach jenem beunruhigenden Vorstoß in die von Gespenstern heimgesuchten Landschaften von Tante Corkys Vergangenheit war mein Heim plötzlich zu einer komplizierten Angelegenheit geworden, und nachdem ich aus dem Bus gestiegen war, zog es mich unwiderstehlich in Richtung Rue Street. Samstagsruhe herrschte im Viertel. Vor dem Haus, auf dem gegenüberliegenden Gehsteig, lungerte ein Mann herum. Er hatte einen großen, kahlen runden Kopf und trug ein zugeknöpftes Tweedjackett, eine zu enge Hose und auf Hochglanz polierte feste schwarze Schuhe; er erinnerte mich an einen jener glänzenden pfropfenförmigen Spielzeugsoldaten aus Holz, die man mir als Kind zum Spielen gegeben hatte. Als ich näherkam, bedachte er mich mit einem eigenartigen, verstohlenen Lächeln, so als kenne er mich, und wandte sich dann ab. Ich hatte mittlerweile einen Schlüssel und konnte ins Haus. Ich schloß die Haustür hinter mir und stand einen Moment in der hochmütigen Stille des Flurs. Augenblicklich, so als hätte ich eine Druckausgleichskammer des Herzens betreten, begann der Gedanke an A. in meinen Adern zu brodeln, und alles andere fiel weg.

Aber was heißt es, was bedeutet es zu sagen: der Gedanke an A.? Dachte ich denn an sie oder an die Idee von ihr? Das ist eine weitere der Fragen, die mich jetzt quälen. Denn selbst als sie noch hier, noch bei mir war, kam nicht sie, wenn ich sie mir ins Gedächtnis rief, sondern nur ein vages, sanftes Bewußtsein von ihr, eine Art dunstiger Wolke, durch die ihre Gegenwart hindurchschimmerte wie eine unsichtbare Sonne, die am Morgen durch einen Nebel schimmert. Nur ein- oder zweimal, gegen Ende, als sie in meinen Armen lag, schien ich jene Wolke des Nichtwissens zu durchdringen und zu finden, was, so sagte ich mir, zweifellos die wahre Sie sein mußte. Ich weiß, ich kenne die Einwände, ich habe die Abhandlungen gelesen: Es gibt keine wahre Sie, nur eine Reihe von Zeichen, eine Serie von äußeren Erscheinungen, ein Netz von Beziehungen zwischen wimmelnden Teilchen. Dennoch bestehe ich darauf: Zu diesen Zeitpunkten war sie da, es war sie, die mich an sich preßte und aufschrie, kein flackerndes Phantom, mir untergeschoben von der Bildstopptechnik einer verdoppelten Realität. Ich *besaß* sie. Der Betrug und die grausamen Streiche, die man mir spielte, das alles ist mir gleichgültig. Ich habe sie besessen, darum geht es. Und schon beginne ich sie zu vergessen. O ja, das ist eine weitere Qual. Jeden Tag stirbt sie ein wenig mehr in meiner Erinnerung, während die immer wiederkehrenden Gezeiten ihr Bildnis ununterbrochen überspülen. Ich kann mich nicht einmal genau erinnern, welche Farbe ihre Augen hatten, haben. Das ist Teil des Preises, den ich zahlen muß: Um sie besessen zu haben, muß ich sie verlieren. Irgend etwas stimmt hier mit dem Tempus nicht, glaube ich. Was würde ich tun, um mir die Zeit zu vertreiben, wenn ich nicht die Sprache zum Spielen hätte?

Ich spürte ihre Anwesenheit im Haus, noch bevor ich sie hörte. Ich ging geräuschlos die Treppe hinauf, lief in Spiralen empor wie eine demütige Seele bei ihrem langsamen Aufstieg zum Himmel. Die Geheimtür stand offen, und ich konnte sehen, wie sie im Raum umherging. Ich verweilte im Korridor und beobachtete sie. Mir fällt ein, daß dieser Augenblick versteckter Überwachung das erste, uneingestandene Anzeichen dessen war, was kommen sollte; bilde ich es mir jetzt ein, oder empfand ich tatsächlich ein vorweggenommenes Auflodern der Flamme der Lust, als ich da lauerte, außer Atem und mit wallendem Blut, in meinen schmutzigen Regenmantel gehüllt? Wir paßten gut zusammen, der Beobachter und die Beobachtete. Vielleicht wußte auch sie, daß ich hier war, vielleicht kam sie deshalb auf die Idee mit dem Guckloch (das alsbald sein verwundertes Auge öffnen wird). Sie war mit etwas beschäftigt, ging in mein Gesichtsfeld hinein und wieder hinaus, mit klickenden hohen Absätzen. Hinter ihr im Fenster ein Quecksilbermittag und das erste Murmeln des Regens auf dem Glas. Wie soll ich heute mein Püppchen anziehen? Schwarz, wie üblich, eine schwarze Seidenbluse und diese Stretchhosen, die ich nicht mochte – in meiner Jugend nannte man sie Keilhosen –, die mit einem Steg unter den Fersen eingehakt waren und ihre Beine gummiartig und knielos aussehen ließen und sich von der Hüfte bis zum Knöchel verengten. Ich muß mich ausführlicher mit der Kleidungsfrage beschäftigen, mich über die Stile informieren und so weiter, die Namen, mir merken, daß ich einen Rock nicht ein Kleid nennen darf, solche Dinge. (Und was genau ist übrigens ein Tailleur?) Das wird ein weiterer Zeitvertreib sein, ein harmloser. Kürzlich sah ich in einem Textilgeschäft einen unauffällig geistesgestörten hageren jungen Mann in der Abteilung für Damenunterwäsche im ernsten Gespräch mit einer überraschend toleranten Verkäuferin. Die Zeiten haben sich zweifellos geändert – früher hätte das dem Burschen eine Ohrfeige eingetragen, wenn man ihn nicht sogar der Polizei übergeben hätte. A. war in dieser Hinsicht nachsichtig. Einmal, als wir beieinanderlagen und ich den Mut aufbrachte, sie verschämt zu bitten, ein letztes, hauchdünnes Wäschestück anzubehalten, und eine Entschuldigung murmelte, lachte sie ihr kehligstes Lachen und sagte, sie habe immer schon einen Fetischisten als Geliebten haben wollen. Glückliche Erinnerungen. Inzwischen drücke ich mich im Korridor herum, während der sanfte Septemberregen zu fallen beginnt, und A., gepriesen sei ihr liebes und gelegentlich bestürzend praktisches Herz, macht das Bett für mich (für uns, da die Zeit erfüllt ward) auf der alten, massiven, geduldigen und stets einladenden Chaiselongue, die uns ein rücksichtsvolles Geschick oder die Erfordernisse der Kunst in jenem weißen Zimmer zur Verfügung gestellt hatten.

Schließlich begannen meine Knie von der Anstrengung des Stillehaltens zu zittern, und ich hustete theatralisch laut und schlich ins Zimmer, im Versuch, geistesabwesend zu wirken, so als hätte ich sie nicht bemerkt. Falls sie überrascht war, mich zu sehen, zeigte sie es nicht, warf mir lediglich einen flüchtigen Blick zu und drückte mir ein Kissen in den Arm und sagte: »Halten Sie das.« Sie war ganz die kleine Hausfrau, geschäftig und konzentriert. Sie wollte wissen, ob ich fand, daß die Couch am richtigen Platz stand, gegenüber dem Fenster. »Und ich muß Vorhänge kaufen«, sagte sie und maß die Fensterflügel mit einem zugekniffenen Auge. O ja, Vorhänge, auf jeden Fall, und einen Schaukelstuhl und eine Katze und Pantoffeln und eine Pfeife für mich und bald darauf auch noch eine Wiege in der Ecke, warum nicht? Ich stand, das Kissen an die Brust gedrückt, mit einem einfältigen Lächeln da und versuchte zu entscheiden, was absurder war, das, was sie tat, oder ich, der so tat, als wäre es das natürlichste auf der Welt, sie an einem Samstagnachmittag in dem leeren Haus dabei zu überraschen, wie sie dieses düstere kleine Zimmer in ein Liebesnest verwandelte. Das war der letzte Moment, in dem ich noch hätte zur Besinnung kommen können, zur endgültigen, klarsichtigen Erkenntnis, daß das, was da im Begriff war zu passieren, lächerlich, unmöglich und voll unsäglicher Gefahren war. Ich mußte ihr nur sagen, wer und was ich in Wirklichkeit war, dachte ich, und sie würde rückwärts zur Tür hinausgehen, den Kopf schütteln mit Augen wie Untertassen und den Mund in stummem Entsetzen und Unglauben verziehen. Aber ich sagte nichts, stand nur lächelnd da wie ein frischgebackener Ehemann, trunken vor Liebe, und als sie das Kissen energisch meiner Umarmung entwand und es wie ein dralles weißes Baby zum Bett trug, ließ ich die Hände hilflos an den Seiten herunterfallen und begriff, daß ich verloren war. Ich entsinne mich, mir die erstaunlich belanglose Frage gestellt zu haben, ob sie sich das Haar färbte, es war so schwarz und glänzend im Vergleich zum Weiß ihrer Stirn, ihres jungfräulichen Nackens. Habe ich ihre Blässe schon erwähnt? Es war nichts Müdes oder Kränkliches daran. Sie strahlte, sie leuchtete innerhalb der straffen, durchsichtigen Hülle ihrer Haut. Manchmal, zu Anfang, wenn ich sie nackt in den Armen hielt, stellte ich mir vor, es wäre eine falsche Hülle, die ich berührte, eine Art wunderbar zarter und geschmeidiger Schale, innerhalb derer eine zweite, unerreichbare Sie verborgen lag. Ist es mir denn jemals gelungen, jene dünne Membran zu durchbrechen? – Ach zum Teufel, Schluß damit! Es ist immer dieselbe Frage, ich habe genug davon! Und außerdem kenne ich die Antwort, also warum weiterfragen? Der Regen auf dem Fenster flüsterte mit sich selbst, gespannt, was wir als nächstes machen würden. Der Geruch nach frischer Bettwäsche ließ mich widersinnigerweise an meine Kindheit denken. A. hatte sich das Kissen unters Kinn geklemmt, das vorübergehend ein Doppelkinn war, und schüttelte es in den Überzug hinein. Ich schritt auf sie zu, als watete ich durch Öl, und ließ dabei meine Finger am Rand des Arbeitstisches marschieren wie einen Trupp zitternder Soldaten. Sie warf das Kissen auf das Bett und wandte den Kopf seitwärts und sah zu, wie ich näherkam, mit einem schwachen, abwägenden Lächeln, so als zähle sie mit verengten Augen die Schritte, die sich zwischen uns verminderten. Einen Augenblick lang hatte ich Angst, sie würde zu lachen anfangen. Ich schien mindestens drei Arme zu haben, alle überflüssig. Ich begann etwas zu sagen, aber sie legte mir rasch einen Finger auf die Lippen und schüttelte einmal den Kopf. Ich nahm ihre Hand in meine beiden Hände und erinnerte mich, daß ich einmal einen Vogel gefangen und so gehalten hatte; er muß krank gewesen sein; er muß sterbenskrank gewesen sein. »Dir ist kalt«, sagte ich zu ihr. Das ist nicht das Theater, das sind die Banalitäten, wie sie bei solchen Gelegenheiten der beredteste Liebhaber von sich gibt. »O nein«, sagte sie, »o nein, überhaupt nicht.«

Ich glaube, von all unseren süßen Augenblicken der Sünde ist dieser, einleitend und praktisch schuldlos, der, an den ich mich am lebhaftesten erinnere, mit den jähesten und heftigsten Schmerzen. Ich entsinne mich des unbewegten kleinen Lächelns, mit dem sie mich festhielt, während sie langsam die Bluse aufknöpfte. Sie saß jetzt auf dem Rand des Sofas, und ich stand vor ihr, noch immer in meinem Regenmantel, vermutlich mit offenem Mund und mühsam atmend, wie ein wankender alter Stier. Ich erinnere mich an die schattigen Vertiefungen über ihren Schlüsselbeinen und an ihre Schultern, die ebenmäßig waren und hoch, die rechte markiert von einem gekrümmten Fleck eierschalenfarbenen Schimmers vom Fenster, und an ihre komischen kleinen knotigen Brüste mit den geschwollenen, wie blaue Flecken wirkenden Aureolen, die sie, Gott verzeihe mir, immer so aussehen ließen, als hielte sie die erhobenen geballten Fäuste an die Brust gepreßt. Der Hosenbund ihrer Keilhose war unter einer Falte blassen Fleisches versteckt, deren Linie ich mit der Zunge nachziehen wollte. Sie hatte die Schuhe abgestreift und den Fersensteg der Hose aufgehakt, und der dehnbare Stoff hing nun an ihren Beinen wie zusammengeschrumpfte Ballonhäute. Ihre winzigen Füße waren von rötlicher Farbe, die Zehen merkwürdig gespreizt, Anzeichen einer barfüßigen Kindheit in irgendeiner kitschigen Gegend am Wasser, morastig und voller Magnolien und bunter, kreischender Vögel. Ach meine Manon, wo bist du? Wo bist du?

Von unten vernahm man ein Klopfen an der Haustür. (Vielleicht sind wir *doch* im Theater.) Wie sehr das alles änderte. Wir starrten einander an, zwei schuldbewußte Kinder, ertappt, wie sie etwas Unanständiges anstellen, und ich bemerkte die Gänsehaut auf ihren Armen und ihre zusammengeschrumpften Brustwarzen und die lila Striemen der Träger, die sich in ihre Schultern eingeschnitten hatten. Dann ein zweites Klopfen, nicht laut, und sonderbar zaghaft, wenn auch um so dringlicher. Mein Herz zuckte und bäumte sich in seinen Halterungen auf. »Geh nicht hin«, flüsterte A. Sie schien eher nachdenklich als beunruhigt, blickte stirnrunzelnd zum Fenster hin und kaute am Daumennagel; dieses Geräusch hinter der Bühne stand nicht in den Anweisungen, wie sie ihr bekannt waren. Geistesabwesend begann sie sich wieder anzuziehen. Trotz meiner Angst bewunderte ich in einer Art schwellendem Staunen das geschickte Hochziehen der Schultern, mit dem sie ihre wackelnden Brüste in die knappe Spitzenschlinge bugsierte, und wie sie mit steifen Armen in die Bluse fuhr, und als ich mich umwandte und mit roten Augen aus dem Zimmer stolperte und mir mit dem Handrücken über den trockenen Mund strich, war ich in einem Stadium derartiger Schwellung, daß ich dachte, ich würde die Treppe auf allen vieren bewältigen müssen. Auf allen fünfen.

Die Haustür, auf die ich quer durch den Flur zuging, machte einen hinterhältigen, schadenfrohen Eindruck, so, als wäre sie ganz begierig darauf, sich mit einem Ruck zu öffnen und eine schreiende Menge von Anklägern auf mich loszulassen. Was für eine prophetische Intuition weckte eine solche Angst in mir? Als ich die Tür öffnete (wie ungeduldig sie sich in den kichernden Angeln drehte!), war meine erste Reaktion, innerlich vor Erleichterung zu wiehern, obwohl ich nicht wußte, wen oder was ich erwartet hatte. Auf der Schwelle, mit entschuldigend schräggelegtem Kopf und glitzernden Regentropfen auf der bereits glänzenden Stirn, stand der Typ mit dem großen runden Kopf, den ich zuvor auf dem Gehsteig gegenüber hatte herumlungern sehen – erinnerst du dich? Seine Hand war erhoben, um ein drittes Mal anzuklopfen; hastig ließ er sie fallen und lächelte hold und räusperte sich und sagte:

»Ah, Mr. M. – da ist ja unser Mann.«

4. **Die gerettete Syrinx,** 1645
Job van Hellin (1598–1647)

Öl auf Leinwand, 60 x 80 cm

Dieser Maler arbeitete bekanntlich im geschäftigen Atelier von Peter Paul Rubens, etwa während der letzten zehn Jahre vor dem Tod des flämischen Meisters im Jahre 1640; ja, es ist möglich, daß Partien, zum Teil sogar umfangreiche, von Rubens' großartigsten Gemälden in Wirklichkeit das Werk van Hellins sind, der technisch zu den besten Malern im Flandern seiner Zeit zählte und das vollkommene Vertrauen seines Lehrers und Mentors genossen zu haben scheint. In seinen Briefen spricht van Hellin von seiner tiefen Achtung für den älteren Maler, und zweifellos ist der Einfluß Rubens' in den Bildern aus van Hellins letzten Lebensjahren eindeutig erkennbar, insbesondere in der kräftigen Pinselführung und dem malerischen Reichtum der Ausführung. Dennoch fällt bei van Hellin, wie *Die gerettete Syrinx* bezeugt, eine Kühle in der Betrachtungsweise auf – eine Kälte, wie manche Kritiker sagen würden –, die ihn vom Großteil der Schüler und Nachfolger Rubens' unterscheidet. Hier erinnern eine gewisse Entrücktheit und klassische Ruhe eher an Poussin oder Claude Lorrain als an die fleischliche Unmittelbarkeit, wie sie für die Schule des großen flämischen Meisters kennzeichnend ist. Die statuenhafte Ruhe – so unvereinbar mit dem Thema der Gewalt –, die in diesem Bild erreicht wird, ist, gemeinsam mit der pastoralen Einfachheit der Landschaft mit ihren wandernden Herden und federartigen, schwindenden Perspektiven charakteristisch für einen maßvollen, weniger italienisch beeinflußten Stil als den seines Lehrers; van Hellin war ein Katholik im katholischen Flandern, doch in seinen reiferen Werken entdecken wir etwas, das wir mit einiger Berechtigung eine protestantische Zurückhaltung nennen dürfen, Ausdruck für das Bewußtsein des Malers gegenüber den politischen und religiösen Spannungen der Zeit. Die hier abgebildete Landschaft ist nicht das Arkadien aus Fels und Olivenbaum und grellem Mittagslicht, sondern eine friedliche Ebene des Nordens, unberührt von den zügellosen Leidenschaften der Götter und Helden, jedoch von einer Atmosphäre undefinierbarer Unruhe durchdrungen. Der Berg Lykäus schimmert in einem blauen, miasmischen Licht, und die braune, irgendwie bauchig hervortretende Oberfläche des Flusses Ladon hat einen bedrohlichen Glanz. Im Mittelgrund plaziert und in ihrem kleinen Drama von Verlangen und Verlust gefangen, scheinen die Gestalten des Gottes und der Nymphe fast belanglos für die Komposition, die auch gut ohne sie eine eigenständige Landschaft sein könnte. Die Tempelbauten zur Rechten, hoch und fahl und in dichtes Grün hineingesetzt, das stellenweise fast schwarz ist, verleihen dem Schauplatz eine feierliche Ruhe. Sie sind die Tore zu jener anderen Welt, wo die unsichtbaren Olympier in schweigender Betrachtung der irdischen Sphäre sitzen, welche sie fasziniert und verblüfft. Hier, in dieser grünen und goldenen Welt, an diesem braungelben Nachmittag, vergnügt sich Pan, das schwarze Schaf der Olympier; mit welchem Geschick der Künstler diese Figur dargestellt, sie göttlich, komisch und erschreckend zugleich gestaltet hat. Der Gott scheint gleichzeitig zu laufen und zu tanzen, in wilder

Verfolgung der Nymphe, die für ihn bereits verloren ist im sich biegenden Schilf. Diese Syrinx, die, das weiße Gewand über dem Knie gerafft, für die Jägerin Diana gehalten werden könnte, drückt sowohl großen Kummer als auch eine Art schmachtender Sehnsucht nach Erlösung von der menschlichen Sphäre aus, welche ihr lästig geworden ist; sie scheint sich nach der Verwandlung in die Welt der Natur zu sehnen, die unmittelbar bevorsteht. Der Wind, der ihr entgegenweht, das Schilf im seichten Wasser des Flusses biegt und ihr langes gelbes Haar flattern läßt, ist auch wirklich der Wind der Veränderung. (Wie schade, daß der Maler es als passend empfand, eine so zarte Gestalt mitten unter diese unzähligen und eindeutig phallischen Rohrkolben zu stellen.) Sie ist der Angelpunkt des Bildes, das Bindeglied zwischen zwei Stadien das Daseins, die Darstellung vom Leben-im-Tod und vom Tod-im-Leben, von dem, was sich verändert und doch bestehen bleibt; sie ist lebendiges Zeugnis von der Möglichkeit zur Transzendenz, sowohl ihrer selbst als auch der Welt, wenngleich Welt und Ich dasselbe bleiben. Sie ist das perfekte Beispiel von Adornos Wort, daß »Kunstwerke in ihrem Bezug zur empirischen Realität... an das Theologomenon (erinnern), daß im Stadium der Erlösung alles genauso sein wird, und dennoch ganz anders.« Ich habe nicht einmal eine Rohrpfeife, auf der ich zur Erinnerung an dich spielen könnte.

Immer kehrt es wieder. Ich sehe es als eine völlig andere Geschichte an, aber das ist es nicht. Ich rede mir ein, daß ich alles abgestreift habe und daß ich nackt und ohne Scham in einen neuen Namen, ein neues Leben gehen kann, leicht und froh wie eine in einen anderen Körper übergehende Seele, doch nein, es kommt wieder, schleppt seine knochenlosen Glieder durch den Dreck und bäumt sich grotesk in den unwahrscheinlichsten Gestalten vor mir auf. So wie dieser Typ zum Beispiel, mit seinem gefährlich auf dem zylindrischen Rumpf balancierenden vorgestreckten Kopf – alle drei Knöpfe seines Tweedjacketts waren zugeknöpft –, wie eine Steinkugel auf der Säule eines Tores. Nie ist mir jemand mit einem solchen fast vollkommen runden Kopf begegnet. Diese Wirkung wurde noch unterstrichen durch das pomadisierte schwarze Haar, das direkt über dem linken Ohr gescheitelt und fächerförmig seitwärts über die Kuppel seines kahlen Schädels wie eine enganliegende Lackledermütze gebreitet war. Seine Augen, gleichfalls schwarz, waren sehr klein und standen eng beieinander und nicht ganz auf einer Linie, das linke war höher als das rechte, was seinem Gesichtsausdruck etwas Spöttisches verlieh, das ich gleichermaßen komisch wie beunruhigend fand. Er lächelte, indem er die Lippen aufeinanderpreßte und die Mundwinkel im rechten Winkel hochzog, ein Lächeln, das weniger ein Anzeichen des Vergnügens denn des Unbehagens zu sein schien, so als zucke er unter einem plötzlich stechenden Magenschmerz oder dem Kneifen eines zu engen Schuhs zusammen. Er vermittelte mir den Eindruck außergewöhnlicher, fanatischer Sauberkeit: Er glänzte; er strahlte nahezu. Ich stellte ihn mir morgens vor, wie er in Unterhemd und Unterhose an einem gesprungenen Waschbecken stand, sich aus Leibeskräften schrubbte und auf solchen Hochglanz polierte. Ich wußte sofort, was, wenn nicht gar wer er war und empfand eine Art geräuschlosen Schock, und ein Beben durchlief mich, so als hätte man mich von oben bis unten mit einer Klinge von unvorstellbarer Feinheit in zwei Teile gespalten. Angst enthält für mich immer auch einen Schuß Vergnügen.

Er sagte, sein Name sei Hackett. »Erinnern Sie sich nicht mehr an mich?« fragte er, offenbar ehrlich enttäuscht.

»Natürlich«, log ich.

Also, es ist sonderbar, aber er war mir wirklich nicht bekannt. Meine Erinnerungen an jene Krisen- und Katastrophenzeit in meinem Leben – wie lange ist es her, zwölf, dreizehn Jahre? – sind in mancher Hinsicht verschwommen. Zweifellos hielt es das Gedächtnis als selektives und schonungsvolles Dokumentierungsinstrument, das es ist, für angemessen, dies und jenes Detail meines Falles zu verdrängen, aber ich begreife nicht, wie es aus dem zugegebenermaßen dicht besetzten Bild jener hektischen Wochen eine so denkwürdige Gestalt wie Kriminalinspektor Ambrose Hackett vollkommen tilgen konnte. Doch einer von uns schien sich nicht genau zu erinnern, und offenbar war das nicht er. Wir standen einen Augenblick in verlegenem Schweigen da, und er steckte hinter dem dicken Knoten seiner Krawatte einen Finger unter den Hemdkragen und wandte den Kopf mit einem raschen kleinen schmerzlichen Ruck nach links, einer der vielen Tics, die er hatte und die ich sicher nicht vergessen hätte, wenn sie mir bereits untergekommen wären. Weitere Augenblicke, skandiert von Herzschlägen, vergingen. Zu den wenigen Dingen, die ich im Lauf der Jahre gelernt habe, gehört, daß kein Anlaß, wie schwerwiegend oder schrecklich die Umstände auch sein mögen, gefeit ist gegen rein soziale Peinlichkeit. Zu meiner Zeit habe ich Anwälte gekannt, die vor Verlegenheit verstummten, Richter, die meinem Blick auswichen, Gefängniswärter, die erröteten. Es spricht doch sicher für unsere Spezies, dieses plötzliche, hilflose Nichtweiterwissen, wenn der allgemeine Verhaltenskodex versagt; zeugt dieses Phänomen nicht von der essentiellen Authentizität der Seele? Hier standen wir, der Kriminalbeamte und ich, gefangen in einer unmöglichen Situation, ich wie der Besitzer an der Tür eines unbewohnten und unmöblierten Hauses, das jemand anderem gehört, mit einer halbnackten jungen Frau im oberen Stockwerk, die begierig war auf meine schleunige Rückkehr, und er ohne Mantel im Regen auf der Vordertreppe stehend und mit sehnsüchtiger Miene darauf wartend, hereingebeten zu werden.

Ich sagte, ich sei gerade mit einer Arbeit beschäftigt gewesen; mir fiel nichts anderes ein, das einen unbestimmten und zugleich geschäftsmäßigen Eindruck gemacht hätte. Es klang absurd. Meine Stimme war abnorm laut und wenig überzeugend, so als redete ich für einen versteckten Lauscher. Hackett nickte nachdenklich. »Ja«, sagte er, »darüber wollte ich mit Ihnen reden.«

Das war eine Überraschung. Ich hatte gedacht, er wäre nur ein weiterer Funktionär, wie ihn die Behörden regelmäßig auszusenden belieben, um mich daran zu erinnern, daß ich kein freier Mann bin (*Lebenslang heißt lebenslang:* Wie oft

klang mir diese sich so irreführend tautologisch anhörende Warnung im Ohr).
Ich forderte ihn auf, in den Flur zu treten und zu warten, bis ich meinen Mantel geholt hatte.
A. war nicht mehr im Zimmer. Ich stand einen Augenblick da und blickte mich keuchend und in hilfloser Verzweiflung um, dann polterte ich wieder die Treppe hinunter, in panischer Angst, Hackett könnte angefangen haben, im Haus umherzuschnüffeln, obwohl ich überhaupt nicht wußte, vor welcher Entdeckung ich mich fürchtete; Leute seines Schlages sind imstande, aus der belanglosesten Sache der Welt ein Indiz für ein Verbrechen zu konstruieren, von dem man gar nicht weiß, daß man es begangen hat. Ich hätte mir aber keine Sorgen machen müssen; er war ein Muster an Gewissenhaftigkeit. Er stand im Flur, die Hände auf dem Rücken verschränkt, unschuldig lächelnd, wie ein großer linkischer Schuljunge, der am Tag der Preisverleihung am Rand des Podiums wartet.
Wir gingen in Richtung Fluß. Hackett stellte den Kragen seines Jacketts auf, um sich vor dem Nieselregen zu schützen. »Hab meinen Regenmantel vergessen«, sagte er bedauernd; er hatte die Gewohnheit, in alles, was er sagte, einen Ton heiterer Entschuldigung einfließen zu lassen.
Ich war in einem sonderbaren Zustand, unfähig, das beängstigende Potential dieser Begegnung zu ermessen. Im Gegenteil, immer noch erregt und benebelt vom Gedanken an A., schien mir, ich hüpfe daher, wie ein Luftschiff, das sich aus seiner Verankerung gelöst hat und dahintreibt, sanft und riesig, gefüllt mit unbekümmerter Seligkeit. Und da war noch etwas, ein weiterer Anfall von Beinah-Wonne, den näher zu bestimmen ich eine Weile brauchte: Es war Erleichterung. Ein Geheimnis zu hüten, heißt, Macht zu haben, sagt der Philosoph, aber es ist auch eine Last. Ich hatte nicht begriffen – oder es vergessen –, daß die Anstrengung, sich als

jemand anderes auszugeben, für mich ein großes, ein unerträgliches Gewicht war, eines, das ich nur zu gern abgesetzt hätte, wenn auch nur für kurze Zeit und mit Erlaubnis einer Person, die Anspruch erhob, zu denen gehört zu haben, die es mir überhaupt erst aufgeladen hatten. Als ich zu ihm sagte, ich hätte meinen Namen geändert, lächelte er nachsichtig und nickte. »Oh, ich weiß«, sagte er. »Aber das kümmert mich nicht. Keiner kann aus seiner Haut, Mr. M., keiner.«

Der Regen wurde stärker, große Tropfen lagen wie Perlen auf seinem glänzenden Kopf.

Ich schlug vor, wir könnten etwas trinken gehen – oder sei er im Dienst? Er hielt das für einen Witz und lachte anerkennend, wobei kleine Fältchen um seine Augen entstanden. »Immer noch eine komische Nummer, wie ich sehe«, sagte er. Sein Auto, ein verbeulter roter Facade mit einem nickenden Plastikhund im Rückfenster, war in einer schmalen Straße hinter der Kathedrale geparkt. Hackett machte mir die Tür auf, und wir stiegen ein. Im Inneren roch es nach Fichtennadel-Luftreiniger, Kunstleder und Schweiß; schon oft habe ich auf dem Rücksitz solcher Autos gesessen, eingezwängt zwischen großen, angespannten, schnaufenden Männern in Blazer und blauem Hemd. Sofort überlagerte der Schafgestank unserer nassen Kleidung den intensiven Geruch nach Fichte, und die Fenster begannen zu beschlagen.

»Schrecklich, dieser Mord«, sagte Hackett. »Stach ihr durchs Auge und schnitt ihr die Tittchen ab. Wie eine Art Ritual. Er wird es wieder tun, denke ich fast. Sie nicht?«

»Was, ich nicht?« sagte ich.

»Ich sage, er wird es wieder tun. Das tun sie immer.«

»Nicht immer.«

»Ah.«

Nach diesem kurzen Scharmützel setzte sich etwas, das unbeugsam zwischen uns gestanden hatte, hin und verschränkte die Arme. Ich habe nichts gegen Polizisten, mußt du wissen. Ich habe sie immer höflich und aufmerksam gefunden, von einigen bemerkenswerten Ausnahmen abgesehen. Eines der ersten Dinge, die mir bei ihnen auffielen, damals, als ich mit ihnen sozusagen im Plural zu tun hatte, war ihre auffallende Neugier. Sie waren wie Schulmädchen, die sich um eine aus ihrer Mitte scharen, die es endlich geschafft hat, entjungfert zu werden. Details, sie wollten all die schmutzigen Details. Wie sie schwitzten, wenn sie sich über mich neigten und leise schnaubten, mit geblähten Nasenlöchern, während ich meine schmutzige kleine Geschichte zu ihrem Ergötzen kühn ausschmückte. »*Aber warten Sie mal*«, sagten sie und legten eine plumpe Pranke sanft, aber hartnäckig auf meinen Arm, »*das letzte Mal haben Sie es anders erzählt*«, und ich mußte praktisch die ganze Handlung ändern, um die neue Wendung einzubeziehen, die meine auf Hochtouren laufende Phantasie eben ersonnen hatte. Und am Ende der Sitzung immer dieses Rascheln und Knarren, wenn sie sich mit einem sehnsüchtigen, fernen Blick in ihren verquollenen Augen, unter denen Tränensäcke hingen, in ihren Plastikstühlen zurücklehnten; und dann dieses Ausatmen, ein leises, gedehntes *ahh* mit einem Schnörkel darin, den ich nur als Neid deuten kann. Es stimmt, was behauptet wird – daß wir einen Menschen am genauesten kennenlernen, wenn er eine Bedrohung für uns darstellt. Ich glaube, ich habe die, die mich verhörten, besser gekannt als ihre Ehefrauen. Um so merkwürdiger also, daß ich Hackett nicht einordnen konnte. »Ich war da, als sie Sie zum ersten Mal gebracht haben«, sagte er. »Erinnern Sie sich nicht?« Nein, ich erinnerte mich nicht, und bis heute weiß ich nicht, ob er die Wahrheit sagte oder sie aus irgendeinem zweifelhaften und komplizierten, nur ihm bekannten Grund erfand. Zuerst hielt ich ihn für einen Dummkopf; es gehört zu meinen Fehlern, Menschen nach ihrem Äußeren zu beurteilen. Er hatte, wie ich herausfinden sollte, eine Art, mit den Dingen zu spielen, die mich an eine große, langsame, einfältig wirkende Katze erinnerte, die mit einer gefangenen Maus spielt. Er näherte sich einem Thema an, machte dann einen sanften Sprung zurück, drehte sich und tat, als wende er seine Aufmerksamkeit etwas anderem zu; dennoch blieb eine zurückhaltende Pfote immer ausgestreckt, mit ausgefahrenen Krallen.

»Diese Gemälde«, sagte er verträumt und blickte stirnrunzelnd in den Regen hinaus. »Was halten Sie von ihnen?«

Die Spitze einer dünnen Klinge der Panik durchstach mein aufgeblasenes Bewußtsein, und das letzte Gas zischte aus dem Ballon meiner Euphorie, und ich plumpste zu Boden.

»Was für Gemälde?« sagte ich, sicher zu schnell, mit bebender Stimme.

Er lachte leise und schüttelte den Kopf und sah mich nicht an. Einen Augenblick sagte er nichts und ließ das Schweigen hübsch bedrückend werden.

»Sagen Sie mir«, sagte er, »haben Sie sie überhaupt wiedererkannt?«

Er wandte den Kopf und blickte mir direkt ins Gesicht. Zumindest so direkt, wie er konnte, denn seine Nase war etwas verbogen (eine Patrouille aus der Anfangszeit vielleicht, eine Rauferei vor einer Kneipe, ein Schlag aus dem Nichts, Sterne und Blut), und zusammen mit seinen unterschiedlichen Knopfaugen ließ mich das an eines jener mondköpfigen Strichmännchen denken, die der alte Picasso an die Wände dieses Châteaus in Cap d'Antibes oder wo immer gezeichnet hatte. Vor Angst begann ich fast zu lachen.

»Erkannt?« sagte ich mit schriller Stimme. »Was meinen Sie damit, erkannt?«

Sein Gesicht nahm einen abweisenden, unkonzentrierten Ausdruck an, wie das einer uralten Schildkröte, und einen langen Augenblick saß er schweigend da und klopfte im Rhythmus einer Melodie mit den Fingerspitzen auf das Lenkrad. Das Licht im dunstigen Auto war konzentriert und undurchdringlich, so als hätte sich der Himmel auf uns gesenkt. Der Regen schlug auf das Dach.

»Man sagt«, meinte Hackett schließlich nachdenklich, »daß der Blitz nie zweimal am selben Ort einschlägt. Aber das tut er. Und das hat er auch getan.« Er lachte in sich hinein. »Sie waren sozusagen der erste Blitz.« Ich wartete, verwirrt. Im Inneren des Schweigens schienen kleine blecherne Dinge zu scheppern. Er blickte mich an und grinste hinterhältig, und die Spitze einer purpurroten Zunge erschien zwischen seinen Zähnen. »Sie können nichts davon wissen«, sagte er leise. »Die Versicherungsleute haben uns gebeten, es eine Weile unter der Decke zu halten.« Er machte eine Pause, immer noch grinsend; er schien sich, auf seine stille Art, ungeheuer zu amüsieren. »In Whitewater House ist schon wieder eingebrochen worden«, sagte er.

Ich drehte mich von ihm weg, als hätte ich eine Ohrfeige erhalten. Ruhig atmen. Mit meinem Ärmel wischte ich über das Fenster neben mir. Drei untergehakte lachende Mädchen gingen im Regen vorüber. Die Luft über der Straße war voll Spannung, und die große Glocke der Kathedrale schlug einmal, widerhallend und dunkel. Ich senkte den Blick auf der Suche nach Schatten und Ruhe. Die Spitzen von Hacketts Schuhen glänzten wie Kastanien. Köperstoff. Seit dreißig Jahren hatte ich keine Köperstoffhosen mehr gesehen. Ich war mit Leuten vom Schlage Hacketts zur Schule gegangen – Bauernsöhne, versessen darauf, im Leben vorwärtszukommen, zähe, gerissene, schweigsame Burschen mit einem ergreifenden Zug ruhiger Wachsamkeit, ganz und gar nicht mein Fall. Ich behandelte sie mit Gleichgültigkeit und Verachtung, aber insgeheim fühlte ich mich unbehaglich in ihrer Gesellschaft, eingeschüchtert von dem Selbstbewußtsein, der verbissenen, hartnäckigen Echtheit, die sie ausstrahlten. Richtige Menschen: Ich fühle mich nie wohl in Gegenwart richtiger Menschen.

»Ein halbes Dutzend oder mehr diesmal«, sagte Hackett, »samt Rahmen und allem. Sie sind mit einem Lieferwagen seitlich an das Haus herangefahren und haben sie durchs Fenster rausgereicht. Wußten auch genau, was sie wollten.« Er grübelte kurz darüber nach, dann blickte er mich von der Seite an und lächelte sein Zirkusclown-Lächeln. »Müssen die Hilfe eines Experten gehabt haben.« Ich dachte an die drei Grazien, die im Regen lachten.« Wir wissen natürlich, wer sie waren«, sagte er, nun wieder nachdenklich. »Sie haben praktisch ihre Visitenkarte hinterlassen. Es ist nur eine Frage der... Beweise.« Wieder machte er eine Pause, dann gluckste er. »Ach, und das wird Sie interessieren«, sagte er. »Einer von ihnen hat dem Wächter einen Schlag mit einem Hammer versetzt und ihn fast umgebracht.«

Eine Landstraße und ein großes altes Auto, das von einer Seite zur anderen schwankt und im Straßengraben zum Stillstand kommt. Die Szene ist schwarzweiß, zerkratzt und flackernd, wie in einer alten Wochenschau. Einen Augenblick ist alles still, dann schaukelt das Auto plötzlich heftig auf der Federung hin und her, und eine Stimme schreit auf in Angst und Qual. Herzlich willkommen in meinen Alpträumen. Ich bin immer außerhalb des Autos, nie darin. Ist das nicht merkwürdig? Hackett betrachtete mich mit ruhigem Interesse. Das alte Unbehagen blitzte auf, das mich ab und zu, in Augenblicken der Anspannung und höchsten Not ergreift und das ein schwindelerregendes Empfinden der Orientierungslosigkeit mit sich bringt, so als würde man in zwei Teile gerissen; einen Augenblick lang war ich jemand anderes, ein Passant, der durch das Fenster meines Ichs blickt und dem im banalen und dennoch undurchdringlich mysteriösen Umkreis dieses anderen nichts auffällt.

»Hat er eine Frau?« sagte Hackett. Ich sah ihn verblüfft an. »Morden«, sagte er sanft und klopfte mir mit dem Knöchel einmal fest aufs Knie.

Der Regen hörte mit einer Art Rauschen auf.
»Ich weiß nicht«, sagte ich. Es war die Wahrheit.
Daraufhin empfand ich plötzlich und unerklärlicherweise eine Art sanfter, trauriger Heiterkeit. Höchst merkwürdig. Auch Hacketts Stimmung hellte sich auf. In rascher Abfolge zwängte er einen Finger unter seinen Hemdkragen, grinste und zog krampfhaft an den Knien seiner Hose. Drei Tics nacheinander: Irgendwie hatte ich mordsmäßiges Glück gehabt.
Wir trennten uns, als hätten wir etwas zwischen uns geregelt und als wäre im Augenblick nichts weiter zu sagen. »Also Tschüßchen, Mr. M.«, sagte Hackett, »und viel Glück.« Als ich ausstieg, beugte er sich über den Sitz und legte mir eine Hand auf den Arm. »Wir werden uns wieder unterhalten«, sagte er. »Da bin ich sicher.«
Langsam ging ich durch die glänzenden Straßen zum Haus zurück. Ein heller Riß in den tief über den Dächern hängenden Wolken war erschienen, doch der Regen hatte erneut begonnen und fiel, wie aufblitzende Stahlspritzer, in großen unbeholfenen Tropfen um mich herum. Manchmal fühle ich mich betrunken, obwohl ich tagelang keinen Tropfen angerührt habe; oder vielmehr habe ich das Gefühl, ich sei betrunken gewesen und beginne nun wieder nüchtern zu werden, und die auf die Trunkenheit zurückzuführenden Phantasien und falschen Perspektiven sind im Begriff zu verschwinden und lassen mich entgeistert und schluckend angesichts einer radikal erneuerten Version meiner Ansicht von der Welt zurück. Ganz tritt es nie ein, dieses Stadium vorvergangener Nüchternheit, und ich stolpere verwirrt und irregeführt weiter inmitten einer Menge von Abstinenzlern, die sich kühl und mit zusammengepreßten Lippen von mir abwenden und ihre Röcke aus meiner taumelnden Bahn wirbeln. Als ich so durch den Regen ging, hämmerte ein einziger rasender Gedanke in meinem Kopf. Dieser Gedanke

warst du. Du besaßest die Macht, alles andere beiseitezuwischen, wie ein Arm, der über eine Tischplatte voller Reste fährt. Was zählten schon Morden und seine Bilder oder Hackett und seine Beweise, was zählte das alles im Vergleich zu der Verheißung all dessen, was du verkörpertest? Siehst du? – siehst du, wie verloren ich bereits war, so verloren, daß mir sogar die Aussicht, wieder in den Knast zu kommen, egal war?

Wie immer hattest du deine Spuren im Haus hinterlassen, es hallte wider von deiner Abwesenheit wie ein Klavier, dessen Deckel zugeschlagen worden war. Ich ging hinauf ins Zimmer, das für mich bereits *unser* Zimmer war, und setzte mich in meinem nassen Regenmantel auf die Chaiselongue, mit geöffneten Knien und zwischen den Schenkeln hinunterhängenden Händen und starrte lange durch das Fenster auf den Regen, der unregelmäßig über die Dächer spritzte. Habe ich die Aussicht von unserem Adlerhorst beschrieben? Kirchturmspitzen und verschnörkelte Ornamente und schöne rostige Feuertreppen und eine große grüne Kupferkuppel, die mich immer an einen Kohlkopf erinnerte. Direkt unter dem Fenster, auf der anderen Straßenseite, lag hinter einer Plakatwand und von der Straße aus nicht sichtbar ein unbebautes Grundstück mit üppigem Grün, wo manchmal in der Abenddämmerung ein Fuchs auftauchte und anmutig über den Schutt lief, den Schwanz gesenkt und die Schnauze erhoben; dahinter war ein großes stattliches Gebäude, eine Kirche oder ein Andachtshaus oder so etwas ähnliches, quadratisch und imposant, das ich nie finden konnte, wenn ich auf der Straße war. Mir war kalt. Träge drehte ich mich um, eine Steinstatue, die sich auf ihrem Sockel dreht, und ging mit Granitschritten zu dem Stapel von Bildern. Natürlich hatte ich sie wiedererkannt. Ich konnte die Augen schließen und die Wände in Whitewater House sehen, an denen sie gehangen hatten und die in meiner Erinnerung nun interessanterweise Lücken aufwiesen, wie ein Puzzle, bei dem ein halbes Dutzend Stücke fehlten. Ich hatte sie wiedererkannt und gleichzeitig nicht wiedererkannt. Außerordentlich, dieser Trick des Gedächtnisses. Dinge, wie eng sie auch miteinander zusammenhängen, auf völlig getrennten Ebenen aufzubewahren, wie verschiedene Schichten flüssigen Schlicks. Ich wandte mich um und ging zum Sofa und schlüpfte unter die Decke, mit nassem Mantel und Schuhen und allem, und lag seitlich zusammengerollt da, eine Hand unter der Wange, und spürte, wie meine Augenlider sich senkten, so als hätten gespenstische Fingerspitzen sie zugedrückt. Allmählich sickerte die Kälte aus meinen Knochen, und ich lag wie in Windeln in meinem eigenen Mief und atmete meinen eigenen Geruch ein, ein Gemisch aus nasser Wolle, Fleisch, Schweiß und feuchtem Schuhleder.

Und hier vollzieht die Erinnerung, diese geniale Theaterregisseurin, einen ihrer unmöglichen, magischen Szenenwechsel, indem sie zwei verschiedene Ereignisse unter eklatanter Nichtbeachtung von Bühnenbild, Requisiten sowie Kostümen miteinander verbindet. Es ist noch immer Samstag nachmittag, es regnet noch immer, in den Wolken ist noch immer dieser Riß, grell wie eine Magnesiumflamme, und ich liege noch immer zwischen den glatten neuen, knisternden Laken auf der Chaiselongue, aber nun bin ich meiner Kleidung ledig, und A. liegt in meinen Armen, gleichfalls unbekleidet oder besser nackt, denn sie war nie bloß unbekleidet, mein perlengleicher feuchter Liebling. Das war das erste Mal, wie man so sagt; sehr keusch war es, mir fällt kein anderer Ausdruck ein, und fast zerstreut, als wären wir außerhalb von uns selbst, halb abgewandt von diesem seltsamen, mühevollen Akt, in dem unsere Leiber verbunden waren; abgewandt und in einer Art mattem Staunen den fernen, leisen Geräuschen einer nicht mehr ganz erkennbaren Welt lauschend. Das erste Mal, ja, und in gewisser Weise auch das

letzte Mal: nie wieder dieses luxuriöse, verhängnisvolle Gefühl von etwas Endgültigem, Vollkommenem, Fertigem.
Woran erinnere ich mich? An Tränen in ihren äußeren Augenwinkeln, an ihre zusammenklebenden Wimpern; an die kleine Mulde am unteren Ende ihrer Wirbelsäule mit dem Flaum heller goldener Haare; auch an die Mulde in ihrem Hals, eine winzige Schale voll von ihr, die ich bis zur Neige austrank, an das plötzliche Aufleuchten ihres Oberschenkels, fischbauchweiß, mit der dicken, lapislazuliblauen Arterie, durch die ihr Leben pulsierte. Sie flüsterte Dinge, Wörter, die ich nicht verstand, und ich hatte das unheimliche Gefühl, daß ein Dritter bei uns war, dem zu Gefallen sie einen atemlosen laufenden Kommentar abgab. Und einmal sagte sie *Nein,* sehr laut, nicht zu mir, sondern zu sich selbst, und wurde ganz steif, hatte die Augen zugepreßt und die Zähne entblößt, und ich wartete erschrocken über ihr, in der Schwebe auf Arme gestützt, die zitterten wie gespannte Bögen, und langsam wich dieses Unbekannte aus ihr, und sie seufzte heiser, in fallendem Ton, klammerte sich an mich und rieb ihre feuchte Stirn an meiner. Dann schlief sie ein.
Wieder liege ich auf der Seite, wie vorher das Gesicht zum Fenster und zum schwächer werdenden Regen gewandt, wiege sie jetzt in meinen Armen, während sie schnüffelt und zuckt, und mein Arm ist eingeschlafen, aber ich will ihn nicht bewegen, aus Angst, ich könnte sie stören, und außerdem fühle ich mich heldenhaft, ein junger Tristan, der schlaflos über seinem *Irisch Kind* wacht; heldenhaft und lächerlich, unwirklich, ängstlich, triumphierend. Und langsam breitete sich in mir eine Erinnerung aus ferner Vergangenheit aus, als ich als Kind an einem Sommernachmittag während der Ferien am Meer aus einem Kino mit einem Blechdach trat und Regen, Nebel, sich türmende Wolken erwartete und mich statt dessen mitten im sauber gespülten und gleißenden Sonnenlicht befand, mit einem angeschwollenen kobaltblauen

Meer vor mir, auf dem ein Boot lehnte, das mit einem roten Segel auf den dunstigen Horizont zufuhr, und ich fühlte mich zum ersten Mal, einen einzigen, seltenen, stumm ekstatischen Augenblick lang, zu Hause in dieser so zerbrechlichen, gleichgültigen und stets anderwärtig beschäftigten Welt.

Der Regen hörte ganz auf, und der Riß in den Wolken verwandelte sich in eine breite Schärpe marineblauen Himmels, und A. fuhr aus dem Schlaf hoch und blickte mich an, als wüßte sie nicht, wer ich sei. »Schau«, sagte ich leise zu ihr, »schau, was wir mit dem Wetter gemacht haben!« Sie sah mich genau an, um zu sehen, ob ich scherzte, und nachdem sie beschlossen hatte, daß dies nicht der Fall war, lachte sie.

Sollte ich je dazukommen, das philosophische Werk zu schreiben, von dem ich überzeugt bin, daß ich es in mir trage, zusammengerollt in der Embryonalhülle meiner Phantasie und mit dem Daumen im Mund, wird es über das Thema des Glücks sein. Ja, über das Glück, du kannst es glauben oder auch nicht, diesen mysteriösesten, weil vergänglichsten aller Zustände. Ich weiß, daß manche – die mächtigen Preußen zum Beispiel – sagen, daß es überhaupt kein Zustand im positiven Sinne ist, und behaupten, es sei lediglich die Abwesenheit von Schmerz. Ich schließe mich dieser Ansicht nicht an. Verlange nicht von mir, den Geisteszustand zweier Tiere miteinander zu vergleichen, von dem eines im Begriff ist, das andere zu fressen; das Glück, von dem ich spreche, hat nichts zu tun mit den Fängen und Krallen der Natur, sondern ist der Menschheit vorbehalten, eine Nebenerscheinung der Evolution, ein Trostpreis für uns arme, erschöpfte Läufer im menschlichen Wettlauf. Es ist eine Kraft, deren Bewegung so zart ist und so flüchtig, daß wir ihr Wirken in uns meist erst spüren, wenn sie schon der Vergangenheit angehört. Doch eine Kraft ist es. Es brennt in uns, und wir brennen in ihm, unverbraucht. Ich kann heute nicht so sein, wie ich damals war – ich kann mich an die Seligkeit jener Tage erinnern, sie aber nicht wiedererleben –, doch darf ich nicht, verleitet von Verwirrung und Kummer und Schmerz, verleugnen, was ich damals empfand, egal wie beschämend oder irrig es mir heute erscheinen mag. Ich hielt sie an mich gedrückt, diese plötzlich vertraute Fremde, und spürte, wie ihr Herz schlug und horchte auf das Rascheln ihres Atems und dachte, ich sei endlich an meinem wahren Ort angekommen, an dem Ort, wo ich, still und gleichzeitig zutiefst aufgewühlt, erregt und doch übernatürlich ruhig, endlich der sein würde, der ich war.

Hier ist sie, ein sich bewegender Spiegel, in dem ich mich selbst ertappte, ein armer glotzäugiger Aktäon, dessen verräterische Hunde ihm bereits argwöhnisch schnüffelnd auf den Fersen sind. Ein Meter fünfundfünfzig in ihren bloßen, herzzerreißend bloßen, roten kleinen Füßen. Brustumfang sechsundachtzig Zentimeter, Taille... doch nein, nein, das hat keinen Sinn. Vor langer Zeit, als ich mich für die Naturwissenschaften interessierte, war es die Meßbestimmung, die mir die größten Probleme bereitete – in philosophischer Hinsicht nämlich –, denn wie konnte man in dieser sich ständig verändernden Welt etwas lange genug festhalten, um einen Maßstab anzulegen? (Habe ich das schon gesagt? Es ist mir egal.) Und selbst wenn es möglich wäre, diese Ruhe zu erzwingen, hätten denn die daraus resultierenden Messungen irgendeine Bedeutung außerhalb des Labors, des Seziersaals? Der alte Wie-heißt-er-nochmal hatte recht, alles ist Wechsel und Feuer, in dem wir uns im Kreis drehen. Selbst die Toten bewegen sich, während sie zerfallen und dahintreiben und die Ewigkeit erträumen. Wenn ich an A. denke, sehe ich etwas wie eine jener tanzenden, vielgliedrigen Gestalten aus einer orientalischen Religion, ganz aus Beinen und schlanken s-förmigen Armen bestehend, allein ihr Gesicht ist mir ständig zugewandt, auch wenn sie sich dreht und schimmert.

Sie ist die Göttin der Bewegung und Verwandlung. Und ich, ich neige mich vor ihr, erniedrigt und überwältigt, die Stirn auf den kalten Stein des Tempelbodens gepreßt.
Ich habe eine Handvoll Bilder von ihr, wie Fotos von der Erinnerung festgehalten. Wenn ich eines davon heraufbeschwöre, entlädt sich in mir ein Spasmus aus Schmerz und Lust wie ein Blitzlicht. Die Farbnuancen erstrecken sich von Platinweiß über Glasgrau und Blaugrau bis zu seidigen Schwarztönen, und hie und da findet sich ein blasses Sepiabraun. Hier, schau dir dieses an, schau: Ich wende mich vom Fenster ab, und du liegst mitten in den zerwühlten Laken auf dem Bauch, nur mit einem kurzen Satinhemdchen bekleidet; auf deine Ellbogen gestützt, blickst du von mir weg und rauchst eine Zigarette – überall Asche natürlich –, mit gespreizten Knien und den Füßen in der Luft, und mit angehaltenem Atem stehe ich da und blicke staunend auf die zerdrückte rostbraune und rosa Orchidee zwischen deinen Schenkeln und, darüber, auf die fest geschlossene kleine Knospe mit ihrer gekräuselten Aureole in der Farbe blassen Tees. Du spürst meinen Blick auf dir und wendest den Kopf und blinzelst mir über die Schulter hinweg zu und lächelst das Lächeln eines verdorbenen Kindes und wackelst mit den Zehen einen spöttischen Gruß. Oder hier, schau, hier ist noch eines, erinnerst du dich? Diesmal stehst du am Fenster. Du bist barfuß, und dein Rock, ich meine dein Kleid, ist aufgeknöpft. Du stehst mit geschlossenen Augen da, den Kopf an den Fensterrahmen gelehnt, ein Bein abgebogen, die Ferse auf dem niedrigen Sims aufgestützt, die Arme fest verschränkt, die Brüste wie blasse dargebotene Früchte herausgedrückt. Ich sage deinen Namen, doch du hörst mich nicht – oder du hörst mich und beachtest mich nicht, ich weiß es nicht genau –, und plötzlich, wie herbeigerufen, stürzt eine Möwe, größer, als ich es für möglich gehalten hätte, mit kräftigem Flügelschlag aus dem Himmel herab und schwebt eine

Sekunde lang dicht hinter dem Glas im bronzefarbenen Licht des Oktobernachmittags und scheint zu uns hereinzuspähen, zuerst mit einem Achatauge und dann mit dem zweiten; du spürst ihre verkündende Gegenwart und drehst dich rasch zum Fenster, als der Vogel gerade kreischend mit offenem Schnabel weiterfliegt, hinab in die schattige Schlucht der Straße.

Zu Beginn der Wochen nach A.s Verschwinden quälte ich mich mit der Vorstellung, sie nicht genau oder aufmerksam genug beobachtet, sie zu einem Zeitpunkt, als ich noch die Möglichkeit dazu hatte, nicht fest genug im Rahmen der Erinnerung verankert zu haben, doch nun, da ich ruhiger bin (bin ich denn ruhiger?), vermag ich nicht zu glauben, daß irgend jemand jemals einer so beharrlichen, wahnsinnigen Aufmerksamkeit unterworfen worden sein kann, wie ich sie dir entgegengebracht habe. Jeden Tag, wenn du ins Zimmer kamst (ich war immer als erster da, immer), sah ich dich mit einem so ehrfürchtigen Blick an, mit Augen, so groß vor ständig neuem Staunen, so flehend in ihrer Intensität, daß ich glaubte, du müßtest Angst bekommen und vor mir fliehen, vor solchem Verlangen, solcher Furcht, solch qualvoller Glückseligkeit. Nicht daß du auch nur mit der Wimper gezuckt hättest; mein armer verstörter Blick war nie wild genug, um dich einzuschüchtern. Dennoch behaupte ich, daß ich dich genauer angesehen, daß ich tiefer in dich hineingeblickt habe als jeder andere vorher oder danach. Ich habe dich gesehen. Darauf kam es an. Ich habe dich gesehen. (Oder ich habe irgend jemanden gesehen.)

Wir hatten keine Nacht; wir trafen uns immer bei Tageslicht. Ach, die Stille jener zinnfarbenen Nachmittage mit dem gedämpften Summen der Stadt unter uns und dem Zischen des Regens auf dem Fenster und unserem Atem, weiß wie die Gedanken in der bewegungslosen und irgendwie wartenden Luft unter der schädelfarbenen Decke. Sie brachte wirklich

Vorhänge an, haarige braune Dinger, die in schweren Falten herunterhingen wie Tierhäute, aber wir zogen sie nie zu. Ich wollte A. im härtesten Licht sehen, die Poren und kleinen Makel und die kurzen dunklen Haare, die sich unter meinen Liebkosungen aufrichteten; besonders lieb waren mir die Augenblicke, wenn sie erschöpft oder halb schlafend ausgestreckt auf dem Sofa lag, schlaff und mit offenem Mund, gestrandet, sich selbst und mich vergessend; dann setzte ich mich mit hochgezogenen Beinen und um die Knie geschlungenen Armen neben sie und studierte sie Zentimeter um Zentimeter, von den abgekauten Fingernägeln bis zu den gespreizten, beunruhigend langen Zehen, verschlang sie langsam, gründlich, in einem verzückten Kannibalismus der Sinne. Wie blaß und zart sie war. Sie schimmerte. Ihre Haut hatte eine körnige, dicke Struktur, und manchmal, wenn ihr nicht wohl war oder wenn sie ihre Menstruation hatte, fand ich es aufregend unangenehm, sie zu berühren. Ja, er war immer da, hinter all dem Entzücken und der Anbetung, jener leichte, herbe, atavistische Anflug von Ekel, wartend wie Schmerz, der abgeklungen ist, wartend und mahnend. Nach meiner Überzeugung ist gerade Sex das Betäubungsmittel, welches das Fleisch eines anderen erträglich macht. Und darauf errichten wir Kathedralen.

Ich glaube, daß sie die Sache selbst, den Akt, wie er interessanterweise genannt wird, nicht besonders mochte, oder jedenfalls nicht, wie wir ihn vollzogen; nein, ich glaube, es war das damit einhergehende Ritual, das sie interessierte, das leidenschaftliche Spiel, die daraus folgenden Zerstreuungen, der betäubte postkoitale Austausch. Vielleicht liegt es nur an der Bitterkeit, mit der ich zurückblicke, daß ich am Ende immer eine gewisse Kühle zu bemerken glaube. Sie stieß mich zur Seite und setzte sich auf und griff nach ihrem Zigarettenetui, so als lege sie einen Gebrauchsgegenstand für den Alltag zusammen, einen Liegestuhl beispielsweise oder ein

Bügelbrett, und stelle es weg, damit man zur Sache kommen konnte. Ich erinnere mich, daß sie sich einmal nach dem letzten Paroxysmus, als ich keuchend wie eine Qualle an ihrer Brust lag, flink unter mir hervorwand und einen halb aufgegessenen Apfel vom Fußboden neben dem Sofa aufhob, wo sie ihn hingelegt hatte, und sich wieder ihm widmete, so unbekümmert wie eine in ihrem Tun unterbrochene Eva. Ich wäre nicht sonderlich überrascht gewesen – übrigens auch nicht sonderlich ungehalten –, wenn ich eines Tages von meinem endlosen, vergeblichen Versuch, mich körperlich in sie hineinzuwühlen (mir fällt ein Schauspieler ein, der versucht, sich in ein wunderschön gearbeitetes, jedoch zu kleines Kostüm zu zwängen), aufgeblickt und sie dabei ertappt hätte, wie sie müßig eine Zigarette rauchte oder rasch eine jener Illustrierten durchblätterte, in deren Seiten sie ein weiteres ihrer flackernden Phantomleben führte. Ich möchte nicht den Eindruck erwecken, sie sei teilnahmslos gewesen oder habe ihre Rolle mit zu wenig Begeisterung gespielt; nur, glaube ich, war sie mehr an den Bühnenanweisungen interessiert als am Text. Aber Gespräche, zweifellos interessierte sie sich für Gespräche. Es ging ums Reden; sie redete für ihr Leben gern. Endlose Diskussionen. Sie löste sich aus meiner keuchenden Fünfbeinerumarmung und setzte sich auf und wickelte das Laken um sich, indem sie es mit einer Geschicklichkeit, die sie zweifellos dem Kino abgeschaut hatte, unter ihre merkwürdig plumpen Armhöhlen klemmte, und verlangte von mir, ich solle ihr eine Geschichte erzählen. »Erzähl mir was«, sagte sie, wobei die Spitze ihrer scharfen kleinen Nase vor Vorfreude ganz blaß wurde, »erzähl mir von deinem Leben.« Ich reagierte ausweichend. Das machte nichts. Sie hatte Phantasie für zwei.

Natürlich belog sie mich, das weiß ich, aber ich sehe die Dinge, die sie mir erzählte (zum Unterschied von denen, die sie mir nicht erzählte), nicht als Lügen, sondern eher als Erfindungen, Improvisationen, wahre Fiktionen. Die Geschichten, die sie ersann, waren so oft angehaucht und poliert worden, daß die Einzelheiten mittlerweile etwas verschwommen wirkten. Zum Beispiel die Geschichte von ihrer Familie und vor allem von ihrer Mutter. Diese geheimnisvolle Frau – die A. nicht erwähnen konnte, ohne die Augen zu verengen und die Lippen zu spitzen, so als sei sie im Begriff zu spucken – war, obzwar immer noch irgendwo in unheilvoller und, wie ich vermute, daseinsfreudiger Weise am Leben, für ihre Tochter gestorben. »Ich will nicht über sie reden!« verkündete sie, wandte den Kopf zur Seite und hielt die Hand mit der rauchenden, in einem zitternden Winkel schräggeneigten Zigarette in die Höhe und ging dann dazu über, in gepreßtem, leierndem Ton einmal mehr die ermüdend lange Liste mütterlicher Ungeheuerlichkeiten Punkt für Punkt aufzuzählen. Das erste Mal, als ich von Mama hörte, stammte sie aus Amerika, aus Savannah oder Louisiana oder irgendeinem anderen ähnlich lautenden Sumpf im tiefen Süden, aus einem uralten Geschlecht; in darauffolgenden Berichten jedoch verlagerte sich der Geburtsort nach Mississippi, dann nach Missouri und einmal sogar – falls ich recht gehört habe – nach Missoula, eine Stadt in den Rocky Mountains, wie mir mein Atlas verrät, im nördlich gelegenen Staate Montana, wohin ich, Melmoth der Wanderer, reisen werde im Zuge jener ausgedehnten Pilgerfahrt, auf die ich mich eines schönen Tages auf der Suche nach meiner verlorenen Liebsten begeben werde. Aber Missoula! – wo im Himmel hatte sie das her? Ihr Vater, sagte sie, sei Schweizer. Er war – ich wußte, das würde kommen, schon bevor sie es aussprach – Diplomat im Außenministerium gewesen, und sie war überall aufgewachsen; und im Schlaf sprach sie anscheinend oft wirklich Fremdsprachen. (Ich frage mich übrigens, warum ich mich immer mit Frauen mit unruhigem Schlaf einlasse?) Über Papa wurden bedeutungsschwere Anspie-

lungen gemacht; ich stellte mir einen dunklen *gentilhomme* mit glänzenden Haaren vor, einen düsteren Beau – siehst du seine Schiläuferbräune, seine schokoladenbraunen Augen, seine Uhr mit den vielen Steinen –, der müßig ein kleines blasses Mädchen streichelt, das auf seinem Schoß sitzt.
Habe ich ihr geglaubt? War es denn wichtig? Benommen vor Glück auf unserem schmalen Notbett ausgestreckt, hörte ich ihr stundenlang zu, während sie ihre Geschichten erzählte und ihre Zigaretten rauchte und an der Hornhaut an ihren Füßen zupfte, wobei sie mich ab und zu ansah, verstohlen, katzenäugig, um ihre Wirkung abzuschätzen und sich zu fragen, wie weit sie gehen durfte. In der Anfangszeit, als ich noch nicht Bescheid wußte, wies ich sie manchmal schüchtern auf diese oder jene Widersprüchlichkeit in der Geschichte hin, die sie sich gerade ausdachte, und sofort zog sie sich in ein mürrisches Schweigen zurück und ließ mich draußen stehen, verwirrt und zerknirscht, mit der Nase ans kalte Glas gedrückt. Ich habe dir geglaubt, ich habe dir geglaubt – wie konntest du daran zweifeln? Ach meine süße Schwindlerin, ich habe dir jedes Wort geglaubt.
Manche ihrer ausgefalleneren Behauptungen haben selbst jetzt noch für mich im Kern einen deutlichen Beigeschmack von Glaubwürdigkeit, auch wenn die Einzelheiten nicht ganz stichhaltig gewesen sind. »Mein Problem ist«, sagte sie eines Tages und runzelte die Stirn, als blicke sie in ein fernes dunkles Innneres, »daß nur eine Hälfte von mir da ist.« Erst wollte sie das nicht erklären, sondern saß da, die Arme um sich geschlungen, schaukelte vor und zurück und schüttelte stumm den Kopf. Schließlich bekam ich es jedoch aus ihr heraus: Sie war die Überlebende eines Zwillingspaares. Ihr Gegenstück war tot herausgekommen, ein winziger weißer Leichnam, dessen Blut der wilde kleine Embryo A. ausgesaugt hatte, um das eigene Überleben zu sichern. A.'s Mutter ließ sie spüren, daß ihrer Meinung nach der falsche Zwilling

gestorben war. War A. als Kind ungezogen, dann strafte sie das Monster von Missoula, jene Pasiphaë der Prärie, mit der Erinnerung an die kleine P. (ein Name war ausgewählt, ein zweites Taufkleid gekauft worden). A. war in einem Zustand ständigen unbewußten schmerzlichen Verlustes aufgewachsen. Sie war eine Überlebende, mit dem für den Überlebenden typischen unverrückbaren Gefühl der Schuld und Unvollständigkeit. Nachdem sie ihre Geschichte beendet hatte, sah sie mich mit einem seltsamen, ernsten Blick an. »Vielleicht«, sagte sie, »vielleicht hast auch du einen Zwillingsbruder gehabt, der gestorben ist, oder eine Zwillingsschwester, und sie haben es dir nicht gesagt.« Wir hielten uns an den Händen und saßen lange schweigend da, Seite an Seite, klammerten uns aneinander wie Kinder, die sich bei Gespenstergeschichten geängstigt haben.

Es gab auch noch andere Geister. Ich erinnere mich... o Gott, manchmal versagt mir das Gedächtnis. Ich erinnere mich an einen stürmischen Spätnachmittag, es muß Anfang November gewesen sein, als die ersten richtigen Herbststürme tobten. Das sturmumtoste Haus erzitterte in seinen Grundfesten, und man hatte das aufregende Gefühl, daß draußen Dinge – Zylinder, Toupés, kaputte Regenschirme – in der gereinigten stahlgrauen Luft umherflogen und herabfielen. Es war ein Wetter, bei dem ich immer an die ferne Vergangenheit denken muß, so als wäre meine Kindheit ein einziges langes, stürmisches Halbdunkel gewesen. Wir waren in dem zugigen Badezimmer auf dem Treppenabsatz im zweiten Stock, dem einzigen im Haus, in dem es Wasser und eine Toilette mit Spülung gab. Die Rohre dröhnten und das Linoleum war verzogen, und oft verlöschte die Flamme im sargförmigen Boiler über der Badewanne unerwartet mit einem erschreckend matten *wumm.* An jenem Tag drang der Wind seufzend durch den Fensterrahmen und das Schlüsselloch und unter der Tür herein, und die Luft war voll von

Dampf, der im wächsernen Glanz der nackten Glühbirne herumwirbelte, die wohl aus der Zeit stammte, als man in der Rue Street elektrischen Strom gelegt hatte. Ich war gerade dabei, A. die Haare zu waschen; wir spielten gern auf diese Art und Weise »Haus« (und danach »Mama und Papa«). Sie stand in ihrem Slip über das große alte angeschlagene Waschbecken gebeugt und hielt sich mit weißen Knöcheln am Rand fest, als gelte es das Leben. Ich kann sie dort sehen, die rosa Spitzen ihrer Ohren, das dunkle Komma nassen Haares dort, wo ihr Hals anfing, die straffe blasse Haut ihrer Schultern, die sich über die kompliziert zusammengesetzten, sich abzeichnenden Schulterplattenknochen spannte, der glatte, seidige Abhang ihres Rückens, zweigeteilt durch die punktierte Linie der Rückenwirbel. Sie hatte es gern, wenn man ihr die Haare wusch. Ihr werde ganz kribbelig davon, sagte sie. Sie krümmte sich und zitterte und trat von einem Fuß auf den anderen, wimmernd vor Protest und sich windend vor Vergnügen. Während ich über sie gebückt stand, mit steifem Hals und zusammengepreßten Kiefern, sah ich plötzlich meinen Sohn. Es muß die Form ihres Kopfes in meinen Händen gewesen sein, die ihn heraufbeschwor. Auch ihm habe ich immer das Haar gewaschen, mich in derselben Weise ungeschickt an nebeligen Abenden vor langer Zeit über ihn gebeugt, als er ein Kind und ich noch sein Vater war. Meine Hände müssen sich an die Konturen seines Schädels erinnert haben, zerbrechlich und zart wie ein Vogelei, mit diesen Vertiefungen an den Schläfen, so als hätte man mit Daumen und Zeigefinger hineingedrückt, und der unebenen kleinen Kuppel auf dem Hinterkopf, wo seine Haare immer vom Kissen verfilzt waren. Ich schloß die Augen, und eine Welle scheußlicher brennender Galle hob sich in mir, und ich schwankte und mußte mich auf den Badewannenrand setzen.

A. muß gespürt haben, wie mich dieser Anfall von Schmerz durchlief, er muß mit einem Knistern aus meinen Fingerspitzen und in ihre Kopfhaut geflossen sein. Sie drehte sich wortlos um, das Haar tropfende Rattenschwänze, nahm meinen Kopf in die Hände und drückte ihn an ihre Brust. Zwischen ihrem Brustbein und ihrem Schlüsselbein war eine knochige, mit Sommersprossen übersäte Stelle, die ich bemitleidenswert rührend fand, und dorthin legte ich mein Ohr und horchte auf das ozeanische Gemurmel der in ihrem Inneren arbeitenden Organe. Ich hatte das Gefühl, außer Atem und kurz vor einem Schluckauf zu sein, so als versiegten meine Tränen bereits und begännen nicht erst zu fließen. Denn ich weinte. O ja, ich bin noch immer eine Heulsuse, obwohl ich nicht mehr so oft oder so ausgiebig weine wie früher. Es gab einmal eine Zeit, als kaum ein Tag verging – oder eine Nacht –, wo ich nicht mein Plansoll an heißen Tränen vergoß. Es gibt eine Barriere, eine Grenze der Emotionen, an der man auf – was ist es: Selbstbeherrschung? Würde? Erwachsensein? – verzichten muß, im Austausch gegen das trunkene und exotische Vergnügen, sich völlig dem Kummer hinzugeben. Es ist keine Grenze, die ich oft überschreite. Ich weine, das schon – aber es gibt solche und solche Tränen. Auf der anderen Seite jener äußersten Grenzlinie hat man keinen Boden mehr unter den Füßen und stürzt langsam, hilflos in sich selbst, mit nichts, das den Fall aufhielte, und mit nichts, an dem man sich festhalten könnte außer einem Armvoll leerer Luft. Sie führte mich wieder die Treppe hinauf (mein Gott, wenn uns Morden oder sein Mann dabei begegnet wären!), und wir setzten uns auf das Sofa, und sie hielt meine Hände in den ihren, während ich heulte wie ein Schloßhund. Dicke heiße Tränen fielen auf unsere Knöchel, und in jeder einzelnen davon war das winzige, gekrümmte Bild des Fensters, in dem der rauhe graue Tag zur Neige ging. Ich erinnerte mich an das Geräusch des Windes, ein gewaltiges hohes Trompeten hoch in der Luft, und daran, daß Blätter und Zweige gegen die Scheiben geweht wurden, obwohl das nicht stimmen kann, denn es gibt keine Bäume in der Nähe; vielleicht waren es Äste, die vom Schmetterlingsstrauch unten auf dem unbebauten Grundstück neben dem Haus abgerissen worden waren? Wir hatten einen Elektroofen mit imitiertem Kohlenfeuer, ein altmodisches Ding, das sie irgendwo aufgegabelt hatte und das nun mit einer, wie mir schien, unheilvollen, hämischen Röte zu unseren Füßen brannte, was mich an die Koksfeuer meiner Kindheit erinnerte. Heute spiele ich oft mit dem Gedanken, in das Haus einzubrechen – ich bin sicher, dort ist alles noch so, wie es war – und etwas als Andenken zu erretten, diesen Ofen oder ein beschmiertes Weinglas oder auch nur, vielleicht aus dem Zwischenraum der Bodenbretter, ein paar Fussel, in denen eins ihrer Haare hängt; was ich wirklich haben will, ist natürlich die Chaiselongue, doch selbst in meinen schlimmsten Qualen muß ich lachen über die Vorstellung, daß ich dieses störrische Monstrum schwitzend und fluchend wie ein Viehtreiber über endlose Treppenfluchten rumpeln lasse. Trotzdem, was würde ich nicht alles dafür geben, mich jetzt darauf werfen zu können, mit dem Gesicht nach unten, und seinen muffigen, verbrauchten, herzzerreißenden Geruch einzuatmen.

Wieder spielt mir die Erinnerung einen Streich und verschmilzt zwei voneinander getrennte Ereignisse, denn während ich jetzt dort sitze und weine, mit A. neben mir, bin ich es, der unter dem billigen Bademantel, den sie mir gekauft hatte, unbekleidet ist, während sie sich zum Ausgehen schöngemacht hat und eines ihrer teuren schwarzen Kostüme und ein Paar jener nadelspitzen hochhackigen Schuhe trägt, deren Ticktack auf den kahlen Holzböden ich noch in meinen Träumen höre, sich immer, immer weiter entfernend. Ich habe den Eindruck einer gewissen Ungeduld, ja Gereiztheit ihrerseits; die Tränen anderer, wie tiefempfunden auch immer, sind manchmal schwer zu ertragen. Es war mir selbst peinlich, und sogar während ich schluchzte, hatte ich das heiße Gefühl von Panik, das einen überfällt, wenn der Fahrgast neben einem in einem überfüllten Bus zu toben und zu fluchen anfängt. Es war lange her, daß ich mich selbst auf diese Weise weinen gehört hatte, so einfach, so ungekünstelt, mit so tiefempfundenem Enthusiasmus.

»Ich habe ihn verloren«, sagte ich, und die Wörter kamen stoßweise und weinerlich plumpsend heraus. »Er ist mir einfach aus der Hand geglitten und war weg.«

A. saß, den Blick zu Boden gerichtet, neben meinen bloßen Füßen und sagte nichts. Vermutlich aus der Fassung gebracht durch ihr Schweigen, sah ich sie ängstlich durch den Glimmerglanz der Tränen an; sie hatte das verdrießliche, geduldige Aussehen eines Menschen, der pflichtschuldig auf das Ende einer bekannten und nicht sehr interessanten Geschichte wartet. Ich nehme an, ich hatte damals das Bedürfnis, sie zu beeindrucken, sie nicht in Wirklichkeit, sondern mit meinen Worten an den Schultern zu packen und zu schütteln. Außerdem mußte ich mich dieser verschwenderischen Tränenflut würdig erweisen. So saß ich da, in meinen Hausmantel gewickelt, verquollen und fleckig, die Hände im Schoß zusammengelegt, wie ein großes Baby, das sich wehgetan hat, und erzählte ihr von meinem armen Jungen, der behindert geboren worden und gestorben war, und von meiner Frau, jener mittlerweile archaischen, minoischen Gestalt, mit der ich vor langer Zeit die Welt durchstreifte, bis wir eines Tages merkten, daß wir die Welt und uns selber aufgebraucht hatten, und ich sie verließ – oder sie mich – und mich dem freien Fall überließ.

Ich frage mich, ob sie meine Geschichte geglaubt hat, meine unglaubliche Geschichte?

Aber wie gut es tat, sie ihr zu erzählen. Das Dämmerlicht, das Schweigen ringsumher, und sie neben mir, das Gesicht fast abgewandt. Wieder lasse ich sie diesen Schleier tragen;

wie sehr er einem Gitter ähnelt: der Beichtstuhl natürlich. Oh, sprich mich los!
Unten auf der Straße boten die Zeitungsjungen rufend die Abendausgaben an.
»Ich kenne einen Mann«, sagte ich, »der einmal eine Frau umgebracht hat.«
Einen Augenblick schwieg sie und blickte unter gesenkten Wimpern von mir weg.
»Ach wirklich?« sagte sie. »Wen hat er umgebracht?«
»Ein Dienstmädchen im Haus eines reichen Mannes.« Wie altmodisch das klang, wie etwas aus Grimms Märchen. Der böse Dieb ging zum herrschaftlichen Haus des reichen Mannes, um ein Bild zu stehlen, und als ihm das Dienstmädchen in die Quere kam, hieb er ihr auf den Kopf und schlug sie tot.
»Dann haben sie ihn fortgebracht«, sagte ich, »und ihn eingesperrt und gezwungen, den Schlüssel zu verschlucken.« Und er wartet noch immer auf seine Freilassung.
Eine solche Stille.
Aber warum bin ich im Morgenmantel, wenn sie doch offensichtlich eben von draußen hereingekommen ist? Ich konnte die kleinen Splitter kühler Luft spüren, die aus den Falten ihrer Jacke fielen (drei glänzende schwarze Knöpfe, abgerundete Taschen, ein schmaler Samtkragen: siehst du, ich erinnere mich an alles), als sie aufstand und tick-tack tick-tack zum Fenster ging und mit verschränkten Armen hinausblickte, das Gesicht von mir abgewandt. Manchmal scheine ich ihn kurz mit den Augen eines anderen zu sehen, jenen einfacheren Ort, jenes Glückliche Tal des Herzens, wo ich eines Tages wandeln möchte, wenn auch nur für eine Stunde, Hand in Hand vielleicht mit meinen Toten.
Der Tag weicht der anbrechenden Abenddämmerung. Ich bin wieder dort, als könne der Augenblick nicht enden. Der Wind heult leise auf der Straße und das Fenster erbebt, große dunkle Wolken schäumen wie schmutzige Meereswellen

über den zusammengekauerten Dächern. Meine Tränen sind getrocknet, mein Gesicht fühlt sich an wie Glas. Im blechfarbenen Licht am Fenster verwandelte A. sich langsam in dunklen Stein, und als sie zu sprechen begann, war es mit der unwirklichen Stimme einer Seherin. Sie begann mir davon zu erzählen, wie sie als Schulmädchen in Paris aus der Klosterschule weggelaufen war und eine Nacht in einem Bordell verbracht hatte, mit jedem mitging, der sie haben wollte, zwanzig oder dreißig gesichtslose Männer, sie hatte den Überblick verloren. Nie hatte sie sich so wirklich und gleichzeitig distanziert gefühlt, schwebend, befreit von sich selbst, von allem. Sie hob die Hand und machte eine wellenförmige Geste im dunkler werdenden Leuchten der Dämmerung. »So«, sagte sie leise. »Frei.«

5. **Der Raub des Ganymed,** 1620
L. E. van Ohlbijn (1573–1621)

Öl auf Kupfer, 19,2 x 17,8 cm

Obgleich er nicht gerade als Miniaturenmaler bekannt ist, bringt van Ohlbijn seine Fähigkeiten, so bescheiden sie auch sein mögen, am besten zur Geltung, wenn er im kleinen Maßstab arbeitet, wie wir aus dieser bezaubernd ausgeführten winzigen Szene ersehen, einer Kuriosität innerhalb dieser kuriosen Sammlung. Als erstes fällt die Entschlossenheit auf, mit der der Maler Sentimentalität vermeidet – eine Entschlossenheit, deren tatsächliches Ergebnis, wie manche Kritiker glauben, ein völliges Fehlen von *sentiment* ist, zweifellos nicht die Wirkung, die beabsichtigt war: ein Fall, so könnte man sagen, bei dem das Kind – oder in diesem Fall der Knabe – mit dem Bade ausgeschüttet wurde. Das klingt nicht ganz richtig. In diesem Werk hat van Ohlbijn die schlichten Fertigkeiten des holländischen Genremalers, der er war, mit einigen Brocken Gelehrsamkeit kombiniert, die er von einem Anfang des 16. Jahrhunderts in Venedig und Rom verbrachten Winter mit nach Hause brachte. Wir entdecken so grundverschiedene Einflüsse wie den Tintorettos – im Elan und dramatischen Tempo des Gemäldes – und Parmigianos – in der eigenartigen Streckung der Figuren –, während der Eindruck fast schwindelerregenden Schwebens und träumerischer Heiterkeit die zum Himmel emporstrebenden Werke Gaullis und Tiepolos vorwegnimmt. Aus der Weichheit der Texturen und der transparenten Beschaffenheit der Farboberfläche geht auch deutlich hervor, daß van Ohlbijn auf seiner italienischen Reise mit Fleiß das Werk Peruginos und Raffaels studiert hat. Die Figur des Ganymed ist vortrefflich gestaltet, da sie sowohl ein individueller, richtiger Junge ist (der Maler soll seinen Sohn als Modell benutzt haben) als auch eine emblematische Verkörperung ephebischer Schönheit. Wie ergreifend ist die Verbindung der kreatürlichen Anmut und Feinheit dieses Jünglings – mit seiner phrygischen Mütze und dem über die Schultern zurückgeworfenen Mantel – mit der Wildheit und erbarmungslosen Kraft des Raubvogels, der ihn fest in den schrecklichen Krallen hält. In dem angestrengten Emporstreben des Adlers, in seinem grimmigen Blick, dem vorgestreckten Hals und den heftig schlagenden bronzefarbenen Schwingen offenbaren sich die Macht und mitleidlose Majestät des Gottes. Das ist nicht unser Vater im Himmel, unser Beschützer in den Wolken; das ist der *deus invidus,* der unsere Kinder tötet, eher Thanatos als Zeus Soter. Obwohl der Junge größer ist als der Vogel, besteht kein Zweifel darüber, wer der stärkere ist: Die Krallen, die die schmalen Schenkel umklammern, sind eigenartig fein gekrümmt, doch fühlt man ihre unentrinnbare Stärke, während Ganymeds ausgestreckter Arm ein zutiefst ergreifendes Gefühl des Schmerzes und Verlustes und der Kapitulation verrät. Die Geste ist gleichzeitig ein flehentlicher Hilferuf und ein letzter, verzweifelter Abschiedsgruß an die irdische Welt, der der Junge entrissen worden ist. Im Gegensatz dazu scheint die Haltung des Vaters des Jungen, des Königs Tros, der auf dem bemoosten Gipfel des Berges Ida steht, übertrieben und theatralisch. Seine Hände sind in ohnmächtigem Flehen erhoben, und Tränen laufen ihm über die Wangen. Man glaubt ihm seinen Kummer nicht ganz. Er sieht aus wie jemand, der weiß, daß man ihn beobachtet und daß man viel von ihm erwartet. Warum, fragen wir uns, hat den Maler hier seine Urteilskraft im Stich gelassen? Hat er zugelassen, daß eine Anwandlung von Angst oder persönlichem Kummer ihm bei dieser übertriebenen Darstellung väterlichen Leides die Hand führte? Diese Tränen: Er muß sie mit einem Pinsel aus einem einzigen Zobelhaar gemalt haben. Erinnerst du dich daran, wie ich sie dir durch das Vergrößerungsglas zeigte? Dein Atem lag über dem Bild, ließ die Oberfläche grau werden und verschwand wieder, so daß die Szene verblaßte und von neuem erschien, als tauche sie aus einem Bergnebel auf. Auf deiner Wange war ein winziges Muttermal, das ich noch nie bemerkt hatte, mit einem eigenen einzelnen Haar. »Warum sollte er sich die Mühe machen?« sagtest du. Damit wir, Liebste, du und ich, eines Tages, die Köpfe zusammengesteckt, in der Ruhe und Stille eines regnerischen Nachmittags hier so lehnen und einen Augenblick lang beinahe wir selbst sein konnten. Hebe in den Wolken sieht zu, wie der Junge in den Krallen ihres Vaters zu ihr getragen wird. Sieht sie in ihm den Usurpator, der ihren Platz als Mundschenk der Götter einnehmen wird? In ihren Händen hält sie die goldene Schale, die der Gott ihr, seiner Tochter, wegnehmen und dem sterblichen Jungen geben wird. Am Ende verliert jeder. Kurz nach der Fertigstellung dieses Gemäldes trank Ohlbijn aus Kummer über den Verlust seines geliebten Sohnes und angeblich auch, weil ihn eine Geliebte verlassen hatte, Gift aus einem goldenen Becher und starb am Vorabend seines achtundvierzigsten Geburtstages. Die Götter haben Sinn für Humor, aber kein Erbarmen.

Noch unmittelbarer als alle meine eigenen Gespenster beunruhigten mich die lebenden Phantome, die das Haus heimsuchten. Ich lebte in der ständigen Angst, jemand könnte eines Nachmittags die Klinke der Geheimtür niederdrücken und uns dabei überraschen, wie wir auf dem Sofa herumtollten oder dampfend und erschöpft mit ineinander verschlungenen Gliedern ausgestreckt auf dem Fußboden lagen. Es wundert mich heute noch, daß es nie passiert ist. Oder vielleicht ist es doch passiert? Vielleicht ist Francie eines Tages tatsächlich hereingekommen, als wir zu versunken waren, um ihn zu bemerken – ich bin davon überzeugt, der Mann konnte durch einen Spalt in der Wand schlüpfen –, und hat sich dann still wieder zurückgezogen und unser Geheimnis für sich behalten. Er hatte die enervierende Angewohnheit, lautlos in Türöffnungen oder auf dunklen Treppenabsätzen aufzutauchen: eine Hand, ein Auge, dieses Lächeln, und dann das schnalzende Geräusch, das er aus dem Mundwinkel machte, so als sporne er ein Pferd an. Er entbot mir immer einen kleinen spöttischen Gruß, indem er zwei Finger an die Stirn legte und sie lässig seitwärts fallen ließ. Es belustigte ihn, große Überraschung zu heucheln, wenn er auf mich stieß; mit übertrieben weit aufgerissenen Augen starrte er mich an und klappte den Mund auf in einem stummen Ausruf spöttischen Staunens und Vergnügens. Eines Tages begegnete er mir mit dem Maler Gall an der Biegung des Korridors vor unserem Zimmer. Ich hatte geglaubt, es sei A. und wollte schon ihren Namen rufen (ach, die freudige Erwartung brandneuer Liebender!). Er muß meine bestürzte Miene bemerkt haben. Er blieb stehen und grinste. Gall, der in Francies Kielwasser dahinschlurfte, stieß beinahe mit ihm zusammen, fluchte und bedachte mich mit einem giftigen Blick. Gall war ein untersetzter, bärtiger Mensch mit einem großen Bauch, der so unnatürlich aussah, als hätte man ein paar Kissen unter seinen mit Farbe bekleckten Pullover gestopft. Er hatte sehr kleine, dunkle, scharf blickende Augen und eine rote Nase wie ein Clown. Er keuchte ein wenig und hielt sich steif und nach einer Seite hin geneigt, so als wäre er zu fest in seine Kleider eingeschnürt. Diese verkrampfte, schiefe Haltung verlieh ihm etwas Gereiztes und eine kaum verhüllte Feindseligkeit. (Wie ich sie liebe, diese beiläufigen Wunderlichkeiten!) Selbst aus einer Entfernung von Metern hatte ich den Eindruck von ungewaschenem Fleisch und von Unterwäsche, die unbedingt gewechselt werden mußte. »Wer ist das?« knurrte er. Francie machte uns umständlich und zynisch miteinander bekannt. »...Und das ist Gall«, sagte er, »Künstler und, wie Sie selbst, Mr. Morrow, Gelehrter.« Gall stieß ein schnaubendes, schleimiges Lachen aus, wandte sich ab und versetzte dem Hund Prinz, der wachsam, die glänzende Schnauze anmutig erhoben, auf der Schwelle stand und wie immer über die Rücken eines raufenden Rudels seiner Genossen hinwegzuspähen schien, einen schlecht gezielten Tritt. Mir wurde heiß vor Angst, wenn ich daran dachte, A. könnte die Treppe heraufhasten, den Kopf gesenkt in der für sie typischen Art, und bei unserem Anblick abrupt stehenbleiben. Francie musterte mich mit stillem Vergnügen. »Sie wirken ein wenig nervös«, sagte er. »Erwarten Sie Besuch?« Gall ging die Treppe hinunter. »Sind wir hier richtig, zum Teufel?« rief er wütend zurück. Francie berührte mich am Arm. »Kommen Sie und trinken Sie was mit uns«, flüsterte er. »Gall ist ein Schrei.«

Wir gingen hinunter in den großen leeren Raum, wo ich Morden das erste Mal begegnet war. Das Gerüst oder was immer es war hing noch an den ausgefransten Seilen von der Decke und das schmutzige weiße Leintuch von der oberen Ecke eines Fensters. Schwaches spätherbstliches Sonnenlicht war trapezförmig auf dem Fußboden angeordnet. Wir setzten uns auf staubige Thonetstühle, die altersschwach klagend unter uns knarrten und ächzten. Gall hatte einen Steinkrug mit einem Henkel, durch den er den Daumen steckte; er hob den Krug auf Schulterhöhe und machte einen langen Schluck, wobei sein Adamsapfel auf- und abhüpfte.

»Aah!« sagte er, verzog das Gesicht und wischte sich mit dem Handrücken über den Mund.

»Guter Tropfen, hm?« sagte Francie.

Gall reichte mir den Krug. Das Wasser schoß ihm in die Augen. »Schwarz gebrannter Whisky«, sagte er heiser. »Die Frau braut ihn im Schuppen.«

Francie lachte. »Champagner, das ist Mr. Morrows Gesöff«, sagte er.

Sie sahen gespannt zu, wie ich einen Probeschluck nahm und versuchte, nicht an Galls nassen kleinen gespitzten Mund am Krugrand zu denken. Kein nennenswerter Geschmack, nur ein Blitz silbernen Feuers auf der Zunge und dann ein Brennen, das sich ausbreitete.

»Passen Sie auf die Nachwirkung auf«, sagte Francie fröhlich.

Ich reichte ihm den Krug, und er hob ihn fachmännisch hoch und trank. Nun stieg mir das Wasser in die Augen.

»Kartoffeln«, sagte Gall mit Befriedigung. »Kartoffeln sind unschlagbar.«

Ich glaube, ich habe anderenorts bereits darauf hinzuweisen begonnen, daß ich von jeher eine beklagenswerte Schwäche für das vulgäre Leben habe. Es ist eine Vorliebe, die schlecht zu meinem ansonsten würdevollen, um nicht zu sagen patrizischen Temperament paßt. In den alten Zeiten, den Zeiten meiner Reisen, gelang es mir, binnen einer Stunde nach meiner Ankunft an diesem oder jenem unbekannten Ort die wüstesten Spelunken aufzuspüren. Je ordinärer die Kneipe, je verrufener ihre Gäste, desto besser gefiel es mir. Muß etwas mit Gefahr zu tun haben, glaube ich, diesem erregenden, flatternden Gefühl unter dem Zwerchfell, und mit Verstößen, dem Bedürfnis, mich ein wenig mit dem Dreck der Welt zu besudeln. Denn ich hatte nie das Gefühl, an diese schmutzigen Orte zu gehören – ganz im Gegenteil. Ich saß auf einem Barhocker, einen Ellbogen auf den Tresen gestützt und ein beschlagenes Glas mit etwas Eisblauem und Wohlschmeckendem, jedoch Ungesundem in der Hand und beobachtete ganze Nachmittage lang (bei Tag war es immer am besten) mit Bewunderung und einem gewissen sehnsüchtigen Neid das Tun und Treiben von Menschen, die in ihrer kleinformatigen Verderbtheit natürlicher, authentischer waren, als ich es je würde sein können. Manche von ihnen, vor allem die Männer, zeichneten sich durch eine nervöse Eleganz und einen Anflug hochempfindlicher Wachsamkeit aus, die mir die Merkmale des wahren Erwachsenen, des echten Mannes von Welt zu sein schienen. Dann gab es noch den anderen Typ, für den Gall ein schönes Beispiel war und der aus nichts als Groll und mürrischer Selbstbezogenheit und unterdrückter Wut bestand. Welcher Typ ich wohl bin, frage ich mich. Vielleicht eine Mischung aus beiden? Oder etwas ganz anderes und viel Schlimmeres. Der Krug kehrte zu mir zurück, und diesmal tat ich einen kräftigen, langen, feurigen

Zug und reichte ihn weiter an Gall und grinste und rief mit beabsichtigter Ironie: »Prosit!«
Sie sprachen über einen Maler aus ihrem Bekanntenkreis namens Packy Plunkett.
»Er ist ein Scheißmaler«, sagte Gall, »mehr nicht.«
Francie nickte nachdenklich.
»Aber er versteht sein Geschäft«, sagte er und zwinkerte mir zu.
Galls pockennarbige Stirn verdüsterte sich.
»Ein Scheißmaler!« wiederholte er und kratzte dabei heftig und hörbar seinen wildwuchernden Bart, der wie eine Flechtenart aussah, die sich seines Gesichts bemächtigt hatte.
Der Krug kam wieder. Wie rasch er kreiste. Mir fielen Geschichten von wilden Männern aus dem Westen ein, die vom schwarzgebrannten Whisky verrückt geworden waren, der ihr Hirn in Eintopf verwandelt und ihnen die Zungen im Kopf hatte verfaulen lassen. Das alles kam mir sehr komisch vor.
Wieder trank ich ihnen zu, sagte »Prosit!«, diesmal lauter, und lachte.
Gall warf mir einen verdrossenen Blick zu. *»Sláinte!«* sagte er mit Nachdruck und wandte sich an Francie und stieß mit dem Daumen in meine Richtung. »Was ist der denn«, sagte er, »ein Engländer oder was?«
Gleich darauf merkte ich, daß das Licht sich verdichtete und träge wurde und irgendwo im Zentrum der Dinge ein ungeheurer Puls langsam und dumpf zu klopfen begann. Ich wollte gehen, wußte aber nicht genau, wie ich aufstehen sollte; es war kein körperliches Problem, vielmehr eine Frage mentaler Bewältigung. Dieser mißliche Zustand war eher interessant als beunruhigend und natürlich höchst amüsant. Ich fühlte mich wie ein Gummiball am äußersten Ende eines Bandes, das sich fett surrend bis zum oberen Ende der Treppe und zu dem Geheimzimmer ausdehnte, wo in meiner Vorstellung A. auf mich wartete, auf dem Rand des Sofas

hockend; sie hatte eine glimmende Zigarette im Mundwinkel und ein Auge wegen des Rauches geschlossen, das Kinn lag auf den Knien, die kalten Füße hatte sie mit den Händen umklammert, mein Affenmädchen. Ich frage mich, ob auch du in meiner Gegenwart dieses Pendeln zwischen Lust und Langeweile empfunden hast, das ich so irritierend fand. Selbst wenn ich dich an mich drückte, merkte ich gelegentlich, wie ich mich danach sehnte, anderswo zu sein, allein und unbeschwert. (Warum rede ich so, warum sage ich solche Dinge, wenn ich doch nichts anderes will, als einen Schmerzensschrei ausstoßen, so schrecklich und so durchdringend, daß du ihn hören mußt, wo immer du bist, und spürst, wie dein Blut gefriert.) In den Stirnhöhlen hatte ich ein rieselndes Gefühl, und mit einem kleinen Schock der Überraschung und – mysteriöserweise – Befriedigung merkte ich, daß ich den Tränen nahe war.

»Das Problem mit meinen Sachen ist«, sagte der grämliche Gall, »daß das Beste davon nicht gewürdigt wird.«

Francie lachte in sich hinein. »Das kann man wohl sagen«, sagte er, und der Hund, der zu seinen Füßen lag, blickte zu ihm auf, den Kopf wie mahnend schräggelegt.

Galls Nörglerblick trübte sich, und seine narbige Nase war nicht mehr kirschrot, sondern aggressiv purpurn.

Während ich meine ungeweinten Tränen durch die Nase hochzog, erkundigte ich mich im Tone großzügigen Entgegenkommens, in welchem Stil er denn male (ich glaube, zu dem Zeitpunkt dachte ich noch immer, er könne nur Anstreicher sein). Er warf mir einen weiteren trüben Blick zu, empfand es aber unter seiner Würde zu antworten.

»Gegenständlich«, rief Francie, hob die Hand und zeichnete runde Formen in die Luft. »Wunderschöne Sachen. Waldszenen, Mädchen im Unterhemd.« Er schlug mir mit der Hand aufs Knie. »Sie sollten es sich ansehen, das sage ich Ihnen: genau Ihr Geschmack!«

Gall starrte ihn an. »Halt's Maul, Francie«, nuschelte er.
Ich begann ihnen von meiner Begegnung mit Inspektor Hackett zu erzählen. Mir kam die Geschichte sehr spaßig vor, und ich untermalte sie mit ausladenden Gesten und mir besonders geistreich erscheinenden Redewendungen. »Tatsächlich?« sagte Francie andauernd; er hatte Schwierigkeiten, geradeaus zu gucken, und als er versuchte, sich eine Zigarette anzuzünden, stellte er sich so ungeschickt an, daß er das ganze Päckchen über den Fußboden streute, und Gall lachte laut. Nachdem Francie es schließlich geschafft hatte, sich eine anzustecken, saß er da und nickte vor sich hin und starrte mit verschwommenem Blick auf meine Knie.
»Ganz dicke mit den Polypen, hm?« sagte er, und wir alle lachten darüber, als hätte er einen guten Witz gemacht.
Zu meiner großen Verwunderung ging ich schon im nächsten Augenblick flott, wenn auch ohne Ziel, die Rue Street entlang, mit den Armen schlenkernd und leicht röchelnd. Der Gehsteig war bemerkenswert uneben, und die Steinplatten hoben sich tückischerweise immer dann an den Kanten, wenn ich im Begriff war, darauf zu treten. Ich hatte keine Ahnung, wohin ich ging, aber ich ging mit großer Zielstrebigkeit dorthin. Das Sonnenlicht blendete und hatte etwas Ätzendes. An der Ecke Ormond Street, nahe der Stelle, wo A. mich zum ersten Mal angesprochen hatte, war ein sehr großer, altmodischer amerikanischer Wagen in Blaßlila mit Heckflossen und einer ganzen Batterie von Rücklichtern geparkt. Als ich näherkam, ging die Fahrertür auf, und mit einer schnellen, ballettartigen Korkenzieherbewegung sprang ein untersetzter junger Mann leichtfüßig heraus und stellte sich mir in den Weg. Ich blieb stehen, schnaubend und keuchend.
»Der Pa hätte Sie gern gesprochen«, sagte er.
Es dauerte einen Augenblick, bis ich erkannte, daß er Jung-Popeye war, der Typ, der an dem Tag, als Morden mich auf

die Fahrt in die Vororte mitgenommen hatte, am Gartentor gestanden und mich angeglotzt hatte. Etwas an ihm kam mir bekannt vor – es war mir auch damals schon aufgefallen –, so als liege unter den krustenartigen Schichten steinharter Muskeln eine andere, zerbrechlichere Version von ihm verborgen, eine geisterhafte Mimose, deren Form mir irgendwie vertraut war. Heute trug er einen teuren dunklen Wollanzug, in dem er trotz der Muskeln verloren wirkte, so als wäre der Anzug ein Erbstück von seinem großen Bruder. Schweißtropfen glitzerten auf seinen kurzgeschorenen roten Haaren. Er ballte die Fäuste, und ein Nerv in seinem Kiefer tanzte.

»Ihr *Vater*?« sagte ich interessiert.

Schneidig öffnete er die Hintertür des Wagens und gab mir einen ruckartigen Wink mit dem Kopf. Ich beugte mich hinunter. Auf dem Rücksitz saß wie ein Götze aus Stein der Kerl, der sich damals in Kilt und Schal zu Jung-Popeye ans Gartentor gesellt und uns beim Wegfahren beobachtet hatte. Diesmal war er in einen weiten Mantel mit breitem Pelzkragen gehüllt, auf dem sein großer, blasser, spitz zulaufender Kopf mit den Speckfalten unterm Kinn saß, als wäre er vorsichtig dorthin gesetzt worden und könnte bei der geringsten Bewegung herunterfallen. Sehr kleine Augen, weich gekocht in den runzligen Höhlen, schwenkten herum und musterten mich, und eine Hand tauchte aus den Falten des Mantels auf und wurde mir gereicht.

»Wie geht's denn so?« sagte er; es war keine Begrüßung, sondern eine Frage. Ich sagte, es ginge sehr gut. Seine Hand war weich und feucht und kühl; er schüttelte die meine langsam, feierlich und betrachtete mich unterdessen eingehend. »Ich bin der Pa«, sagte er. »Kennen Sie mich nicht? Ich kenne Sie. Steigen Sie ein, und plaudern wir ein wenig miteinander.«

Die Federung unter mir ächzte, und ich sank so tief ein, daß meine Knie sich fast auf der Höhe der Schultern befanden. Es roch intensiv nach Mottenkugeln – der Mantel, wie ich vermutete. Die Sonne in den Fenstern bestand aus lauter Spitzen und Zacken. Jung-Popeye glitt hinter das Lenkrad und ließ den Motor an, aber wir fuhren nicht los; ich war enttäuscht wie ein Kind; ich hätte gern eine Runde in diesem großen Wahnsinnsgefährt gedreht. Popeye drehte an einem Knopf, und ein Ventilator setzte sich in Bewegung und blies uns einen heißen, metallischen Luftzug ins Gesicht. »Ich leide schrecklich unter der Kälte«, sagte der Pa. »Ich brauche die Hitze, und dann kriege ich Frostbeulen. Es ist wirklich scheußlich.«

So begann unser Gespräch. Wir redeten über das Wetter und die Möglichkeiten, mit seiner Launenhaftigkeit fertigzuwerden, über die Herkunft seines Wagens, über das Auftreten von spontanen Erregungszuständen unter den älteren Damen der Stadt während der letzten Jahre, über Mordens Charakter (»Würden Sie sagen, daß er verläßlich ist?«), die Dummheit von Polizisten (trotz der Tatsache, daß er ein berüchtigter Verbrecher war, wie er mit stillem Stolz zugab, war es ihnen nicht mehr gelungen, ihn ins Gefängnis zu stecken, seit er ein Teenager war, und auch damals nur sechs Monate wegen Warenhausdiebstahls), über die Zerstreuungen, die das Gefängnisleben erträglich machen, über die Situation auf dem Bildermarkt, über das Wesen der Kunst. Das alles fand ich äußerst angenehm und interessant. Eigentlich, so sagte er mir, sei er von Beruf Fleischer, obwohl er diesen Beruf schon lange nicht mehr ausübe und heute in einer anderen Branche tätig sei. Ich nickte und sagte natürlich, natürlich – ein ernstzunehmender Mann von Welt zum anderen. Bestimmt erklärte er mir noch vieles andere, doch falls es so war, habe ich es sofort wieder vergessen. Der heiße Luftzug aus der Heizung und das Glitzern des Sonnenlichts auf der Windschutzscheibe riefen ein Gefühl rasanter Bewegung hervor, so als glitten wir schwungvoll über den Boulevard irgendeiner großen summenden Metropole. Nach einer

Weile riskierte es der Pa, seinen Mantel aufzuknöpfen, und ich bemerkte, daß er wie ein Priester gekleidet war, in eine weite Soutane mit authentisch schmierigem Kragen.

Er wollte, daß ich ihm etwas über Kunst erzählte. Er meinte, er sei gerade erst ins Kunstgeschäft eingestiegen – das brachte Popeye auf dem Vordersitz zum Wiehern –, und er benötige den Rat eines Experten.

»Dieses eine Bild zum Beispiel, die *Geburt der Wie-heißt-sie-noch,* warum ist das so etwas Besonderes?«

Ich zögerte keine Sekunde. »Seltenheitswert«, sagte ich zu ihm, mit fester, überzeugter Stimme. Mein Gesicht jedoch fühlte sich an wie Gummi, und es fiel mir schwer, die Arme zu verschränken.

»Seltenheitswert, soso?« sagte er und wiederholte das Wort mehrmals, drehte und wendete es und nickte selbstvergessen mit vorgestreckter dicker Unterlippe. »Also ist es wie alles andere«, sagte er.

»Ja«, antwortete ich beherzt, »genau wie alles andere, ein Problem von Angebot und Nachfrage, was der Markt zuläßt, freier Wettbewerb und so weiter. Es gibt nicht«, sagte ich, »sehr viele Vaublins.«

»Tatsächlich?« sagte der Pa.

»Ja, wirklich. Kaum mehr als zwanzig auf der ganzen Welt, und nur wenige davon von einer Qualität wie die *Geburt der Wie-heißt-sie-noch.*«

Im Geiste sah ich Mordens großes griesgrämiges Gesicht, und durch den Nebel hindurch hatte ich plötzlich eine undeutliche Ahnung von dem fernen Zustand der Nüchternheit, und ein Schimmer des Unbehagens ging über mich hinweg wie ein Windstoß, der über die Oberfläche eines stillen Teiches weht; dunkle, fischartige Formen waren da unten und schnüffelten herum. Der Pa grübelte eine Weile schweigend; das Kinn war ihm auf die Brust gesunken, und wie Schweinchen spielten seine Hände in seinem Schoß miteinander. Dann rappelte er sich auf und legte mir einen Arm um die Schulter und drückte mich kurz an sich. »Guter Mann«, sagte er, als hätte ich ihm irgendeinen großen Dienst erwiesen, »guter Mann.« Er stieß mich entschlossen, doch nicht unsanft aus dem Wagen. Als ich auf dem Gehsteig war, beugte er sich seitwärts und schlug heiter mit zwei Fingern das Zeichen des Kreuzes über mich, um mich zu segnen, und gab ein rauhes gackerndes Lachen von sich. »Gott sei mit dir, mein Sohn«, sagte er.

Ich stand mit leichter Schlagseite da und sah zu, wie der große rosa Wagen in die Ormond Street hineinschlingerte und mit einem gewaltigen Abgasfurz davonbrauste. Vielleicht habe ich sogar gewinkt, doch sicher kraftlos.

Ich beschloß auf der Stelle, daß ich noch etwas zu trinken brauchte, und machte mich auf den Weg zum *Boatman.* Nachdem ich einer Reihe falscher Fährten gefolgt war, fand ich ihn schließlich. Nach der Helligkeit der nachmittäglichen Straßen wirkte die Kneipe sehr dunkel und düster. Was für einen Monat haben wir? Immer noch Oktober? Der Barmann stützte sich mit den Ellbogen auf die Bar und las eine Zeitung und stocherte mit einem Streichholz in den Zähnen herum. Ich überlegte, was am besten zu den Rückständen von Galls Feuerwasser passen würde und entschied mich für einen Wodka, ein Getränk, das ich nicht mag. Ich kippte drei oder vier Gläser hintereinander und ging.

Nun folgte eine Zeitspanne der Verwirrung und des leichten Aufruhrs. Ich stapfte dahin, als bestünden meine beiden Beine von den Oberschenkeln abwärts aus Holz, und in meinen Adern zischte es, und meine Augen zuckten irritierend in einem langsamen, regelmäßigen Rhythmus. Ich erinnere mich, daß ich an einer Ecke stehenblieb, um mit jemandem zu sprechen, einem Mann mit einer Mütze – weiß Gott, wer er war –, aber ich bekam nichts aus ihm heraus und wankte verdrossen murmelnd weiter. Ein Stück Himmel, zart, tief und leuchtend, das wie eine große, durchsichtige blaue Glasplatte zwischen den Spitzen zweier hoher, schmaler Gebäude befestigt war, schien von tiefgründiger Bedeutung zu sein. Aus der Kindheit sah ich wieder einen Pfad durch einen Winterwald und war nahe daran zu weinen, wurde jedoch abgelenkt. Ich kaufte mir eine Eistüte, und nachdem ich das Eis gierig aufgeleckt hatte, warf ich die aufgeweichte Tüte in hohem Bogen mit solcher Treffsicherheit in einen fünf Meter entfernten Abfalleimer, daß ich erwartete, die ganze Straße würde stehenbleiben und Beifall klatschen. Ich traf Francie und Gall, die dahinschlurften wie Tattergreise, mit Prinz, der ihnen achtsam auf steifen Beinen folgte. Das Fell des Hundes schien von einer Art elektrischer Strahlung zu knistern. Francie betatschte meine Rockaufschläge und wiederholte ununterbrochen irgend etwas Unverständliches, wobei sein Kiefer spastische Bewegungen vollführte, als wäre sein Mund mit Steinen gefüllt. Ich weiß nicht, was ich zu ihm sagte, aber es muß ergreifend gewesen sein, denn er begann zu schluchzen und betatschte mich erneut eifrig, bis Gall einen hohen Schrei ausstieß und ihm auf den Rücken schlug, wovon Francie einen schrecklichen, langgezogenen Hustenanfall bekam. Sie gingen weiter. Prinz zögerte einen Augenblick, sah mich prüfend an, als wäre er der Ansicht, ich könnte irgendwie die Erklärung für all dieses erstaunliche Betragen sein, und trottete dann hinter seinem Herrn her. Dieser Hund wird noch jemanden beißen, davon bin ich überzeugt.

Als ich nach Hause kam (gleich werde ich etwas über mein Zuhause sagen), läutete das Telefon im Flur. Der Tonfall war so dringlich, daß es wohl schon seit langem geläutet haben mußte. Ich hielt es vorsichtig ans Ohr. Das Telefon hat etwas Gieriges und leicht Hysterisches an sich, weshalb ich ihm nie recht traue. Die Stimme am anderen Ende war bereits mitten in einem Redeschwall. Ich dachte, es sei Mrs. Haddon. Ich lehnte mich an die Wand und legte die pochende Stirn an die klamme Kühle. *Dieses Haus. Versuchen mich zu ermorden. Ich muß. Du mußt, du mußt.* Nicht Mrs. Haddon. Jemand anderes. In einer plötzlichen Aufwallung von Angst erkannte ich Tante Corky. Ihre Stimme dröhnte und rasselte, als spreche sie vom Grund eines riesigen Metallbehälters. Ich bat sie, sich zu beruhigen, aber das machte es nur noch schlimmer. Irgendwie gelang es mir, ein Taxi zu finden, ein großes, uraltes, schlingerndes Fahrzeug, das sich in einer Folge von gleitenden Schleifen fortzubewegen schien, als drehe es sich mit blockierten Rädern auf der Oberfläche eines zugefrorenen Flusses. Mit ausgestreckten Armen, den Plastiksitzbezug mit den Händen umklammernd, saß ich in der Mitte des Rücksitzes. In den Fenstern zu beiden Seiten erhoben sich Gebäude und stürzten in sich zusammen, und seltsame, glotzende Menschen kamen hoch und sanken hinter uns herunter wie Stoffpuppen. Der Fahrer war ein untersetzter Mann mit einem plattgedrückten Hut, der fest auf einem großen, laibförmigen Kopf saß; der Mann hatte eine bemerkenswerte Ähnlichkeit mit einem Komiker aus meiner Jugend, dessen Name mir nicht einfiel. Er kauerte über dem Lenkrad, so daß seine Nase fast die Windschutzscheibe berührte. Er schien sehr verärgert, und ich fragte mich beklommen, ob ich beim Einsteigen etwas Beleidigendes gesagt hatte, das ich inzwischen vergessen hatte. Im Slalom fuhren wir auf die Küstenstraße. Die Sonne war von zarten Wolkensträhnen verhüllt, und ein unirdisches, cremiges Leuchten lag auf dem Meer. Die Wirkung des Alkohols verflüchtigte sich, und die Säure der Furcht begann sich in meinen benebelten Verstand zu fressen. Zögernd streckte mein Hirn einen Fühler aus und berührte diesen und jenen zischenden Kontaktpunkt – die Bilder, Inspektor Hackett, der Pa und Pas muskelstarrender Aufpasser –, und an jeder Stelle versetzte es mir einen heftigen kleinen Schock der Angst.

Mit ächzendem Getriebe mühten wir uns die Hügelstraße hinan und kamen vor den *Zypressen* langsam zum Halten. Ich stieg aus und sprach in das Mikrophon und hörte, wie das Schloß aufging. Wie hoch oben wir hier zu sein schienen, fast in den Lüften. Eine Möwe, die über mir schwebte, gab ein heiseres, gackerndes Geräusch von sich, das mich in beunruhigender Weise an das rauhe Lachen des Pa erinnerte. Vor dem Haus angelangt, protestierte der Fahrer, als ich ihn bat zu warten, aber schließlich kapitulierte er, saß schmollend über das Lenkrad gekrümmt da und spähte mißtrauisch hinter mir her, als ich die Veranda betrat und an die Glastür klopfte. Meine Augäpfel brannten in den Höhlen wie verglühte Asche, und im Mund spürte ich den Geschmack von heißem Rost. Die Haddons warteten schon auf mich und standen Seite an Seite in der Halle, er gebeugt und in wachsamer Schüchternheit und sie mit abgewandtem Kaninchenblick, grimmig das Handgelenk reibend. Ich konnte nicht umhin, erneut ihre hübschen Beine zu bewundern.
»Mr. Morrow«, sagte sie. Es gibt Augenblicke, da bereue ich es, diesen Namen gewählt zu haben.
»Ja ja«, sagte ich würdevoll und hob die Hand, um sie zum Schweigen zu bringen, »ich bin gekommen, um meine Tante zu holen.«
Das war für mich ebenso überraschend wie für sie, und die Tragweite des Ganzen ließ mich innehalten, und ich stand schwankend da. Die Haddons sahen einander an, und Mrs. Haddon warf den Kopf zurück.
»Hören Sie«, sagte sie, »ich glaube nicht, daß es nötig ist, derart mit uns zu sprechen.«
Welcher Art? Ich muß gebrüllt haben. Wir alle zögerten einen Augenblick, schienen uns unentschlossen hierhin und dorthin zu wenden, und dann schwenkten wir alle drei herum und marschierten in die Richtung von Tante Corkys Zimmer. Nachdem wir am unteren Ende der Treppe ange-

kommen waren, machte sich Mr. Haddon flink aus dem Staub. Seine Frau registrierte seinen Abgang nicht, sondern marschierte weiter vor mir her, in ihren vernünftigen, auf den Treppenläufer einhämmernden Schuhen. Diese Beine.
Ich traf Tante Corky bei einer Beratung mit ihrem Priester an. Vater Fanning war ein müde blickender junger Mann, groß und dünn und etwas gebeugt, mit einem Busch frühzeitig weiß gewordener Haare, der ihm das Aussehen eines aufgeschreckten linkischen Vogels verlieh. Er trug einen Priesterkragen und einen grünen Anzug und Sandalen mit senffarbenen Socken. Er sah mich scharf an und schüttelte mir freundlich die Hand. »Ihre Tante hat mir von Ihnen erzählt«, sagte er mit einer merkwürdigen Betonung, die für mich einen Beigeschmack von Unverfrorenheit hatte. Tante Corky faltete die Hände. »Ach, er war so lieb, Vater«, rief sie. »So lieb!« Vater Fanning legte die Hände zu einem Kirchturm unter dem Kinn zusammen und lächelte und nickte und senkte kurz die Augenlider, wie ein Priester auf der Bühne. Meine Tante war in einen Hausmantel mit einem kunstvollen feuerfarbenen Muster aus Flammen gehüllt, die vorne und hinten emporzüngelten. Sie saß auf dem Bettrand, und der Priester stand neben ihr; sie hätten Mutter und Sohn sein können. Sie war barfuß; der Anblick der Zehennägel einer alten Frau ist schwer zu ertragen. Ich merkte, wie ich gegen eine Aufwallung von Ungeduld ankämpfte, von einem Fuß auf den anderen trat und ärgerlich herumzappelte. Ich begrüßte meine Tante mit tonloser, anklagender Stimme, und als hätte Mrs. Haddon auf dieses Stichwort gewartet, schoß sie hinter mir hervor und schrie auf Tante Corky ein: »Mr. Morrow ist gekommen, um Sie abzuholen!« In gespanntem Schweigen warteten sie auf meine Reaktion. Während mein Verstand grimmig meinetwegen mit der Zunge schnalzte, begriff ich, daß es keinen Ausweg aus dem Dilemma gab, in das ich mich hineinmanövriert hatte. Kopfschmerzen setzten wie

eine Reihe von Hammerschlägen ein, und es kam mir so vor, als würde ich gezwungen, mich in präzisen, doch fast unmerklichen Etappen auf den Boden hinunterzubeugen. Ich fragte Tante Corky barsch, ob sie fertig wäre. Sie sah mich mit wirrem Blick an, und ich meinte eine Spur von Panik über ihr Gesicht gleiten zu sehen. Mrs. Haddon war plötzlich ganz munter. »Alles ist gepackt und bereit«, sagte sie zu mir, ging zum Schrank neben dem Fenster, riß ihn mit einem Ruck auf wie die Assistentin eines Zauberers und enthüllte leere Kleiderbügel und nackte Querstangen und eine vollgestopfte Reisetasche auf dem untersten Regalbrett. »Wir müssen sie nur in ihr Kleid stecken, dann gehört sie ganz Ihnen!«

Schwester Sharon wurde geholt, und Vater Fanning und ich wurden auf den Treppenabsatz verbannt, wo wir verlegen in einem ekklesiastischen Lichteinfall aus dem Buntglasfenster herumstanden. Ich war bedrückt und voller Selbstmitleid. Am liebsten hätte ich jemanden richtig fest geschlagen; Vater Fanning muß den nachdenklichen Schimmer im Auge, mit dem ich ihn maß, mit Selbstzufriedenheit verwechselt haben, denn er nickte erneut mit sanft gesenkten Augenlidern und sagte: »Ja, Sie tun das Richtige, das Anständige.« Ich blickte auf meine Füße. Der Priester dämpfte die Stimme zu einem heiligen Raunen. »Sie sind ein guter Mensch«, sagte er. Das war wirklich zuviel. Ich erhob Einwand, indem ich eine Art löwenhaftes Knurren ausstieß und ihn mit seitlich gebleckten Zähnen ansah. Mit sachter Festigkeit ergriff er meinen Arm und schüttelte ihn ein wenig. »Ja, es ist wahr«, sagte er mit einem weisen Lächeln; »ein guter Mensch.« Er hob einen Finger, und einen Augenblick glaubte ich, er würde sich damit an die Nase klopfen; statt dessen zeigte er in die Höhe, und sein Lächeln wurde leicht irre. »Der Mann da oben wird das beurteilen«, sagte er. »Ach ja?« sagte ich. »Dann helfe mir Gott.« Seine Stirn verzog sich verwirrt, doch er lächelte weiterhin lahm.

Die Tür ging auf, und heraus kam Tante Corky in zittrigköniglicher Gangart, zwischen der Krankenschwester und Mrs. Haddon wankend, die sie mit den Armen stützten. Sie trug einen dicken Pelzmantel mit kahlen Flecken und einen verwegen schief aufgesetzten Hut mit einem Schleier aus steifem schwarzem Tüll (ja, einen echten Schleier, nicht einen, den ich mir für sie ausgedacht habe). In dem abgeschabten Pelz hatte sie eine auffallende und leicht verstörende Ähnlichkeit mit einem malträtierten Teddybär, an dem ich als Kind sehr gehangen hatte. Sie sah Vater Fanning und mich an, und ihre Unterlippe bebte, so als fürchte sie, wir könnten zu lachen anfangen. Mit begräbnishafter Langsamkeit gingen wir die Treppe hinunter, die Frauen voraus und der Priester und ich hinterdrein, mit gesenkten Köpfen und auf dem Rücken gefalteten Händen. Eine nicht deutlich zu erkennende und unruhige Schar alter Frauen wartete in der Halle, um Tante Corky Lebewohl zu sagen. Ich erspähte unter ihnen Miss Leitch, in Seide und mit einer Schärpe angetan, doch heute offenbarte sie mit keiner Geste, daß sie sich einbildete, mich zu kennen. Die Frauen murmelten aufgeregt, da sie vermutlich den Anblick, wie eine aus ihrer Gemeinschaft jenem Ort nicht nur bei Bewußtsein, sondern in aufrechtem Gang entfloh, nicht gewohnt waren. Auf der Verandastufe blieb Tante Corky mit überraschtem, ja mißtrauischem Blick stehen und schaute um sich, blickte auf den Rasen und die Bäume und das Meer, als hege sie den Verdacht, das Ganze könnte bloße Fassade sein, aufgestellt, um sie zu täuschen und einzulullen. Der Taxifahrer war unerwartet bemüht und stieg sogar aus und half mir, die alte Frau auf den Sitz zu hieven; vielleicht erinnerte sie auch ihn an irgendeinen abgenutzten, in Ehren gehaltenen Gegenstand aus der Vergangenheit. Sie nahm ihren Hut mit dem Schleier ab und beäugte das am Armaturenbrett befestigte Nichtraucherschild und rümpfte die Nase. Mr. Haddon schleppte Tante Corkys Tasche an, und der Fahrer mußte erneut aussteigen und sie im Kofferraum verstauen. Unter einer Kanonade von Startgeräuschen und Auspuffgasen setzten wir uns in Bewegung, und Mr. Haddon trat langsam zurück, wie ein Offiziersbursche, der die Bremsklötze wegzieht. Von der Veranda winkte die Versammlung uralter Mänaden mit schlaffer Hand, während Mrs. Haddon, die zornig und vergrämt aussah, abseits stand. Schwester Sharon kam angelaufen, klopfte ans Fenster und sagte etwas, doch es gelang Tante Corky nicht, das Fenster zu öffnen, und der Fahrer sah das Mädchen nicht, und wir fuhren weg, und sie stand da, allein und unsicher, biß sich auf die Unterlippe und lächelte, und das große, hohe und schmale, schauerlich heitere Haus erhob sich über ihr. »Schau nicht zurück!« sagte meine Tante wütend mit zitternder Stimme und zog den Hals in den Pelzkragen zurück. *Ach du lieber Gott,* dachte ich und rang im Geiste die Hände, *was habe ich bloß getan?*

Wie sonderbar es ist, wenn das Bekannte von einem Augenblick zum anderen fremd wird. Mein Zuhause – das, was ich mein Zuhause nenne – warf einen Blick auf Tante Corky und verfiel in Schmollen, woraus es noch immer nicht ganz aufgetaucht ist. Ich fühlte mich wie ein Ehemann auf Abwegen, der mit einem Flittchen am Arm nach einer durchzechten Nacht nach Hause kommt. Meine Wohnung ist im dritten Stock eines großen alten baufälligen schmalen Hauses in einer Straße mit Bäumen und Vögeln, einer Kirche an einem Ende und einem cremefarbenen, gespenstisch stillen Kloster am anderen. Ich habe die Wohnung von einer anderen, echten Tante geerbt, die hier gestorben ist, allein am Fenster sitzend in der Stille eines sommerlichen Sonntagabends. Ich hoffe, du willst diese Details erfahren. Ich habe zwei große hohe Räume – einer mit Blick auf die Straße, und der andere geht auf einen verwahrlosten, schmalen und irgendwie heimtückisch aussehenden Hintergarten hinaus. Von einem Raum ist eine Küche abgetrennt, und dann gibt es noch ein Badezimmer weiter unten auf dem Treppenabsatz. Ich hätte dich hierher mitnehmen sollen, einmal wenigstens hätte ich dich mitnehmen sollen, damit du deine Fingerabdrücke in der Wohnung hättest hinterlassen können. Die anderen Bewohner... nein, die anderen Bewohner tun nichts zur Sache. Braunes Licht steht still auf der Treppe, und über allem liegt der süßliche Geruch von abgestandener Luft. Wir sind ein ruhiges Haus. Tagsüber können wir trotz des Verkehrslärms undeutlich das leise, trockene Stakkato der Schreibmaschinen in den Büros nebenan hören, obgleich diese wunderbaren Geräte, bei denen mir immer die verspeichten Autoräder und die Kinoorgeln meiner Kindheit einfallen, in letzter Zeit zusehends durch Computer verdrängt werden, deren Tastaturen ein lockeres Geklapper erzeugen, wie das Geräusch falscher Zähne. Ich mag – oder mochte (dein Weggehen hat die Dinge ihres Reizes beraubt) – die riesige, nutzlose Anrichte, den blauschwarzen kreisförmigen Tisch mit seiner angelaufenen bleiartigen Oberfläche, die Eßzimmerstühle, die gespannt und wachsam dastehen wie Waldtiere, die erschreckten Spiegel, die Teppiche, die noch immer nach den toten Katzen meiner toten Tante riechen. Diese Zimmer haben ihr eigenes geheimes Leben. Immer scheint etwas vor sich zu gehen. Wenn ich unerwarteterweise – denn wer wäre da, der mich erwartete? – das eine oder andere Zimmer betrete, habe ich stets den Eindruck, als habe alles mitten in einer verstohlenen und endlosen Beschäftigung innegehalten, die in aller Ruhe weitergehen wird, sobald ich außer Hörweite bin. Es ist, als wohne man im Inneren einer riesigen, stummen und leicht schadhaften Uhr. Nachdem wir schließlich die drei Treppen hinter uns gebracht hatten – mittlerweile war es Abend –, blickte Tante Corky sich im Halblicht mit einem letzten Rest von Heiterkeit um und sagte: »Oh: Berlin!«, und wie ein mißgelauntes Kind wandte die Wohnung ihr – und mir – den Rücken zu.

Mittlerweile war ich völlig in Verzweiflung versunken und so erschöpft, daß ich in den Boden zu schmelzen schien wie ein Schneemann. Ich schaltete den Gasofen ein (er stieß ein ärgerliches *Hah!* aus) und setzte die in ihre Pelze gewindelte Tante Corky daneben und ging ins Schlafzimmer und wechselte die Bettwäsche auf meinem Bett; als ich sie ausschüttelte, krachten die gestärkten Leintücher wie ferner Donner. Dann lehnte ich mich ans Fenster, damit mein erregtes Hirn zur Ruhe kommen konnte. Im winterlichen Zwielicht lag der Garten öde und in grauer Melancholie da. Ich kannte mich selbst nicht (kenne ich mich denn je?). Dafür hat man ein Zuhause: um die unbeantwortbaren Fragereien des Ichs zum Schweigen zu bringen; nun aber hatte eine Invasion stattgefunden, und die äußeren Zweifel drangen wie Nebel durch jede Ritze.

Tante Corky nistete sich sofort ein, wobei sie sich, wie ich vermute, alte Kenntnisse aus ihren Flüchtlingstagen in Erinnerung rief. In der Ecke, wo ihr Bett stand, machte sie sich ein Nest, indem sie ihre Sachen über einen Stuhlrücken und ein Handtuchgestell drapierte, das sie aus irgendeinem Schrank gefischt hatte. Ich hielt, so gut ich konnte, den Blick von dieser Zurschaustellung von Greisinnenlumpen abgewandt, denn was Unterwäsche betrifft, bin ich immer schon überempfindlich gewesen. Sie natürlich ließ sich durch unsere erzwungene Intimität keineswegs einschüchtern. Zum Beispiel die Sache mit der Toilette. An jenem ersten Abend mußte ich sie nochmals am Arm die Treppe hinunterführen, einen Schritt nach dem anderen, und summend vor der Badezimmertür stehen, um nicht hören zu müssen, wie sie sich erleichterte. Als sie herausgekommen war und den Aufstieg vor sich sah, der sie erwartete, schüttelt sie den Kopf und machte mit den Lippen dieses leise, klickende Geräusch, das ich für eines der Merkmale ihres Ausländertums hielt, und dunkle Vorahnungen von Nachttöpfen und noch Schlimmerem überkamen mich. Am nächsten Tag requirierte sie, ohne mich um Erlaubnis zu fragen, aus der Küche einen henkellosen Kochtopf, den sie unter ihr Bett stellte und jeden Morgen gleich aus dem Fenster in den Innenhof drei Stockwerke tiefer entleerte. Ich wartete voller Angst auf die Beschwerden der Mieter im Parterre, aber sie rührten sich nicht; welche Erklärung hatten sie wohl dafür, für diese gelbbraune allmorgendliche Flut, die mit einem platschenden Geräusch vor ihrem Küchenfenster landete? Auch in anderer Hinsicht kam Tante Corky zurecht. Sie kochte gern selbst und hatte eine besondere Vorliebe für Rührei. Sie wusch sogar einen Teil ihrer Wäsche in der Küchenspüle; manchmal kam ich abends nach Hause und fand mehrere Satinunterhosen mit elastikverstärktem Bein – sicherlich Erbstücke – und nasse und erbärmlich dünne Strümpfe über dem Gasofen auf einem Trockengestell hängen, dessen Existenz mir nie zuvor aufgefallen war, und alle vier Gasbrenner waren voll aufgedreht. (Ihre Art, mit Gas umzugehen, war etwas, über das ich mich gar nicht erst aufzuregen begann, ebenso wie ihre Gewohnheit, im Bett zu rauchen.) Was ihre Krankheit betraf, was immer für eine es war, so zeigte sie kaum Anzeichen davon. Sie hustete viel – ich stellte mir vor, ihre Lungen hingen wie Gummifetzen, wie geplatzte Fußballblasen herab –, und hinter den Nebelschwaden ihres Parfums war ein scharfer Geruch feststellbar, wie der Geruch fauler Zähne, nur noch schlimmer, der mir der Gestank der Sterblichkeit schlechthin zu sein schien. Sie hatte einen Gesichtsausdruck, den ich in letzter Zeit manchmal morgens bei mir selbst feststellen kann: den abgehärmten, feuchten Blick, die Schlaffheit, die Überraschung und traurige Bestürzung über die langsame Beschädigung, die einem die Zeit zufügt. Sie schien kaum zu schlafen. Wenn ich nachts in meinem behelfsmäßigen Bett auf dem Sofa im Vorderzimmer lag, den Kopf schräg an ein Ende gelehnt, die Zehen gegen die gebogene Lehne am anderen gespreizt, hörte ich ihr mäuseähnliches Scharren und Tappen im Schlafzimmer, in dem sie stundenlang herumging, während sie wohl auf die Morgendämmerung wartete, auf jenes erste bleiche Tasten an den Vorhangrändern. Sie beklagte sich nie über ihren Zustand, obwohl es Tage gab, an denen sie überhaupt nicht aufstand, sondern im unordentlichen Bett liegenblieb, das Gesicht zur Wand gedreht, die Hände auf die zurückgeschlagene Bettdecke gepreßt, als wäre diese der Deckel von etwas, das sich über ihr schloß, und sie benötigte all ihre Kraft, um es offen zu halten. An jenen schlimmen Tagen kam ich manchmal nachmittags nach Hause, immer noch zuckend von dir, mit deinem Geruch um mich, und setzte mich eine Weile zu ihr. Obwohl sie es nicht ausdrücklich erkennen ließ, wußte ich, daß sie wußte, daß ich da war. Es war, als wäre ich bei einem Geschöpf einer anderen Spezies, und sein stummes Leiden vollzog sich in einer anderen Sphäre als der, in der ich mich befand. Ich hielt ihre Hand – oder besser gesagt, sie hielt meine. Diese Augenblicke waren für mich unerwartet friedlich. Das Licht im Zimmer, von der Farbe matten Zinns, war das Licht der Kindheit. Von neuem sah ich ähnliche Nachmittage aus ferner Vergangenheit, und ich sah mich selbst als Kind, das an einem Fenster beobachtete, wie der Tag verging und die Saatkrähen sich in den hohen kahlen Bäumen niederließen und der Regen heruntertrieb wie die Zeit selbst. Dieser Regen: Wenn er stärker wurde, tanzten die Tropfen auf dem glänzenden Teer der Straße und kamen mir vor wie lauter kleine Ballerinas, die sekundenlang Pirouetten drehten; das muß der allererste Vergleich gewesen sein, den ich formulierte.

Vater Fanning stattete uns einen Besuch ab, in seinem grünen Anzug und seinen Sandalen, mit dem gesträubten Busch weißen Jungmännerhaares, das in die Höhe stand wie ein Fragezeichen (Tintin! – natürlich, an den erinnerte er mich). Tante Corky war nicht erfreut, ihn zu sehen; ihre Begeisterung für Gott und göttliche Dinge hatte nicht lange angehalten. Sie hörte schweigend und voll Ungeduld zu und blies Rauchfahnen an seinem Kopf vorbei, während er in seiner ernsten und freundlichen Art vom Wetter und von der Güte des Herrn sprach; wie ein lästiger Fremder, den sie im Urlaub kennengelernt hatte und zu dem sie höflich gewesen war und der nun geschmackloserweise auftauchte in der Erwartung, eine Strandbekanntschaft zu erneuern. Nach kurzer Zeit war er entmutigt und ging traurig. An der Haustür versuchte er mir erneut zu sagen, wie gut ich sei, und indem ich so tat, als würde ich ihm freundlich auf die Schulter klopfen, schob ich ihn energisch auf die Straße und schloß die Tür hinter ihm.

Und so wurde Tante Corky zu einem weiteren Strang im dicken, glatten, beängstigenden Seil, zu dem mein Leben verwoben wurde. Am Morgen wachte ich mit einem Knoten der Angst hinter dem Brustbein auf, und ein oder zwei Minuten lag ich still und mit offenen Augen da, während mein Hirn sich mühte, dieses Ganglion fest verseilten Hanfs zu entwirren. Meine Tage waren eine Art atemloser Anstrengung, während ich auf Zehenspitzen zwischen meiner Angst vor Inspektor Hackett und allem, was er repräsentierte, einerseits und Morden und dem Pa andererseits hin- und herpendelte. Angst, ja, und etwas, das mehr als Angst war, ein Gefühl, als gäbe es eine völlig andere Deutung der Dinge, die ich zu kennen meinte, als gäbe es eine völlig andere Welt, die sich mit dieser Welt deckte und in der ein anderes, weiseres Ich unverzagt mit schrecklichen Tatsachen rang, die ich nur erahnen konnte. Und immer war da der Argwohn, ich könnte für gewisse andere Menschen eine lächerliche Figur sein, jener mit den verbundenen Augen, der sich mit ausgestreckten Armen hilflos inmitten einer ihren Schabernack mit ihm treibenden Menge dreht. Morden war zugleich ausweichend und von schockierender Offenheit. »Ich höre, die Cops sind hinter Ihnen her«, sagte er eines Tages zu mir, mit herabgezogenen Mundwinkeln lächelnd wie ein Haifisch. Ich starrte ihn an und machte dabei einen anderen Fischmund. Ich war ihm in der Ormond Street begegnet, wo er durch die morgendliche Menge schlenderte, mit aufgeblähten Mantelschößen und einer ihm über die Schulter wehenden karminroten Seidenkrawatte. Oft traf ich ihn so, wie er ohne Ziel herumlief, entspannt und gelangweilt und leicht gefährlich aussehend, mit einem leeren Ausdruck in den Augen. Bei solchen Gelegenheiten blieb er langsam stehen und blinzelte zur Dachkante eines entfernten Gebäudes empor und begann in vagem, abwesendem Ton zu sprechen, so als befänden wir uns bereits mitten in einem nicht sehr interessanten Gespräch.

»Cops?« sagte ich; es klang wie ein erschrecktes Quaken.

Wir gingen die Rue Street entlang. Es war ein stürmischer brauner Tag.

»Ja«, sagte Morden locker, »Francie hat mir erzählt, daß Sie von einem Kriminalbeamten belästigt wurden.« Er sah mich mit mildem Blick von der Seite an. »Sie mögen wohl die Jungs in Blau?«

Wir kamen zum Haus, und er sah zu, wie ich den Schlüssel herausholte und die Tür aufsperrte. Ich hatte den Eindruck stummen Hohns. Mit Morden umzugehen glich dem Versuch, ein großes, weiches, eingefettetes, unhandliches Gewicht festzuhalten, das mir kurzerhand in die Arme geworfen worden war. Er stand mit schräggelegtem Kopf da und wartete, während er mich eingehend betrachtete. Die Tür war offen, der Korridor hielt den Atem an. Er grinste.

»Ich habe gehört, Sie haben den Pa auch schon kennengelernt«, sagte er. Er packte mich am Arm und schüttelte ihn ungeduldig. »Erzählen Sie mir«, sagte er, »wie war er angezogen?«

Ich sagte es ihm unwillig, und er lachte – ein kurzer lauter Aufschrei.

»Ein Priester?« rief er. Hinter ihm hob ein Windstoß Staub und Papierfetzen vom Gehsteig auf und wirbelte sie in einer Spirale umher. »Was für ein Mensch!« sagte er und schüttelte den Kopf. »Einmal hat er einem Mann bei lebendigem Leib die Haut abgezogen, wissen Sie, und die Haut gegerbt und der Frau des Typen geschickt. In einem Paket, mit der Post. So wahr ich hier stehe, das hat er gemacht.« Er ging an mir vorüber und durchquerte die Diele und stieg die Treppe hinauf. Dann blieb er mit einer Hand auf dem Treppengeländer stehen und wandte sich mir von neuem zu. »Kümmern Sie sich nicht um den Pa«, sagte er aufgeräumt. »Kümmern Sie sich überhaupt nicht um ihn.« Er stieg summend weiter hinauf, dann hielt er ein zweites Mal inne und grinste zu mir herunter. »Räuber und Gendarm«, sagte er, »nichts anderes, das Ganze.« Das gefiel ihm. Er lachte nochmals und schlurfte weiter und verschwand lachend um eine Treppenbiegung. *»Räuber und Gendarm, sage ich Ihnen!«*

Du siehst also, wie es war. O ja, wie ich schon sagte, natürlich hatte ich Angst, aber meine Furcht war irgendwie heiß und flatternd wie meistens, wenn man ein intensives Gefühl der Vorahnung hat. Etwas in mir, ein kichernder Kobold, zusammengekauert und erwartungsvoll, will immer, daß das Schlimmste passiert. Ich erinnere mich, einmal in einem Bericht über eine katastrophale Überschwemmung irgendwo in der Wochenschau einen ausgemergelten Kerl in Turban und Lendenschurz gesehen zu haben, der mit verschränkten Armen und heiter in die Kamera grinsend in einer Blechbadewanne auf der Flut dahinschaukelte. Das bin ich, wie ich hilflos in einer Trance fröhlichen Schreckens den Strom hinuntergetragen werde, die Knie an die Brust gepreßt, während die zerschmetterten Baumstämme und aufgedunsenen Leichen vorbeiwirbeln. Wenn die Gemälde echt waren, dann waren sie gestohlen, und ich konnte ins Gefängnis wandern, weil ich mich mit ihnen befaßte. So einfach war das. Aber nicht das Gefängnis fürchtete ich am meisten, sondern den Gedanken, dich zu verlieren. (Nein, das ist nicht wahr, warum sage ich solche Sachen – die Aussicht auf Gefängnis erfüllte mich mit siedend heißer Panik, allein bei der Vorstellung davon mußte ich mich hinsetzen und mir die Hand aufs Herz legen, bis ich wieder atmen konnte.)

Für Spiele habe ich nie Talent gehabt, ich meine, für die ernsten. Ich glaube, du hast mir wirklich beibringen wollen, wie man spielt, ja, das glaube ich. Manchmal habe ich dich dabei ertappt, wie du mich in einer ganz gewissen ruhigen, nachdenklichen Weise ansahst, mit einem Lächeln, das kaum ein Lächeln war, den Kopf schräggelegt und eine Augenbraue hochgezogen, und heute glaube ich, daß das die Augenblicke waren, als du vielleicht Mitleid mit mir gehabt hast, mich am liebsten zum Sofa geführt und hingesetzt und gesagt hättest: *Also hör jetzt mal, in Wirklichkeit läuft doch das...* Doch nein, so hättest du es nicht gemacht. Du wärst damit herausgeplatzt, lachend, mit großen Augen und einer Hand vor dem Mund, und erst später, wenn überhaupt, hätte ich die volle Bedeutung dessen erfaßt, was du mir gesagt hattest. Ich habe dich nie verstanden. Ich ging um dich herum, strich mir übers Kinn und runzelte die Stirn, als wärst du ein perspektivisches Problem, ein Rätselbild, wie die holländischen Miniaturisten es zu malen pflegten und das sein Geheimnis erst verriet, wenn man es aus einem einzigen bestimmten Blickwinkel betrachtete. War ich sehr lächerlich? Ich sage es noch einmal, alles übrige ist mir egal – daß ich hereingelegt und zum Narren gemacht wurde und Gefahr lief, wieder im Gefängnis zu landen: Allein das zählt, was du von mir gedacht hast, von mir denkst. (Denk an mich!)

Sie war es, die die Spiele ersann, sie war die Zeremonienmeisterin. Ich folgte ihr in meiner schwerfälligen, ängstlichen Art, zog meinen Stock und die Schweinsblase hinter mir her, im verzweifelten Bemühen, mit ihr Schritt zu halten. Sie war

die Anstifterin. Sie war es beispielsweise, die das Zubehör für das Guckloch kaufte. Es war an dem Tag, als die dritte Leiche gefunden wurde, an den Fersen am Parkgitter aufgehängt, die Kehle so tief durchschnitten, daß der Kopf fast abgetrennt war (die Zeitungen hatten mittlerweile einen Namen für den Killer gefunden: der Vampir). Als sie ins Zimmer kam und Regenperlen vom Saum ihres schwarzen Mantels schüttelte, konnte ich ihre Aufregung spüren – wenn sie so war, schien die Luft um sie herum zu knistern, als durchliefe sie elektrischer Strom. Sie ließ ihren Mantel und ihre Handtasche auf den Boden fallen und warf sich auf das Sofa und streckte lächelnd ihre nach oben gedrehte Faust aus. »Schau«, sagte sie und machte die Faust langsam auf. Ich nahm die kleine Messingwalze und besah sie mir in glücklicher Verwirrung. »Schau durch sie hindurch«, sagte sie ungeduldig, »sie ist wie ein Fischauge.« Ich lachte. »Wie werden wir sie montieren?« sagte ich. Sie riß mir das Ding aus der Hand und blickte sich damit im Zimmer um, ein Auge fest geschlossen und einen scharfen kleinen Eckzahn entblößt. »Mit einem Bohrer«, sagte sie. »Womit denn sonst?«
Ich bin handwerklich nicht sonderlich begabt. Sie saß rauchend an meinem Tisch und sah mir bei der Arbeit zu, unterbreitete witzige Vorschläge und kicherte. Schlecht gelaunt hatte ich lange im Keller gesucht und einen Spiralbohrer gefunden, einen uralten, langen und dünnen Apparat, der an die Anfänge der Chirurgie gemahnte, und mit diesem Werkzeug bohrte ich ein Loch in die falsche Wand, auf Kniehöhe, wie sie mir befahl. Ich stellte keine Fragen; das war das oberste Gebot bei all unseren Spielen. Nachdem ich die Messinglinse festgeschraubt hatte, ging sie hinaus, um sie zu testen. (Was ist übrigens aus dieser Lücke im Mörtel geworden, durch welche ich angeblich den ersten Blick von ihr erhaschte? Muß repariert worden sein.) Mit unmutigem Blick kam sie zurück. »Du hast sie verkehrt eingebaut«, sagte sie.

»Sie ist zum Hinein-, nicht zum Hinausschauen!« Sie seufzte. »Du bist zu nichts zu gebrauchen«, sagte sie. »Hör zu.«
Sie hatte alles genau geplant. So sollte es sich abspielen: Hatten wir festgesetzt, uns um, sagen wir, zwölf Uhr zu treffen, dann sollte ich um elf Uhr dreißig kommen und mich, ohne ein Geräusch zu machen, vor dem Guckloch hinknien und sie eine halbe Stunde lang beobachten; dann, um zwölf, sollte ich mich zur Treppe zurückschleichen und laut den Korridor entlangstapfen, als wäre ich eben erst eingetroffen. Manchmal aber sollte ich nicht früher kommen und nicht das Guckloch benutzen; und ich sollte ihr auch nicht sagen, wann ich, unbemerkt von ihr, dagewesen war und wann nicht. So würde sie nie genau wissen, ob sie während der halben Stunde vor meiner Ankunft heimlich beobachtet wurde oder ob niemand von den kleinen Scharaden, die sie aufführte, etwas hatte. Natürlich tat ich wie geheißen. Mit was für einer merkwürdigen, schuldbewußten Erregung ich auf Zehenspitzen den Korridor entlangging – manchmal legte ich die ganze Distanz auf allen vieren zurück – und mein Auge an den aufregend kühlen Glasknopf legte und sah, wie das Zimmer dahinter, in seidigem Licht erstrahlend, sich in eine Schale ausladender Kurven auflöste, in deren Mittelpunkt A. saß, ein zwiebelförmiges Götzenbild mit stecknadelkopfgroßem Haupt und winzigen Füßen und riesigen Händen, die in ihrem geschwollenen Schoß lagen. So fand ich sie immer vor, reglos und mit großen Augen saß sie da, wie die kleine Alice, die darauf wartet, daß der Zaubertrank seine Wirkung tut. Dann begann sie sich langsam zu bewegen, unter merkwürdig krampfartigem Rucken und Zucken. Sie atmete tief ein, wobei sie die Schultern zurückzog und den Kopf hob, und vermied es sorgfältig, den Blick in Richtung Guckloch wandern zu lassen; ihre Bewegungen waren steif und anmutig zugleich und von einem seltsamen, nicht menschlichen Pathos, wie die einer geschickt gehandhabten

Marionette. Sie stand auf, machte einen Schritt zum Fenster und streckte eine Hand mit einer ausholenden Bewegung vor, so als hieße sie einen vornehmen Gast willkommen; sie lachte und nickte oder hielt den Kopf äußerst aufmerksam zur Seite geneigt, und manchmal bewegte sie sogar, wie die Heldin in einem Stummfilm, mit übertriebenem Nachdruck die Lippen. Dann nahm sie wieder ihren Platz auf dem Sofa ein, ihren unsichtbaren Gast neben sich, und tat, als schenke sie Tee ein, reichte ihm (es bestand kein Zweifel am Geschlecht dieses Phantoms) mit zögerndem Lächeln seine Tasse und schlug dann schüchtern die Augen nieder und nahm die Unterlippe anmutig zwischen die Zähne und biß darauf, bis die Lippe weiß war. Stets begann das Tableau mit diesen elaborierten Höflichkeiten; allmählich jedoch, während ich das Gewicht schwerfällig von einem Knie auf das andere verlagerte und mit wäßrigen Augen blinzelte, entwickelte sich eine bedrohliche Atmosphäre; sie runzelte die Stirn und wich zurück und schüttelte den Kopf, drückte die gespreizten Finger an die Kehle und hob ein Knie. Schließlich fiel sie überwältigt, mit aufgelösten Kleidern und schlaffem Mund zurück, die Brüste nackt, einen Arm ausgestreckt und ein schimmerndes Bein bis zur undeutlichen dunklen Höhlung ihres Schoßes entblößt, und plötzlich hörte ich mich selbst atmen. So zur Schau gestellt, verweilte sie einen Augenblick, während ihre Finger müßig in einer Haarsträhne im Nacken spielten, und wenn die Domglocke zum mittäglichen Angelus zu läuten begann, stand ich steifbeinig auf und stahl mich zum Treppenabsatz, wo ich mich beruhigte, so gut ich konnte (wie das Herz hämmern kann!), ging hustend und summend nochmals durch den Korridor und betrat forsch das Zimmer; mittlerweile saß sie spröde da, mit fest zusammengepreßten Knien und gefalteten Händen, und blickte mit einem leichten, scheuen, lasziven Lächeln zu mir auf.

Heute frage ich mich, ob sie alle ihre Szenarien im voraus entworfen oder ob sie improvisiert hat. Ich war stets beeindruckt davon, wie genau sie zu wissen schien, was sie wollte. Alles wurde von ihr gesteuert, die Worte, die Gesten, die Stellungen, das ganze komplizierte Zeremoniell dieser Liturgie des Fleisches. *Feßle mir die Hände. Zwing mich auf die Knie. Verbinde mir die Augen. Jetzt geh mit mir ans Fenster.* Wie leicht sie auftrat, wie eine Schlafwandlerin, barfuß, einen ihrer Strümpfe fest um die Augen gebunden, während ich, halb unglücklich und halb erregt, sie durch das Zimmer führte und vor der nackten Wand stehenblieb.
»Ist das das Fenster?«
»Ja.«
»Sind Leute auf der Straße?«
»Ja.«
»Schauen sie zu mir herauf?«
»Noch nicht.«
Die Wand war löchrig und verschrammt und mit dem dunklen Schatten eines getrockneten Wasserflecks in Form einer Landkarte von Nordamerika überzogen. Ihre heiße kleine Hand zitterte in der meinen. Jetzt, sagte ich zu ihr, jetzt hätten sie sie gesehen. Und die Aura ihrer Erregung war so stark, daß die Szene an der Wand für mich Gestalt anzunehmen begann: die Straße und die Autos, die stehengeblieben waren, und die schweigenden Menschen, die im leuchtenden grauen Licht des Novembertages emporstarrten. Sie drückte meine Hand; ich wußte, was sie wollte. Wie ein folgsames Kind hielt sie die Arme hoch, und ich beugte mich hinunter und ergriff den Saum ihres Hemdchens und zog es ihr langsam über den Kopf und hörte das leise Lispeln der Seide, die über ihren Körper strich. Nun war sie nackt. Die weiße Wand warf einen schwachen Abglanz auf ihre Brüste, ihren Bauch. Sie erschauerte.
»Haben sie mich wirklich gesehen?«

»Ja, sie haben dich gesehen. Sie schauen zu dir herauf.«
Ein Seufzer.
»Was machen sie?«
»Sie zeigen nur auf dich und schauen. Und ein paar von ihnen lachen.«
Ein angehaltener Atemzug.
»Wer? Wer lacht?«
»Zwei Männer. Zwei Arbeiter in Arbeitskleidung. Sie zeigen auf dich und lachen.«
Wieder erschauerte sie und stieß ein leises Keuchen aus. Ich versuchte sie in die Arme zu nehmen, doch sie stand starr da. Ihre graue Haut war kalt.
»Warum tust du mir das an?« sagte sie leise. »Warum tust du das?« Und sie seufzte. Und nachher, wenn wir schlüpfrig und schweißbedeckt nebeneinander auf dem Sofa lagen, nahm sie den Strumpf von den Augen und ließ ihn nachdenklich durch die Finger gleiten und sagte ganz sachlich: »Das nächste Mal mußt du mich wirklich ans Fenster führen.«
Sie habe das Bedürfnis, gesehen zu werden, sagte sie, sich zur Schau zu stellen, sie wolle, daß man ihre intimsten Geheimnisse stehle und verrate. Doch heute frage ich mich, ob es wirklich ihre Geheimnisse waren, die sie auf dem Altar unserer Leidenschaft opferte, oder nur Variationen, die sie für diesen oder jenen Anlaß erfand. Als ich eines Morgens ins Haus kam, war sie im Badezimmer. Ich klopfte an die Tür, doch sie hörte mich nicht oder wollte mich nicht hören. Als ich die Tür öffnete und leise eintrat, saß sie auf dem Badewannenrand, einen zersprungenen Spiegel vor sich auf dem Waschbecken, und reinigte ihr Gesicht mit einem Wattebausch. Sie sah mich nicht an, wurde nur einen Augenblick still und zog die Lippen ein, um den Anfang eines Lächelns abzuschneiden. Sie trug ein weites Herrenhemd, und ihr Haar war in ein Handtuch gehüllt. Ihr Gesicht ohne Make-

up war verschwommen, eine kalkweiße Priesterinnenmaske. Ich sagte kein Wort, sondern stand da, die Hände hinter dem Rücken an die Tür gepreßt, und hielt den Atem an und sah ihr zu. Dampf trieb im weißlichen Licht aus dem Milchglasfenster, und der durchdringende Geruch einer Salbe, die mich an meine Mutter erinnerte, lag in der Luft. A. machte ihr Gesicht fertig und stand auf und nahm das Handtuch vom Kopf und begann ihr Haar mit energischen Bewegungen zu trocknen; ab und zu machte sie eine Pause und schüttelte den Kopf seitwärts, als entferne sie sich etwas aus dem Ohr. Unsere Augen trafen sich zufällig im Spiegel, und sofort wurde ihr Blick leer und entglitt dem meinen. Dann fuhr sie sich mit den Fingern durch das noch feuchte Haar, zog den Rock hoch und setzte sich auf die Toilette und hockte eine Minute dort, aufmerksam und still, die grauen Augen ins Leere gerichtet wie ein Tier, das auf einem Waldweg innehält, um seine Markierung fallenzulassen. Ein Spasmus der Anstrengung ging über ihr Gesicht, und sie war fertig. Sie wischte sich zweimal ab, rasch, und stand auf. Die Spülung gab ein Pfeifen und kataklysmisches Keuchen von sich. A.s Geruch drang zu mir, scharf und würzig und warm, und mein Magen hob sich träge. Dann schaltete sie den Boiler ein, sah mich über die Schulter hinweg an und sagte: »Hast du Zündhölzer?« Ich wollte sie fragen, ob sie sich immer mit der linken Hand abwischte oder ob auch das geheuchelt war, aber ich hatte nicht den Mut dazu.

Doch nein, geheuchelt ist nicht das richtige Wort. Ungeformt: das ist es. Sie *war* nicht, sie *wurde.* So sah ich sie. Alles, was sie tat, schien ein Streben nach Definition zu sein. Ich habe gesagt, daß sie unsere Spiele ersann und die Regeln aufstellte, aber im Grunde war diese scheinbare Stärke nichts anderes als die Eigenwilligkeit eines Kindes. Auf der Straße stieß sie mir den Ellbogen in die Rippen und starrte durch schmale Augenschlitze irgendeine vorübergehende Frau an.

»Haare«, sagte sie aus dem Mundwinkel. »Genau dieselbe Farbe wie meine, hast du das nicht bemerkt?« Und dann schüttelte sie meinen Arm und blickte ärgerlich drein. »Ach, du bist ein hoffnungsloser Fall!« Als wir im Treibgut uralten Abfalls in den Korridoren herumstocherten, was zu unseren Lieblingsbeschäftigungen gehörte, stießen wir auf einen stockfleckigen Band mit erotischen Abbildungen aus dem achtzehnten Jahrhundert (plötzlich kommt mir in den Sinn: hatte sie ihn heimlich dort hingelegt?), in den sie sich stundenlang vertiefte. »Schau«, sagte sie in flüsterndem, staunendem Ton und zeigte dabei auf diese oder jene unanständig hingestreckte Gestalt, »sieht sie nicht aus wie ich?« Und sie wandte sich von der Seite ab und blickte mir mit ergreifender Bangigkeit forschend ins Gesicht, meine arme Justine, in sehnsüchtigem Verlangen nach einer Art endgültiger Bestätigung von... von was? Authentizität vielleicht. Und dennoch verschaffte uns gerade das Unauthentische, das zerbrechliche Theater der Illusionen, das wir errichtet hatten, um unsere zusehends ausgefallener werdenden Aufführungen unterzubringen, die wildesten und kostbarsten Ekstasen verhängnisvollen Genusses. Wie heftig war die dunkle und zärtliche Erregung, die mich durchfuhr, wenn sie in den Paroxysmen der Leidenschaft meinen angenommenen – meinen falschen – Namen ausrief, und eine Sekunde lang gesellte sich ein geisterhafter anderer, mein über Bord geworfenes Ich, zu uns und ließ ein gespenstisches Trio aus unseren keuchenden Anstrengungen werden.

Wirst du lachen, wenn ich behaupte, daß ich uns noch immer als Unschuldige sehe? Egal wie schmutzig, ja gefährlich die Spiele waren, die wir spielten, stets blieb darin etwas Kindliches. Nein, es stimmt nicht, denn die Kindheit ist nicht unschuldig, nur unwissend; wir wußten, was wir taten. Es mag paradox klingen, doch ich glaube, genau dieses Wissen verlieh unserem Tun etwas Leichtes, Reines. Wie alle Liebenden lebten wir, lebte ich (denn wie soll ich wissen, was *du* empfandest?) in der Überzeugung, daß es gewisse Dinge gab, die zum ersten Mal seit Bestehen der Welt in uns erstanden. Keine großen Dinge natürlich – ich war kein Rilke, und du warst keine Gaspara Stampa –, doch zwischen uns existierte immer etwas, das über das eigennützige Fleisch hinauszugehen schien, das sogar über uns beide hinauszugehen schien und uns zitternd aushielt, so wie der Pfeil die Bogensehne aushält, bevor er zu purem Flug transformiert wird. Und immer noch aushält.

Sie erzählte mir ihre Träume. Sie träumte von Abenteuern, von unvorstellbaren Reisen. Von einer großen dänischen Dogge, die sich in ein Einhorn verwandelte und weglief. Davon, jemand anderes zu sein. Wie ernst sie war, wenn sie auf dem Bauch lag, das Kinn auf den Händen und die Zigarette lässig im Mundwinkel hängend, und der flüchtige Rauch in einer schwankenden Linie aufstieg wie das Seil in einem Seiltrick. Die violetten Schatten unter ihren Augen. Ihre abgekauten Fingernägel. Die seidenweiche Vertiefung an der Basis ihrer Wirbelsäule. In meinen schlaflosen Nächten erforsche ich sie Zentimeter um Zentimeter, vermesse ihre Konturen, Geometer von allem, was ich nicht mehr besitze. Ich sehe, wie sie sich in den Tiefen des Bildschirms der Erinnerung langsam dreht, starr und mit aufgerissenen Augen, zu wirklich, um wirklich zu sein, wie eines dieser dreidimensionalen Modelle, die Computer entwerfen. In solchen Augenblicken wirkt sie am lebendigsten, und dann weiß ich, daß ich sie für immer verloren habe.

Ich konnte spüren, daß er kam, dieser Verlust; von allem Anfang an konnte ich spüren, daß er kam. Die Anzeichen häuften sich: ein Wort, ein verstohlener Blick, ein allzu rasch unterdrücktes Lächeln. Eines Tages wurde sie in meinen Armen plötzlich still und legte mir die Hand auf den Mund und sagte »Psst!«, und mit dem Gefühl schrecklicher Angst hörte ich den leisen, erbarmungslosen Ton eines Telefons, das irgendwo unten in den Tiefen des Hauses läutete. Ein Telefon! Wäre ein Gewehrschuß losgegangen, es hätte nicht ungewöhnlicher gewirkt. Doch sie war nicht überrascht. Ohne ein Wort glitt sie aus meinen Armen und hüllte sich in meinen Bademantel und war fort. Ich folgte ihr, bebend vor Sorge. Das Telefon war im Keller, ein uraltes Bakelitmodell, begraben unter allerlei Trödel auf der Werkbank. Ich blieb auf der Schwelle stehen. Sie stand halb von mir abgewandt, einen Fuß an den Rist des anderen gepreßt und den Hörer an die Schulter geschmiegt. Sie sprach leise, wie zu einem Kind. Ich spürte, daß sie lächelte. Nach einem Augenblick hängte sie auf und drehte sich um und ging mit fest verschränkten Armen und gesenktem Kopf auf mich zu. Plötzlich war ich mir meiner Nacktheit schmerzlich bewußt. Sie drückte sich an mich und lachte mit einem tiefen, tigerartigen Röcheln in der Kehle. »Oh«, sagte sie fast fröhlich, »wie kalt es ist!« Ich stand da, stumm vor unermeßlicher Qual, und eine Sekunde lang hob sich der Nebel, und mir bot sich ein Blick in ein fernes und völlig anderes Land, und das Herz blieb mir stehen.

Sie entdeckte auch die Nummer dreiundzwanzig. Sie beobachte das Haus seit langem, sagte sie. Angeblich war es das Büro eines Anwalts (irgend jemand hatte viel Sinn für Humor), aber die Leute, die sie ein- und ausgehen sah, machten nicht den Eindruck, als seien sie in einer Rechtsangelegenheit unterwegs. Dann kam sie eines Tages ins Zimmer und kniete sich aufgeregt auf das Sofa, ohne den Mantel auszuziehen, und zog mich an den Händen und sagte, ich müsse mitkommen, sie müsse mir etwas zeigen. Wir hasteten durch die Straßen. Es war Nachmittag, nur wenige Leute waren unterwegs. Unter einem eisengrauen Himmel wirkte das Straßenpflaster nackt und unwirtlich, und eisige Windböen lauerten an der Ecke. Die Nummer dreiundzwanzig machte einen schmutzigen, verlassenen Eindruck. Das Haus hatte ein großes Schaufenster mit einem braunen zugezogenen Vorhang und eine hohe schmale Eingangstür. A. drückte auf die Klingel und grinste und preßte sich an mich, so daß ihr Scheitel unter meinem Kinn lag; ihre Haare waren kalt, doch ihre Kopfhaut war brennend heiß. Ich hörte, wie sich im Inneren schleppende Schritte näherten, und Ma Murphy öffnete in Strickjacke und Hausschuhen die Tür und zog den Kopf zurück und blickte uns skeptisch an. »Er ist nicht da«, sagte sie. Sie hatte einen starken Schnurrbart und einen Busen, der bis dorthin reichte, wo einmal ihre Taille gewesen war. A. erklärte liebenswürdig, daß wir nicht wegen des Anwalts gekommen seien. Ma Murphy blickte uns weiter mißtrauisch an. »Ihr seid zwei«, sagte sie. Falls das eine Frage war, wußten wir keine Antwort darauf. Nach einer weiteren Pause mürrischen Überlegens trat sie zur Seite und winkte uns mit einer Handbewegung hinein. Ich zögerte, als wäre es das Tor zur Chapel Perilous, das ich durchschritt, doch A. zog mich aufgeregt am Arm, und ich folgte ihr, meiner Morgana.

Ma Murphys ausladendes Hinterteil schaukelte vor uns eine schmale Treppe hinauf. Das Haus war düster, und es roch nach Eintopf. A. drückte triumphierend meine Hand und formte mit dem Mund Wörter, die ich nicht verstand. Im ersten Stock wurden wir in eine Art Empfangszimmer geführt, einen niedrigen, schlecht beleuchteten, frostigen Raum mit einem zu dick gepolsterten Sofa und Tüllgardinen und einem mit einem Wachstuch bedeckten Tisch. Bräunliche Schatten hingen von den Wänden wie alte Tapetenstreifen. Ma Murphy faltete die Hände unter dem Busen und setzte erneut ihren skeptischen Blick auf. A. hakte sich noch fester bei mir unter. Ich begann unruhig zu werden.

»Ihr seid nicht von der Polizei, oder?« sagte Ma Murphy barsch.

A. schüttelte heftig den Kopf. »O nein«, sagte sie, »nein, wir sind nicht von der Polizei.« Die Frau heftete den Blick auf mich. A. sprach hastig weiter. »Wir wollen ein Mädchen, verstehen Sie«, sagte sie.

Ich spürte, wie ich rot wurde. Ma Murphy blieb ungerührt. Unfähig, ihren teilnahmslos starrenden Blick auszuhalten, wandte ich mich mit im Rücken gefalteten Händen um und schritt langsam zu dem niedrigen Fenster und schaute hinaus; schließlich war das Frauensache. Oh, ich bin ein Lump und habe noch dazu kein Rückgrat. Was empfand ich? Erregung natürlich, den heißen, schrecklichen Reiz des Verbotenen – wie ein schwitzender kleiner Junge, der seine Schwester beim Auskleiden beobachtet. (Warum lassen mich solche Augenblicke immer an die Kindheit denken? Wohl weil ich dadurch an erste Sünden erinnert werde, jene ersten, zaghaften Schritte ins richtige Leben.) Draußen verdichtete sich das Grau; es dämmerte schon. Eine Welle der Melancholie stieg sacht in mir auf, wie ein Seufzer. Unter dem Fenster war eine schmale Gasse mit Mülleimern und einem Durcheinander von Schuppen. Eine Katze suchte sich vorsichtig ihren Weg über eine glasscherbenbestückte Mauer. Warum kommt es mir immer so vor, als bedeute der Schutt der Welt etwas Unfaßbares? Was konnte diese Szene schon besagen? War sie doch nur deshalb eine Szene, weil ich da war, um sie zu einer werden zu lassen. Hinter mir handelten die Kupplerin und A. leise die Zahlungsbedingungen aus. Ich hätte ewig dort verweilen können, düster aus dem kleinen armseligen Fenster starrend, während der Wintertag sich erschöpft seinem Ende zuneigte; nicht das Leben, weißt du, sondern sein zerbrechliches äußeres Abbild – das macht mich glücklich.

Unser Mädchen hieß Rosie. Sie war eine hartgesottene Zwanzigjährige, von schmächtigem, doch gedrungenem Körperbau, mit gefärbten gelben Stirnfransen und unreiner Haut. Sie hätte der Geist meiner Tochter sein können, wenn ich je eine Tochter gehabt hätte. Ich sprach sie mit einer scherzhaften Bemerkung an und erntete einen frostigen Blick. Sie bedachte jedoch A. mit einem freundlichen Grinsen, und sie schlossen augenblicklich Freundschaft und setzten sich nebeneinander auf das Bett, um die Strümpfe auszuziehen, die Glimmstengel genau gleich in die scharlachroten Münder geklemmt und den Blick genau gleich vom Rauch abgewandt. Das Zimmer war niedrig und leer bis auf das Bett und einen Bürosessel mit Plastiksitz. Das Bett machte einen beunruhigend krankenhausartigen Eindruck. Beklommen zog ich meine Kleider aus und stand in der Unterhose neben dem Sessel herum und spürte, wie die kleinen Härchen auf meiner Haut sich sträubten, eher aus Furcht als wegen der Kälte. A.s Anweisungen waren einfach: Sie und ich sollten miteinander schlafen, und Rosie sollte dabei zusehen. Ihr könne es recht sein, sagte Rosie achselzuckend; nackt schlenderte sie zum Sessel, warf mir einen ironischen Blick zu, setzte sich hin, verschränkte die Arme und schlug die Beine übereinander. Ihre Schultern waren schön geformt, und ihr linkes Ohrläppchen war von einer winzigen Sicherheitsnadel durchbohrt. A. räkelte sich in ihrer Gräfin-von-Alba-Pose auf dem Bett. Die beiden betrachteten mich, spöttisch und ruhig. Ich fühlte mich... durchschaut. Die Folgen waren unvermeidlich. Hilflos daliegend, den Mund an A.s Hals gepreßt, murmelte ich eine Entschuldigung. »Mach dir nichts daraus«, hauchte sie mir ins Ohr; »tu einfach so als ob.« Sie war zufrieden, glaube ich. Es war so, wie sie es sich wünschte; nicht der Akt selbst, sondern das Agieren. Und so mühten wir uns eine Viertelstunde lang ab, täuschten Leidenschaft vor, rieben uns aneinander und keuchten und krallten die Finger in die Luft. A. ging mit besonderer Energie an die Aufgabe heran, biß mir in die Schulter und rief unanständige Wörter, etwas, das sie nie tat, wenn wir allein waren und uns nicht verstellten – oder uns nicht so verstellten wie jetzt; ich erkannte sie kaum wieder, und ohne es zu wollen, fühlte ich mich traurig und leicht abgestoßen. Ich vermied es, Rosie anzusehen – ich hätte ihren nüchternen Blick nicht ertragen –, doch war ich mir ihrer Gegenwart nur zu bewußt und konnte ihren Atem hören und das winzige Quietschen, wenn sie ihren nackten Hintern auf dem Plastiksitz verlagerte. Mitten in unserem Akt zündete sie sich gelassen eine weitere Zigarette an. Nachher, als sie sich anzog, stand ich vom Bett auf und versuchte sie zu umarmen, zum Dank für etwas, ich weiß nicht genau wofür, und vermutlich auch, um A. zu bestrafen. Das Mädchen rührte sich nicht und stand mit dem Slip in den Händen und einem angehobenen Bein da, und traurig ließ ich sie los. A. sah vom Bett aus zu, und als Rosie fort war, stand sie auf und legte mir die Hand mit einer Zärtlichkeit auf die Schulter, die ich nie zuvor an ihr erlebt hatte. »Wir sind genau gleich, nicht wahr, wir beide«, sagte sie. »Kaum von dieser Welt.« Oder hätte sie vielleicht gesagt.

Und in dieser Nacht hatte ich einen sehr merkwürdigen Traum, ich erinnere mich genau daran. Du kamst darin vor. Wir gingen miteinander durch enge, gewundene Korridore, die sich zum Himmel hin öffneten. Es war unser Viertel oder ein Traumbild davon – verändert und doch gleich –, doch gleichzeitig war es eine Akademie unter freiem Himmel, ein Ort der Gelehrsamkeit und geheimen Rituale: Es erinnerte entfernt an den Orient oder an Arabien. Außer uns war niemand zugegen. Es war an einem Abend, bewölkt und dunkel leuchtend, und der Himmel stand niedrig und weich und flockig über unseren Köpfen. Ich war verwirrt, doch du wußtest, weshalb wir dort waren, ich spürte, wie du, deinen Arm fest in meinem, vor Spannung bebtest. Wir sprachen nicht miteinander, doch du lächeltest mich in deiner typischen Art an, mit zusammengepreßten Lippen und irgendwie vor boshafter Freude glänzenden Augen. Wir kamen an ein reich verziertes Tor, das Tor eines Tempels, wie es schien, das aus vielen kunstvoll angeordneten, ineinandergreifenden Blöcken aus glattem Holz bestand, durch deren Ritzen ein fahles Tageslicht von innen durchschimmerte. Mit priesterlicher Geste und mir dennoch über die Schulter hinweg respektlos zulächelnd und zuzwinkernd griffst du nach den hölzernen Türgriffen, die sehr hoch angebracht waren, über unseren Köpfen, und zogst die Tür auf. Dahinter war eine enge Kammer, eigentlich nicht mehr als ein weiterer Korridor, mit einem Fenster am Ende, in dem nichts zu sehen war als eine graue und leuchtende Leere, ein Teil des Himmels oder vielleicht ein trübes Meer. In diesem Raum befanden sich durcheinandergewürfelt und so zahlreich, daß wir uns kaum den Weg zwischen ihnen hindurchbahnen konnten, Gestalten, die ich zunächst für Figurinen hielt, viermal kleiner als ein Mensch und von verzerrter und bizarrer Form, offenbar aus porösem grauem Ton geformt und von Schimmel oder einer Flechte von sehr feiner Struktur überzogen. Als ich jedoch vorsichtig unter ihnen umherging, entdeckte ich, daß sie lebendig waren, oder zumindest in einer nicht ganz menschlichen Weise belebt. Sie begannen kleine, geschmeidige Bewegungen zu vollführen, wie Dinge in der Tiefe des Meeres, die von einer nicht öfter als einmal in einem Jahrhundert vorkommenden Unterwasserströmung bewegt werden. Einer von ihnen, ein Homunkulus in Gestalt eines Knaben mit einem schönen, schmalen Kopf, saß auf einem hohen Sockel und lächelte mich an – ich sah, wie sich im Schimmel oder in der Flechte um seine Lippen Risse bildeten –, er lächelte, als sei ich ihm bekannt oder als erkenne er mich wieder; er versuchte zu sprechen, brachte jedoch nur ein lautloses Murmeln hervor, und dabei deutete er aufgeregt an meiner Schulter vorbei. Was er mir zeigte, warst du, wie du mit deinem sonderbaren Lächeln inmitten dieses verzauberten Ortes standest. Du. Du.

6. **Dianas Rache,** 1642
J. van Hollbein (1595–1678)

Öl auf Leinwand, 101,5 x 44,5 cm

Der Titel, der von van Hollbein selbst stammt, wird jene vor ein Rätsel stellen, die nicht mit der Geschichte vom unglücklichen Aktäon vertraut sind, der innehielt, um die Göttin Diana heimlich beim Bade zu beobachten; zur Strafe für diese Unverfrorenheit eines Sterblichen wurde er in einen Hirsch verwandelt und von seinen eigenen Hunden zerrissen. Van Hollbein selber war kein gelehrter Mann, trotz der vielen Anspielungen auf die klassische Antike, die sein Werk aufweist. Wie sein großer Zeitgenosse Claude Lorrain war er niedriger Herkunft, Sohn eines Kornhändlers aus Culemborg in der Nähe von Utrecht; er war des Lateinischen kaum mächtig und hatte deshalb keinen direkten Zugang zur Welt des Vergil, deren Gleichmaß und heiteren Glanz er im Werk seiner reifen Jahre zu imitieren beliebte. Die dargestellte Szene hält den Augenblick fest, in dem Aktäon die nackte Göttin (und seinem Gesichtsausdruck zufolge auch sich selbst) überrascht, und so steht die eigentliche Handlung noch bevor; trotz der Grenzen, die ihm durch seine Technik gesetzt sind, gelingt es dem Maler mit einer Reihe geschickter Pinselstriche, das nachfolgende Drama subtil anzudeuten.

Aktäons Haltung, in der Taille gebeugt und die Arme erhoben, vermittelt etwas von der unbeholfenen Angespanntheit eines Tieres, das sich auf die Hinterbeine stellt, und auf seiner gefurchten Stirn, wo noch die Tropfen des von der Göttin gespritzten verwandelnden Wassers glitzern, erkennen wir die beginnenden Anzeichen des Geweihes, das alsbald dort sprießen wird; und natürlich ist die scheckige Tunika, die über Schenkel und Brust fällt und über seine linke Schulter geworfen ist, eindeutig aus Hirschhaut. Unterdessen blicken die Hunde, die sich zu seinen Fersen tummeln, verwundert und mit größtem Interesse zu ihrem Herrn auf, so als witterten sie seinen ungewohnten Wildgeruch. Auch die Gestalt der Diana, die halb abgewandt ist und den Augen und Mund aufsperrenden Jüngling mißtrauisch anblickt, läßt etwas von der Gewalt erahnen, die folgen wird. Wie gut der Maler die Göttin im Augenblick der Verwirrung eingefangen hat, gleichzeitig stark und verletzlich, muskulös und wohlgestalt, gefaßt und unsicher. Sie sieht ein wenig aus wie du: diese merkwürdig geformten Brüste, der schlanke Nacken, der Mund mit den heruntergezogenen Mundwinkeln. Aber sie sehen ja alle aus wie du; ich übermale sie mit dir, wie ein Junge, der seine Phantasien auf das süßlich lächelnde Model auf einem Werbeplakat kritzelt. Diana ist von einer einzigen Nymphe begleitet, die bis zu den Knien im seichten Wasser des Teiches steht, das weiße Untergewand und den Gürtel der Göttin über dem Arm; in der anderen Hand hält sie mit eigenartiger Nachlässigkeit Dianas entspannten Bogen. Sie wahrt eine merkwürdige statuenhafte Ruhe, diese Gestalt, die Augen groß und teilnahmslos, den Blick starr in den Raum zwischen der Göttin und dem Jüngling gerichtet, als hätte sie sich eben nach dem Grund für Dianas erschreckte Bestürzung umsehen wollen und sei dabei zur Unbeweglichkeit verurteilt worden. Über der ganzen Szene ragen die bewaldeten Wände des Tals von Gargaphia auf und lassen die

Waldlichtung und die in diesem schicksalhaften Augenblick gefangenen Gestalten klein erscheinen; dunstig und ätherisch im goldenen Nachmittagslicht, sind die Talwände dennoch voller Bedrohlichkeit und unheilvoller Vorahnung. Der rechts in die Felsen hineingebaute Tempel ist unwirklich in seiner blassen Vollkommenheit und scheint mit steinerner Trauer auf die Szene zu blicken, die sich unter seinen Mauern abspielt. Und so durchdringt diese stumme Reglosigkeit, dieses erstarrte Stillstehen, wie man es nennen könnte, angesichts des Schrecklichen, das gleich passieren wird, das Gemälde und läßt es in besonderer und vielleicht unangenehmer Weise faszinierend erscheinen. Genauso muß die Welt auf mich geblickt und gewartet haben, als

Als sie mich drängte, sie zu schlagen, hätte ich wissen müssen, daß das Spiel aus war – oder zumindest, daß es bald aus sein würde. Nach solchem Wissen und so weiter. Es gibt Augenblicke – ja, ja, trotz allem, was ich in der Vergangenheit gesagt haben mag, es gibt Augenblicke, wenn ein Ton erklingt, wie er nie zuvor vernommen worden ist, dunkel, ernst, unüberhörbar, ein Element, hinzugefügt zum großen Akkord. Das war der Ton, den ich an dem Tag hörte, als sie mein Handgelenk packte und flüsterte: *»Schlag mich, schlag mich, wie du sie geschlagen hast.«* Sofort hielt ich in meinem Tun inne und blieb über ihr in der Schwebe, mit gespitzten Ohren und zitternder Schnauze, wie ein Tier, das in freier Wildbahn gestellt worden ist. Sie hatte den Kopf vom Kissen gehoben, und ihr Blick war verschleiert und nicht ganz konzentriert. Schweiß glitzerte in der Höhlung ihrer Kehle. Eine riesige stahlblaue Wolke schlich sich gerade aus dem Fensterrahmen hinaus, und die Hausdächer glänzten. In diesem Augenblick wurde mir in geradezu lächerlicher Zusammenhanglosigkeit klar, was für einen Geruch ich an jenem ersten Tag, als sie mich in den Keller führte, wahrgenommen hatte.

Es schien, als habe mein Herz zu hinken angefangen. Erschreckt beeilte ich mich zu fragen, was sie damit meine, und sie schüttelte rasch und ungeduldig den Kopf und schloß die Augen und holte tief Atem und drückte sich an mich und seufzte. Noch immer spüre ich die exakte Beschaffenheit ihrer Haut an meiner, straff und etwas klamm und irgendwie kühl und heiß zugleich.

In den letzten Novembertagen blühte ein falscher Frühling auf. (Genau, reden wir über das Wetter.) Knospen sprossen unbekümmert in den Parks, und Vögel probierten unsicher ihr Gezwitscher aus, und Leute mit einem halben Lächeln auf den Lippen spazierten geblendet im ruhigen dünnen Sonnenschein umher. Selbst A. und mich zog es ins Freie. Ich sehe uns auf den schmalen Straßen, zwei Kinder aus einem Märchen, die durch das Lebkuchendorf wandern, ohne zu wissen, daß die Menschenfresser in ihren Türmen sie heimlich beobachten. (Einer von uns beiden wußte es jedenfalls sicher nicht.) Wir saßen in dumpfigen Wirtshäusern und hinter den dunstbeschlagenen Fenstern schmieriger Cafés. A. klammerte sich fest an meinen Arm und zitterte, wohl in einer Art verschwommenen Glücks. Auch ich war glücklich. Ja, ich will die Dinge weder beschönigen noch abschwächen. Ich war glücklich. Wie schwer es ist, etwas so Einfaches zu sagen. Heute ist Glück für mich gleichbedeutend mit Langeweile, wenn dies das richtige Wort ist für jenes träge, schwebende Gefühl des Losgelöstseins, das mich überkam, wenn ich mit ihr durch die Straßen schlenderte oder in irgendeiner auf alt gemachten Kneipe saß und mir ihre Geschichten von sich und ihrem erfundenen Leben anhörte.

Sie entdeckte zuerst Barbarossa. Er wohnte in einem Pappkarton im Türeingang eines Messerschmiedes in der Fawn Street, ein dicker Typ mit rotblondem Bart und einer dreifarbigen Strickmütze, die von irgendeinem Fußballspiel übriggeblieben sein mußte, und einem alten braunen Mantel, der um die Taille mit einem Stück Schnur zusammengebunden war. Wir beobachteten seine Gewohnheiten. Tagsüber ließ er seinen Karton in einem Gäßchen neben dem Messergeschäft stehen und verstaute seine Sachen in Plastiktüten und ging auf seine Runden. Unter dem Zeug, das er bei sich trug, befand sich auch eine geheimnisvolle Apparatur, die er mit besonderer Vorsicht hütete, ein loses Bündel aus muffenbestückten Metallröhren unterschiedlicher Dicke, wie die Teile eines auseinandergenommenen Rennrades oder die Bürsten eines Kaminfegers. Wie sehr wir uns auch den Kopf zerbrachen, uns fiel nicht ein, wozu ihm das Ding nützen könnte, und obwohl wir auf einige sinnreiche Möglichkeiten kamen, verwarfen wir sie alle wieder. Offensichtlich aber war es etwas Kostbares, und obwohl es ihn vor beträchtliche Transportprobleme stellte, schleppte er es überall hin, mit der fürsorglichen Ehrerbietung eines Gerichtsbeamten, der in einer feierlichen Prozession die Rutenbündel trägt. Seine Habseligkeiten waren zu zahlreich, als daß er sie alle auf einmal hätte tragen können, und so hatte er eine bemerkenswerte Methode der Beförderung ersonnen. Er nahm die Röhren und drei seiner sechs oder sieben vollgestopfen Plastiktüten, hastete mit schlurfenden Schritten etwa fünfzehn Meter und setzte die Tüten in einem Türeingang ab oder lehnte sie gegen ein Abflußrohr; dann, immer noch mit den kostbaren Röhren in der Hand, ging er denselben Weg zurück, holte die restlichen Tüten und stellte sie zu den anderen. Darauf folgte eine kurze Rast, während derer er die Plastiktüten auf ihren Verschleiß überprüfte oder das Röhrenbündel neu ordnete oder einfach dastand und in die Luft schaute, Gott weiß was für Gedanken im Kopf, und sich mit kurzen dicken Fingern durch den verfilzten Bart fuhr, bevor er weiterging. Von all unseren Obdachlosen – am Ende hatten wir eine schöne Sammlung, auf Nadeln zappelnd –

war Barbarossa A.s Liebling. Sie erklärte, sie hätte ihn gern zum Papa gehabt. Kein Kommentar meinerseits.
Eines Nachmittags befanden wir uns unversehens auf einem kleinen Platz oder Hof irgendwo in der Nähe der Kathedrale – wir sahen den Glockenturm über uns, massiv, verrückt und unwirklich –, und als wir stehenblieben und uns umsahen, ergriff etwas von mir Besitz, ein Gefühl unbestimmter Angst, so als hätten wir, ohne es zu wissen, unsichtbare Schranken vor einer verbotenen Zone überschritten. Der Tag war grau und still. Ein paar letzte Blätter raschelten trocken auf den kohlschwarzen Zweigen eines langen, dünnen, theatralisch aussehenden Baumes, der in einem Drahtkäfig stand. Außer uns war niemand auf der Straße. Von der Rückseite hoher Häuser schauten Fenster ausdruckslos zu uns herunter. Ich spürte irgendeine gewaltige Präsenz, wachsam und unheilvoll. Ich wollte gehen, weg von diesem Ort, aber A. löste ihren Arm geistesabwesend aus meinem und entfernte sich ein wenig von mir und stand stumm, fast lächelnd da, mit erhobenem Gesicht, irgendwie horchend und wartend. So muß die Tochter des Minos am Eingang des Labyrinths gestanden und die Anwesenheit ihres schrecklichen Bruders gefühlt und den Gestank von Blut und Kot gerochen haben. (Aber wenn ich Theseus bin, wie kommt es dann, daß gerade ich weinend an dieser verlassenen Meeresküste zurückgeblieben bin?) Aber nichts geschah, und niemand kam, und gleich darauf ließ sie mich ihre Hand nehmen und sie wegführen, wie eine Schlafwandlerin. Eines Tages muß ich sehen, ob ich den Faden aufnehmen und ihm noch einmal bis ins Herz dieses Labyrinths folgen kann.
Oft drehten wir mitten auf diesen Ausflügen wortlos um und eilten zurück ins Zimmer, im gleichen schwingenden Rhythmus, wie ein Paar in einem Dreibeine-Wettlauf, und dort warfen wir unsere Kleider ab und fielen auf das Sofa, wie um einander zu verschlingen. Ich schlug sie, natürlich; nicht fest,

aber doch fest genug, wie wir von Anbeginn gewußt hatten, daß ich es tun würde. Anfangs lag sie still unter diesen zärtlichen Schlägen da, das Gesicht im Kissen vergraben, und wand sich langsam mit ausgestreckten Gliedern. Nachher ließ sie sich den Handspiegel von meinem Arbeitstisch bringen, so daß sie sich ihre Schultern und Hüften und die Rückseite ihrer Schenkel ansehen und die Blutergüsse berühren konnte, die in einer Stunde nicht mehr rosa, sondern dunkel malvenfarben sein würden, und mit den Fingerspitzen zog sie die flammenfarbenen Striemen nach, die mein Gürtel auf ihr hinterlassen hatte. In solchen Augenblicken wußte ich nie, was sie dachte. (Wußte ich das je?) Vielleicht dachte sie gar nichts.

Und ich, was dachte, was fühlte ich? Zunächst Verwirrung, Unschlüssigkeit und eine Art schrecklichen Triumphes darüber, daß mir solche Freiheiten gestattet wurden. Ich war wie der Freiwillige, der ins Scheinwerferlicht blinzelt, die goldene Armbanduhr und den Hammer des Zauberers in der Hand; was war, wenn ich etwas zerbrach *(»Na los, schlagen Sie zu!«)* und der Trick nicht funktionierte und sie für immer kaputt war? Einige Dinge kann man nicht rückgängig machen – wer wüßte das besser als ich? So schlug ich sie vorsichtig, zusammenzuckend, mit entblößten Zähnen und dem Herzschlag im Hals, bis sie ärgerlich wurde und mir ihr Hinterteil ungeduldig entgegenstreckte wie eine zudringliche Katze. Ich wurde kühner; ich erinnere mich an das erste Mal, da ich ihr ein Seufzen entrang. Ich sah mich, hoch über ihr, wie ein rasendes Ungeheuer von Goya, zottig und blutrünstig und unwiderstehlich. Morrow der Mitleidlose. Natürlich war es lächerlich – und doch alles andere als lächerlich. Ich war Ungeheuer und Mensch zugleich. Sie schlug unter meinen Schlägen um sich, das Gesicht verzerrt, und biß sich in den Arm, und ich hörte nicht auf, nein, ich hörte nicht auf. Und die ganze Zeit fiel etwas von mir ab, das sich im Lauf

von Jahren angesammelt hatte, ganze Flocken lösten sich und fielen mit jedem stilisierten Hieb, den ich austeilte. Hinterher küßte ich die Striemen, die die Fesseln auf ihren Handgelenken und Knöcheln hinterlassen hatten, und hüllte sie sacht in die alte graue Wolldecke und saß auf dem Boden, den Kopf nah an ihrem, und betrachtete sie, wie sie mit geschlossenen Augen, manchmal schlafend, dalag, ihr Atem auf meiner Wange, und ihre Hand zuckte wie etwas Sterbendes in meiner. Wie matt und erschöpft und verloren sie nach solchen Ausbrüchen der Leidenschaft und des Schmerzes aussah, mit ihren zusammenklebenden Wimpern und dem feuchten Haar, das ihr in die Stirn hing, und ihren armen verletzten und geschwollenen Lippen, ein blasses, glänzendes neues Geschöpf, das ich kaum wiedererkannte, so als hätte sie eben ihren Kokon durchstoßen und ruhe sich einen Augenblick von der übermenschlichen Anstrengung aus, sich in dieses neue Leben, das ich ihr geschenkt hatte, hinein zu entfalten. Ich? Ja: ich. Wer sonst war da, um sie zum Leben zu erwecken?
Die Peitsche war unsere Sünde, unser Geheimnis. Nie sprachen wir von ihr, nie erwähnten wir sie, denn das hätte bedeutet, in den Zauber einzugreifen. Und es war ein Zauber, eher Zauberstab denn Peitsche, ein Zauber, der das Fleisch verklärte. Sie sah mich nicht an, wenn ich die Peitsche schwang, sondern schloß die Augen und rollte den Kopf von einer Seite zur anderen, mit schlaffem Mund und in Ekstase wie Berninis heilige Theresa, oder starrte unverwandt in die luxuriöse Folterkammer ihrer Phantasien. Sie war eine glühende Anhängerin des Schmerzes; nichts war so wirklich für sie wie Leiden. Sie besaß ein Foto, das sie aus irgendeinem Buch herausgerissen hatte und in ihrer Handtasche aufbewahrte und das sie mir eines Tages zeigte; es war um die Jahrhundertwende von einem französischen Anthropologen aufgenommen worden und zeigte einen Verbrecher, der auf

einem öffentlichen Platz in Peking durch tausend Schnitte zu Tode gemartert wurde. Der arme Teufel, barfuß, mit enganliegendem Käppchen und schwarzer Pyjamahose, war an einen Pfahl gebunden, inmitten einer mäßig neugierigen Menge von Menschen, die lediglich im Vorübergehen eine kleine Pause gemacht hatten, um einen Blick auf diese Gratisunterhaltung zu werfen, bevor sie sich wieder geschäftig an ihre Geschäfte machten. Es gab zwei Vollstrecker, drahtige kleine Kerle mit Zöpfen, gleichfalls schwarz gekleidet, gleichfalls mit Käppchen. Sie müssen sich bei ihrer Aufgabe abgewechselt haben, denn einer von ihnen reckte sich gerade, eine Hand ins Kreuz gepreßt, während sein Kollege sich vorbeugte und mit einem kleinen gekrümmten Messer in der linken Seite des Verurteilten knapp unter dem Brustkorb einen tiefen Schnitt ins Fleisch machte. Die ganze Szene vermittelte einen alltäglichen, wenn auch leicht festlichen, bewegten Eindruck, so als handle es sich um einen eher unwichtigen Feiertag, und die Hinrichtung wäre ein vertrauter und nicht sehr interessanter Teil der Belustigungen des Tages. Das Auffallendste war der Gesichtsausdruck des Opfers. Er hatte das Gesicht erhoben und gleichzeitig in nachdenklicher und leidenschaftlicher Haltung ein wenig seitwärts geneigt, und die Augen waren emporgerichtet, so daß ein weißer Strich unter den Pupillen sichtbar war; durch das Fesseln der Hände waren seine Schultern gewaltsam nach hinten gezogen, und seine unebene, magere Brust stand vor. Er hätte im Begriff sein können, eine ergreifende Rede zu halten oder in ekstatischen Gesang auszubrechen. Ja, Ekstase, genau das deutete seine Haltung an, die Ekstase eines Menschen, der versunken ist in die Kontemplation einer transzendenten Realität, weit wirklicher als jene, in der seine Leiden stattfanden. Ein Bein seiner weiten Hose war hinaufgeschoben, dort, wo der Vollstrecker – zweifellos der mit dem Muskelkrampf im Rücken – an der Wade und an der weichen Stelle in der Kniekehle tätig gewesen war; ein Rinnsal schwarzen Blutes rann im Zickzack von seinem schmalen, wohlproportionierten Fuß und verlief sich zwischen den Füßen der Menge.

Ich fragte, warum sie etwas so Schreckliches aufbewahrte. Sie saß im Türkensitz auf dem Sofa, das Foto im Schoß, und strich wie eine Blinde mit den Fingerspitzen darüber. Ich nahm es ihr aus der Hand. Die einst glänzende Oberfläche, von feinen Strichen schraffiert, war schuppig und trübe wie das Auge eines toten Fisches.

»Bist du schockiert?« sagte sie und musterte mich mit gespannter Aufmerksamkeit; wenn sie mich so ansah, verstand ich, wie es sein mußte, wenn man ein Spiegel war. Ihr Blick verlagerte sich und richtete sich auf den leeren Raum zwischen uns. Was kannte sie? Den Halbschatten des Schmerzes, seine karmesinrote Farbe, sein zitterndes Echo. Die Sache selbst kannte sie nicht, die Wirklichkeit, den Blitz und den Schauder und die plötzliche Hitze, das sprachlose Staunen des Körpers. Ich gab ihr das Foto zurück. Mir wurde bewußt, daß wir beide nackt waren. Nur ein Apfel und eine Schlange fehlten noch. Das Licht aus dem Fenster verlieh ihrer Haut einen stumpfen Glanz.

»Erzähl mir von dem Mann, den du gekannt hast«, sagte sie. »Von dem, der die Frau umgebracht hat.«

Sie war so still, sie schien nicht einmal zu atmen.

»Du weißt nichts«, sagte ich.

Sie nickte; ihre Brüste zitterten. Sie fand ihre Zigaretten und zündete sich mit bebender Hand eine an. Wieder hockte sie sich im Türkensitz an einem Ende des Sofas hin und schlang die Arme um sich. Ein wenig Asche fiel sacht in ihren Schoß.

»Dann erzähl es mir«, sagte sie und sah mich nicht an.

Ich erzählte es ihr: Hochsommersonne, die Vögel in den Bäumen, das stille Haus, dieser geschminkte Blick, dann Blut und Gestank und Schreie. Nachdem ich alles berichtet hatte, schliefen wir miteinander, sofort, ohne Präliminarien, fielen übereinander her wie – wie ich weiß nicht was. *»Schlag mich«*, schrie sie, *»schlag mich!«* Und nachher in der Stille des erschreckten Zimmers barg sie meinen Kopf in der Mulde ihrer Schulter und wiegte mich in geistesabwesender Zärtlichkeit.

»Neulich, nachdem du weg warst, bin ich zur Nummer dreiundzwanzig gegangen«, sagte sie. Ich kannte diesen träumerisch nachdenklichen Tonfall. Ich wartete, während mein Herz mit diesem klumpfüßigen Hinken begann. »Ich bin zu Rosie gegangen«, sagte sie. »Erinnerst du dich an Rosie? Ein Typ war dort, der zwei Frauen gleichzeitig wollte. Er muß ein Matrose gewesen sein oder so was, er sagte, er hätte es seit Monaten nicht mehr gemacht. Er war riesig. Schwarze Haare, so ganz schwarze Augen und ein Ohrring.«

Ich rückte von ihr ab und lag da, den Rücken an das geschwungene Ende des Sofas gelehnt und die Hände kraftlos auf den nackten Oberschenkeln. Eingebettet unter der Deckenkante, welche dem Fenster am nächsten war, lag ein weicher grauer Schatten, Staub oder irgend etwas fiel auf die Heizröhre des Elektroofens, es knisterte kurz, dann roch es trocken und heiß.

»Hast du die Beine für ihn breitgemacht?« sagte ich. Ich kannte meine Zeilen auswendig.

»Nein«, sagte sie, »meinen Hintern. Ich lag mit dem Gesicht in Rosies Schoß und zog die Arschbacken für ihn auseinander und ließ ihn sein Ding in mich reinstecken, so weit es ging. Es war wundervoll. Ich kam und kam, bis ich dachte, ich werde wahnsinnig. Während er es mit mir trieb, küßte er Rosie und leckte ihr Gesicht und zwang sie, schmutzige Sachen über mich zu sagen. Und als er wieder soweit war, blies ich ihm einen, während Rosie mich leckte. Was hältst du davon?«

Ich spürte, wie sie mich ansah, mit ihrem schadenfrohen, be-

gierigen Kleinmädchenblick. Das war ihre Variante der Peitsche.
»Hast du ihm erlaubt, dich zu schlagen?«
»Ich habe ihn darum gebeten«, sagte sie, »ich habe ihn angefleht. Während er es mir und Rosie besorgte, war er zu beschäftigt, aber nachher nahm er seinen Gürtel und verprügelte mich ordentlich, während Rosie mich hielt.«
Ich streckte tastend die Hand aus und nahm einen ihrer Füße und hielt ihn fest. Ich kam mir vor wie ein einziger riesiger entzündeter fauler Zahnstumpf.
»Und hast du geschrien?«
»Ich habe gebrüllt«, sagte sie. »Und dann habe ich nach mehr gebrüllt.«
»Und es gab noch mehr.«
»Ja.«
»Erzähl mir.«
»Nein.«
Wir saßen da und horchten auf das leise, rauhe Geräusch unseres Atems. Ich zitterte und fühlte, wie eine vertraute Öde der Trübsal sich auf mein Herz legte. Ich spürte wohl eine Vorahnung der Zukunft, der wirklichen Zukunft mit ihrem wirklichen Schmerz, die wie ein schwarzäugiger Matrose mit seinem Belegnagel auf mich lauerte. Ich verstehe mich nicht sehr gut auf diese Art von Leiden, diesen aschigen Schmerz im Herzen, ich bin weder mutig genug noch kalt genug; ich will etwas Gewöhnliches, den animalischen Trost, nicht denken zu müssen, nicht immer, immer ... ich weiß nicht. Ich blickte auf das Foto der Hinrichtung, dorthin, wo sie es auf den Boden fallengelassen hatte; in der gelangweilten Menge war der Verurteilte der lebendigste, auch wenn er schon starb. A. rutschte mit abgewandtem Blick über das Sofa und lehnte sich an mich, die Knie hochgezogen und die Fäuste unter dem Kinn geballt und die dünnen Arme an die Brust gepreßt.

»Es tut mir leid«, sagte sie in einer Art Seufzen, und ihr Atem war ein kleines Gewicht auf meinem Hals. »Es tut mir leid.« Bei solchen Gelegenheiten trennten wir uns hastig, ohne einander anzusehen, wie verlegene Fremde, die eine Zeitlang zu widerwilliger Intimität gezwungen und nun davon erlöst waren. Ich blieb auf der Türschwelle stehen, geblendet vom Licht oder vom Anblick der Leute auf der Straße, von der schäbigen Gegenwart der Welt. Oder vielleicht war es nur das Gefühl meines plötzlich wiedergewonnenen Ichs, das mich aus der Fassung brachte. Wenn ich dann durch die Straßen ging, schlich ich dahin, in mein Elend und meine gestaltlose Verzweiflung gehüllt, ein zögernder Mr. Hyde, bei dem die Wirkung des Trankes langsam nachließ. Dann erhoben sich alle meine Ängste zu einer lärmenden Kakophonie.
Tante Corky behauptete, daß Leute die Wohnung beobachteten. In dem für die Jahreszeit ungewöhnlich frühlingshaften Wetter hatte sie neue Kräfte gesammelt. Die grelle Perücke war gekämmt und saß wieder richtig, das scharlachrote Insekt auf ihrem Mund war frisch gemalt, doch schief wie immer. Nachmittags stand sie auf, eine langsame und komplizierte Prozedur, saß in ihrem rostfarbenen seidenen Hausmantel am großen Fenster im Vorderzimmer und beobachtete die Leute, die unten auf der Straße vorbeigingen, und die Autos, die um Parkplätze kämpften wie übelgelaunte Seehunde. War sie des menschlichen Schauspiels überdrüssig, dann erhob sie den Blick gen Himmel und betrachtete eingehend die langsame Prozession der rauch- und eisfarbenen Wolken, die über den Dächern dahinzog. Erstaunlich, wie rasch ich mich an ihre Anwesenheit gewöhnt hatte. Wenn ich zur Tür hereinkam, begrüßte mich ihr Geruch – ihr Aufstehgeruch nach Gesichtspuder, muffiger Kleidung und etwas leicht Ranzigem – wie der freundliche alte Schoßhund von jemand anderem. Ich blieb kurz in der Diele stehen,

räusperte mich und trat fest auf, um sie auf meine Ankunft vorzubereiten. In der Anfangszeit war ich oft zu übereilt gewesen und hatte sie überrascht, in einen Tagtraum versunken, und sie fuhr erschreckt, mit einem kleinen Mäuseschrei, hoch und blinzelte und verzog den Mund. Aber selbst wenn ich meine Ankunft geräuschvoll ankündigte, traf ich sie beim Betreten des Zimmers manchmal an, wie sie mit schräggelegtem Kopf verstört zu mir aufblickte, eine Augenbraue hochgezogen und einen schrecklichen Verdacht im Blick, ohne mich zu erkennen, diesen unverschämt selbstsicheren Eindringling. Ich glaube, die meiste Zeit bildete sie sich ein, die Wohnung sei ihr Zuhause und ich zeitweilig der Gast. Sie redete ununterbrochen, wenn ich da war (und soviel ich weiß, auch wenn ich nicht da war); ab und zu ertappte ich mich dabei, wie ich kurz stehenblieb und den Kopf schüttelte wie ein von Fliegen gequältes Pferd, bereit, sie zu schlagen, wenn sie noch ein einziges Wort sagte. Dann hörte sie unvermittelt auf, und wir starrten einander an, voll Bestürzung und in einer Art wütender Verwirrung. »Ich sage dir«, erklärte sie dann mit vorwurfsvoll zitternder Stimme, »sie sind da unten auf der Straße, jeden Tag, und beobachten uns.« Und mit welch einem Ausdruck empörter Frustration sie sich dann von mir abwandte, heftig wie eine Filmdiva, indem sie sich in der Taille herumdrehte, die Mundwinkel zusammenpreßte, eine geballte und zitternde Faust ein wenig hob und sie ohnmächtig wieder auf die Lehne ihres Stuhles fallen ließ. Dann mußte ich mich immer entschuldigen, halb wütend und halb reuevoll, und sie zuckte die Achseln und schüttelte ihre goldenen Locken und fischte blindlings nach ihren Zigaretten.
Wie sich herausstellte, hatte sie recht; wir wurden tatsächlich beobachtet. Ich weiß nicht, zu welchem Zeitpunkt meine Ungläubigkeit zu Argwohn und mein Argwohn zu Angst wurde. Das Jahr verdunkelte sich. Der Vampir setzte sein grausames Werk fort, und eine weitere verstümmelte Leiche

war entdeckt worden, in einen Mülleimer auf einem Parkplatz hinter einer Kirche gepreßt. Die Stadt war voller Gerüchte und angstvoller Spekulationen und umklammerte sich in wonnigem Entsetzen. Es war die Rede von Satanismus und rituellem Mißbrauch. In dieser Atmosphäre konnte man seiner Vorstellungskraft nicht recht trauen, doch die Anzeichen, daß mir nachspioniert wurde, waren unverkennbar: das neben dem Tor des Klosters geparkte Auto mit laufendem Motor, das schnell und laut aufheulend losfuhr, wenn ich näherkam; das Auge, das sich plötzlich durch eine Lücke in der Menge der Büroangestellten auf mich heftete, die zur Mittagszeit auf der anderen Straßenseite vorbeieilten; die Gestalt im Dufflecoat hinter mir, die, mit der Kapuze über dem Kopf, eine Sekunde, bevor ich mich umdrehte, auf dem Absatz kehrtmachte; und die ganze Zeit dieses berühmte kribbelige Gefühl zwischen den Schulterblättern. Ich glaube, ich war eher interessiert als ängstlich. Ich nahm an, es seien Inspektor Hacketts Leute, die mich überwachten. Dann, eines Morgens, kam ich nach Hause, immer noch vibrierend vom Nachglühen eines frühen Stelldicheins mit A., und sah Pas großen malvenfarbenen Wagen in der zweiten Spur geparkt vor der Haustür. Jung-Popeye saß am Steuer. Ich blieb stehen, doch er wandte nicht den Blick und schaute weiter finster durch die Windschutzscheibe, vermutlich weil sein Berufsethos jedes Zeichen von Wiedererkennen verbot. Er ließ sich einen kleinen und nicht sehr gelungenen Schnurrbart von unschlüssig rötlicher Färbung wachsen, an dem er voll zorniger Befangenheit mit den Fingern herumspielte, als ich mich hinunterbeugte und ihn durch das Seitenfenster ansah. Ich sperrte die Haustür auf und lief ungeduldig die Treppe hinauf. Schon stellte ich mir Tante Corky gefesselt und geknebelt mit einem Messer an der Kehle vor, in Gesellschaft von einem von Pas Gorillas, der, eine Hüfte an die Sofalehne gedrückt, dasaß und einen Zahnstocher von einem Mundwinkel zum anderen gleiten ließ. Vorsichtig öffnete ich die Wohnungstür – wie es einem durch Mark und Bein gehen kann, wenn ein Schlüssel im Schloß knirscht – und steckte den Kopf hinein und horchte und hörte Stimmen, oder zumindest eine Stimme: Tante Corky, die zweifellos ihre Lügenmärchen auftischte.

Sie saß in ihrem besten Kleid am Kamin – du hättest Tante Corkys bestes Kleid sehen müssen – und balancierte eine Teetasse mit Untertasse auf den Knien. Ihr gegenüber, im zweiten Armsessel, saß der Pa, herausgeputzt in einem etwas schäbigen bodenlangen Nerzmantel und einem dunkelblauen Filzbarett mit schwarzem Schleier (schon wieder einer!), der aussah wie ein Spinnennetz voll winziger Fliegen. Er trug faltenziehende kakaofarbene Strümpfe – wer stellt die heute noch her? – und sportliche Schuhe mit vernünftigen Absätzen. Eine große Lacklederhandtasche lehnte am Stuhlbein. Der niedrige Tisch zwischen ihnen war mit Teegeschirr gedeckt. Ein halbherziges Kohlenfeuer flackerte bläßlich im Kamin. »Ah!« sagte Tante Corky strahlend. »Da ist er ja.«

Ich trat zögernd näher und spürte, wie ein einschmeichelndes Lächeln sich wie Sirup über meinem Gesicht ausbreitete. Welche Verhaltensregeln galten hier wohl?

»Ich bin zufällig vorbeigekommen«, sagte der Pa und lachte sein rissiges Lachen, ein Geräusch, wie wenn etwas Scharfes und Sprödes zerbricht, und sein Schleier zitterte. In diesem Aufzug hatte er eine beunruhigende Ähnlichkeit mit meiner Mutter in der Blüte ihrer Jahre.

»Ich glaube, ihr arbeitet zusammen«, sagte Tante Corky und schenkte mir ein neckisch ermahnendes Lächeln und schüttelte den Kopf, jeder Zoll eine *grande dame*; dann wandte sie sich wieder dem Pa zu. »Er erzählt mir natürlich nie etwas.«

Der Pa sah mich gelassen an.

»Ist Cyril noch draußen?« sagte er. »Mein Sohn«, erklärte er

Tante Corky, »er ist ein netter Junge, aber etwas vergeßlich.«
»Ach, ich weiß genau, was Sie meinen!« sagte Tante Corky und sah mich von neuem mit schräggelegtem Kopf an. »Willst du nicht deinen Mantel ablegen«, sagte sie, »und dich zu uns setzen?«
Ich nahm einen Stuhl und setzte mich hin. Meinen Mantel behielt ich an.
Cyril.
Der Pa trank einen Schluck Tee. Er hatte Probleme mit seinem Schleier.
»Es war ausgemacht, daß er hupen sollte, wenn Sie kämen«, sagte er. »Hat er Sie nicht gesehen oder was?«
Ich zuckte die Achseln und meinte, er habe mich wohl nicht bemerkt; nun, da ich seinen richtigen Namen kannte und diesen Schnurrbart gesehen hatte, überkam mich plötzlich ein beschützendes Gefühl gegenüber Jung-Popeye.
Ein Schweigen entstand. Eine Kohle pfiff kurz im Feuer. Mit ärgerlicher Miene starrte der Pa vor sich hin, zweifellos sann er über die Unverläßlichkeit der Jugend nach. Es war wirklich gespenstisch, wie sehr er meiner Mutter ähnelte, Gott schenke ihrer ungestümen Seele Frieden; irgend etwas an der Art, wie er so schwerfällig da saß, die Füße weit auseinander und fest auf den Teppich gestellt, war ihr zum Verwechseln ähnlich.
Tante Corkys Aufmerksamkeit war abgeschweift; nun fuhr sie ein wenig zusammen und sah sich schuldbewußt um.
»Wir waren eben dabei, über Kunst zu diskutieren«, sagte sie. »Über diese Bilder.« Sie lächelte verträumt, den Blick emporgerichtet, und seufzte. »Ich würde sie liebend gern sehen!«
Der Pa zwinkerte mir zu und sagte mit gespielter Schroffheit: »Warum nehmen Sie Ihre Tante denn nicht mit in dieses Zimmer und lassen sie einen Blick darauf werfen?« Er wandte sich an Tante Corky. »Sie sind alle gleich«, sagte er, »keine

Rücksichtnahme.« Er stellte seine Tasse ab und erhob sich mit einem Ächzen aus dem Sessel und ging zum Fenster, würdevoll, gebieterisch und verdrossen. »Sehen Sie sich den an«, sagte er angewidert und starrte auf die Straße hinunter. »Der pickelige kleine Bengel.«
Während er uns den Rücken zuwandte, sah ich Tante Corky mit hochgezogener Augenbraue an, doch sie starrte mich nur mit diesen verschleierten Augen an und lächelte gelassen. Mir fiel auf, daß ihr Kopf einen deutlichen Tremor entwickelt hatte. In einer Vision sah ich sie vor mir, wie sie starb und der Pa und ich sie hinunter zum Rettungswagen trugen, ich am Kopfende, während der Pa, den Hut mit schiefem Schleier in einem komischen Winkel auf dem Kopf, ihre Füße festhielt und rückwärts ging und nach Cyril rief.
Der Pa kam zurück, nahm seinen Platz wieder ein und strich sich den Rock flink über den großen, viereckigen Knien zurecht. Sein Pelzmantel fiel auseinander und enthüllte ein schwarzes Samtkleid mit abgewetzten Stellen. Er beäugte mich freundlich.
»Haben Sie unseren Freund überhaupt gesehen?« sagte er. »Mr. Morden.« Ich schüttelte den Kopf. Er nickte. »Sie suchen ihn hier, sie suchen ihn da.«
Ich überlegte einen Augenblick und fragte ihn dann, ob ihm klar sei, daß die Polizei hinter ihm her sei. Er strahlte mich nur an und hob den Schleier, um mich besser sehen zu können.
»Was Sie nicht sagen!« sagte er. »Also so etwas.«
Ich erwähnte Hacketts Namen.
»Ich kenne ihn«, rief er hocherfreut und schlug sich aufs Knie. »Ich kenne ihn gut. Ein anständiger Mann.«
»Er hat mich nach den Bildern gefragt«, sagte ich.
Seine Schultern bebten. »Natürlich hat er das!« sagte er, als handle es sich um eine höchst angenehme Neuigkeit.
Tante Corky war diesem Wortwechsel gefolgt wie ein Zu-

schauer einem Tennismatch. Nun sagte sie: »Das macht der Polizei sicher Kopfschmerzen, so wertvolle Sachen.« Wir blickten sie an. »Sie zu bewachen«, sagte sie. »Und dann noch das Problem mit der Versicherung. Ich erinnere mich, wie der liebe Baron Thyssen zu mir gesagt hat...«
Der Pa sah sie heiter, mit großer Aufmerksamkeit an, wie der Hund Prinz.
»Ach, das brauchen wir nicht«, sagte er, »die Polizei oder eine Versicherung, das alles. Nein, nein. Wir können selbst auf unsere Sachen aufpassen.« Er wandte sich wieder zu mir. »Nicht wahr, Mr. M.?« M. für Marsyas, kopfüber aufgehängt zwischen zwei sich biegenden Lorbeerbäumen, mit freiliegenden Eingeweiden, und aus seinen Haaren tropfen Blut und Seiche. »Übrigens«, sagte er, »gestern nacht habe ich von Ihnen geträumt.« Er hob einen Finger und ließ ihn langsam über dem Kopf in der Luft kreisen. »Ich sehe Dinge in meinen Träumen. Sie waren mit ihren Büchern in einem kleinen Zimmer. Sie waren nicht glücklich. Dann waren sie im Freien, und dieser Kerl kam daher und bot ihnen einen Job an. Er wußte, Sie sind ein Mann, dem man vertrauen kann.«
Ich stelle mir die Angst als eine Art inneres Organ vor, so etwas wie eine große rosa und purpurrote Blase, die plötzlich anschwillt und alles andere beiseitedrängt, Herz, Leber, Lunge. Es ist immer eine Überraschung, dieses plötzliche, erstickende Aufblühen, ich kann nicht sagen, warum; weiß Gott, ich sollte mittlerweile damit vertraut sein. Das farblose Auge des Pa in den dickhäutigen Falten war starr auf mich gerichtet, und nun blitzte etwas darin auf, und es war, als wäre Pas Gesicht eine Verkleidung innerhalb einer Verkleidung, und dahinter sei ein völlig anderer vorgetreten und habe ein anderes Auge an die leere Höhle gelegt und blicke mich voll beiläufiger und belustigter Verachtung an, bilde sich ein Urteil über mich, und ich fuhr zusammen und hörte, wie ich plötzlich den Atem anhielt.

Es läutete an der Tür, zweimal kurz und einmal lang, und Tante Corkys Tasse klirrte. Der Pa, wieder die Freundlichkeit in Person, griff nach seiner Handtasche und stand ächzend auf. »Das ist für mich«, sagte er. Tante Corky blickte hold lächelnd zu ihm empor, ihr schwankender Geist war bereits anderswo. Er nahm ihre Hand und schüttelte sie feierlich. »Also auf Wiedersehen, Gnädigste«, sagte er. »Und vergessen Sie nicht, was ich Ihnen gesagt habe – Wasser, das ist das Richtige für Sie. Trinken Sie fünf oder sechs schöne große Gläser Wasser pro Tag, und Sie fühlen sich topfit. Ich glaube fest daran.« Er nickte langsam, immer noch ihre Hand schüttelnd, und sein Kopf und sein Arm bewegten sich im gleichen Rhythmus; dann wandte er sich um und stapfte zur Tür. Auf dem Weg dahin blieb er stehen und besah sich im Spiegel über der Anrichte und rückte Hut und Schleier zurecht. Er blinzelte mir über die Schulter hinweg zu und sagte: »Sind meine Strumpfnähte gerade?« Ich öffnete ihm die Tür. Sie kam mir schwer wie ein Schiffsschott vor. Meine Hand auf der Klinke wollte nicht ruhig bleiben. »Also dann, ade einstweilen«, sagte er, wackelte mit seinem breiten Hinterteil und ging kichernd die Treppe hinunter.

Als ich ins Zimmer zurückkam, bedachte mich Tante Corky mit einem schelmischen kleinen Grinsen und schüttelte den Kopf.

»Was für Bekannte du hast!« sagte sie.

Das sollte ihre letzte Audienz sein. Eine Weile saß sie noch da und starrte mit leerem Blick vor sich hin, und als sie aufstand, machte sie einen schwankenden Schritt rückwärts, und ich hatte Angst, sie würde ins Feuer fallen. Ich hielt ihren Arm fest, und sie blickte mit einem Ausdruck ungeheuren, vagen Staunens durch mich hindurch, so als wäre plötzlich alles in ihr verwandelt und sie könne die Merkmale dieser inneren Landschaft nicht mehr erkennen. »Ich glaube«, sagte sie mit einem Beben in der Stimme, »ich glaube, ich möchte mich hinlegen.« Ihr magerer Unterarm – ein Stock in einer Packpapiertüte – zitterte an der Stelle, wo ich ihn hielt. Sie stützte sich auf mich und blickte zum Morgenlicht im Fenster hin und stieß einen flatternden Seufzer aus. »Wie hell die Abende schon werden«, sagte sie.

Ich verließ sie und floh ins Haus in der Rue Street, doch du warst fort. Im Mantel legte ich mich wieder auf das Sofa. Unser Fleck auf dem Leintuch war kalt, aber noch feucht; ich nahm etwas von dem durchsichtigen Schleim auf die Fingerspitze und kostete davon. Wenn wir miteinander geschlafen hatten und anschließend durch die Straßen gingen, überlief sie manchmal ein unfreiwilliger Schauder, und sie machte eine Grimasse, zog die Mundwinkel nach unten und sagte anklagend: »Ich tropfe.« Diese kleinen Komplikationen inmitten der Logistik der Liebe waren immer meine Schuld. »Sieh mich an!« rief sie manchmal und zeigte mir diesen Fleck, jenen Bluterguß, »sieh, was du mir angetan hast!« Und dann stieg eine verdrießliche Röte von ihrer Kehle nach oben, und ihr Gesicht schwoll vor Zorn, und ich mußte eine Viertelstunde damit zubringen, vor ihr auf den Knien zu liegen, bis sie sich erweichen und von mir berühren ließ. Aber nachher, wie bäumte sie sich da unter mir auf, geschmeidig wie ein Fisch, die Knöchel auf meinem Rücken über Kreuz und ihre armen abgekauten Nägel auf der Suche nach einem Ansatzpunkt in meinen zuckenden Schultermuskeln. Sie roch nach Salzwasser und Brot und nach irgend etwas aufregend Modrigem und Pilzartigem. Ihre Spucke schmeckte nach Veilchen, wie immer Veilchen schmecken mögen. Sie leckte meine Hände, nahm einen Finger nach dem anderen in den Mund und saugte sanft daran. Auf der Straße blieb sie abrupt stehen und zog mich in einen Türeingang und schob meine Hand unter ihr Kleid; »Faß mich an«, sagte sie, und ihr Atem dröhnte in meinem Ohr, »fühl, wie naß ich bin.« Aber ich glaube, am ergreifendsten war es, wenn sie mich ganz ver-

gaß, wenn sie im Nachmittagslicht mit verschränkten Armen am Fenster stand und mit verschwommenem Blick über die Dächer blickte oder in einem Geschäft die runden glänzenden Augen über die Zeitschriftenständer gleiten ließ oder einfach auf den von Blättern bedeckten Gehsteigen dahinging, mit gesenktem Kopf, ganz in Gedanken; was mich rührte, war wohl, daß sie in solchen Augenblicken am meisten sie selbst war, diese Fremde, von der ich jeden Zentimeter Fleisches besser kannte als mein eigenes Fleisch. Sie konnte sich von einer Sekunde auf die andere verwandeln, einmal Kind, dann alte Frau. Sie hatte eine Art, kurzsichtig in ihre Handtasche zu spähen, die Spitze ihrer graurosa Zunge in den Mundwinkel geklemmt, während sie nach ihrem Lippenstift oder einem Feuerzeug suchte, und wenn sie so gebückt dastand, sah sie aus wie eine jener uralten kleinen vogelartigen Frauen, die man in Schnapsläden sieht, wo sie ihr Whiskyfläschchen für den Abend kaufen. Einmal sagte ich es ihr, heiser vor Bewegung, und dachte dabei daran, wie sie alt und ich tot sein würde. Sie sagte nichts, sah mich nur ein paar Herzschläge lang stumm an und beschloß dann – ich sah es ihr an –, mich nicht gehört zu haben.
Trotz der körperlichen Aufmerksamkeiten, mit denen ich sie überschüttete – der verrückte Gynäkologe mit dem Spekulum in der Hand –, gab es Bereiche, in die ich mich nicht vorwagte. Zum Beispiel wußte ich nie, welche Verhütungsmaßnahmen sie traf, wenn überhaupt welche. Ich dachte nie darüber nach; ich konnte mir nicht vorstellen, daß sie ein Kind empfing. Sie war ja schon ihr eigenes Kind, ein zerbrechliches, leidendes Geschöpf, das man hätscheln und streicheln und liebkosen mußte. Sie sprach von sich – ihrer Gesundheit, ihrem Aussehen, ihren Wünschen – mit der offensichtlich unechten Beiläufigkeit einer vernarrten Mutter, die ihr kleines Mädchen zum allgemeinen Bewundern hochhält. Es gab Dinge, die sie haben mußte, besonders wenn sie

anderen gehörten, und wenn diese darauf verzichteten, bedeutete es für sie einen zusätzlichen Genuß. Meine Vergangenheit war für sie ein Ort, den sie ausplündern konnte: meine Kindheit, meine Familie, meine Schulfreunde (dieses Thema war schnell erschöpft), erste Lieben, das langsam fortschreitende Unglück des Erwachsenenalters, all das war ein Tummelplatz für ihre Phantasie. Sie wollte Geschichten, sie bestand auf Geschichten. Ein besonders heftiges Verlangen hatte sie nach Informationen über das Gefängnisleben (habe ich denn meine Zeit im Gefängnis schon erwähnt?), und sie saß hingerissen da, während ich – nicht ohne alles ihr zuliebe etwas auszuschmücken – die sexuellen Verhandlungen schilderte, die Rituale der Bestrafung und Belohnung, die fieberhafte Erregung und gespannte Erwartung des Besuchstages, die seltsame Trägheit der Nachmittage, die Nächte, erfüllt von Seufzen und Flüstern, die Stille jener endlosen, lausgrauen Morgendämmerung. Es war, als hätte ich ihr von der versunkenen Welt der Inkas erzählt. Wie leidenschaftlich, mit welch sanfter Hemmungslosigkeit sie sich mir am Ende dieser Erzählungen hingab, mir entgegensank mit erhobenem Gesicht und blaß dargebotener Kehle und umschatteten zuckenden Augenlidern.
Diese Erinnerungen. Wo darin ist A.? Ein Wort, ein Atemzug, ein sich abwendender Blick. Ich habe sie verloren. Manchmal wünsche ich, ich könnte auch jede Erinnerung an sie verlieren. Ich nehme an, mit der Zeit werde ich das auch. Ich nehme an, die Erinnerung wird einfach von mir abfallen, wie Haare, wie Zähne ausfallen. Ich werde froh sein über diese Reduktion.
Wir sprachen nie über die Bilder oder über Morden oder dergleichen, doch es war immer präsent. Es war, als hätten wir vor undenklichen Zeiten über alles gesprochen und es dann beiseitegeschoben, um es nie wieder zu erwähnen. Manchmal war dieses Gefühl so stark, daß ich mich verwirrt fragte,

ob ein solches Gespräch wirklich stattgefunden und ich es irgendwie vergessen hatte. Bei den seltenen Gelegenheiten, wenn ich diesen oder jenen Hinweis auf mein Dilemma fallenließ – denn mittlerweile war es zu einem Dilemma geworden –, wandte sie sich ausdruckslos ab, und ihre Augen verschwammen, und ihr Gesicht wurde schlaff, als unterdrücke sie ein Gähnen. Doch mir schien, ich spürte auch eine Aufmerksamkeit in ihr, eine Art ständiger, vielleicht ärgerlicher, jedoch vorsichtiger Wachsamkeit, so wie sie einer, der schlecht schläft, bei jemandem spürt, der die ganze Nacht reglos an seinem Bett sitzt. Hast du mich verraten, Liebste? Ach, auch wenn es so ist, es ist mir egal. Könnten wir alles noch einmal tun, ich würde nicht zögern, nicht eine Sekunde.
Nun schlief ich ein, zusammengekauert dort auf dem Sofa, im Mantel, die Knie hochgezogen und mich mit den Armen fest umklammernd. Ich hatte einen Traum von dir. Wir waren zusammen hier, aber jetzt war eine Dritte bei uns, eine große blasse nackte Frau, majestätisch und mütterlich, mit breiten Hüften und schmalen Schultern. Ihre weißen Brüste hatten rosa Spitzen, und ihre Augen, verträumt ins Nichts gerichtet, waren von einem verwaschenen Blau. Wir saßen an beiden Enden des Sofas, und sie räkelte sich zwischen uns, nicht gefesselt und doch unsere Gefangene. Ich berührte ihren Rosenknospenmund, und tief aus ihrer Kehle stieg ein unbestimmtes, verlorenes Geräusch. Du lächeltest mich mit großer Traurigkeit an, und ich nahm deine Hand und legte sie auf ihre Brust; meine eigene Hand war im dichten Pelz ihres Schoßes vergraben, der sich warm und trocken und unerklärlich vertraut anfühlte. Sie war wir und doch nicht wir, die Verbindung zwischen uns und wir selbst. Du beugtest dich vor und küßtest den roten, gespitzten Mund, und dein blauschwarzes Haar fiel über ihr Gesicht wie eine Vogelschwinge.
Als ich erwachte, ging der Tag schon zur Neige. Mir war kalt,

und in meinen Fingern kribbelte es. Etwas aus diesem Traum begleitete mich, etwas Dunkles, sich langsam Dahinschleppendes. Eine Weile lag ich verwirrt und reglos da, mit offenen Augen, von Angst gepackt. Vor Morden und den Bildern und dir hatte ich gedacht, daß ich nie wieder Angst haben würde, daß ich nun immun dagegen sei. Ich raffte mich auf und stellte mich neben das Fenster, versunken in einer Art verschwommener Qual. Um mich herum kauerte in mürrischem Schweigen das Haus. Ich wollte das Gesicht in die Hände legen und aufheulen. Etwas bewegte sich unter mir, ich spürte es, die erste winzige Verschiebung des Gletschers. Ich verließ das Haus. Auf der Türstufe füllte die kalte Luft meinen Mund wie Wasser und schnürte mir den Atem ab. Der falsche Frühling war zu Ende, und die Luft war aufgepeitscht und verdunkelt vom ersten Winterwind. Warum, so frage ich mich, lassen mich solche bräunlichen, rauhen, spätherbstlichen Tage an Paris denken? Bist du denn dort? Ich kann dich sehen, wie du in deinem schwarzen Mantel, auf den spitzen Absätzen in einer dieser geheimnisvoll verlassenen, gewundenen kleinen Straßen – rue de Rue! – nahe dem Jardin du Luxembourg dahinstöckelst. Du bleibst an einer Ecke stehen und blickst zu einem Fenster auf. Wer wartet dort auf dich in jenem Zimmer hinter herabgelassenen Fensterläden, mit seiner glimmenden Gauloise und rauchgrauen Augen und einer Miene schlecht gelaunter Überheblichkeit? Große handförmige Blätter scharren über den Gehsteig. Im Jardin spielen unter den ihr Laub abwerfenden Platanen Kinder, ihre Stimmen dringen zu dir wie Erinnerungen. Du glaubst, du wirst ewig leben, du wirst ewig jung sein. Ich hoffe, er verläßt dich. Ich hoffe, er bricht dir das Herz. Ich hoffe, daß er eines Tages ohne ein Wort aus deinem Leben geht und dich zerstört.

Warum erhitze ich mich so? Ich bin so müde, so müde.

In der Hope Alley ging ein Mann in einem Regenmantel und

einer wollenen Zipfelmütze mit auf- und abhüpfender Quaste heiser schluchzend dahin und wischte sich mit dem Handrücken über die entzündeten roten Augen.

Während ich durch jene vom Wind heimgesuchten Straßen ging, hatte ich wieder dieses unheimliche Gefühl, daß mir jemand folgte, und spürte wieder diesen kribbelnden Punkt zwischen den Schulterblättern. Immer wieder blieb ich stehen, um mir die Schaufenster anzusehen oder die Schuhbänder zuzubinden, und ließ den Blick verstohlen durch die Straßen schweifen. Es ist erstaunlich, wie sonderbar die Leute einem erscheinen, wenn man geduldig nach einem bestimmten Gesicht unter ihnen Ausschau hält. Sie werden zu wandelnden Wachsfiguren, bis in die kleinste Einzelheit genaue, doch nicht ganz überzeugende Kopien ihrer selbst, deren Züge bis zur Anonymität verschwommen und deren Bewegungen steif und merkwürdig unkoordiniert sind. Doch als endlich Inspektor Hacketts grinsender kugeliger Kopf mit den kubistischen Gesichtszügen aus der Menge auftauchte, erkannte ich ihn erst, als er mich ansprach. Ich hatte Popeye oder den Pa erwartet oder jemand noch Schlimmeren. Er stand unter dem überwölbten Torweg in der Fawn Street, die Hände in den Taschen des zugeknöpften und gegürteten Regenmantels. Er sah mehr denn je aus wie eine lebensgroße Spielzeugfigur, zu dick ausgestopft und klebrig wegen der vielen Lackschichten. Wir gaben uns die Hand; immer diese merkwürdige, gespreizte Förmlichkeit. »Wie läuft's?« sagte er, ein weiterer jener doppeldeutigen Eröffnungssätze, für die er und der Pa eine Vorliebe hatten.

Wir gingen durch den Torweg und bogen zu den Kais ab. Der Wind pfiff in der schaumigen Luft über dem Fluß, und das Wasser hob und senkte sich und rollte hin und her wie ein Sammelsurium großer würfelförmiger brauner Kartons. »Der Winter ist im Anzug«, sagte Hackett und steckte die Hände tiefer in die Taschen seines rattenfarbenen Mackin-

toshs und preßte die Ellbogen zitternd an den Körper. »Ich nehme an«, sagte er nachdenklich, »man muß viel arbeiten, um ein Sachverständiger zu werden? Viel lesen und so?« Er sah mich mit seinem Hanswurstfeixen von der Seite an. »Natürlich, Sie hatten genug Zeit dazu, nicht wahr?«
Wir blieben stehen. Er stützte sich auf die Kaimauer und betrachtete eine Zeitlang die aufeinanderprallenden Wellen. Kalte Regenstifte fielen in schrägem Winkel herab. Ich erzählte ihm, daß der Pa in Pelzmantel und Samtkleid in meine Wohnung gekommen sei. Er lachte.
»Das ist typisch der Pa«, sagte er, »total verrückt. Er schreibt mir, müssen Sie wissen. Alle möglichen Themen: wie Krebs geheilt werden kann, der Papst ist Jude, solche Sachen. Völlig verrückt. Er weiß, daß ich weiß, daß er diese Bilder hat. Die Frage ist nur: Wo sind sie?«
Manchmal denke ich, daß alle bedeutsamen Ereignisse meines Lebens ausschließlich von Schmerz und Angst gekennzeichnet gewesen sind und von einer Art ungläubigem, langsamem Gefühl der Bestürzung, während ich aus mir heraustrete und entgeistert auf das starre, was ich gerade tue. Dein Gesicht tauchte auf und hing in meinem Kopf wie eine Halloweenmaske und blickte mich mit aufeinandergepreßten Lippen warnend an.
»Morden hat sie«, sagte ich mit so leiser Stimme, daß ich sie selbst kaum hörte, und augenblicklich hatte ich den verzweifelten Drang zu weinen. »Es gibt ein Zimmer…« Und in meinem Kopf wandtest du das Gesicht langsam von mir ab, und ich erinnerte mich, wie du die Hand hobst und sie durch die Luft gleiten ließest und sagtest: *Frei.*
Hackett hielt den Blick weiter auf den Fluß gerichtet, stirnrunzelnd, so als löse er im Kopf müßig Rechenaufgaben.
»Tatsächlich?« sagte er schließlich sanft. »Und Sie würden sagen, daß sie echt sind?«
»Ja«, sagte ich, »das sind sie; sie sind echt.«

Ein Schwall wäßrigen Sonnenlichts von irgendwoher erleuchtete kurz das smaragdene Moos auf der Kaimauer, so daß es glitzerte. Hackett blies sich in die Hände und rieb sie energisch.
»Das einzige Problem ist also«, sagte er, »wie er sie aus dem Land schafft?«
Wir gingen weiter. Ein Bus kam plötzlich aus dem Nichts mit einem Schwirren riesiger Räder auf uns zu. In seinem Kielwasser wurde heftig ein Ball aus Luft und Regen aufgepeitscht. Ich dachte: *Was habe ich getan, was habe ich getan?* Aber ich wußte, was ich getan hatte.
»Übrigens«, sagte Hackett, »ich habe Ihnen gesagt, er würde es wieder tun, nicht wahr?« Ich blickte ausdruckslos, und er versetzte mir einen spielerischen Rippenstoß. »Der Typ mit dem Messer«, sagte er. »Jetzt sind es schon drei.« Wieder preßte er die Ellbogen an den Körper. »Und es werden noch mehr, würde ich sagen.«
Als ich nach Hause kam, war das Haus ganz still. Die Tür zum Badezimmer stand offen; während ich die Treppe hinaufging, sah ich das Licht der nackten Glühbirne, einen expressionistischen Keil blaßgelber Farbe, der über die Schwelle fiel und sich über dem Treppengeländer brach. Was ich zunächst für ein auf dem Fußboden im offenen Türeingang liegendes Bündel von Lumpen hielt, entpuppte sich bei näherem Hinsehen als Tante Corky. Sie lag da, den Kopf in einem spitzen Winkel gegen die Fußleisten gedrückt, ein Bein und einen Arm verdreht unter sich. Ich dachte an einen jungen Vogel, der aus dem Nest gefallen war – die zarten Knochen und das wächserne Fleisch und der magere verdrehte Hals. Ich nahm an, daß sie tot war. Ich war erstaunlich ruhig. Am intensivsten empfand ich jedoch ein grimmiges Gefühl der Erbitterung. Das war zuviel; wirklich, das war zuviel. Ich stand da, die Hände auf den Hüften, und sah sie mir an; ich flüsterte etwas, ich weiß nicht was. Sie stöhnte. Da

fuhr ich zusammen. Ich wurde noch gereizter: Du mußt dir zum Beispiel einen Stauer vorstellen, der sich einem schrecklich unhandlichen Stück Frachtgut gegenübersieht. Ich hätte natürlich nicht einmal daran denken dürfen, sie anzufassen, ich hatte genug Leinwanddramen gesehen, um es besser zu wissen *(Versuchen Sie nicht, sie zu bewegen, Ace, warten Sie lieber auf den Arzt!).* Ungestüm wie immer kauerte ich mich jedoch neben sie und ergriff sie an einem Ellbogen und einem Knie und lud sie mir mit Hilfe des sogenannten Feuerwehrmanngriffes auf die Schultern. Zuerst kam sie mir so leicht vor, daß ich dachte, ihre Glieder müßten vollkommen aus den Gelenkpfannen geglitten sein und der Rest von Tante Corky liege noch auf dem Boden. Die Seide ihres Hausmantels fühlte sich an wie ganz dünne, kühle, schlüpfrige Haut. Sie hatte sich beschmutzt, aber nur ein wenig, da ihre Altfrauen-Ausscheidungen kärglich waren; ich war überrascht, daß mir der Geruch nichts ausmachte. Ich begann die Treppe hinaufzugehen. Es war ein wenig, wie ein aus dem Boden gerissenes Zelt zu tragen, in dem noch die Stangen stecken. Ich dachte an Barbarossa und seine kostbare Apparatur. Ich spürte, wie Tante Corkys vogelgroßes Herz sich gegen den Käfig ihrer Rippen warf. »Ach Herrgott, Sohn!« sagte sie, und sie ganz nah an meinem Ohr so deutlich sprechen zu hören, erschreckte mich derart, daß ich sie beinahe fallengelassen hätte. Ich glaube jedenfalls, daß sie das gesagt hat. Vielleicht war es aber auch etwas völlig anderes.
Es war ein langer Weg, diese Via Dolorosa über die Treppe. Was zunächst als leichte Last erschienen war, wurde mit jedem Schritt schwerer, und als ich schließlich oben ankam, war ich ganz krumm, und Schweiß rann mir in die Augen. Ich fragte mich, wie ich den Wohnungsschlüssel aus der Hosentasche holen sollte – sollte ich sie absetzen oder sie in labilem Gleichgewicht auf den Schultern balancieren, während ich danach tastete? –, doch glücklicherweise hatte

sie die Tür nur eingeklinkt. Beim Durchgehen stieß ich ihren Kopf gegen den Türrahmen, und sie stöhnte. Später konnte Dr. Murmel nicht verstehen, wie sie die Qual dieses Aufstiegs überlebt hatte, mit einer gebrochenen Hüfte und einem beginnenden Aneurysma, wie es schien. Ich habe es gut gemeint, Tantchen, wirklich. Während dieser wenigen Minuten warst du mein Leben und alles, was ich darin ungetan gelassen hatte, ganz zu schweigen von ein paar Dingen, die ich getan hatte, aber besser unterlassen hätte. Ich wollte dich retten, dich in die Welt zurückholen, deine armen zerschmetterten Knochen zusammenfügen und dich wieder ganz machen. Dabei habe ich es nur geschafft, deinen Tod zu beschleunigen. Ich wünschte, du hättest mir nicht dein Geld hinterlassen.

Ich schaffte sie ins Schlafzimmer und lud sie auf dem Bett ab, so sacht ich konnte; zuerst Stauer, dann Feuerwehrmann und jetzt Kohlenlieferant. Tante Corky und die Bettfedern stöhnten synchron. Ihre Lider öffneten sich flatternd, aber die Augen waren abwesend und versuchten in irgendeine unmögliche Ferne zu blicken. Schwer atmend trat ich zurück; ich wußte, was als nächstes kommen mußte. Ihr den Morgenmantel abzustreifen, war nicht sehr schwierig (diese Stockarme!), doch darunter war sie in diverse geschnürte und geschnallte Sachen gewickelt, und ich zerrte und fluchte lange, bis ich diese entfernt hatte. Was für ein geheimnisvolles und faszinierendes Objekt der menschliche Körper ist. Mir kam der Gedanke, daß dies, jedenfalls soweit ich mich erinnern konnte, das erste Mal in meinem Leben war, daß ich eine nackte Frau ohne Verlangen angeschaut hatte. Ich dachte an dich und erbebte und bedeckte Tante Corkys welkes Fleisch hastig mit der Decke und ging in die Küche, um eine Schüssel mit Wasser und einen Lappen zu holen. Ich bewegte mich wie ein hektischer Automat. Ich wußte, wenn ich nur eine Sekunde innehielt und nachdachte, würde ich die

Nerven verlieren und womöglich die Schlafzimmertür zuschlagen und aus dem Haus flüchten und nie wieder zurückkehren. Ich ging wieder ins Schlafzimmer und war leicht überrascht, meine Tante noch immer dort vorzufinden, obgleich ich nicht weiß, wie und wohin sie hätte verschwinden sollen. Ich schaltete die Nachttischlampe ein und dann wieder aus; der Schimmer, der durch das Fenster drang, genügte vollauf als Beleuchtung für die Aufgabe, die meiner harrte. Ich hob die Decke hoch, hielt den Atem an, zog das Bündel beschmutzter Lumpen unter Tante Corkys Hüften hervor und säuberte sie mit Seife und Wasser, so gut ich konnte. Als ich das eine Bein seitlich anhob, vernahm ich ein knorpeliges, krachendes Geräusch; später begriff ich, daß es die gebrochenen Enden ihres Hüftbeins gewesen sein mußten, die aneinanderstießen. Als ich fertig war, deckte ich sie wieder zu – sie fühlte sich erschreckend kalt an – und ging hinunter zum Telefon im Flur im Erdgeschoß, um Hilfe zu holen. Ich hatte keine Münzen für das Telefon mitgenommen und mußte nochmals hinaufrennen. Wenn ich mich an jenen Nachmittag erinnere, so bin ich in ständiger Bewegung und lege die Entfernungen zwischen Schlafzimmer und Küche und Treppe in großen, verrückten Sprüngen zurück, wie ein wahnsinniger Ballettänzer.

Ich rief die *Zypressen* an. Mir wurde erst bewußt, daß ich diese Nummer gewählt hatte, als Mrs. Haddons Gekreische in der Leitung zu hören war. Augenblicklich begann ich gleichfalls erregt und in wilder Ausgelassenheit auf sie einzubrüllen. »Ich brauche einen Arzt!« rief ich und wiederholte das immer wieder, und sie antwortete mir ununterbrochen mit demselben Satz, aus dem ich nicht klug wurde; sie schien darauf zu bestehen, daß sie es *mir ja gesagt* hatte; vielleicht schrie sie Dr. Murmels Namen – Kehoe, Devereaux oder so? –, denn während einer kurzen Pause in dem ganzen Tohuwabohu teilte sie mir mit leiser, strenger Stimme mit, daß sich der Arzt gerade dort befinde, direkt neben ihr stehe und daß er auf dem Weg nach Hause vorbeikommen würde, wenn er Zeit hätte. Nach diesem letzten Zusatz begann ich wieder zu schreien, bis der pensionierte Henker, der in der Wohnung im Erdgeschoß wohnte, seinen borstigen Kopf heraussteckte und mich zornig anfunkelte. Ich holte tief Atem und blickte in das schwarze, angehauchte Loch des Hörers und sagte ruhig, meine Tante liege im Sterben. Mehr als diese Worte, glaube ich, zeigte die plötzliche Ruhe in meiner Stimme Wirkung. Eine Pause entstand, und Mrs. Haddon legte die Hand über das Mundstück und erzeugte so ein klatschendes Geräusch, das mir das Gefühl gab, ins Gesicht geschlagen zu werden, dann meldete sie sich wieder und sagte mürrisch, der Arzt werde sofort aufbrechen.

Bebend von diesem verbalen Austausch hastete ich wieder nach oben. Als ich mich der offenen Wohnungstür näherte, hielt ich inne, da ich die Stimme meiner Tante vernahm, und eine Gänsehaut kroch mir den Rücken hinauf und über die Schulterblätter. Mit wem redete sie? Zitternd ging ich hinein und schloß die Tür hinter mir und näherte mich auf Zehenspitzen dem Schlafzimmer. Ich beschloß, falls es der Pa wäre, der erneut irgendwie hineingelangt war, ohne daß ich ihn gesehen hatte, würde ich ihn umbringen. Ich stellte mir sogar vor, wie ich mich hinter seinem breiten Rücken mit einem Feuerhaken anschleichen würde und… Aber niemand war da, nur Tante Corky, die auf dem Rücken lag und zur Decke sprach. Ihre Augen waren offen, aber sie hatten noch immer diesen fernen, gedankenverlorenen Ausdruck. Der Wind habe die Tür zugeschlagen, sagte sie, ein furchtbarer Wind sei in der Nacht aufgekommen und habe die Tür zugeschlagen. Sie sprach voll ehrerbietiger Scheu, wie von einem großen und schrecklichen Ereignis. Gespenstisch tauchte die Szene vor mir auf: die still hingekauerten Möbel, ein Lichtschimmer auf einem polierten Holzboden und eine Biedermeieruhr, die leise mit der Zunge schnalzte, dann bewegte sich Tante Corky vorsichtig, als habe sie etwas gehört, und dann der mächtige Windstoß und die Tür, die zuschlug wie eine Falle. Ihre große Hand lag zuckend auf der Decke; ich nahm sie in meine: Sie war kühl und trocken und doch irgendwie schlüpfrig. Mir schien, ich sei seit Stunden hier, doch der Tag verweilte noch im Fenster, und der Himmel war eine hohe Kuppel dunklen Glanzes. Ich ging zum Fenster und blickte hinunter in die ineinanderfließenden Schatten im Garten und dachte an die Myriaden heimlicher Leben, die dort wimmelten. Krähen drehten und überschlugen sich im windgepeitschten Himmel wie umhergewehte Fetzen schwarzen Krepps. Ich legte die Stirn an eine kühle Fensterscheibe und spürte das leichte Pochen der Welt im Glas. Die Nacht schlich sich an den Garten heran. Ich kannte mich selbst nicht mehr. Hinter mir wimmerte die alte Frau. Ich begann im Zimmer umherzugehen und hörte mich die Schritte zählen. Eins, zwei, drei, vier, fünf, sechs, umdrehen. Die Zeit schien hier ins Stocken geraten zu sein; der Tag war mittlerweile sicherlich tot, aber der Himmel bewahrte noch seinen lohfarbenen Schimmer. Tante Corky lag bewegungslos mit geschlossenen Augen da, ein Abbild ihrer selbst, anwesend und doch nicht anwesend. Ich wollte laut ein Wort sagen und meine eigene Stimme hören, aber mir fiel nicht ein, was ich sagen sollte, und außerdem war ich befangen. Dies war eine besondere Art des Alleinseins. Eins, zwei, drei, vier, fünf, sechs, umdrehen.

Ich entsinne mich dieser halben Stunde mit seltsamer und zwingender Klarheit. Nichts passierte – eben gar nichts passierte: Es war wie Zeit, die man in einem Aufzug verbringt, oder wie wenn man auf Nachrichten wartet, die nicht eintreffen –, dennoch habe ich den Eindruck von einem Ereignis, zu ungeheuerlich, um wahrgenommen zu werden, wie die Welt selbst, wenn sie sich der Nacht zuneigt. Es war, als

unterzöge ich mich einem Initiationsritus oder einem Reinigungsritual: Schatten, Einsamkeit, krächzende Krähen, die schlafende Alte und ich im Dunkeln hin und her gehend, hin und her. Als endlich die Türklingel ertönte, ein anhaltendes und irgendwie mißtönendes Trillern, hatte sie in meinen Ohren einen drängend liturgischen Beiklang.
Als ich die Haustür öffnete, trat Dr. Murmel rasch seitwärtsgewandt ein, wie ein Spion oder ein Mann auf der Flucht. Er war groß und linkisch und hatte einen kleinen, recht schönen Kopf auf einem langen Stengel von Hals. Er erinnerte mich an jene Unglücklichen, die im letzten Schuljahr plötzlich zu eins neunzig Meter großen Riesen werden und nur noch aus Handgelenken und Knien und grobknochiger Pein bestehen. Beim Reden hatte er die – vielleicht von Mrs. Haddon übernommene – Gewohnheit, unverwandt zur Seite zu blicken, so als wäre ihm eben ein schrecklicher Gedanke gekommen, der mit etwas völlig anderem zu tun hatte. Er schüttelte mir feierlich die Hand, den Blick auf ein Stück Mauer neben meiner Schulter gerichtet, und folgte mir mit müdem Schritt über die Treppe; er seufzte und sprach leise, ob mit mir oder mit sich selbst, das wußte ich nicht. Im Schlafzimmer schaltete ich das Licht ein, und er stand einen Augenblick da, mit seiner Tasche in der Hand und gebeugten Schultern, und betrachtete Tante Corky. Er hakte einen Finger unter den Hemdkragen und – ein Anklang an Hackett diesmal – zog heftig daran, wobei er sein Kinn in die Höhe streckte und den Mund seitwärts schob, während sein Adamsapfel auf dem Gummizug auf- und abhüpfte. »Hmm«, sagte er unsicher. Tante Corky war aschgrau, und in den Minuten, die ich fort gewesen war, um den Arzt einzulassen, war sie sichtlich geschrumpft. Ihre gelbe Lockenperücke saß absurderweise immer noch richtig. Dr. Murmel legte ihr eine knochige Hand auf die Stirn. »Hmm«, sagte er erneut, wobei er diesmal mit mehr Erfolg den Tonfall ernsten Bedenkens traf und

auf eine Weise die Stirn runzelte, die er wohl für professionell hielt. Ich wartete, aber es kam nichts mehr. Ich sagte, meiner Ansicht nach müsse sie sich beim Fallen etwas gebrochen haben; ein ungeduldiger Ton in meiner Stimme ließ sich nicht unterdrücken. Er schien mich nicht gehört zu haben. Er wandte sich mir zu, blickte jedoch starr zum Fenster hin. »Wir brauchen einen Krankenwagen, glaube ich«, sagte er.
Wieder das Telefon und weiteres unterlippenbeißendes Warten. Ich ging auf und ab, während Dr. Murmel vor sich hin murmelte. Dann der Krankenwagen und das Blaulicht auf der Straße und zwei fidele Sanitäter mit einer Trage, und auf dem Weg nach unten an der Tür jeder Wohnung ein Gesicht, das in gespannter Anteilnahme herausspähte. Auf dem Gehsteig trat ich zurück, während sie meine Tante einluden. Das erleuchtete Innere des Krankenwagens erinnerte mich an eine Darstellung von Christi Geburt. Die Nacht, die diese bewegliche Krippe umgab, war wild und rauh und der Himmel voll Kampf und Tumult. Die Decke, unter der meine Tante angeschnallt lag, hatte die Farbe halb getrockneten Blutes. Ein oder zwei eilige Passanten verlangsamten ihre Schritte und reckten die Hälse, um etwas zu sehen. Ein Sanitäter kam zur offenen Haustür und streckte mir eine Hand entgegen. »Hier ist ein Platz«, sagte er. Einen Augenblick lang wußte ich nicht, was er meinte. Dr. Murmel saß bereits mit seiner Tasche auf den Knien neben Tante Corky. Im grellen Neonlicht waren Patientin und Arzt gleichermaßen bleich. Widerwillig stieg ich zu ihnen ein und spürte mit Unbehagen, wie die große Maschine sich unter meinem Gewicht neigte und dann wieder aufrichtete.
Das Krankenhaus... Muß ich das Krankenhaus beschreiben? Ein windiger Vorbau, schwach erleuchtet vom hin- und herschwankenden Licht einer (so behauptet wenigstens meine Erinnerung) Gaslampe; im Inneren ein rotzfarbener Korridor, wo meine Tante auf ihrem Wagen kurz abgestellt

wurde, wie ein Eisenbahnwaggon, der auf ein Nebengleis geschoben wird. Der warme Geruch nach Haferschleim trug mich geradewegs in die Zeit der frühen Kindheit zurück. Irgendwo, unsichtbar, klang es, als flirteten ein Arzt und eine Krankenschwester lustlos miteinander. Dann geschäftige Eile gestärkter Uniformen und Gummisohlen, die auf Gummiböden quietschten, und Tante Corky wurde rasch weggeschoben.

Als ich sie wiedersah, im meeresartigen Schweigen und Leuchten eines dunkelgrünen Raumes irgendwo unter der Erde, erkannte ich sie kaum wieder. Sie hatten ihr die Perücke abgenommen; die paar Strähnen ihres eigenen, noch verbliebenen Haares hatten denselben rostroten Farbton wie meine. Wie bleich ihr Schädel war, weiß und porös, so als wäre es schon der Knochen, den ich sah. Auch ihre Zähne hatten sie entfernt; ich frage mich warum? Ich berührte ihre Wange, sehr fest, kühl, aber noch nicht kalt, und etwas feucht, wie eben erst geformter Kitt. Ich trat zurück und hörte ihn wieder, deutlicher nun als zuvor, diesen schwarzen Wind, der durch die Stille der europäischen Nacht fegte, und die dunkle Tür, die zuschlug.

Eine Hand berührte meine Schulter. Vor Schreck fuhr ich hoch. Mir fiel das Herz in die Hose und danach offenbar auf den Fußboden. Dr. Murmel beugte sich in gequältem Winkel von hinten über mich. »Kann ich Sie sprechen?« sagte er leise. Ich folgte ihm in ein weiteres unterirdisches Zimmer, eine fensterlose Zelle mit einem Metalltisch und zwei Metallstühlen, und eine nackte Glühbirne zitterte an ihrer Schnur im Gleichklang mit irgendeinem riesigen Motor, der stumm im Herzen des Gebäudes pulsierte. Wir setzten uns. Die Stühle gaben ein prothetisches Knarren von sich. Plötzlich beugte sich Dr. Murmel seitwärts nach unten, als wolle er die Wange auf den Tisch legen, doch er griff nur in seine schwarze Tasche. Er holte ein eselsohriges Formular heraus

und starrte einen langen, unglücklichen Moment düster darauf. Dann verlagerte er seinen Blick in eine entfernte Ecke des Raumes und seufzte.
»Sie bestehen darauf, daß sie gestorben sein muß, bevor der Krankenwagen kam«, sagte er. Sein besorgter Blick traf sich kurz mit meinem. »Ich hatte nicht den Eindruck, daß sie schon tot war, und Sie?« Ich sah nur meine Hände auf dem Tisch an; im zitternden Leuchten der Glühbirne über meinem Kopf hatten sie eine grünliche Färbung. Wieder seufzte er, diesmal ärgerlich, steckte einen Finger unter den Kragen und machte diese Grimasse mit dem Kinn und dem zur Seite verzogenen Mund. »Ich persönlich glaube, sie wollen nur den Papierkram umgehen«, sagte er verärgert. »Jedenfalls bedeutet es, daß ich den Schein ausstellen muß. Also...« Argwöhnisch nahm er das vor ihm liegende Papier in Augenschein und begann mir Fragen über Tante Corky zu stellen, die ich nicht beantworten konnte. Ich erklärte ihm, ich hätte sie kaum gekannt. Er machte eine Pause und nickte und lutschte an seinem Kugelschreiber. »Aber sie hat bei Ihnen gewohnt«, sagte er. Darauf wußte ich ebenfalls keine Antwort. Es war ein peinlicher Augenblick. Was sollte ich tun? Schamlos erfand ich alles, Daten und Orte, was er auch fragte; ein erdichtetes Leben. Ich hatte das Gefühl, es würde Tante Corky nichts ausmachen. Beglückt schrieb er alles auf; es hätte mich nicht erstaunt, wenn er zu pfeifen angefangen hätte. Dann kamen wir zur heiklen Frage der Todesursache, und er wurde wieder deprimiert und lutschte an seinem Kugelschreiber und rutschte seufzend und blinzelnd auf seinem Stuhl hin und her, wie ein Student, der eine Prüfung ablegt, auf die er sich nicht genügend vorbereitet hat. Wieder wandte er sich hoffnungsvoll an mich. Schüchtern schlug ich Herzversagen vor. Er überlegte kurz und schüttelte den Kopf. »Muß genauer sein«, sagte er. Wir dachten angestrengt nach. Er betrachtete die Decke, während ich auf den Fuß-

boden starrte. Als nächstes schlug ich Schlaganfall vor. Er war unsicher, doch ich bestand darauf. »Na gut«, sagte er, »dann eben Schlaganfall.« Er zögerte, dann beugte er sich stirnrunzelnd über das Dokument, und nachdem er eine letzte Sekunde gezaudert hatte, trug er das Wort ein und lehnte sich mit einem unzufriedenen und leicht verstimmten Gesichtsausdruck zurück, so als hätte er an einem Kreuzworträtsel gesessen, und mir wäre das letzte Wort eingefallen. Er schwenkte das Schriftstück vor meinem Gesicht herum, als würde er es gleich wegzaubern; ich versuchte seine Unterschrift zu lesen, konnte sie jedoch nicht entziffern. Dann verstaute er das Papier in der Tasche, und wir standen verlegen auf, klopften uns auf die Hosentaschen und blickten aneinander vorbei. Ich spürte, daß er noch etwas auf dem Herzen hatte. Plötzlich nahm er meine Hand in beide Hände und drückte sie bekümmert. »Mein Beileid«, stieß er hervor und blickte verzweifelt an meiner Schulter vorüber. »Mein herzliches Beileid«, als ob ... na ja, als ob ich wirklich einen schmerzlichen Verlust erlitten hätte; als ob ich tatsächlich Schmerz empfände. Wie war er nur auf eine solche Idee gekommen? Ich starrte ihn an, entgeistert und unerklärlich entsetzt, und wandte mich dann wortlos ab. Erstaunlich, wie Morden gesagt hätte.

Draußen fiel die Nacht mit überraschender Helligkeit über mich her. Schwarzer Regen fiel durch das schwankende Lampenlicht in der Vorhalle, und der Parkplatz stand unter sich kräuselndem Wasser. Auf der Straße klatschte der Wind seine riesigen Hände auf den überschwemmten Straßenbelag, und vorüberfahrende Autos zogen weißgeränderte Heckflossen hinter sich her. Ich brauchte lange, um ein Taxi zu finden. Der Fahrer, bucklig und mit Hut, erinnerte mich an den Typ, der mich gefahren hatte, als ich Tante Corky aus den *Zypressen* holte; vielleicht war er es sogar, es hätte mich nicht gewundert. In der plötzlich und endgültig leeren Wohnung warf ich mich auf die Couch – würde ich mich je wieder in das Bett legen können? – und schlief unruhig, denn ich hörte, wie der Nachtwind um Tante Corky klagte. Im Traum kam sie zu mir und saß ruhig neben mir, die großen breiten Arbeiterinnenhände im Schoß gefaltet, und erzählte mir vieles, doch ich kann mich an nichts davon erinnern. Bei Tagesanbruch erwachte ich erschöpft. Die Welt draußen sah zerzaust und chaotisch aus nach den entfesselten Stürmen der Nacht. Ich wurde von einer seltsamen, aufgeregten Heiterkeit erfaßt; ich fühlte mich leicht und hohl, wie ein Gefäß, das ausgeleert und gescheuert worden war. Das Schlafzimmer mied ich; mit dem Badezimmer war es nicht viel besser. Ich rasierte mich mit zitternder Hand und schnitt mich dabei. Ich wollte dich sehen. Das war alles, woran ich denken konnte: Ich mußte dich sehen.

7. **Akis und Galatea,** 1677
Jan Vibell (1630–1690)

Öl auf Leinwand, 45,8 x 69,9 cm

Wie ruhig die Liebenden... ich kann nicht. Wie ruhig die Liebenden liegen. (So ruhig konntest du lügen.) Wie ruhig die Liebenden liegen, gebettet in Seligkeit. In seliger Ahnungslosigkeit, ohne zu wissen, daß jemand im Wald sie beobachtet. Der Zyklop Polyphem liebt Galatea, die Wassernymphe, die den Schäfer Akis liebt. Der einäugige Riese überschüttet die treulose Nymphe mit Geschenken (siehe Ovid, *Metamorphosen,* Buch XIII), ohne Erfolg. Akis, Sohn und Liebhaber einer Meeresnymphe, Akis muß sterben, zermalmt von einem Felsen, den der Riese schleudert, und wird dann in einen Fluß verwandelt (gleich darauf wird Odysseus mit seinem glühenden Brandeisen den Zyklopen erledigen). Vibells Kunst ist subtil und mehrdeutig; ist das Thema hier der Schmerz der Eifersucht oder der verschämte Genuß des Voyeurismus oder aber der Wunsch der triumphierenden Frau, von dem einen Geliebten heimlich beobachtet zu werden, während sie in den Armen des anderen liegt? In der dunklen und krankhaften Welt dieses Malers ist nichts gewiß außer dem Leiden. Die herrliche, sonnendurchflutete Landschaft, die an die Landschaften Watteaus und Vaublins erinnert und vor der sich das kleine Dreiecksdrama abspielt, ist gleichzeitig ein prächtiger Vergnügungspark und eine Darstellung der üppig wuchernden und grausam überlegenen Natur. Die ungezähmte Fülle von Pflanzen und Tieren mutet an wie ein Symbol für die Gleichgültigkeit der Welt gegenüber den Belangen der Menschen. Selbst Polyphem erscheint klein im Verhältnis zu der überwältigenden Szenerie, in der er sich versteckt hält. Sieh, wie er in den Tiefen des Grüns kauert (siehst du ihn?), wie sein einziges Auge glotzt, verrückt vor Gram und Wut; krümmt er sich vor Schmerz oder ist er in einem Akt quälerischer Selbstbefleckung begriffen? Ein schmutziger kleiner Witz des Malers. Ich empfinde eine starke und melancholische Verwandtschaft mit dem liebeskranken Riesen. Die Löwen und Bären, die Stiere und Elefanten (offensichtlich hat Vibell nie einen wirklichen Elefanten gesehen), nutzlose Geschenke des Zyklopen für die gleichgültige Nymphe, durchstreifen die Landschaft, wie in vages Staunen versunken, absurd in diesen nördlichen Gefilden, zwischen diesen zarten Grün-, den weichen Umbra- und den klaren Blautönen; bald, so spüren wir, sehr bald werden sie ihre verwirrte Zurückhaltung abwerfen, und dann wird das Blutbad beginnen. Unter ihrem großen bemoosten Felsen liegen die Liebenden umschlungen wie Zwillinge im Mutterleib. Der Weiher blauen Wassers zu Akis' Füßen nimmt die Verwandlung vorweg, die ihn erwartet, während die schroffe Felsspitze über seinem Kopf ihn zu zerschmettern droht. Galatea. Galatea. Sie ist die Tochter des Nereus. Sie wird ihren erschlagenen Geliebten in einen Fluß verwandeln. Der Fels wird sich spalten, und aus dem Riß wird ein kräftiges Schilfrohr entspringen, schlank, naß, glitzernd. Ich bin Akis und Polyphem in einem. Dies ist mein unbeholfenes Lied, das Lied, das der Zyklop sang.

In dieser angeschlagenen und erschütterten, illusorisch erwartungsvollen Geistesverfassung hätte ich nicht in die Rue Street gehen sollen. Am Morgen waren noch Nachwirkungen zu spüren, launische Windstöße und zerrissene, tief treibende Wolken und Blätter und Abfall, der überall herumflog. Ich schritt dahin wie auf Sprungfedern, sog die kühle Luft durch aufgeblähte Nasenlöcher ein und dachte über das Mysterium des Todes nach. Dies war eine Welt ohne Tante Corky. Was sie gewesen war, war verschwunden, verflogen wie Rauch. Vergib mir, Tantchen, aber dieser Gedanke hatte etwas Belebendes; nicht der Gedanke, daß es dich nicht mehr gab, versteh mich recht, sondern daß so vieles, das nicht du warst, blieb. Nein, ich verstehe es auch nicht, aber ich weiß nicht, wie ich es sonst ausdrücken soll. Ich vermute, es war ein wenig wie das, was der zum Tode Verurteilte empfinden muß, wenn es in letzter Minute zur Begnadigung kommt und er mit weichen Knien vom Schafott weggeführt wird: eine Mischung aus Überraschung und einem Rest von Schrecken und einer Art atemlosen Drängens. *Mehr, mehr,* das ist der Schrei des Überlebenden – *gebt mir mehr!* Ich ging kurz ins

Café Ptomaine in der Dog Lane und nahm mitten unter den Hustenden im Zigarettenrauch Platz und aß ein gewaltiges Frühstück, Würstchen und Blutwurst und ein Sandwich mit gebratenem Speck und ein Spiegelei, das am Rand braun gebraten war und in einer Pfütze heißen Fettes schwamm. *Che barbaro appetito, lalala la!* Aus einem Automaten von der Größe eines Sarges (»Gib ihm einen Tritt«, riet mir einer der Stammgäste mit heiser pfeifendem Grabeslachen) holte ich mir ein Päckchen billiger Zigaretten, und obwohl ich nie geraucht habe, saß ich da und paffte drauflos und lächelte benebelt vor mich hin. Manchmal glaube ich wirklich, ich bin verrückt.

In der Rue Street standen drei Autos falsch vor dem Haus geparkt, eines hatte einen Plastikhund im Rückfenster. Die Haustür war weit offen und hing nur noch in einer Angel – dennoch hatte man eher den Eindruck von Fröhlichkeit als von Gewalt, so als wäre der Schaden von einer ausgelassenen Gruppe angerichtet worden, die sich mit Gewalt den Weg gebahnt hatte. Ein massiger Mann in einer schmutzigen, aber sorgfältig gebügelten grauen Hose und einem blauen Blazer stand im Vorraum herum, mit einer Zigarette, die nur schlecht in der hohlen Hand von der Größe eines kleinen Schinkens versteckt war. Er warf mir einen unsicheren Blick zu und sagte etwas, das ich nicht verstand, während ich an ihm vorbeistürmte und die Treppe hochrannte. Auf dem ersten Treppenabsatz stieß ich auf zwei weitere Typen, die mit dem leeren, leicht verdrossenen Blick von Besuchern herumstanden, die man unzumutbar lange warten ließ. Sie trugen Anoraks, und ich nahm nicht sofort wahr, daß einer auch eine stupsnasige Maschinenpistole hatte, die lässig in seiner Armbeuge lag. Sie betrachteten mich interessiert. Auch dieses Paar strafte ich mit Verachtung und ging weiter die Treppe hinauf. An der Tür des Ateliers stand noch ein Anorak Wache; auch er war bewaffnet. Er war bedrohlich höflich. Er wollte wissen, wer ich sei. Ich sagte ihm, ich wohne hier, was schließlich nahezu der Wahrheit entsprach. Er blickte mich finster an und machte eine vage Bewegung mit der Schnauze seiner Maschinenpistole, zum Zeichen, daß ich weitergehen konnte. Arrogant, mit geblähten Nasenlöchern und zurückgeworfenem Kopf, rauschte ich an ihm vorüber. Ich hatte das außerordentliche Gefühl der Unbesiegbarkeit. Ich hätte durch die Wand gehen können, falls es nötig gewesen wäre.

Ich blieb jedoch auf der Schwelle stehen, wie jedesmal getroffen von der Grelle des weißen Lichts, das aus den hohen, himmelerfüllten Fenstern fiel. Morden posierte wie damals, als ich ihn zum ersten Mal gesehen hatte, stehend im Profil vor dem Hintergrund des drapierten Leintuchs, das große flache Gesicht zum Licht erhoben und die Hände tief in den Taschen seines langen Mantels vergraben. Er wandte sich nicht um. Mitten im Raum stand Inspektor Hackett und blickte auf seine blutende linke Hand; er unterzog sie einer eingehenden und, wie es schien, bewundernden Prüfung, drehte sie vor dem Gesicht einmal in diese, dann in jene Richtung. Ein wenig weiter weg saß starr und wachsam der Hund Prinz in zugleich herausfordernder und betroffener Haltung, mit zitternden Vorderbeinen, und leckte sich rasch und geräuschvoll die Lippen. Francie hockte neben dem Hund, eine Hand in seinem Genick. Er warf mir einen gleichgültigen Blick zu.

»Ah, Mr. M.«, sagte Hackett. »Treten Sie ein, treten Sie ein. Sie kommen gerade recht, wie immer.« Er schien sehr gut gelaunt und war an diesem Tag auf besonderen Hochglanz poliert. Stolz streckte er mir die Hand zur Besichtigung entgegen; ein trocknendes Blutrinnsal zog sich über das Handgelenk bis unter die Manschette. »Sehen Sie doch, was der Köter mit mir gemacht hat«, sagte er. Gemeinsam begutachteten wir die Wunde. »Eher ein Riß als ein Biß«, sagte er. »Sehen Sie?«

Hinter mir auf der Schwelle vernahm man Schritte, und ein großer dünner Mann mit einem Totenschädelgesicht in einem dreiteiligen Anzug aus Houndstooth-Tweed trat ein und trocknete sich die Hände an einem riesigen, schneeweißen Taschentuch ab. Sein kleiner knochiger Kopf war an der Stirn breit und schmal am Kinn, und er hatte eine eigenartig vorstehende Oberlippe, so als trage er ein Gebiß aus Plastikzähnen über seinen eigenen. Blaue Augen, sehr scharf und wachsam und voll boshaften Vergnügens. Er hatte die glatte und zugleich energische Art eines Mediziners – dieses Taschentuch, diese Hände –, und eine Sekunde lang sah ich dich auf der Chaiselongue hingestreckt in einem Durcheinander blutdurchtränkter Laken, einen Schuh abgestreift und eine weiße, zum Boden hinunterbaumelnde Hand.

»Mr. Sharpe!« sagte Hackett liebenswürdig und deutete mit der verwundeten Hand auf mich. »Das ist Mr. . . . wie war gleich Ihr Name? Mr. Morrow. Mr. Morrow – Mr. Sharpe.«

Sharpe musterte mich spöttisch und rümpfte die Nase. »Sie sind der Kunstexperte, nicht wahr?« sagte er. Sein blauer Blick glitzerte, und ich sah ihm an, daß er ein Kichern unterdrückte.

»Mr. Sharpe kommt gerade aus England«, sagte Hackett und verneigte sich dabei mit der Stimme. »Ich dachte, es wäre eine gute Idee, noch einen Sachverständigen hinzuzuziehen.« Er lächelte sanft, entschuldigend. »Eine zweite Stellungnahme sozusagen.«

Sharpe war mit dem Taschentuch fertig und steckte es flink in die Brusttasche, dann schritt er mit einer Hand in der Jackettasche gemessen zum Fenster und stand einen Augenblick da, nachdenklich die Straße betrachtend. Noch hatte Morden sich nicht umgedreht. Alle warteten. Inspektor Hackett räusperte sich diskret.

»Ja«, sagte Sharpe, wie als Antwort auf eine Frage. Plötzlich ganz lebhaft, wandte er sich mit einer raschen Bewegung um.

Er sah Hackett, Morden und mich an. »Es sind lauter Kopien«, sagte er. »Jedes Bild.«
Einen Takt lang herrschte Schweigen, so als wäre alles überall stehengeblieben und setzte sich dann langsam, mühevoll wieder in Gang. Zufrieden mit der Wirkung, die er erzielt hatte, sah Sharpe uns mit einem leichten Totenkopfgrinsen an. Morden wandte mir das Gesicht zu und starrte mich teilnahmslos an. Hackett stand mit schräggelegtem Kopf und leicht gerunzelter Stirn da, als horche er auf etwas, das in seinem Schädel tickte. Mit der blutigen Hand deutete er vage auf Sharpe. »Borgen Sie mir doch bitte das Taschentuch«, sagte er. Sharpe wich erschreckt zurück. Er zögerte, und widerstrebend, mit einem Ausdruck tiefen Abscheus, zog er das Taschentuch heraus und überließ es ihm. Sorgsam wickelte Hackett das Tuch um die verletzte Hand und stand dann da, den Blick hilflos auf die losen Enden gerichtet, bis ich vortrat und sie ihm zusammenband, und dabei fiel mir eine Frau aus einem Blumengeschäft ein, in das ich damals, als ich so etwas noch machte, zu gehen pflegte, die mit einer geschickten Drehung einer Hand ein Band zu einer kunstvollen Schleife binden konnte. Ich hörte Hackett atmen; er strömte einen heißen, feuchten, kompakten Geruch aus, denselben Geruch, den ein verkrüppelter Onkel in meiner Kindheit hinter sich zu lassen pflegte, wenn man ihn aus dem Rollstuhl gehoben hatte. Merkwürdig, an welche Dinge sich das Hirn bei solchen Anlässen erinnert.
»Ja«, sagte Sharpe nochmals und rieb sich vergnügt die bleichen Hände mit den langen Fingern, »es sind Kopien, kein Zweifel. Ein oder zwei davon sind auf ihre Art nicht schlecht. Fotografien als Vorlage, nehme ich an, wahrscheinlich diese ziemlich undeutlichen aus Popovs sogenanntem *catalogue raisonné* der Sammlung Behrens.« Ein kaum merkliches, säuerliches Lächeln, und Popov war abgetan. »Zwei Kopisten waren daran beteiligt, glaube ich. Amateure. Die

Leinwände und Rahmen sind viktorianisch, die Farben stammen von der distinguierten alten Firma Messrs Winsor and Newton.« Er zog vergnügt die Stirn kraus und blickte auf seine Fingernägel. »Ein so typisch englischer Name, finde ich immer.« Er gestattete sich, den Blick verstohlen, ja fast kokett über mich gleiten zu lassen. »Ich kann mir nicht vorstellen, daß jemand ein solches Geklecksе für echt halten kann.«
Der Hund machte sich von Francie los und trottete still vor und setzte sich neben mich, wobei er sich mit einem geschickten Schwung seiner Keulen niederließ. Ich legte ihm die Hand auf den Kopf. Sein Fell war borstig und glänzend wie Plastik und roch nicht unangenehm nach alten Teppichen; bei der Berührung – wie schöngeformt der Schädel war – spürte ich an der Hand eine gleichgültige, freundliche Wärme. Man sagt, Hunde können Angst riechen; vielleicht konnte dieser Hund... ja, was riechen? Entsetzen? Aber ich war nicht entsetzt, eigentlich nicht. Sharpes Feststellung hatte einen merkwürdigen, unbestimmbar vertrauten Beiklang gehabt; wie eine Neuigkeit, auf die man so lange gewartet hat, daß sie bei ihrem Eintreffen keine Neuigkeit mehr ist. Mein Gehirn hatte sich auf Unterwassergeschwindigkeit verlangsamt. Ich wollte mich hinsetzen. Ich wollte mich in irgendeine dunkle, verlassene Ecke verkriechen und eine Weile langsam und gründlich nachdenken. Es gab viel zu überlegen.
Schließlich wandte Morden den Kopf und ergriff das Wort. »Ich habe es Ihnen gesagt«, sagte er zu Hackett, »ich habe Ihnen gesagt, es sind Kopien.«
»Fälschungen«, sagte Hackett.
Der Hund knurrte leise, und Francie schlug ihm auf die Schnauze.
»Kopien«, sagte Morden nochmals, mit sanfter Betonung, und lächelte.
Gall, dachte ich; der Maler Gall und der Scheißkünstler Packy Plunkett.

Hackett begutachtete erneut seine bandagierte Pranke. Ich bewunderte seine Selbstbeherrschung.

»Sie sind signiert«, sagte er sanft, in abwesendem Tonfall, als denke er an etwas völlig anderes.

Morden fuhr in gespieltem Erstaunen hoch. *»Worauf wollen Sie eigentlich hinaus, Inspektor?«* sagte er im näselnden Tonfall einer Ealing-Komödie, und Sharpe, der mit einem Ausdruck amüsierter Arroganz am Fensterrahmen lehnte, die Arme locker über seinem vorspringenden kleinen Brustkorb verschränkt, lachte. Morden trat langsam vor, lächelte den Fußboden an und schüttelte den Kopf. Er blieb neben Hackett stehen und betrachtete ihn fast mitleidig. Hackett blickte mißmutig zum Fenster hin.

»Habe ich versucht, die Bilder als echt auszugeben?« sagte Morden. »Habe ich versucht, sie an irgend jemanden zu verhökern? Nein. Es sind Kopien. Ich habe sie anfertigen lassen. Ich bin ein Kunstliebhaber. Ich werde sie in meinem Haus aufhängen. In meinem Haus in Frankreich. Meiner Villa an der Riviera. Ist das ein Verbrechen?«

Hackett wandte sich zu ihm um und –

Ach, ich bin es leid. Soll ich Prinz jemanden beißen lassen, ihn ein Stück aus Mordens nadelgestreifter Wade reißen oder auf Francie losgehen und ihm die Kehle zerfleischen lassen? Nein, eher wohl nicht. Ich stand da, streichelte den Kopf des Hundes und hörte mir ihren Wortwechsel an, und ihre Stimmen drangen wie aus weiter Entfernung summend zu mir. Ich war in einen abgestumpften, schlafwandlerischen Zustand versunken, eigentlich nicht unangenehm und beinahe friedlich. Der Teppich war mir mit solchem Geschick und solcher Schnelligkeit unter den Füßen weggezogen worden, daß ich kaum gemerkt hatte, wie ich der Länge nach hingestürzt und mit dem Hinterkopf auf dem Fußboden aufgeschlagen war.

Gleich darauf befand ich mich mit Hackett auf der Straße; in gemeinsamem, nachdenklichem Schweigen gingen wir zu seinem Wagen. Seine Leute, gleichfalls stumm, hatten ihre Pistolen schon eingesteckt und waren weggefahren. Er setzte sich hinters Steuer und warf den Motor an und ließ ihn im Leerlauf. Mit den Händen in den Taschen meines Regenmantels stand ich neben ihm an der offenen Tür. Es hatte zu regnen angefangen, eine dünne, nadelartige Substanz, die in der windigen Luft umherwirbelte und -tanzte. November. Ich erzählte ihm, daß meine Tante gestorben war. Er nickte ernst, sagte jedoch nichts und blickte weiter starr durch die Windschutzscheibe. War es möglich, daß er das mit Tante Corky wußte? War er mit den Einzelheiten meines Lebens vertraut? Der Gedanke war fast tröstlich. Ich wollte schon immer beobachtet werden. Er seufzte tief und setzte den Wagen in Gang. »Sie werden etwas mit diesem Hund machen müssen«, sagte er abwesend. Seine Hand war noch immer mit Sharpes Taschentuch verbunden, das mittlerweile steif von getrocknetem Blut war. Ich schloß die Autotür, und er ließ das Fahrzeug in der Geschwindigkeit eines Leichenwagens davonrollen.

Morden kam mir mit Francie und dem Hund im Schlepptau auf der Straße entgegen (mittlerweile ist Sharpe in sein Seidenpapier eingewickelt und sicher verwahrt). Er sah aus wie ein Schuljunge, dem ein herrlicher Schelmenstreich gelungen ist. Angeber, hätte meine Mutter gesagt. Er verschwand ganz in seinem Mantel, hatte die Hände in den Taschen vergraben und den Kragen gegen den Regen aufgestellt. Als sie auf meiner Höhe angelangt waren, blieb er stehen und fixierte mich mit seinem ausdruckslosesten Blick; ja, er verbiß sich wie immer das Lachen. »Tut mir leid wegen der Bilder«, sagte er. »War nur ein Witz.« Er nickte einmal brüsk, und die drei gingen im Gänsemarsch weiter, Satrap und Wesir und Wappenhund. Francie und der Hund warfen einen Blick zurück und grinsten beide. Der alte Prinz wird mir fehlen.

Da ich mit niemandem mehr spreche außer mit mir selbst (und vielleicht mit irgendeinem benommenen Überlebenden der Schlacht von Armageddon in Fußlumpen und zerdrücktem Zylinder, der nachts in seinem Luftschutzkeller in diesen versengten Seiten blättert), weiß ich nicht, warum ich soviel Aufhebens um die Feinheiten der Erzählstruktur mache, doch das tue ich nun mal. Zum Beispiel beunruhigt es mich, daß ich etwa von diesem Punkt an ein Problem mit der Zeit habe. Nach jenem Tag der Offenbarung klafft eine Lücke. Vor Tante Corkys Beerdigung müssen mindestens ein Tag und eine Nacht vergangen sein, aber ich habe keine Erinnerung an dieses Intervall. Ich hätte doch sicher versucht, dich zu sehen; bei allem, was ich nun wußte und dem vielen, was ich noch erfahren würde, wäre es da nicht mein erster Gedanke gewesen, dir gegenüberzutreten? Doch ich blieb der Rue Street fern, wo die Falle der Männer mit den Pistolen war, und lag stattdessen in meinem Loch verkrochen und leckte meine Wunden.

Zu Tante Corkys Begräbnis schien die Sonne, schwach, doch beständig, obgleich es ein kalter Tag war. Der Pa erschien auf der Bildfläche. Weiß der Himmel, woher er Zeit und Ort wußte. Es überraschte mich, wie sehr ich mich über seine Anwesenheit freute. Ich bin sicher, auch Tante Corky hätte sich gefreut. Der große malvenfarbene Wagen kam die Friedhofseinfahrt heraufgefahren, unangemessen farbenfroh zwischen den dunklen Eiben und gestikulierenden Marmorengeln, und blieb abrupt, mit wippendem Vorderteil, stehen. In der für ihn typischen hektischen Art schoß Popeye in seinem übergroßen Anzug hinter dem Lenkrad hervor und riß die hintere Tür auf, und schwerfällig und schwer atmend kam der Pa zum Vorschein und stand da und blickte sich mit zufriedener Miene um. Heute trug er einen einfarbigen dunklen Anzug und einen dunklen Mantel; ich hielt das Fehlen einer Kostümierung für ein Zeichen des Respekts gegenüber der Verblichenen, es sei denn, es handelte sich bei dieser schlichten Gewandung um eine weitere, subtilere Form der Verkleidung. Sobald er mich erspähte, kam er würdevoll auf mich zu, der Luft die Stirn bietend wie ein Ozeandampfer den Wellen, mit geschwellter Brust und geblähten Mantelschößen, und schüttelte mir die Hand. »Sie war eine großartige Frau«, sagte er, spitzte die Lippen und nickte, »großartig«. Dann trat er zur Seite und funkelte den begriffsstutzigen Popeye an, und der junge Mann trat linkisch auf mich zu und reichte mir eine überraschend zarte, feinknochige, dickfingrige kleine Hand (wo...? wessen...?) und blickte auf meine Knie und murmelte etwas, das ich nicht verstand. Zu dritt gingen wir über das noch saftige Gras in keineswegs betretenem Schweigen zum offenen Grab; nichts fördert das Gemeinschaftsgefühl zwischen den Lebenden mehr als ein Begräbnis. Der Himmel war sehr hoch und still und blau. Der Priester und der Leichenbestatter waren anwesend, und zu meiner Überraschung auch Mr. Haddon, in einem dunklen Anzug, die Hände vor dem Hosenschlitz gefaltet und das Haupt gebeugt; im Freien hatte sein rundes, glattes Gesicht eine leicht rosa Färbung, und sein blondes Haar wirkte durchsichtig. Er warf mir einen gespielt trauervollen Blick zu und schlug erneut die Augen nieder. Die Zeremonie war kurz. Der Priester stolperte über Tante Corkys konsonantenreichen Nachnamen. Sobald die Gebete vorbei waren, rollte ein kanariengelbes automatisches Grabgerät herbei und machte sich mit seltsam anthropomorphischen, ruckweisen Bewegungen an die Arbeit, wie ein schwachsinniges Kind, das faustweise feuchte Erde ißt. Ich wandte mich um und stahl mich augenblicklich davon, aus Angst, von Haddon angesprochen zu werden. Der Pa jedoch hängte sich an mich.

Wir gingen auf ein Begräbnisgläschen, wie er es nannte, in eine Kneipe in der Nähe des Friedhofs. Ich mag Kneipen am

Morgen, mit dieser abgestandenen, verbrauchten, leicht schamhaften Atmosphäre, so als wäre eine nächtelange Orgie eben erschöpft an ihr Ende gestolpert. Es war eines jener nagelneuen, auf alt gemachten Lokale mit imitiertem Holz und poliertem Messing und sehr vielen sehr sauberen und merkwürdig blind wirkenden Spiegeln. Die Sonne, die oben durch die Fenster fiel, erweckte die Vorstellung von starken, draußen auf dem Gehsteig aufgereihten Scheinwerfern. Wir saßen in einer Lache schattiger Stille an einem Tisch in der Ecke, und Popeye wurde ausgesandt, unsere Getränke zu bestellen. Der Pa beobachtete ihn mit düsterem Blick und seufzte. »Haben Sie Kinder?« sagte er zu mir. »Ich glaube gehört zu haben, daß Sie auch einen Sohn hatten ...«

Popeye kam zurück, gebückt in glotzäugiger Konzentration; er balancierte drei Gläser in den kleinen Händen, und das Licht streifte sein Gesicht, und einen Sekundenbruchteil sprang mir etwas daraus entgegen, etwas, das er war und doch nicht war und das mir von irgendwo anders her bekannt vorkam (dies alles erzähle ich natürlich mit dem Vorteil schamlosen Rückblicks). Er stellte die Getränke auf den Tisch. Der Pa erhob sein Glas in stiller Hochachtung vor der Toten. Er tat einen tiefen Schluck aus seinem Bierglas und stellte es ab und leckte sich einen Schaumschnurrbart von der Oberlippe. Dann lehnte er sich mit verschränkten Armen bequem zurück und begann mir zu erzählen, was für Verhaltensmethoden er bei Polizeiverhören entwickelt hatte, denen er im Lauf der Jahre häufig unterworfen gewesen war. »Es geht darum, kein einziges Wort zu sagen«, meinte er. »Das macht sie wahnsinnig. Wissen Sie, was der beste Trick ist? Sag's ihm, Cyril.« Popeye rollte die Augen und gluckste und begann eine Hand im Schoß rasch auf- und abzubewegen, wobei er mit Zeigefinger und Daumen einen Ring bildete. Der Pa nickte mir zu. »Genau das«, sagte er. »Einfach den Burschen rausholen und ihn vor ihrer Nase herumschwenken. Da vergeht ihnen die Lust aufs Abendessen, das kann ich Ihnen sagen.« Er gackerte. »Ich werde es bei Hackett ausprobieren«, sagte er, »wenn er mich vorlädt, damit ich ihm bei seinen Nachforschungen helfe.« Wieder lachte er und schlug sich aufs Knie, dann besann er sich auf den Anlaß und wurde wieder ernst und hustete und vergrub die Nase in seinem Bierglas. Eine nervöse Stille senkte sich auf den Tisch, und Popeye begann herumzurutschen, sich gelangweilt in der Bar umzusehen und leise durch die Zähne zu pfeifen. Der Pa lehnte sich zurück und beäugte mich mit belustigtem und nachdenklichem Wohlwollen.

»Wo sind sie«, sagte ich, »die Bilder? Ich meine, die echten.« Popeye hörte auf zu pfeifen und saß ganz still da, den Blick ins Leere gerichtet. Der Pa sah mich einen Augenblick nachdenklich an, dann lachte er und schüttelte den Kopf und hielt eine gebieterische Hand in die Höhe. »Nein; reden wir nicht übers Geschäft«, sagte er. »Respekt vor der Toten. Ich bin jetzt im Exportgeschäft. Trinken Sie noch was.« Er betrachtete mich noch immer spielerisch, mit einem boshaften Lächeln. »Hat Morden Sie für Ihre Arbeit bezahlt?« sagte er. »Legen Sie ihm eine Rechnung vor, das müssen Sie machen. Schreiben Sie alles auf: *für fachmännisches Gutachten, soundsoviel.* Sie haben es sich verdient.« Er machte eine Pause, beugte sich vor und kam mit seinem Gesicht dicht an meines heran. »Oder haben Sie gekriegt, was Sie wollten?« sagte er. Einen Augenblick beobachtete er mich mit einem irgendwie steinernen Lächeln. »Sie ist allerdings echt«, sagte er. »Ein echtes Prachtexemplar.« Und er nahm sein Glas und leerte es und gönnte mir ein letztes schlüpfriges Zwinkern.

Das spärlicher gewordene Sonnenlicht schien aufgeladen und geschärft, während ich durch die Straßen zur Rue Street hastete: Immer habe ich inmitten eines erschütternden Trugschlusses gelebt. Natürlich war sie fort. Ebenso wie die Bilder, mein Tisch, meine Bücher, mein Werkzeug, alles; die

Chaiselongue war abgezogen, die Leintücher und Kissen weg. Es war, als wären wir nie dort gewesen. Ich lief durch das Haus und die Treppe hinauf und hinunter wie eine verrückt gewordene Spinne und führte flüsternd Selbstgespräche. Es muß ein komischer Anblick gewesen sein. Ich hatte sie verloren, das wußte ich, doch ich hörte nicht auf, nach ihr zu suchen, so als könnte ich durch mein hektisches Herumgekurve in dem leeren Haus eine lebendige Version von ihr aus der Luft zaubern. Schließlich ging ich erschöpft in unser nun leeres Zimmer und sank auf die Chaiselongue und saß lange – ich glaube, es war lange – mit zitternden Händen auf zitternden Knien da und starrte auf die Dächer und den stillen Himmel hinter dem Fenster. Ich weiß, das Bewußtsein läßt sich nicht ausschalten, aber manchmal legt sich eine Art barmherziger Nebel darauf, durch den die Dinge in hilfloser Blindheit tappen. Weit weg auf einem Dach war ein Arbeiter in einem Overall aufgetaucht und kletterte nun mühsam zwischen den Kaminaufsätzen umher; er wirkte unmöglich riesig, mit abgebogenen Armen und einem großen plumpen Kopf und röhrenförmigen Beinen. Eine Zeitlang sah ich ihm zu; was machte er da draußen? Müßig und mit einem grimmigen Gefühl der Heiterkeit überlegte ich, wie es wäre, wenn ich mich von einer hohen Stelle hinunterstürzen würde: die aufnahmebereite Luft, die überraschende Geschwindigkeit und alles in taumelndem Wirbel. Bliebe mir Zeit, den Aufschlag und Aufprall zu hören, bevor die Bewußtlosigkeit einsetzte? Gleich darauf wandte ich mich zum Gehen, und da fand ich ihre Nachricht, mit Bleistift auf ein von einer Zündholzschachtel gerissenes Stück grauer Pappe gekritzelt und mit einer Sicherheitsnadel an der Sofalehne befestigt. Es war ihre Ausdrucksweise. *»Muß weg. Tut mir leid. Schreib mir.«* Keine Unterschrift, keine Adresse. Abrupt setzte ich mich wieder hin, nach Luft ringend, als hätte mir jemand einen sehr harten Schlag ins Zwerchfell versetzt. Ich ringe noch immer nach Luft.

Wenn ich bloß hier aufhören könnte.

Ich weiß nicht, wie lange die Geräusche schon andauerten, bevor ich sie wahrnahm. Es waren eigentlich keine Geräusche, sondern eher Modulationen der Stille. Ich schlich die Treppe hinunter und hielt nach jedem zweiten Schritt inne, um zu horchen. Der Keller war finster. Ich blieb in der Türöffnung stehen, im schwachen Schein, der dunkel durch die hohe Lünette am entfernten Ende des Korridors fiel. Leinsamenöl, Terpentin, altmodischer Holzkleber. Ich erinnerte mich daran, wie A. mich an jenem ersten Tag hierhergeführt hatte; sie hatte meinen Arm an den ihren gepreßt, und ein Schimmern erregten Lachens war durch sie hindurchgelaufen. Sie hatte mir gezeigt, was ich nicht sehen konnte, was ich nicht verstehen wollte.

Im Dunkel vor mir lachte Francie leise und sagte: »Sie auch, hm? Wo Jesus die Juden verließ.« Seine Stimme war undeutlich. Ich schaltete das Licht ein, und er hob eine Hand, um seine Augen vor dem schwachen Schein der nackten Glühbirne zu schützen. Er lag auf dem Fußboden neben der Werkbank auf einem behelfsmäßigen Lager aus Lumpen und alten Mänteln. »Sie haben nicht zufällig eine Zigarette?« sagte er. Ich hatte sogar eine: Das Päckchen, das ich vor einer Ewigkeit beim Frühstück im Café gekauft hatte, war noch in meiner Tasche, zerknüllt, doch unversehrt; der Zufall – oder was immer es war – schien mir zum Lachen. Er setzte sich auf und suchte in seinen Taschen nach einem Zündholz. Ohne den ingwerfarbenen Anzug (das Futter hing wie eine Zunge von einem zerrissenen Revers) und das rote Wuschelhaar hätte ich ihn vielleicht nicht erkannt. Sein Gesicht war blaugeschlagen, ein fleischfarbener Bovist mit Gummilippen und purpurnen und geißblattgelben Augenhöhlen. Ein Vorderzahn fehlte ihm, und jedesmal, wenn er etwas sagen wollte,

mußte er die Zunge auf die neue Anordnung in seinem Mund einstellen. Er hielt die Zigarette in einer zitternden Hand, deren geschwollener Zeigefinger in schiefem Winkel steif abstand. Ich setzte mich neben ihn auf den Fußboden, die Arme um die Knie geschlungen. Er roch warm nach Blut und geklopftem Fleisch. Er blinzelte mich an und gluckste und hustete. Ich fragte ihn, was ihm zugestoßen sei, und er zuckte die Achseln. »Ihr Freund Hackett«, sagte er. »Hat mich zu einem Plausch geholt. Was hätte ich ihm sagen sollen? Morden hat vergessen, eine Nachsendeadresse zu hinterlassen.«
Ich sah eine lange gerade Straße mit Pappeln und einen ocker- und olivfarbenen Berg in der Ferne. Paysage. Meine Demoiselle.
Es gibt eine Zeitspanne, so habe ich entdeckt, einen kleinen Zeitraum der Gnade, den das Herz sich zwischen dem Eingeständnis des Verlustes und dem Beginn der Trauer gestattet. Das geschieht durch einen einfachen – oder undenkbar komplizierten – Trick, durch den etwas Blockierendes zwischen den Türrahmen und die plötzlich zuschlagende Tür geschoben wird, so daß, zumindest kurz, ein Lichtspalt bleibt. In meinem Fall war dieser Keil die Neugierde. Plötzlich war ich begierig zu wissen, wie und warum sie es gemacht hatten, begierig, etwas über die Kunst des Fälschers, die Tricks des Handwerks zu erfahren, eingeweiht zu werden in das große Mysterium. Nicht daß es mich wirklich interessiert hätte. Als ich da in der Düsternis jenes piranesischen Gewölbes neben Francie kauerte, wollte ich nur, daß sich alles in ein Märchen verwandelte, mythisch, unwirklich, harmlos wurde.
»Gall und Plunkett haben sie gemalt«, sagte Francie mit einem Achselzucken, »und ich habe sie gerahmt.« Er winkte mit der Hand und verzog das Gesicht. »Hier unten. Tag und Nacht, eine Woche lang. Und was war der Lohn für meine Mühe?« Er betrachtete seinen zerrissenen Rock, seinen ge-

brochenen Finger. »Wir haben sie unter den Lampen getrocknet«, sagte er, »sie waren noch feucht, als er sie Ihnen zeigte, und Sie haben es nicht bemerkt.«
Tarraaa!
»Wofür waren sie gedacht?« sagte ich.
Er richtete ein blutunterlaufenes Auge auf mich und schien zu grinsen.
»Das möchten Sie wohl gern wissen, was?« sagte er.
Dann lehnte er den Kopf gegen das Bein der Werkbank und rauchte eine Weile schweigend.
Es gab übrigens tatsächlich einen Mann namens Marbot. Ja, er war echt, auch wenn alles andere gefälscht war. Erstaunlich.
Francie seufzte. »Und Hackett hat den armen Prinz einschläfern lassen«, sagte er.
Als ich wieder in die Welt zurückkehrte, war sie ungeheuer groß und irgendwie ausgehöhlt. Ich sah mich, wie ich für den Rest meiner Tage hilflos wie eine verschrumpelte Erbse in dieser riesigen Schale umherrollte. Ich ging langsam heimwärts, mit vorsichtigen kleinen Schritten, so als trüge ich mich behutsam in den eigenen Armen. Der Himmel war bewölkt, und ein schmieriger Sprühregen blähte sich von der Seite wie ein gewölbter Vorhang in den Straßen. Alles um mich herum schimmerte und bebte und hatte einen grell flackernden Rand wie die Aura einer Migräne. In der Wohnung schien ich Stunden damit zu verbringen, geistesabwesend von einem Zimmer ins andere zu gehen oder am Fenster zu sitzen und zuzusehen, wie der Winterabend kurz aufglomm und dann langsam erlosch. Ich zog Tante Corkys Tasche unter dem Bett hervor und besah mir ihre Sachen. So hatte ich etwas zu tun. Trauriges Regenlicht schlitterte über das Fenster. Ich breitete ihre vergilbten Papiere aus; sie knisterten ungeduldig in meinen Händen wie Papyrus, sie konnten es kaum erwarten, Tante Corky zu verraten. Sie ist

ebensowenig holländischer Herkunft gewesen, wie ich es bin. Vor dem Krieg war sie kurz mit einem Ingenieur verheiratet, der aus Holland gekommen war, um eine Brücke zu bauen und Tante Corky verließ, sobald der letzte Bogen an Ort und Stelle war (später stürzte die Brücke ein, entsinne ich mich, was einige Menschenleben kostete). Ich saß auf dem Fußboden und hätte gelacht, wenn ich gekonnt hätte. Was für eine Schauspielerin! Welche Hingabe! Dieses Märchen all die Jahre hindurch aufrecht zu erhalten, mit ausländischen Zigaretten und dem Anflug eines Akzents. Ich wünschte, ich hätte eine Träne um dich vergießen können, liebes Tantchen. Vielleicht habe ich es sogar getan?

Während der folgenden Tage konnte ich nicht ruhig bleiben. Ich ging in den Straßen des Viertels umher und spähte in erinnerungsbefrachtete Ecken. Alles war gleich und doch verändert. Es war, als wäre ich gestorben und zurückgekommen. So stelle ich mir die Toten vor, verloren in einem Zustand unermeßlicher, zweckloser Verwirrung wandelnd. Ich lag in der Rue Street auf der Lauer und beobachtete das Haus. Niemand; niemand war da.

Als die Geschichte schließlich in die Zeitungen kam, packten mich Entrüstung und Zorn des unmittelbar Beteiligten; es war, als hätten diese schweinsgesichtigen Schnüffler irgendeine schmerzliche Episode meines Privatlebens ausgegraben *(wie unser Reporter berichtet...)* und zur Unterhaltung einer feixenden Öffentlichkeit auf acht Kolumnen ausgebreitet. Es war mir egal, daß mein Name auftauchte; es war mein alter Name und seine Erwähnung rein historisch *(Übereinstimmung mit früherem Diebstahl in Whitewater)*, und ich war Hackett dankbar, daß er mich heraushielt; nein, ich glaube, mich wurmte vor allem die Art, wie das Ganze, dieser komplizierte Tanz aus Verlangen und Verrat, in dessen Mittelpunkt A. und ich uns gedreht und umschlungen hatten, zu einem schwerfälligen Herumgehopse wurde, bizarr, fast farcenhaft, nichts als lüsterne Schnauzen und geile Hände und nackte Ärsche, wie etwas von Breughel. Wie konnten sie etwas so Komplexes auf ein paar Schlagzeilen reduzieren? *Frecher Raub – Unschätzbare Werte – Versteck der Bilder ein Rätsel – Sicherheitsmann ermordet.* Es war alles so unpersönlich, so... denaturiert. Mordens Name fiel nicht, obgleich man fast sehen konnte, wie *unser Reporter* von einer Arschbacke auf die andere rutschte, wie ein Schuljunge mit der richtigen Antwort, ganz erpicht, damit herauszuplatzen. Er war ein *führender Geschäftsmann mit Verbindungen zur Unterwelt;* eine viel zu elegante Bezeichnung, so dachte ich, für den eindeutig brutalen Betrüger, den ich gekannt hatte. Er und A. wurden zum *geheimnisvollen Paar.* Der Pa war ein *berüchtigter Verbrecher.* Man zitierte einen Kriminalinspektor Hickett, der sagte, die Polizei verfolge eine eindeutige Spur. Der Fleischer und der Schurke und die Tochter des Fleischers gaben sich die Hände und stolperten in einen Kreis...

Natürlich sah ich A. überall, so wie in den ersten Tagen, nach jenem ersten Kuß. Überall in den Straßen tauchte ihr Geist auf. Die Welt der Frauen war zu einem einzigen Bild zusammengeschrumpft. An gewissen Orten spürte ich ihre Anwesenheit so stark, daß ich überzeugt davon war, wenn ich, zitternd vor Qual, lange genug dastand, würde sie bestimmt auftauchen, beschworen von der Kraft meiner Sehnsucht. In der Swan Alley gab es neben einer Imbißstube einen schmalen Torbogen (er mußte einmal der Eingang zu irgend etwas gewesen sein, war aber jetzt zugemauert), wo Fliederspeer wuchs und wo sich wilde Katzen versammelten und wo wir uns eines träumerischen Novembertages unbeholfen, verzweifelt und atemlos geliebt hatten; wir hatten in unseren Mänteln dagestanden, uns umklammert wie aneinandergeseilte Bergsteiger, die umschlungen in einer letzten Umarmung in die bodenlose Leere fallen. Dort lungerte ich nun herum, in düsterer Freude über den Schmutz, und versuchte A. herbeizuzaubern; und eines Abends, zusammengekauert im Schatten unter dem Torbogen, von Schluchzen geschüttelt, öffnete ich meinen Mantel und masturbierte in den fettverschmierten Mülleimer der Imbißstube, während ich ihren Namen herauswürgte.

Dies alles ist wirr, ich weiß, wolkig und wirr und was es sonst noch an alliterierenden Adjektiven der Verzweiflung gibt. Aber ich will, daß es so ist, ganz verschmiert von Tränen und Lymphe und wimmelndem Samen und glasgrünem Schleim: meine Schneckenspur.

Barbarossa wohnte noch immer in seinem Karton. Ich war überrascht, daß er bis weit in den Winter überlebt hatte, dort im Torweg des Messerschmiedes zusammengekauert. Vermutlich war er mittlerweile eingepökelt, eingemacht wie ein Homunkulus in seinem Glas mit Alkohol. Selbst die zerbrechlichsten Dinge überdauerten, wie mir zum Hohn! Es überraschte auch, daß der Eigentümer des Geschäfts ihn nicht verjagt hatte; es konnte nicht gut fürs Geschäft sein, einen solchen Typen auf der Türschwelle wohnen zu haben, auch wenn er darauf bedacht war, sich während der Geschäftsstunden diskret zu entfernen. Aber die Obdachlosen schienen ganz allgemein mit jedem Tag unverschämter zu werden, wie ich bemerkte, mehr und mehr auf die Stadt überzugreifen, aus den Hintergäßchen ganz dreist auf die Plätze und Durchzugsstraßen zu kommen und die Stadt zu kolonisieren. Zur Cocktailstunde versammelten sie sich mit ihren Flaschen um ein öliges, gefährlich aussehendes Feuer auf dem unbebauten kleinen Grundstück neben dem Busbahnhof und sangen und rauften und beschimpften die Passanten. Selbst wenn sie sich mir einzeln näherten, konnten sie erstaunlich angriffslustig sein. Einer von ihnen belästigte mich eines Abends in der Fawn Street, ein großer, kräftiger junger Bursche mit einem Mund voll schiefstehender Zähne;

er stellte sich mir mit ausgestreckter Hand in den Weg und sagte nichts, starrte mich nur an, ein Auge rollend wie ein toll gewordenes Pferd, und wollte mich nicht vorbeilassen. Niemand war auf der Straße, und eine Minute dachte ich, er würde ausholen und mir einen Faustschlag versetzen. Ein Atem wie ein Hochofenwind und eine glasige und geschwärzte Haut, als hätte man ihm eine brennende Fackel ins Gesicht gestoßen. Erschreckend, das kann ich dir sagen. Warum ist es so schwer, einem Bettler in die Augen zu schauen? Angst, mich selbst darin zu sehen? Nein; es ist eher eine Art allgemeiner Verlegenheit, nicht nur seinetwegen, sondern unser aller wegen, falls das nicht zu großspurig klingt. Ich gab ihm eine Münze und machte den wenig komischen Witz, er solle sie nicht fürs Essen verschwenden und hörte mich lachen und hastete verwirrt und merkwürdig beschämt weiter. Stattdessen hätte ich ihn natürlich zärtlich in die Arme nehmen und seinen abscheulichen Gestank tief einatmen und rufen sollen: *»Mein Freund, mein Leidensgenosse!«*, wie es der misanthropische Weise von Dresden empfiehlt.

Barbarossa hatte die dreifarbige Mütze, die A. so gefallen hatte, gegen eine viel weniger malerische, kunstlederne Kopfbedeckung mit Ohrenklappen eingetauscht. Auch ließ er sich jetzt in einer recht schmucken Nadelstreifenhose sehen, von der Art, wie sie Hotelportiere tragen oder Botschafter, wenn sie ihre Beglaubigungsschreiben präsentieren. Ich würde sehr gern etwas über die Geschichte dieser speziellen Hose erfahren. Und dann sein Bart: Er schien überhaupt nicht zu wachsen, ich frage mich warum; oder vielleicht wuchs er doch, und ich bemerkte es nur nicht, weil ich Barbarossa jeden Tag sah? Sein Umfang vergrößerte sich ständig, soviel bemerkte ich. Wovon wurde er so rundlich? Nie sah ich ihn irgend etwas essen, und der Fusel, den er trank – Wein oder Sherry oder was immer, stets unauffällig in die Papiertüte eingewickelt –, konnte doch wohl nicht so nahrhaft sein, daß er ihn in diese kugelrunde Falstaff-Figur verwandelte? Vielleicht, so dachte ich, ging es ihm so wie den Hungers sterbenden schwarzen Babys, von denen man heutzutage so viele jammervolle Fotos sieht, mit ihren kleinen, vom Hunger aufgetriebenen Bäuchen. Jeden Tag folgte er einer festen Route, wenn er das Viertel mit seiner Last durchstreifte, die er abstellte und wieder holte: durch die Gabriel Street und über die Swan Alley bis in die Dog Lane, dann durch die Fawn Street und unter dem Torbogen dort hindurch bis zu den Kais, dann in die Black Street und in die Hope Alley und durch die Gasse neben dem *Boatman* und von dort wieder zurück in die Gabriel Street, wenn der Tag zur Neige ging und die Geschäfte zu schließen und die Lichter in den vorhanglosen Fenstern der oberen Stockwerke aufzuflammen begannen – doch nie in unseren Fenstern, Liebste, nie in unseren.

Ich muß ein Geständnis machen. Eines Nachts, als ich an Barbarossas Torbogen vorüberging, blieb ich stehen und versetzte ihm einen furchtbaren Tritt. Ich habe keine Ahnung, warum ich das tat; nicht daß er mir etwas getan hätte. Er lag da, schlafend, so nehme ich an – falls er je schlief –, eingehüllt in seine Lumpen, ein großes mitleiderregendes Bündel im Dunkeln, und ich holte einfach mit dem Fuß aus und gab ihm eins in die Nieren – oder in die Niere –, so fest ich mich traute. Er fühlte sich schwer und durchweicht an; es war, als ob man einen Sack Getreide träte. Er rührte sich kaum, wandte nicht einmal den Kopf, um zu sehen, wer es war, der ihn so sinnlos attackiert hatte, und gab ein kurzes Stöhnen von sich, das meiner Ansicht nach eher trübsinnige Verdrossenheit als Schmerz oder Überraschung ausdrückte, so als hätte ich ihn lediglich aus einem angenehmen Traum aufgestört. Einen Augenblick stand ich unentschlossen da und ging dann weiter, nicht sicher, ob das Ganze überhaupt passiert war oder ob ich es mir nur eingebildet hatte. Aber es ist

tatsächlich passiert, ich habe den armen Teufel tatsächlich getreten, ohne Grund, aus reiner Bösartigkeit. Soviel Gewalttätigkeit ist noch immer in mir, ungestillt.
Wozu sind diese verdammten Röhren denn nun wirklich gut? Ich kann es nicht sagen. Nicht alles bedeutet etwas, nicht einmal auf dieser Welt.
Eines Nachmittags wurde ich Zeuge einer ergreifenden Begegnung. Eisengraues Wetter mit Wind und Regen, dünn wie Schirmspeichen. Auf seinen Runden biegt Barbarossa in der Hope Alley ein und trifft von Angesicht zu Angesicht auf Quasimodo und fährt zurück, eindeutig konsterniert und verärgert. Sicher kennen sie einander! Ich bleibe auch stehen und drücke mich in einen Türeingang, begierig, nichts zu versäumen. Der Bucklige schenkt dem Lastenträger bereitwillig ein freundliches, komplizenhaftes Lächeln, aber Barbarossa hält seine Faustvoll Röhren umklammert und drängt sich mit einem finsteren Blick an ihm vorbei. Quasimodo, zurückgewiesen und den Tränen nahe, eilt mit gesenktem Kopf weiter. *Compagnon de misère!*
Während dieser schrecklichen Wochen verbrachte ich viel Zeit am Fluß, besonders nach Einbruch der Dunkelheit. Ich spürte gern das Steigen und Wogen des Wassers – denn in der Dunkelheit spürt man es natürlich mehr, als daß man es sieht –, das sich an mir vorbeiwälzte wie ein riesiges, fettes, sich windendes Tier, das irgendwohin eilte, zielstrebig und stumm, und auf dessen Rücken die blanken Lichter der Stadt rasch dahinzogen. Bestimmt habe ich wie ein potentieller Selbstmörder ausgesehen, wie ich dort kauerte und hohläugig von der Kaimauer aufs Wasser hinausstarrte, in meine Verzweiflung eingehüllt wie in einen Mantel. Es hätte mich nicht überrascht, wenn irgendein übereifriger Mensch mich eines Nachts am Arm gepackt hätte, im Glauben, ich sei im Begriff, ein Bein über die Mauer zu schwingen und mich ins Wasser zu stürzen. *Tun Sie es nicht, Freund,* hätten sie ge-

rufen, *ich bitte Sie, denken Sie an alles, was Sie verlieren!* Als ob ich nicht schon alles verloren hätte.

Aber ich wußte, ich durfte mich nicht dem Selbstmitleid überlassen. Es gab nichts, wofür ich mich hätte bemitleiden können. Eine Zeitlang hatte sie mir gehört, und jetzt war sie fort. Fort, aber am Leben, welche Form auch immer ihr Leben angenommen hatte, und das war von allem Anfang an meine Aufgabe gewesen: ihr Leben zu geben. Komm, leb in mir, hatte ich gesagt, und sei meine Liebste. Natürlich in der Absicht – ob mir das nun bewußt war oder nicht –, daß auch ich in ihr leben würde. Ich hatte allerdings nicht damit gerechnet, daß dieses Leben, das ich ihr so sehr wünschte, mir letztlich abverlangen würde, sie aufzugeben. Nein, das war das Detail, das ich nicht bedacht hatte. Nun stand ich da, mitten im Winter, ein verlassener Baron Frankenstein, hielt die abgestreiften Bandagen und kalten Elektroden in den Händen und fragte mich, auf welchen Alpenfestungen sie umherwanderte, welche frostigen Einöden sie wohl durchquerte.

Als ich erfuhr, daß Tante Corky mir ihr Geld hinterlassen hatte, kaufte ich für die Mädchen in Nr. 23 Champagner, um dieses unerwartete Glück zu feiern. Ja, ich hatte angefangen, wieder dorthin zu gehen, aber nun hauptsächlich wegen der Gesellschaft. Ich sah mich als einen von Lautrecs alten Wüstlingen, der aus einem Landauer aussteigt und vor den abgehärmten Gesichtern, die mit vorgetäuschter Freude aus den Fenstern sehen, grüßend den Zylinder zieht. Am frühen Abend, wenn das Geschäft erst anlief, saß ich gern plaudernd im Salon. Ich glaube, die Mädchen betrachteten mich als Maskottchen, als sicheren Mann. In ihrer Gesellschaft bekam ich einen flüchtigen Einblick in ein einfacheres, natürlicheres Leben: Scheint dies pervers? Und natürlich waren es auch die Erinnerungen an dich, die dort im Halbdunkel dieser schäbigen Zimmer aufzuckten wie Schatten, die eine flackernde Kerzenflamme wirft. Als ich an jenem Tag nach der Verlesung des Testaments mit meiner Tasche voll klirrender Flaschen eintraf, tat das Haus sein Bestes, um sich aus seiner nachmittäglichen Lethargie zu reißen, und wir feierten eine kleine Party. In meiner Ausgelassenheit betrank ich mich, und solcherart gestärkt brachte ich schließlich den Mut auf, wieder an Rosie heranzutreten, an unsere Rosie. Sie ist, so wird mir klar, auf ihre verwüstete Weise schön, sie hat wundervolle Beine, sehr lang und muskulös, mit wohlgeformten Knien, eine Seltenheit bei meinen zugegebenermaßen beschränkten Erfahrungen. Auch ihre Haut hat diesen eigenartig schmutzigen, unreinen Glanz, den ich unerklärlich erregend finde (vielleicht erinnert er mich daran, wie du dich anfühltest?); dieser Teint ist das Resultat von Zigaretten, vermute ich, denn sie ist eine starke Raucherin, im Unterschied zu dir wirklich abhängig, und stürzt sich wie wild, fast wütend, auf die Glimmstengel, als wäre es eine lästige Pflicht, die ihr zusammen mit allen übrigen Belastungen auferlegt ist. Zuerst war sie auf der Hut; sie erinnerte sich an mich und fragte nach dir; ich log. Noch immer trug sie die Sicherheitsnadel im Ohr; müßig fragte ich mich, ob sie sie nachts herausnahm. Bald tat der Sekt seine Wirkung, und sie erzählte mir ihre Geschichte, in diesem beiläufigen, grimmig höhnischen Ton, den sie annehmen, wenn sie von sich selbst sprechen. Es war das übliche: Kindsbraut; ein betrunkener Ehemann, der davonlief; Kinder aufzuziehen; ein Job in der Fabrik, die bankrott ging; dann der Vorschlag des Freundes, sie solle das Spielchen doch mal versuchen – und da war sie nun. Sie lachte ihr schleimiges Lachen. Wir befanden uns in dem Raum, den Mrs. Murphy den Salon nennt. Rosie betrachtete die Kretonnevorhänge und die schweren Lehnstühle und den wachstuchbedeckten Tisch und blies verachtungsvolle Zwillingsrauchwolken aus den geblähten Nasenlöchern. »Immerhin besser hier als auf der Straße«, sagte sie. Ich legte die Hand auf ihren Oberschenkel. Sie war eine grobe, harte, verbrauchte Arbeiterin, in jeder Hinsicht das Gegenteil von dir, und genau das, was ich zu diesem Zeitpunkt zu brauchen glaubte. Aber es war kein Erfolg. Nachdem wir die Treppe hinaufgegangen waren und uns auf das armselige Bett gelegt hatten – wie schnell diese Profis sich ausziehen können! –, rieb sie ihre Hüften in einer mechanischen Vortäuschung von Leidenschaft an meinen, und nachher gähnte sie herzhaft, ließ dabei einen Mund voller Zahnfüllungen sehen und blies mir den warmen, ungesunden Mief ihres abgestandenen Tabakatems ins Gesicht. Als Zuschauerin war sie besser gewesen denn als Mitwirkende. Doch als ich im melancholischen Nachglühen auf dem Bauch lag, das Kinn auf den Händen, und die ganze Länge ihres kühlen, gänsehautbedeckten Schenkels an meinem spürte – ich glaube, sie war einen Augenblick eingedöst –, und durch den Spalt unter dem Vorhang auf die zitternden Lampen in der Black Street hinausblickte, empfand ich einen jähen Stich des alten, angstvollen Glücks und drückte sie voll Dankbarkeit und liebevoller Kameradschaftlichkeit an mich, eine Geste, auf die sie mit einem schläfrigen Seufzen reagierte. (Natürlich ist nichts davon ganz richtig oder ganz ehrlich; in Wahrheit empfinde ich weiterhin ehrfürchtigen Respekt vor dieser robusten jungen Frau, vor der ich kauere, atemlos vor Erregung und Angst, und überzeugt von einer ungeheuerlichen, unentschuldbaren Übertretung zittere ich; es ist, als ob ich mit meiner Mutter verkehrte, wenn Rosie mich, ihr großes Baby, hält, mit einer geistesabwesenden Zärtlichkeit, die mich unwiderstehlich in die heiße, ungeordnete Welt der frühen Kindheit zurückträgt. Das sind tiefe Wasser; dunkel und tief. Quer über ihren Unterleib verläuft eine Narbe, wulstig und hart wie ein Stück verknoteter Nylonschnur; Kaiserschnitt vermutlich. Wieviel sie schon erlebt hat mit ihren zwanzig Jahren. Übrigens hoffe ich, daß ich dich eifersüchtig gemacht habe; ich hoffe, du leidest.)

Doch wie ungeheuer ergreifend sie sind, diese selbstbezogenen Augenblicke, wenn man nicht nur etwas spürt, sondern auch spürt, daß man sich spürt. Als ich auf dem muffigen Bett bei Ma Murphy lag und auf diesen Streifen windgepeitschter nächtlicher Straße hinausblickte, hatte ich eine Art außerkörperlicher Erfahrung – ich schien ich selbst und zugleich das zitternde Ebenbild meiner selbst zu sein, als sei mein eigener kleiner Geist für mich sichtbar geworden, gleichermaßen beschworen durch reine Selbstbewußtheit einerseits und andererseits durch die furchtbare Erkenntnis all dessen, was ich nicht war. Ich und mein Ektoplasma. Und doch habe ich in solchen Augenblicken gleichzeitig die Vorstellung von mir als einmaliger Person, als Mann, heldenhaft allein, erfahren in den Künsten der Einsamkeit und Genügsamkeit, eins mit jenen stummen, angespannten Menschen, auf die man nachts stößt, wenn sie reglos in den scharf umrissenen, winkeligen Schatten von Geschäftseingängen stehen oder allein in leise summenden geparkten Autos sitzen, und bei deren Anblick, den gequälten Augen und glühenden Zigarettenspitzen, die dich kurz aus der Dunkelheit anleuchten, man zusammenfährt. *Esse est percipi.* Und umgekehrt (das heißt, *sehen ist entstehen lassen;* wie könnte ich das in rudimentäres Latein übersetzen?). Siehst du, was du mir mit deinem Weggehen angetan hast? Du hast mich zu einem Stammgast jener flackernden, nächtlichen Halbwelt gemacht, in der zu enden ich immer Angst hatte. Ach, ich weiß, im Innersten war ich immer ein Einzelgänger – wer wäre es im Innersten nicht? –, aber das war nicht das gleiche wie das jetzt. Das ist eine Art von Isolation, die ich noch nie erfahren habe.

Aber strenggenommen kann man nicht sagen, daß ich allein sei. Es besteht eine Art schrecklicher, unausweichlicher Vertrautheit zwischen uns Einsamen. Mittlerweile kenne ich all die Zeichen, die heimlichen, unfreiwilligen Signale, an denen die Mitglieder unserer Bruderschaft einander erkennen: der rasch abgewandte Blick auf der Straße, der nervös tappende Fuß in der Menge der Passanten, die an der windigen Ecke warten, bis die Ampel umschaltet und der kleine grüne Mann erscheint (das Emblem unserer Gattung, ja unser Maskottchen!), das besondere Gefühl, daß hinter mir in der Schlange im Supermarkt jemand steht: eine konzentrierte, an meiner Schulter atmende Stille, die scheinbar stets im Begriff ist, in unmögliches Gestammel auszubrechen, und es nie tut. Kinder der Finsternis, machen wir die Nacht zum Tage in den kahlen Hinterzimmern von Kneipen, in der hallenden Düsternis von Bibliotheken und Gemäldegalerien, ja selbst in Kirchen – ich habe bemerkt, daß Kirchen aus irgendeinem Grund bei Regen besonders beliebt sind. Unser Lieblingsschlupfwinkel jedoch, unser glücklichster Zufluchtsort ist das Kino am Nachmittag. So wie wir verstreut wie Sterne dort im samtenen Dunkel sitzen, die Einsamen und die Verlassenen, die stillen Spinner und die leicht Verrückten und die künftigen Serienmörder, unsere bleichen Gesichter zur erleuchteten Leinwand erhoben, könnten wir wieder im Mutterleib sein, verwundert den Nachrichten aus der großen Welt da draußen lauschen, ihre Rufe und ihr grelles Gelächter hören, zusehen, wie riesige Münder sich bewegen und sprechen und andere Münder verschlingen, sehen, wie die Gewehrmündungen aufblitzen und das helle Blut fließt, den Rhythmus des Lebens um uns herum und doch außerhalb von uns spüren. Ich liebe es, mich verträumt dort zu räkeln, ohne zu denken, und mich von den Bildern wie von Musik berieseln zu lassen, während du Gestalt annimmst, ungeheuer groß in jenen sich bewegenden Skulpturen mit ihren unmöglichen Haaren und Schmollmündern und wogenden süßen Lenden. Wo bist du. Sag es mir. Wo bist du. Was wir da oben sehen, sind nicht diese geschmacklosen Szenen, gemacht, um unsereins zu unterhalten und zu besänftigen: Es sind unsere Spiegelbilder, die wir erblicken, der verrückte Traum von uns selbst, von dem, was wir hätten sein können und von dem, was wir geworden sind, die bekannte Geschichte, die eine seltsame Wendung genommen hat, die Handlung, die so vielversprechend begann und nun in faszinierender Weise entgleist ist. Aus diesen Bildern fabrizieren wir uns ein völlig unwahrscheinliches Ich, das uns dennoch ein, zwei Stunden aufrechterhält, dann stolpern wir blinzelnd ins Licht und sind wieder, was wir immer waren, und weinen innerlich um alles, was wir nie hatten, aber fest glauben, verloren zu haben.

Was soll ich mit mir anfangen? Mir einen Job suchen vermutlich. Oft glaube ich, etwas so Einfaches könnte meine Rettung sein. Nichts Ernsthaftes natürlich, nichts, was mit Wissenschaft oder Kunst zu tun hat, nichts von diesen alten Anmaßungen, dem leeren Schwulst. Ich könnte zum Beispiel ein Büroangestellter sein, einer jener grauen, bescheidenen Männer, wie man sie in den Büros großer etablierter Firmen sieht, verstohlen wie Mäuse im Hintergrund umherhuschend, mit Schuppen auf dem Kragen und fadenscheinigen Anzügen. Ich kann mich dort sehen, freudlos fleißig, verschlossen, wie ich die Hänseleien der jüngeren Angestellten mit einem dünnen, verschwommenen Lächeln erdulde und abends zu kaltem Essen und Fernsehen nach Hause eile. Träume, nichtige Träume; keine Woche würde ich mich dort halten. Man würde dem Juniorchef die Aufgabe übertragen, mit mir zu sprechen. *Hm, ja, also* – er blickt stirnrunzelnd in den Regen hinaus und klimpert mit Münzen in der Hosentasche – *Nein, Ihre Arbeit ist gut, gut, sehr zufriedenstellend. Es ist Ihre Art, wissen Sie; das ist das Problem. Ein bißchen gedrückt. Die Mädchen beschweren sich, Sie wissen ja, wie sie sind, und Miss McGinty sagt, Sie haben eine Art, alle anzustarren, die sie nervös macht... Hatten Sie nicht kürzlich einen Todesfall in der Familie?* Ja, Sir; so etwas ähnliches.

Ich suchte Hackett auf. Sein Büro war in einer großen grauen pseudogotischen Festung mit Maschendraht an den Fenstern und einer von Säulen getragenen Vorhalle, wo ich ergeben wartete und versuchte, unschuldig dreinzuschauen, während ein gelangweilter junger Polizist in Hemdsärmeln, der, auf seinen Schalter gelehnt und den Hörer wie eine Geige unter das Kinn geklemmt, mich mit zugleich gelangweiltem und nachdenklichem Blick musterte, das Büro des Inspektors anrief. Auf uralten Anschlagtafeln wurde vor Tollwut gewarnt. Zwei Kriminalbeamte in wattierten ärmellosen Westen gingen lachend hinaus und ließen dabei einen aus Zigarettenrauch und Schweiß vermischten Geruch zurück. Polizeiwachen erinnern mich immer an die Schule, sie haben dasselbe unordentliche, mißmutige, leicht hoffnungslose Aussehen. Ein geschäftiger Windstoß wehte von der Straße herein und brachte Staub und den Geruch nahenden Regens mit sich. Die Stimme des Polizisten ließ mich zusammenfahren. Er knallte den Hörer auf. »Dritter Stock, erste Tür links.« Kurze Pause, ein säuerliches Grinsen. »Sir.« Einen alten Knacki erkennen sie immer.
Hacketts Büro war eine von einem großen, niedrigen Raum abgeteilte Ecke, in dem zornig aussehende Männer mit Dokumenten hin- und hergingen oder mit den Füßen auf Schreibtischen saßen oder gekrümmt auf große, veraltete Schreibmaschinen starrten. Wieder dieser Klassenzimmergeruch: Staub, muffiges Papier, faule Apfelbutzen. Durch die Glasscheibe der Tür bedeutete mir Hackett einzutreten. Er stand verlegen auf und lächelte sein schüchternes Lächeln. Er trug eine breite, schmierige Krawatte mit einem Windsorknoten, und sein zu enges Jackett war wie immer zugeknöpft, wobei die Abstände zwischen den Knöpfen wie vertikale, dicke, rufende Münder aufklafften. Auf dem Fußboden neben seinem unangemessen großen Mahagonischreibtisch summte ganz leise ein Elektroofen; dieser Anblick brachte

mich fast zum Heulen. In der Ecke, an einem kleineren Tisch aus Metall, stocherte ein älterer Polizist in Uniform mit der kleinsten Klinge eines Taschenmessers im Inneren einer halb zerlegten Taschenuhr herum; er hatte schütteres Haar und das gegerbte Aussehen eines Landbewohners; er nickte mir freundlich zu und zwinkerte. Kreppapierdekorationen und Stechpalmenzweige waren aufgehängt und an eine Anschlagtafel Weihnachtskarten geheftet. Auf einer der Karten stand in großer, wackeliger Schrift *Für Pappi.* Ich hätte nicht gedacht, daß Hackett Familie hatte; ich stellte mir zwei maßstabgetreue Kopien von ihm vor, kugelköpfig und hühneräugig, eine in Knie- und die andere in Turnhosen und mußte an den Tod denken, um nicht zu lachen. Er sah, daß ich die Karte anschaute und hustete – mitfühlend, wie ich begriff. »Und Sie haben Ihre arme Tante begraben«, sagte er, senkte den Blick und bewegte den großen Kopf langsam von einer Seite zur anderen.

Trotz allem, was ich weiß, trotz all der Dinge, die ich gesehen und getan habe, halte ich hartnäckig die Welt für grundsätzlich gut. Ich kann diese Überzeugung nicht begründen – ich meine, sieh dir die Welt doch an –, und dennoch kann ich mich nicht von ihr trennen. Selbst die – und mir sind etliche davon über den Weg gelaufen, das kann ich dir sagen –, die die entsetzlichsten Untaten begangen haben, können nach getaner Tat so sanft und zaghaft wirken wie jeder von … von euch (fast hätte ich *uns* gesagt). Ich glaube, dies ist als Problem des Bösen bekannt. Ich bezweifle, ob ich es jemals zu meiner Zufriedenheit lösen werde. Hackett jedenfalls, mit seinem schüchternen Lächeln und seiner zugeknöpften, kummervollen und mitfühlenden Miene, schien der Inbegriff der Harmlosigkeit.

»Ich habe Francie gesehen«, sagte ich.

Hackett strahlte, als hätte ich einen lieben alten Freund von ihm erwähnt.

»Ja«, sagte er. »Hab ihm ein paar Klapse verabreichen müssen. Der Sergeant hier konnte ihn nicht verstehen, und ich mußte ihn immer wieder bitten, lauter zu sprechen. Nicht wahr, Sergeant?« Ohne vom komplizierten Innern seiner Uhr aufzuschauen, gab der ältere Polizist ein sattes leises Glucksen von sich. »Hab auch den Pa holen lassen«, sagte Hackett. »Konnte kein Wort aus ihm rauskriegen. Wissen Sie, was er tut, wenn–?«

»Ich weiß«, sagte ich. »Er hat es mir erzählt.«

»So ein Schwein«, sagte Hackett, lachte jedoch dabei, bedauernd und bewundernd. Er lehnte sich in seinem Drehsessel zurück und verschränkte die Finger auf der Brust und betrachtete mich. »Ich hätte auch Sie vorladen lassen«, sagte er, »aber ich habe gewußt, daß Sie nichts wissen.« Er wartete und lächelte voll freundlicher Verachtung, doch ich sagte nichts. Was hätte ich auch sagen sollen? Langsam bekam ich einen Begriff von seiner Art von Humor. »Was gehört?« sagte er. »Von Ihren Freunden, meine ich. Morden und ...« Er zog die Augenbrauen hoch. Ich schüttelte den Kopf. »Ach, übrigens«, sagte er, als wäre es ihm eben eingefallen, »Sie hatten recht mit den Bildern. Oder zumindest bei einem.« Er beugte sich vor und kramte in den Papieren auf seinem Schreibtisch und reichte mir eine Postkarte. Auf der Vorderseite verlief, wie eine ausgeblutete Ader, ein Knick quer über die Farbreproduktion. Die Kunst des Fleischers. *Geburt der Athena: Jean Vaublin (1684–1721).* Ich drehte die Karte um. *Sammlung Behrens, Whitewater House.* Sie war an Hackett adressiert. Die Mitteilung war in bewußt unbeholfener Schrift hingekritzelt: *»Wer ist der Papi von allen?«*

»Er macht gern Witze«, sagte Hackett. Er sah mich mit seinem sanften Lächeln an. Er zeigte auf die Karte. »Dieses eine wollten sie rausholen«, sagte er. »Sie müssen einen Käufer dafür gehabt haben. Ein paar Geldsäcke irgendwo. Der Rest bleibt auf Lager, für eine andere Gelegenheit.« Das braune

Licht des Winternachmittags drückte sich gegen die Maschendrahtfenster, der Elektroofen zischte. Im Büro draußen lachte jemand laut. Hackett schüttelte sich wie ein Hund, drehte sich in seinem Sessel zur Seite und legte einen glänzend braunen Schuh auf die Ecke des Schreibtisches und schloß ein Auge und nahm die Kappe ins Visier. »Sieben Fälschungen«, sagte er träumerisch. »Wer hätte gedacht, daß das achte Bild echt ist? Unser Freund Sharpe jedenfalls nicht. Schließlich hatte er Sie ja zum Gespött.« Wieder sah er mich mit diesem schiefen Blick, diesem todtraurigen Lächeln an. Seine Augen wirkten hinterlistiger denn je. Ein Muskel im Kiefer zuckte. »Seit Jahren sind wir damit zugange, der Pa und ich. Es ist wie eine dieser Fernschachpartien. Er macht einen Zug, schickt ihn mir, ich mache einen Zug, schicke ihn ihm.« Er stellte das Bein schwungvoll auf den Fußboden und beugte sich vor und schob die unsichtbaren Figuren vor sich auf dem Schreibtisch umher. Er lächelte. »Er gewinnt, ich verliere; ich gewinne, er verliert. Diesmal war er dran. Er schmuggelte das echte Bild zwischen die Fälschungen und rechnete damit, es würde uns allen nicht auffallen. Und so war es auch. Aber es wäre ihm auch egal gewesen, wenn wir es gemerkt hätten. Ihm ist alles egal, nur nicht das Spiel. Ich sage Ihnen, er ist total verrückt.«
»Was ist mit den anderen sieben?« sagte ich.
Er zuckte die Achseln und schob die gekrümmten Finger wieder auf dem Schreibtisch hin und her. »Er wird warten und dann wieder einen Zug machen. Wir werden sehen, wer nächstes Mal gewinnt. Es ist ein großartiges Spiel, das wir da laufen haben.« Mit einem fast glücklichen Seufzen blickte er zum Fenster. »Ja«, sagte er, »Ja; der Papi von allen.«
Der Sergeant am Schreibtisch drückte auf etwas in den Tiefen seines Chronometers, und der Mechanismus antwortete mit einem dünnen silbernen Ton.
Hackett und ich gingen durch das hallende Treppenhaus

nach unten. Unter uns sprachen Männer laut miteinander, ihre Stimmen drangen lärmend zu uns. Wieder hatte es einen Mord gegeben, den letzten, wie sich herausstellen sollte.
»Hat ihr das ganze Geld abgenommen«, sagte Hackett. »Die Welt ist schlecht.« Auf der letzten Stufe saß ein junger Kriminalbeamter und starrte schwer atmend mit grauem Gesicht auf einen Spritzer Erbrochenes auf seinen Schuhen, und zwei andere Männer standen über ihm und brüllten aufeinander ein. Sie sahen uns nicht an, als wir uns vorbeidrückten. In der Vorhalle blieben wir stehen und wußten nicht genau, wie wir uns trennen sollten. Die rußige Dezemberdämmerung draußen war gesprenkelt vom Regen.

»Und die Tochter«, sagte Hackett, »haben Sie nichts von ihr gehört?«

Ich sah zu, wie der Regen im Licht am Türeingang vorbeitrieb. Hinter uns stritten sich die beiden Kriminalbeamten noch immer.

»Tochter?« sagte ich und war nicht sicher, ob ich etwas gesagt hatte. »Was für eine Tochter?«

Hackett sah mich an. Ich frage mich, woran *er* wohl dachte, um nicht zu lachen?

»Das Mädchen«, sagte er. »Mordens Schwester. Die beiden; der Pa ist ihr ...« Gewissermaßen besorgt berührte er meinen Arm, linkisch, wie ein Trauernder, der einen Leidtragenden trösten will. »Haben Sie das nicht gewußt?« sagte er.

Im selben Augenblick fiel mir ein, wie sie mir eines Tages erzählt hatte, daß sie in ihrer langweiligen Kindheit Stunden damit zugebracht hatte, allein einen Tennisball gegen den Giebel eines Hauses zu schlagen. Damals stellte ich mir natürlich einen ruhigen Vorort in den Hügeln über einer großen Stadt vor, geschecktes Sonnenlicht in den Platanen und einen Chauffeur in Hemdsärmeln und Gamaschen, der die Limousine des Botschafters poliert. Jetzt aber sah ich eine schäbige Häuserreihe mit armseligen Gartenparzellen und

eine Frau, die sich aus einem Fenster lehnt und mit heiserer Stimme ihren Namen ruft, während ein Kleinkind auf einem Dreirad umkippt und in die Gosse fällt und zu greinen beginnt, und *pock!* macht der Ball, während das Mädchen seinen Schläger mit doppelter Wut schwingt. Nicht ein toter Zwilling ging immer neben ihr, sondern der Geist jener unentrinnbaren Vergangenheit.
Geburt der Athena. Sammlung Behrens.
Betrachte diese Geschöpfe, diese Menschen, die keine Menschen sind, diese Bewohner des Himmels. Der Gott hat Kopfschmerzen, sein Sohn schwingt die Axt, das Mädchen tritt hervor mit Bogen und Schild. Sie geht auf die Welt zu. Ihre Eule fliegt vor ihr her. Es dämmert. Schau diese Wolken an, diesen grenzenlosen und undurchdringlichen Himmel. Das aber bleibt. Ein Knick verläuft quer darüber wie eine ausgeblutete Ader. Alles ist verändert und doch gleich.
Gestern habe ich sie gesehen, ich weiß nicht, wie das möglich war, aber ich habe sie gesehen. Es war sehr merkwürdig. Ich habe mich noch nicht davon erholt. Es war in dieser Kneipe in der Gabriel Street, die sie so gern mochte. Natürlich ist dort alles unecht, die Holzvertäfelung, der Messingbelag und der hölzerne Ventilator an der Decke, der groß ist wie ein Flugzeug und den treibenden Zigarettenrauch nur in trägen Arabesken herumwirbelt. Ich gehe aus offensichtlichem Grund dorthin. Ich war hinten in der Bar, mit meinem Drink und meinem wunden Herzen beschäftigt; ich saß an dem großen Fenster – solche Fenster kommen mir immer irgendwie erschreckt vor, wie aufgerissene Augen –, das auf die Stadt hinunterblickt, auf die breite Biegung der Ormond Street. Die Straße war belebt wie immer. Die Sonne schien in ihrer halbherzigen Weise – ja, der Frühling ist gekommen, trotz all meiner gegenteiligen Bemühungen. Plötzlich sah ich sie – oder nein, nicht plötzlich, es war nichts Plötzliches oder Überraschendes dabei. Sie war einfach da, in ihrem

schwarzen Mantel und ihren schwarzen Stöckelschuhen, und hastete mit einer Hand an der Brust und gesenktem Kopf in jenem wäßrigen Licht und in ihrem unverkennbaren steifbeinigen Eiltempo auf dem Gehsteig voller Menschen dahin. Wohin ging sie in solcher Hast, so erwartungsvoll? Die ganze Stadt lag vor ihr, in April getaucht und vom Abend überschwemmt. Ich sage *sie*, aber natürlich weiß ich, daß sie es nicht war, nicht wirklich. Und doch war sie es. Wie kann ich das ausdrücken? Es gibt eine Sie, die verschwunden ist, die in irgendeinem südlichen Irgendwo ist, auf immer für mich verloren, und dann gibt es diese andere, die aus meinem Kopf hervorkommt und über die sonnenbeschienenen Gehsteige davoneilt, um etwas zu tun, ich weiß nicht was. Um zu leben. Wenn ich es leben nennen kann; und das will ich.
Schreib mir, sagte sie. Schreib mir. Ich habe geschrieben.

John Banville

Das Buch der Beweise

Roman

Aus dem Englischen von Dorle Merkel

Band 13287

Als ehrgeiziger, vielversprechender Student der Naturwissenschaften verließ Freddy Montgomery Irland, um in den USA Karriere zu machen. Er heiratete eine Amerikanerin, doch beide stiegen nach wenigen Jahren aus dem Wissenschaftsbetrieb aus, vertrödelten im Müßiggang ihre Zeit auf warmen Mittelmeerinseln, und Freddy vergeudete Geld und Talent. Von einem äußerst zwielichtigen Menschen mußte er sich in einer finanziellen Notlage Geld leihen, und als dieser ihn plötzlich massiv unter Druck setzt, sieht sich Montgomery gezwungen, nach Irland zurückzukehren, um dort die nötige Summe aufzutreiben. Die Rückkehr gerät zur irdischen Höllenfahrt. Die frühere Heimat ist ihm fremd geworden, die Wiederbegegnungen mit Menschen aus der Vergangenheit lösen Lawinen von Selbstzweifeln und Selbstbefragung aus. Um Geld aufzutreiben, besucht er einen befreundeten Kunstsammler, und bei dem irrwitzigen Versuch, ein Bild zu stehlen, wird er vom Dienstmädchen überrascht. Als sie sich zur Wehr setzt, bringt er sie auf grausamste Weise um. Die wenigen Tage vor seiner Verhaftung durchlebt er in einem Taumel der Verzweiflung, des Alkoholrauschs und des Selbstekels. Das monströse Verbrechen steht im Mittelpunkt des Romangeschehens. Freddy Montgomery bekennt sich ohne Umschweife des Mordes schuldig und mit der Niederschrift seines Bekenntnisses will er seinen verworrenen Lebensweg erzählen.

Fischer Taschenbuch Verlag

fi 1074 / 4

John Banville

Doktor Kopernikus

Roman

Aus dem Englischen von Bernhard Robben

Band 13598

John Banville zeichnet das Bild des Mannes, der durch seine Entdeckungen das mittelalterliche Weltbild umstürzte. In der fiktiven Biografie des 1473 geborenen Nikolaus Kopernikus erfährt der Leser vom Leben des Theologen, Mathematikers, Mediziners und Astronomen: von seinem böswilligen Bruder, seiner selbstquälerischen Schüchternheit und der ungeheuren Angst vor den Konsequenzen, die sich aus der Entdeckung seiner Ideen ergeben könnten. Zu recht, wie sich zeigte, als Giordano Bruno die kopernikanischen Ideen zuspitzte und deswegen auf dem Scheiterhaufen endete. John Banville ist mit enormer sprachlicher Eleganz die Vergegenwärtigung dieser historischen Wirklichkeit gelungen.

John Banville

Kepler

Roman

Aus dem Englischen von Bernhard Robben

Band 13597

Johannes Kepler (1571 – 1630), bedeutender Mathematiker und Astronom, steht im Mittelpunkt des Romans von Banville, der den Leser in die farbige Renaissancewelt versetzt. Er zeigt diesen eigenwilligen Mann nicht nur als einen verdienstvollen Wissenschaftler, sondern als einen Menschen, der verwoben ist mit einer Zeit, die Europa in Kriegen und Seuchen versinken läßt. Kepler, der als verarmter Adelssohn 1571 in Weil der Stadt zur Welt kam, revolutionierte mit seiner Entdeckung unser Weltbild. Aber ein kluger Kopf wie er war immer gefährdet, konnte schnell zwischen die ideologischen Fronten geraten.

Fischer Taschenbuch Verlag

fi 1071 / 5